粮油食品质量安全检测技术

○ 王 静 袁小平 编著

化学工业出版社
·北京·

本书分上下两篇全面介绍粮油食品质量安全检测技术，上篇总论介绍样品前处理技术和色谱、光谱、生物免疫分析、聚合酶链反应、基因芯片等技术的基础理论知识，下篇分论介绍储粮化学药剂和农药残留物、重金属污染物、常用添加剂、真菌毒素、粮油转基因成分及其他毒害物质的检测技术。

本书可供从事粮油食品质量安全检测工作的技术人员和管理人员使用，也可作为有关院校粮油食品或相关专业教材使用。

图书在版编目（CIP）数据

粮油食品质量安全检测技术/王静，袁小平编著.
北京：化学工业出版社，2010.8
ISBN 978-7-122-08829-1

Ⅰ.粮…　Ⅱ.①王…②袁…　Ⅲ.①粮食-食品检验②食用油-食品检验　Ⅳ.TS210.7

中国版本图书馆 CIP 数据核字（2010）第 112174 号

责任编辑：孟　嘉　温建斌　　　　　　文字编辑：周　偶
责任校对：徐贞珍　　　　　　　　　　装帧设计：杨　北

出版发行：化学工业出版社（北京市东城区青年湖南街 13 号　邮政编码 100011）
印　　装：北京市彩桥印刷有限责任公司
787mm×1092mm　1/16　印张 12¾　字数 330 千字　　2010 年 9 月北京第 1 版第 1 次印刷

购书咨询：010-64518888（传真：010-64519686）　售后服务：010-64518899
网　　址：http://www.cip.com.cn
凡购买本书，如有缺损质量问题，本社销售中心负责调换。

定　　价：39.00 元

前　言

"民以食为天，食以安为先"。食品安全直接关系广大人民群众的身体健康和生命安全，关系国家经济的健康发展和社会的和谐稳定。在中国，粮油食品是餐桌上的主食，随着我国科学技术的进步、社会经济的快速发展和人们生活水平的不断提高，人们对粮油食品的要求已从保障数量供应转向安全、健康、营养。粮油食品从田间到餐桌要经历生产、收购、运输、储存、加工、销售等环节，每个环节都有可能被有毒有害物质污染。因此，加强粮油食品质量安全监测对确保食品安全具有重要意义。

目前，我国粮油食品安全问题涉及的内容是多方面的，主要包括：一是粮油生产源头农药残留超标，重金属和真菌毒素污染等；二是粮油储藏期间大量使用储粮化学药剂，或因保管不善导致粮食霉变，从而被真菌毒素污染；三是粮油加工环节乱用添加剂，使用违禁化学物质，如乱用合成色素，过量添加增白剂，使用"吊白块"等；四是运输过程中接触有毒有害物质；五是销售环节掺杂使假等。除了外来污染外，还有粮油食品的内在安全隐患，如转基因食品的安全性问题。为此，编者旨在力求编写一本内容新颖、检测技术全面、实用和可操作性强的技术参考书籍，供从事粮油食品质量安全检测领域的人员使用，同时，也可以作为有关职业院校粮油食品或相关专业的教材。

本书不仅较全面地介绍了粮油食品质量安全检测技术的基础理论，而且重点翔实介绍了当前粮油食品质量安全问题涉及的分析检测技术，内容主要包括粮油食品样品前处理技术；色谱、光谱、现代分子生物学方法的基本理论和技术要点；储粮化学药剂和农药残留、重金属、添加剂、真菌毒素、转基因成分和其他有毒有害物质的检测技术。

本书由北京工商大学王静副教授和中国储备粮管理总公司袁小平博士编著。北京工商大学的莫英杰、赵冰、潘海晓、王赫男、王少甲、王璨、苏颖、曹杨、周静等为本书的部分章节做了一些资料收集、图表和文字编排等方面的工作，在此一并表示诚挚的谢意。由于时间仓促和编著者水平有限，本书内容又涉及很多学科，疏漏、不足之处在所难免，恳请读者给予批评指正。

编著者

2010 年 4 月

前 言

目　录

上篇 总 论

第一章 样品前处理技术

第一节 样品的采集与制备

粮油食品分析与检验同其他任何产品的分析与检验一样，都是对样品的分析与检验。而样品是从被分析、检验的物料中采集的一小部分，作为分析、检验的对象，它是决定被分析、检验物料质量的主要依据。因此，样品必须具有代表性。只有具有代表性的样品所分析、检验的结果才是比较真实可靠的。不然，即使分析、检验结果再准确，所用仪器设备再精密，分析、检验也将失去其意义，甚至还会给生产和消费带来不应有的损失。因此，样品的正确采集与制备是至关重要的。

一、采样要求

① 采样时必须注意样品的生产日期、批号、代表性和均匀性，采样数量应能反映粮油食品的卫生质量和满足检验项目的试样量的需要，一式三份，供检验、复检与备查或仲裁用，每一份不少于1kg。

② 在加工厂、仓库或市场采样时，应了解粮油食品的批号、生产日期、厂方检验记录及现场卫生状况，同时应注意粮油食品运输、保管条件、外观、包装容器等情况。

③ 发现包装不符合要求以致影响粮油食品质量时，应将包装打开进行检查，必要时进行单独采样分析。包装完整又没有发现可疑之处时，则按常规，可打开部分包装进行扦样分析。

④ 小包装粮油食品可取其中一小部分作为送检样品。送检样品应有完整无损的包装。

⑤ 数量较大的粮油食品生产原料，按规定划分检验单位后按其堆装或包装形式采用一定的方法采样。

⑥ 确定某粮油食品污染、腐败的程度，需选择性采样，即对污染部位或可疑部分单独进行采样，使所取样品具有充分的典型性。

⑦ 采样工具应当清洁、干燥、无虫、无异味，供微生物检验用的样品应无菌采样。采样器和盛放样品的容器应不受雨水、灰尘等外来物的污染。粘在采样器外边的物质应在采样前去除。

⑧ 采样要认真填写采样记录，写明采样单位、地址、日期、样品批号、采样条件、包装情况、采样数量、检验项目标准依据及采样人。无采样记录的样品，不得接受检验。样品应按不同检验项目妥善包装、运输、保管，送实验室后应立即检验。

二、样品制备

从受检的样品中，按规定扦取一定数量具有代表性的部分，称为样品。样品是决定一批粮油食品质量的主要依据。

（一）样品制备

（1）原始样品 从一批受检的粮油食品中最初扦取的样品，称为原始样品。原始样品的数量，是根据一批粮油食品的数量和满足质量检验的要求而定的。原始样品一般不少于2kg。零星收付的样品可酌情减少。

（2）平均样品　原始样品按照上述分样方法经过混合平均，均匀地分出一部分，称为平均样品。平均样品一般不少于1kg。

（3）试验样品　平均样品按照规定的分样方法经过混合分样，根据需要从中称取一部分作为试验用的样品，称为试验样品，简称试样。分好的试验样品应及时试验，否则应保存在干燥、低温的环境中。

（4）样品登记　扦取的样品必须登记。登记项目包括：扦样日期、样品编号、名称、代表数量、产地、生产年度、扦样处所（车、船、仓库、堆垛号码）、包装或散装、扦样员姓名等。

（5）保存样品　对于调拨、出口的粮油食品要保存不少于1kg的原始样品，经登记、密封、加盖公章和经手人签字后置干燥低温（水分超过安全水分者应于15℃以下）处妥善保存一个月，以备复检。

（二）样品的一般处理

1. 过筛与除杂

粮油食品原料，如大米、大豆、芝麻、花生等，常常含有杂质。对于一些卫生项目的检验常常需要用无杂质的净样，以增加检验结果的可比性，因此需要将样品做过筛与除杂处理。对颗粒状粮油食品原料，除净杂质通常借助谷物筛选进行。

2. 粉碎或切片

粮油食品的原料或成品，多数是固态粒状、条状、片状或块状的，所以分析检测前往往需要粉碎。粉碎的工具主要有研钵、药钵、粉碎机等。样品的粉碎方法与粉碎用具应视样品的性质和分析检测的具体要求来选择。

3. 干燥与脱脂

对水分含量高而难以粉碎的粮油食品样品，在不影响其组分测定的情况下，可进行预干燥处理。预干燥处理有烘干和风干两种，烘干处理即利用电烘箱将样品在60～80℃（粮食105℃）下烘30～40min，取出自然冷却，直至样品在当时的气温和湿度下吸湿与散湿达到平衡。风干处理即将样品暴露于空气中使之散湿，使样品水分处于平衡状态。

脱脂也是粮油食品分析上常用的样品制备方法，最简单的方法是将样品用滤纸包扎后放于索氏抽提器的抽提筒中，注入适量的有机溶剂，如乙醚、石油醚（沸程30～60℃）等，加热抽提一定的时间，当样品内的脂肪基本除净后回收溶剂，取脱脂后的样品残渣作分析、检测用样。

第二节　分离技术

粮油食品分析所要检测的污染物是以极微的量（$10^{-12} \sim 10^{-8}$）存在于待测的粮油食品中，而粮油食品的组成又极为复杂，不将这些污染物从粮油食品样品中分离出来，是无法应用近代仪器分析技术进行测定的。为了达到鉴定和分析的目的，就必须将污染物从粮油食品样品中提取出来，再经过净化除杂，除去干扰物质；然后进行浓缩富集，使污染物的浓度位于测定方法灵敏度范围之内。通过物理的、化学的或物理化学的方法将被测组分从混合体系当中提取出来的过程称为分离。常用的分离方法有抽提法、蒸馏法、干法灰化法、湿法消化法和微波消解法等。

一、抽提法

抽提法是从粮油食品样品中提取农药、真菌毒素以及苯并[a]芘等有机污染物的一种有效方法。其分离原理是利用样品中各组分在特定溶剂中溶解度的差异，使其完全或部分分离。抽提应做到越完全越好，并且应尽量使粮油食品中的一些干扰物质不要进入抽提剂中，以免干扰测定。抽取方法很多，常用的方法如下。

（1）振荡浸提法　这是一种常用的方法，适用于谷物样品。其操作是将粉碎后的试样置于磨口锥形瓶中，用选好的溶剂浸泡，同时振荡，增加两相之间的接触面积，以提高提取效率，然后过滤，分离提取液和残渣，再用溶剂洗涤过滤残渣一次或数次，合并提取液即完成抽提操作。若提取时辅助超声波可大大强化提取效率。

（2）组织捣碎法　操作时一般先将样品进行适当切碎，再放入组织捣碎机或球磨机中，加入适当、适量的溶剂，快速捣碎 1～2min，过滤后用溶剂洗涤残渣数次，即完成抽提操作。为了增加提取效率也可加超声波发生装置，使提取更为彻底。

（3）索氏提取法　此法是采用索氏提取器（或称脂肪抽提器）将被测物从试样中提取出来。溶剂在抽提器中经加热蒸发、冷凝、抽提、回流等，如此循环提取数小时，直至样品中的待测成分完全被抽提到烧瓶中。此法提取效率高，但操作费时，且不能使用高沸点溶剂提取，对受热易分解的物质也不太适宜。

二、干法灰化法

分析粮油、食品样品中的有害元素时，由于金属、类金属元素以不同的形式存在于粮食、油料籽粒中，它们与有机物结合成为稳定而牢固的难以解离的物质，失去其原有金属离子的特性，一般不能用化学反应进行检测。因此，对这些元素进行分析时，需要将样品中的有机物氧化分解，使被测定元素释放出来，方可供测定用。灰化法是利用高温将有机物氧化分解，使被测定成分以氧化物或盐的形式存在于灰分中的方法。凡是在灰化温度下不能挥发的金属和类金属毒害物都可以采用灰化法处理。

干式灰化法分为直接灰化法和加助剂灰化法两种。

（1）直接灰化法　利用高温（一般为 500～600℃）进行灼烧分解除去样品中的有机物，而被测成分以无机物形式残留在灰分中，用适当的溶剂溶解被测物，经定容后可供实验用。

（2）加助剂灰化法　为了缩短灰化时间，促进灰化完全，防止被测组分挥发损失，常常向样品中加入助灰化剂、氧化剂，如硝酸铵、硝酸镁、氧化镁等帮助灰化，这些物质可以提高无机物的熔点，使样品呈疏松状态，有利于氧化并加快灰化过程。硝酸镁、氧化镁还可以提高其碱度，防止类金属砷等形成酸性挥发物，避免灰化时砷的损失。

三、湿法消化法

湿法消化是采用强氧化剂如浓硝酸、浓硫酸、高氯酸、高锰酸钾等，在加热条件下氧化分解有机物，使待测元素呈离子状态保存于溶液中的过程。由于湿法消化温度低，元素挥发损失很小，因此常用于分析汞、砷等易挥发元素的前处理。用于粮油食品有害元素分析测定的湿法消化方法有以下两种。

（1）硝酸、硫酸法　在酸性溶液中，粮油食品样品与氧化剂——硝酸、硫酸共热，硝酸和硫酸释放出初生态氧，将有机物分解成二氧化碳和水等物质，而金属元素则形成盐类溶于溶液中，定容后供试验用。

（2）高氯酸、硝酸、硫酸法　热浓高氯酸具有强烈的氧化性和脱水能力，分解样品能力很强，可加快氧化速度。它与水可形成共沸混合物（72%高氯酸，沸点 203℃）。硝酸和高氯酸混合物是一种很好的氧化介质，可以加速和提高分解破坏样品能力。但使用时要特别注意，高氯酸不能单独使用，并且不能把消化液蒸干，必须先用硝酸、硫酸分解大量有机物后才可加入高氯酸，否则可能发生爆炸。

四、微波消解法

微波加热的原理是在 2450MHz 微波电磁场作用下，产生每秒 24.5 亿次的超高频率振荡，使样品与溶剂分子间相互碰撞、摩擦、挤压，重新排列组合，因而产生高热，使样品在数分钟内分解完全。

微波消解中所用的酸主要是硝酸、盐酸、磷酸、氢氟酸等及氧化剂过氧化氢，应避免使用高氯酸、硫酸。在实际操作中，常常采用两种或两种以上的酸混合使用，消解效果更好。常使用的混合酸有硝酸-盐酸、硝酸-氢氟酸等。

由于样品的消解是在密封条件下进行的，所用的试样量小、试剂量少，因而空白值低，挥发性元素的损失也较小，同时消解的时间也大大缩短了，因此微波消解技术近年来得到较快的发展。但并非所有的样品都适合微波消解，对具有突发性反应和含有爆炸组分的样品不能放入密闭系统中消解。

五、蒸馏法

蒸馏法是利用待测成分与其他物质的沸点不同而进行分离提纯的一种方法。常用的蒸馏法有常压蒸馏法、减压蒸馏法、水蒸气蒸馏法等。

(1) 常压蒸馏　当共存成分不挥发或很难挥发，而待测成分沸点不是很高，并且受热不发生分解时，可用常压蒸馏方法将待测成分蒸馏出来，而与大量基质相分离。常压蒸馏的装置、操作均比较简单，加热方法要根据待测成分沸点来确定，可用水浴（待测成分沸点90℃以下）、油浴（待测成分沸点90～120℃）、沙浴（待测成分沸点200℃以上）或盐浴、金属浴及直接加热等方法。

(2) 减压蒸馏　很多有机化合物，特别是高沸点的有机化合物，在常压下蒸馏会发生部分或全部分解。在这种情况下采用减压蒸馏颇为有效。在减压的条件下，较低温度时物质的蒸气压容易达到与外界压力相等而沸腾，因此在蒸馏时将蒸馏装置内气体压力减小，使沸点降低。

减压的装置通常由蒸馏烧瓶、波氏吸收管、洗气瓶和减压泵组成。减压泵常根据要求的不同真空度加以选择，粮油食品中有储粮化学药剂的蒸馏常用水力抽气泵抽气。减压蒸馏的装置要能耐受压力，否则进行减压时会发生危险。同时，在装配装置时应注意保证各接头不漏气，最好使用磨口仪器。

(3) 水蒸气蒸馏　水蒸气蒸馏是分离和纯化有机物的常用方法，条件是被分离物质在100℃下必须具有一定的蒸气压，这样在低于100℃的温度下，被测物质就随着水蒸气一起蒸馏出来。主要用于分离与水互不相溶的挥发性有机物。当该物质在加热时产生的蒸气压力与通入的水汽形成的水汽压力之和大于大气压时，该混合液便沸腾，这样便可在低于沸点的情况下蒸馏出有关物质，从而使在其沸点温度可能分解的物质在低温条件下蒸馏出来。蒸馏时，水蒸气从水蒸气发生器中引入蒸汽瓶，往往过量引入，一直连续蒸馏至被测组分完全馏出。

第三节　净化技术

净化的目的就是除去干扰成分。在提取待测成分的同时，不可避免地将有些干扰成分同时提取出来，如用乙腈、氯仿等有机溶剂提取食品中黄曲霉毒素时，色素、脂肪、蜡质等脂溶性杂质也被溶解提出，如不除去这些杂质，则会在测定中造成严重干扰，常用的净化方法有过滤、液-液萃取法、柱色谱法、化学净化法等。

一、过滤

过滤一般指分离悬浮在液体中的固体颗粒的操作，但也有用于洗涤物质的操作。过滤方法多种多样，在食品分析中应用最多的是常压过滤和减压过滤。

(1) 常压过滤　漏斗多用锥形玻璃质的。过滤时应注意，如果需要的是沉淀（弃滤液）时，滤纸不要高于漏斗，以免结晶物质经纸的毛细作用结到纸上端不易取下；倒入溶液时要沿玻璃棒流在滤纸的壁上，不要冲起沉淀，且不要超过滤纸的高度，沉淀物的高度不应充满到滤器 1/3 以上。

（2）减压过滤　这种方法要使用一整套装置，包括：布氏漏斗或微孔玻璃漏斗（耐酸过滤漏斗）、抽气瓶、安全缓冲瓶、真空抽气泵、橡皮垫组成。减压过滤在操作时，布氏漏斗上铺用的过滤介质一般多采用滤纸或石棉纤维。滤纸放好后，用少量蒸馏水润湿，开泵抽气，使滤纸贴紧漏斗底无漏气现象后，方可进行过滤。

二、液-液萃取法

液-液萃取法（LLE）是一种简单而且应用最广泛的净化分离技术。由于各种物质在不同溶液中的溶解度不同，当混合物在互不相溶的两相溶剂中混合时，根据相似相溶原理，混合物中的物质总是在极性相似的溶剂中溶解度大，在极性差别大的溶剂中溶解度小，即不同的物质在两相溶剂中的分配系数不同。例如提取农药时，农药在极性有机溶剂和正己烷中的分配系数就大，而脂肪等杂质在这一体系中的分配系数就小。当向正己烷提取液中加入萃取剂（三氯甲烷、甲醇、乙腈、二甲基亚砜等极性有机溶剂）时，经混合，再静置分层，农药等极性大的被测物转溶于萃取剂，而脂类杂质留在正己烷层。将两层溶液分开后，即达到净化的目的。为在净化过程中能将被测物质绝大部分萃取出来，应进行几次萃取，以提高萃取率。例如被测物在萃取剂中的分配系数为 0.9（90%），经 4 次萃取后的萃取率为：

$$100\% \times 90\% + 10\% \times 90\% + 1\% \times 90\% + 0.1\% \times 90\% = 99.99\%$$

选用极性溶剂将被测物从提取液中萃取后，可以达到净化的目的，但一般情况下，还须浓缩才能达到检测灵敏度。因极性溶剂的沸点较高，不易浓缩，还需将被测物质从极性溶剂中转移到低沸点的溶剂中，这种用与萃取剂不溶解的溶剂从萃取液中提取被测物的方法称为反萃取。具体操作为：向萃取液中（极性溶剂）加入一定量的水相溶液，与极性溶剂互溶，再加入低沸点溶剂如石油醚、正己烷等，这样就可以将萃取中的不溶于水的待测物被石油醚、正己烷反萃取出来，同时极性溶剂萃取时萃取的极性杂质保留在极性溶剂中，进一步达到净化的目的。

为了提高反萃取效果，在水中加入某些盐类，如氯化钠、硫酸钠等，可以加大水相的极性，降低被测物质在水相中的分配率，还能促进两相分层清晰，易于分离。

三、柱色谱法

柱色谱法属于色谱法，是一种广泛应用的物理化学分离分析方法，在分离混合物时，色谱法比结晶、蒸馏、萃取、沉淀等方法有明显的优越性，主要是分离效率高、灵敏、准确，操作又不太麻烦，能够将物理化学性质极相似和结构又有微小差异的各组分彼此分离。

在柱色谱法（column chromatography）中，混合物的分离是在装有吸附剂如氧化铝、硅胶、硅镁型吸附剂等的玻璃柱中进行的。混合物加到柱上后，用一适当溶剂（称为洗脱剂）冲洗，溶剂连续适量地通过色谱柱称为"柱的展开"或"洗脱"。由于混合物中各种物质在吸附剂表面吸附力的不同，以及它们在洗脱中溶解度的不同，使得它们在吸附剂与洗脱剂之间的分配系数不同，从而达到分离的目的。例如，要净化含有苯并 [a] 芘和脂肪、色素、蜡质等杂质的提取液，就将此提取液加到装有硅镁型吸附剂的色谱柱上，最初它们都被吸附在柱的顶端，形成一个色圈。当提取液全部流入色谱柱之后，用极性溶剂作为洗脱液进行冲洗，这时苯并 [a] 芘和脂肪、色素、蜡质溶解（即解吸），随着洗脱剂向下流动而移动，在移动的过程中，它们又遇到新的吸附剂，又把它们从溶液中吸附出来，如此反复进行，即连续不断地发生吸附、溶解（解吸），再吸附、再溶解的过程。由于苯并 [a] 芘在极性溶剂中溶解度大，而硅镁型吸附剂对它的吸附力弱，所以它在柱中移动得快；而脂肪、色素、蜡质等杂质较易被硅镁型吸附剂吸附，又较不容易溶解在极性溶剂中，在柱中移动得慢。有了这种差速移动，就能随着溶剂的不断冲洗而逐步分离，最后达到完全分离，分成苯并 [a] 芘和脂肪、色素、蜡质的"色圈"（又称为谱带或色区），从而达到净化的目的。苯并 [a] 芘可先被洗脱下来，脂肪、色素、蜡质等杂质仍留在柱中。

四、化学净化法

化学净化法是通过化学反应处理样品，以改变其中某些组分的亲水、亲脂及挥发性质，并利用改变的性质进行分离，以排除和抑制干扰物质干扰的方法。

（一）磺化法

在农药的提取中，脂肪、色素等杂质是最主要的干扰物质，如果待测组分对酸稳定，则可以利用脂肪、色素、蜡质等杂质与浓硫酸的磺化作用变成极性很大的、能溶于水的化合物，从而实现与待测组分的良好分离。操作是可以将提取液置于分液漏斗中，按提取液与浓硫酸体积 10∶1 的比例加入浓硫酸，振摇、静置分层后，弃除下层酸液即可。如果提取液中的脂类等物质含量高，可经过多次重复处理，以达到净化要求。

此种方法简单、快速，净化效果好，但用于农药分析时，仅限于强酸介质中稳定的待测成分才能使用，例如有机氯农药中的六六六、DDT 提取液的净化处理，而易为浓硫酸分解的有机磷、氨基甲酸酯类农药以及能溶于浓硫酸的苯并 [a] 芘等则不能使用该方法。

（二）皂化法

本法是利用酯类杂质与碱能发生皂化反应的原理，通过氢氧化钾加热回流，使酯类皂化而除去，达到净化的目的。此法适用于那些不宜用磺化法，但对碱稳定的组分，如苯并 [a] 芘、艾氏剂、狄氏剂农药等，可在样品提取溶液中加入氢氧化钾回流 2～3h，即可使样品中的脂肪等杂质皂化而除去。

（三）掩蔽法

掩蔽法是基于化学反应的一类称为"假分离"的净化方法，主要用于测定微量元素时灰化后的样液处理，即利用掩蔽剂与干扰成分作用，使干扰成分转变为不干扰测定的形式，使测定正常进行。这种方法可不经过分离操作就可消除干扰作用，因此，具有操作简单、选择性强、结果准确的特点。该法在粮油食品质量安全检测方面得到了广泛应用。

1. 调节溶液的 pH 值

在测定粮油食品中的铅、汞、镉等有害金属元素时，常用双硫腙与之配位显色，然后比色测定。双硫腙是一种常用的显色剂，它能与 20 多种金属元素生成各种不同的有色配合物，干扰被测物的测定，但是，各种金属元素与双硫腙形成配合物的稳定程度随着溶液的 pH 值变化而异，例如 pH 值在 2 以下时，汞与双硫腙配位形成稳定的橙色配合物；pH 值 3～4 时与铜生成稳定的红紫色配合物；pH 值 8～9 时与铅、镉生成稳定的红色配合物，而其他一些金属元素在此 pH 值条件下与双硫腙的配位反应受到阻止。因此，可根据被测元素与双硫腙配位时所需 pH 值，向溶液中加入酸或碱调节至所需的 pH 值，而将其他一些金属元素掩蔽。同时，还可利用被测物的配合物易溶于三氯甲烷、四氯化碳等有机溶剂，而未配位的金属离子溶于水的特性，用水和三氯甲烷（四氯化碳）进行液-液分配，就可将干扰离子除去。

2. 使用掩蔽剂

在被测溶液中加入一种配位剂，将干扰离子掩蔽起来，从而消除了干扰。例如双硫腙比色法测定铅时，在溶液中加入氨水，调节 pH 值为 8～9，然后加入掩蔽剂氰化钾，它与铜、锌、镍、钴、金、汞等金属离子配位为稳定的无色配合物，阻止了它们与双硫腙的配位，消除了干扰。

第四节 浓 缩 技 术

粮油食品中的被测物经分离、净化后，样液的量往往比较多，被测定成分含量甚微，尤其是痕量测定，在测定前常常需要将样液浓缩，提高样液的浓度，这样就可以提高分析的灵敏度。但是存在于粮油食品中的有些污染物性质不稳定，易氧化分解，因此，浓缩过程应注意防止氧化分解，尤其是在浓缩至近干的情况下，更容易发生氧化、分解，这时往往需要在氮气流保护下进行浓缩，常用的浓缩方法有以下几种。

一、气流吹蒸法

气流吹蒸法是将空气或氮气吹入盛有净化液的容器中，不断降低液体表面蒸气压，使溶剂不断蒸发而达到浓缩的目的。此法操作简单，但效率低，主要用于体积较小、溶剂沸点较低的溶液的浓缩，但蒸气压较高的组分易损失。对于残留分析，由于多数待测组分不是太稳定，所以一般是用氮气作为吹扫气体。如需在热水浴中加热促使溶剂挥发，应控制水浴温度，防止被测物氧化分解或挥发，对于蒸气压高的农药，必须在 50℃ 以下操作，最后残留的溶液只能在室温下缓和的氮气流中除去，以免造成农药的损失。

二、减压浓缩法

有些待测组分对热不稳定，在较高温度卜容易分解，采用减压浓缩，降低了溶剂的沸点，既可迅速浓缩至所需体积，又可避免被测物分解。常用的减压浓缩装置为全玻减压浓缩器，又称 K-D 浓缩器，这种仪器是一种常用的减压蒸馏装置，这种仪器浓缩净化液时具有浓缩温度低、速度快、损失少以及容易控制所需要体积的特点，适合对热不稳定被测物提取液的浓缩，特别适用于农药残留分析中样品溶液的浓缩。此外，还可用作溶剂的净化蒸馏之用。

三、旋转蒸发器浓缩法

旋转蒸发器通过电子控制，使烧瓶在适宜的速度下旋转以增大蒸发面积。浓缩时可通过真空泵使蒸发烧瓶处于负压状态。盛装在蒸发烧瓶内的提取液，在水浴或油浴中加热的条件下，因在减压下边旋转、边加热，使蒸发瓶内的溶液黏附于内壁形成一层薄的液膜，进行扩散，增大了蒸发面积，并且，由于负压作用，溶剂的沸点降低，进一步提高了蒸发效率，同时，被蒸发的溶剂在冷凝器中被冷凝、回流至接收瓶。因此，该法较一般蒸发装置蒸发效率成倍提高，并且可防止暴沸、被测组分氧化分解。蒸发的溶剂在冷凝器中被冷凝，回流至溶剂接收瓶中，使溶剂回收十分方便。旋转蒸发浓缩器由机械部件、电控箱和玻璃仪器三大部分组成。目前旋转蒸发器的生产厂家较多，型号多种。使用前，按照产品说明书进行安装即可。使用时，将安装好的旋转蒸发器用橡皮软管接好真空泵，打开真空泵测试负压，用于检测气密性；接好冷凝管，打开冷凝水阀门；调节升降杆，使蒸发瓶置于事先准备好的水浴中；加样至蒸发瓶的 1/2～2/3 处，关闭进样口阀门，开启旋转控制，当浓缩到一定体积时，停止旋转，取下蒸发瓶倒出浓缩液，取下溶剂接收瓶，将回收液倒入回收桶中，再接好旋转瓶和接受瓶，继续加样蒸发，重复上述过程直至净化液全部浓缩完毕。

四、真空离心浓缩法

真空离心浓缩就是采用离心机、真空和加热相结合的方法，在真空状态下离心样品，并通过超低温的冷阱捕捉溶剂，从而将溶剂快速蒸发达到浓缩或干燥样品的目的。离心浓缩后的样品可方便地用于各种定性和定量分析。真空离心浓缩仪主要由离心主机、冷阱、真空泵三部分组成。操作时，按仪器产品说明书进行。

参 考 文 献

[1] 周建平，邓放明. 食品质量安全检验基础与技术. 长沙：湖南人民出版社，2005.
[2] 顾炳刚，吕聪敏. 粮油食品卫生检验. 北京：中国商业出版社，2008.
[3] 马涛. 粮油食品检验. 北京：化学工业出版社，2009.
[4] 王肇慈. 粮油食品卫生检测. 第 2 版. 北京：中国轻工业出版社，2001.

第二章 色谱技术

第一节 薄层色谱

薄层色谱是色谱分析技术中的一项重要分支。薄层色谱法是将固定相均匀地涂在一块玻璃或塑料板上，形成一定厚度的薄层并使其具有一定的活性，在此薄层上进行色谱分离。它具有成本低、展开快、分离效能高、灵敏度高、耐腐蚀等特点，因此已广泛地应用于化学分析的多种领域。

一、薄层色谱的基本原理

薄层色谱法是利用试样中各组分在固定相与流动相之间的分配系数的不同，各组分在板上移动速率不同而获得分离的方法，即将点有样品的薄层板在密闭色谱分离缸中进行展开时，各组分首先被吸附剂吸附，然后又被展开剂所溶解而解吸附，且随展开剂向前移动，遇到新的吸附剂，各组分又被吸附，然后又被展开剂解吸，各组分在薄层板上吸附、解吸、再吸附、再解吸，这一过程在薄层板上连续不断地反复无数次。由于吸附剂多为极性，它对不同极性的组分有不同的吸附力，对极性大的组分吸附力大，对极性小的组分吸附力小，各组分因运行速度不一样而彼此分离。被分离的化合物可以采用喷洒显色试剂或紫外线照射的方法使之显色，并观察记录所显斑点的中心距原点的距离。斑点在薄层板上的位置通常用比移值（R_f）表示。R_f 为斑点中心距原点的距离与溶剂展开前沿距原点距离的比值，这是与物质在两相中分配系数相关的数值，因此，在特定条件下为一常数，不同的物质由于在特定色谱条件下两相间分配系数的差异，而有着不同的 R_f 值，这样就达到了薄层色谱分离的目的。

二、薄层色谱操作技术

1. 制板

薄层板的制备是将吸附剂均匀地铺在大小适当的玻璃板上，形成一定厚度的薄层。常用的载板中，以玻璃最好，根据被分离组分的性质及要求，可选用不同尺寸的板，定性鉴定可用 18cm×16cm 或 20cm×20cm 的板，制备薄层色谱，所用载板可达 20cm×100cm。在选择好适当的载板后，应根据试样的性质和分析要求，选定吸附剂，并将吸附剂制备成一定黏度的匀浆供制备薄层板用。常用的吸附剂有硅胶、纤维素粉、聚酰胺粉和离子交换剂等。薄层板的制备方法通常有浸渍法、倾注法、喷雾法、刮平法及涂布法。

2. 点样

把样液点在薄板一端适当位置上叫点样。薄层色谱点样是能否达到良好分离效果的关键之一，它要求点样后样品点的范围应尽可能小，一般直径不超过 3mm 为适宜，展开后斑点集中，对于薄层定量测定，更应使各原点面积大小基本一致。

3. 展开

点样完成后，放在密闭的色谱分离缸（展开槽）里，将点样端浸入适宜的展开剂中，借助薄板上的吸附剂毛细管作用，溶剂载带被分离组分向前移动展开。薄层色谱的展开方法有上行法、下行法、倾斜法、单向多次展开法、双向展开法等。用于展开的色谱分离缸也有多种。

展开时，各组分在吸附剂和展开剂之间发生连续不断地吸附、解吸、再吸附、再解吸。由于吸附剂不同极性组分的吸附力不同，易被吸附的组分相对移动得慢些，而难被吸附的组分则相对移动得快一些，所以选择合适的展开剂也是薄层色谱分离的关键。

4. 显色

当溶剂前沿到达薄板上预定的位置后，取出薄板，吸附能力不同的组分在薄层板上可形成彼此分离的斑点，如分离的组分为有色物质，展开后可直接观察斑点的颜色，无需进行显色；分离的组分是无色物质，展开后需用物理或化学方法使斑点显色，以便进行定性分析。

三、定性和定量分析

（一）定性分析

薄层色谱的定性依据主要是根据待测组分的 R_f 值和纯品的 R_f 值对照定性。将待测物质与一性质相近的标准物质在同一薄层上点样，于同一条件下展开、显色，根据测得的相对 R_f 值进行确证。如果它们的 R_f 值完全一样，则表示待测组分就是这个纯物质。为了考查其定性的准确性，常常将制成的板点样后，在不同的展开剂中展开，如果所得到的 R_f 值都一样，就可靠地证明它们是同一物质。有时为了进一步确证待测物，可将斑点从硅胶上洗脱下来，用其他方法进行定性鉴定。

（二）定量分析

1. 目视比较法

取标准物配制系列浓度的试样，将样品与标准物试样在同一薄层板上点样（点样体积相同），展开，显色后用目视的方法比较样品斑点和标准斑点面积大小和颜色深浅，取与标样最接近的斑点，按标准物质的含量进行定量计算，误差为 $\pm 10\%$。

2. 洗脱法

洗脱法是将展开后被分离化合物斑点区的吸附剂从薄层板上剥离下来，再用适当的溶剂溶解，提取出被分离的化合物，然后用其他的含量测定方法进行测定。常用的测定方法有分光光度法，其他如极谱法、库仑滴定法、气相色谱法和液相色谱法等也有应用。

3. 斑点面积测量法

面积法是根据薄层板上斑点面积与物质浓度的关系，直接进行含量测定的一种方法。实验结果表明，斑点样品质量的对数（$\lg m$）与斑点面积的平方根 $\sqrt{A}$ 成线性关系：

$$\sqrt{A} = b\lg m + c \tag{2-1}$$

式中，A 为斑点的面积；m 为样品质量；b、c 为常数。

（1）稀释未知样品法　在同一块薄层板上，点 3 个样品点：标准样品点，未知浓度样品点，稀释到一定倍数的未知样品点。正常展开显色后，测量相应斑点面积（相对值），按式（2-2）计算：

$$\lg m = \lg m_s + \left[\frac{\sqrt{A} - \sqrt{A_s}}{\sqrt{A_d} - \sqrt{A}}\right]\lg d \tag{2-2}$$

式中，A 为未知浓度样品的相对斑点面积；A_s 为标准溶液相对斑点面积；A_d 为稀释到某倍数后的未知浓度样品相对斑点面积；d 为稀释倍数的倒数；m_s 为标准样品质量；m 为所求未知物质量。

（2）稀释标准溶液法　在同一块薄层板上点 3 个样品点：标准样品点，稀释到一定倍数的标准样品点，未知浓度样品点。正常展开显色后，测量相应的斑点面积（相对值），按式（2-3）计算：

$$\lg m = \lg m_s + \left[\frac{\sqrt{A_s} - \sqrt{A}}{\sqrt{A_{sd}} - \sqrt{A_s}}\right]\lg d \tag{2-3}$$

式中，A 为未知浓度样品的相对斑点面积；A_s 为标准样品的相对斑点面积；A_{sd} 为标准样品稀释一定倍数后的相对斑点面积；d 为标准样品稀释倍数的倒数；m_s 为标准样品质量；

m 为所求未知物质量。

斑点面积的测量可采用一张半透明的绘图纸，覆盖在薄层上，描出斑点的面积，再将纸移到方格坐标纸上，读出斑点所占的格数，测量每格的面积（约 $0.25cm \times 0.25cm$），即可计算出斑点的总面积。误差为 $\pm 5\%$。

4. 扫描光密度法

扫描光密度法是直接用仪器在薄层板上测定斑点的颜色深度或荧光强度的一种方法。由于它的分离效率和测定灵敏度高、准确、快速，现已成为薄层定量的主要方法。薄层扫描定量方法可分为吸收测定法和荧光测定法。吸收测定法又可分为透射法和反射法。透射法是使光束照到薄层斑点上，测量透射光强度；反射法是使光束照到薄层斑点上，测量反射光的强度。凡被测组分有荧光或经适当处理后能生成荧光化合物时，均可进行荧光测定。可用氙灯或汞灯作紫外光源，测定时可选择适宜的激发光和荧光波长。

第二节　气　相　色　谱

一、概述

气相色谱法（gas chromatography，GC）是采用气体为流动相的一种色谱法，是一种物理化学分离、分析方法。这种分离方法是基于物质溶解度、蒸气压、吸附能力、立体化学等物理化学性质的微小差异，使其在流动相和固定相之间的分配系数有所不同，而当两相做相对运动时，组分在两相间进行连续多次分配，达到彼此分离的目的。气相色谱技术具有高效能、高选择性、高灵敏度、样品用量小、分析速度快、应用范围广等优点。气相色谱分析仪器已经很成熟，仪器造价低，使用氮气、氢气等气体作流动相，分析成本较低。因此，气相色谱在粮油食品分析中得到了越来越广泛的应用，几乎成了粮油食品分析实验室中不可或缺的高效、高速、高灵敏度的分离分析手段。近几年来，我国检验检疫系统已制定了近 400 个有害残留物的检测标准，其中 60% 采用了气相色谱技术。

二、检测器

混合组分中的物质经色谱柱分离后，各组分按时间顺序流出，色谱检测器将从色谱柱分离流出的载气中组分及其含量的变化转变成可测量的相应大小的电信号，并及时自动记录下来，进行定性定量分析。因此，检测器是影响色谱仪性能的关键部件之一。对色谱检测器的一般要求是响应速度快、灵敏度高、对待测组分有很好的选择性、稳定性好、线性范围宽，既可进行常量分析，又可进行微量和痕量分析。

气相色谱检测器有多种分类方法，根据测定原理，可将色谱检测器分为质量型检测器和浓度型检测器。质量型检测器的响应信号只与单位时间进入检测器的组分质量成正比，而与载气的流速无关，如氢火焰离子化检测器（FID）、火焰光度检测器（FPD）等；浓度型检测器的响应信号与组分在载气中的浓度有关，即它与载气和组分都有响应，如热导检测器（TCD）、电子捕获检测器（ECD）等。粮油食品气相色谱分析中常用的检测器包括热导检测器、氢火焰离子化检测器和电子捕获检测器。

三、定性和定量分析

（一）定性分析

气相色谱法的定性主要是依据每个组分的保留值，所以，一般需要标准品，而单靠色谱法特别是样品复杂时对每个组分进行鉴定是比较困难的，通常只能在一定程度上给出定性结果，或者与其他仪器结合进行定性。常用的定性方法有以下几种。

1. 用已知物（标样）对照定性

（1）保留值定性　在同一色谱柱和相同条件下分别测得组分和标准化合物的保留值，如果被测组分的保留值与标准化合物的保留值相同,则可以认为它们是同一物质。

(2) 加入标准化合物增加峰高法定性 在样品中加入标样,对比加入前和加入后的色谱图,如果某一组分的峰高增加,表示样品中可能含有所加入的这一种组分。

2. 采用文献数据定性

当没有纯物质时,可利用文献发表的保留值来定性。最有参考价值的是相对保留值,只要能够重复其要求的操作条件,这些定性数据是有一定参考价值的。

3. 与其他方法结合定性

(1) 与化学方法结合定性 有些带有官能团的化合物,能与一些特殊试剂起化学反应,经过此处理后,这类物质的色谱峰会消失或提前或移后,比较样品处理前后的色谱图,便可定性。另外,也可在色谱柱后分馏收集各流出组分,然后用官能团分类试剂分别定性。

(2) 与质谱、红外光谱等仪器结合定性 单纯用气相色谱法定性往往很困难,但可以配合其他仪器分析方法定性。其中仪器分析方法如红外光谱、质谱、核磁共振等对物质的定性最为有用。

(二) 定量分析

在合适的操作条件下,样品组分的量与检测器产生的信号(色谱峰面积或峰高)成正比,此即为色谱定量分析的依据。定量分析一般遵循如下步骤。

1. 色谱图上信号的测定

色谱图上信号的测定方法常用的有峰高测量法和面积测量法。峰高测量法是指测量由峰最高点至底的垂直距离。峰面积测量法是指当色谱峰为对称峰时,将每个峰看作等腰三角形,可以近似认为峰面积等于峰高乘以半峰宽。目前大多数的 GC 都带有自动积分仪或色谱工作站,能自动测量色谱峰的面积,并可自动计算出每峰的峰面积归一化的含量等数据。

2. 信号与物质含量间的关系

色谱的定量分析是基于被测物质的量与其峰面积的正比关系。但是,由于同一检测器对各物质具有不同的响应值,即使两种物质含量相同,得到的色谱峰的面积往往是不相等的,这样就不能用峰面积来直接计算物质的含量。为了使检测器产生的响应信号能真实地反映出物质的含量,在进行定量分析时必须对峰面积进行校正,这就是定量校正因子,即选定一个物质作标准,用校正因子把其他物质的峰面积校正成相当于这个标准物质的峰面积,然后用这个经过校正的峰面积来计算物质的含量。

(1) 绝对校正因子

$$f = \frac{m}{A} \tag{2-4}$$

式中,f 为绝对校正因子,其物理意义为单位峰面积所对应的物质量。

(2) 相对响应值 S 相对响应值是物质 i 与标准物质 s 的绝对响应值之比。

$$S = \frac{S_i}{S_s} \tag{2-5}$$

应用相对响应值主要用来抵消检测器结构、工作状态等不同的影响。

3. 组分含量的计算

(1) 归一化法 当样品中所有组分都能流出色谱柱,并在检测器上都有响应信号时,可用此法进行定量计算。即将样品中各组分含量的总和 m 看作 100%,然后将总量去除各组分的含量 m_i,即得各组分的质量分数 X_i。

$$X_i = \frac{m_i}{m} \times 100\% = \frac{\dfrac{A_i}{S_i}}{\dfrac{A_1}{S_1} + \dfrac{A_2}{S_2} + \cdots + \dfrac{A_i}{S_i} + \cdots + \dfrac{A_n}{S_n}} \times 100\% = \frac{\dfrac{A_i}{S_i}}{\sum \dfrac{A_i}{S_i}} \times 100\% \tag{2-6}$$

（2）外标法　在一定操作条件下，以被测化合物的纯品或已知其含量的标样作为标准品，配制一系列不同浓度的标准溶液，定量进样，得到的响应值（峰面积或峰高）与进样量在一定范围内成正比，用标样浓度对响应值绘制标准曲线或计算回归方程，分析样品时，样品也定量进样，由所得峰面积或峰高从标准曲线查出被测组分的浓度或通过回归方程计算被测组分的浓度。

（3）内标法　将一定量的纯物质作为内标物加至一定量的样品中，然后进行色谱分析测得内标物和被测组分的峰面积或峰高，并且事先分别测定出内标物和组分的响应值，即可根据式(2-7)计算出组分的含量。

$$X_i = \frac{m_i}{m} \times 100\% = \frac{m_i}{m_s} \times \frac{m_s}{m} \times 100\% = \frac{\dfrac{A_i}{S_i}}{\dfrac{A_s}{S_s}} \times \frac{m_s}{m} \times 100\% = \frac{A_i}{A_s} \times \frac{S_s}{S_i} \times \frac{m_s}{m} \times 100\% \quad (2\text{-}7)$$

式中，m_i 为待测组分的质量；m_s 为内标物的质量；m 为待测样品的总质量；A_i 为加入内标物后组分 i 的峰面积；A_s 为内标物峰面积；S_i 为待测组分的响应值；S_s 为内标物的响应值。

使用内标法定量时，内标物的选择很重要，它应该是样品中所没有的纯物质，和样品中被测组分性质相似；能和组分峰分开，而又位于各被测组分峰的中间。

第三节　气相色谱-质谱联用技术

一、气相色谱-质谱仪的基本结构和工作原理

气相色谱是一种具有高分离能力、高灵敏度和高分析速度的分离技术，但在定性分析方面，由于它仅利用保留时间作为主要依据而受到很大限制。质谱仪是一种具有很强结构鉴定能力的定性分析技术。由于气相色谱的试样呈气态，流动相也是气体，与质谱的进样要求相匹配，故容易将这两种仪器联用。气相色谱-质谱联用仪（GC-MS 联用仪）就是由气相色谱仪和质谱仪通过色质联用接口连接而成的。气相色谱-质谱联用仪系统一般由气相色谱仪、质谱仪、气相色谱质谱的中间连接装置（即接口）和计算机四个部分组成。其中，气相色谱仪分离样品中各组分，起着样品制备的作用；接口把分离后的各组分送入质谱仪进行检测，起着气相色谱仪和质谱仪之间工作流量和气压匹配器的作用；质谱仪相当于气相色谱仪的检测器，对接口依次引入的各组分进行定性、定量分析；计算机系统控制着气相色谱仪、接口、质谱仪的运行，并对它们传递来的信息进行数据采集和处理，是 GC-MS 的中央控制单元，由此同时获得色谱和质谱数据，对复杂试样中的组分进行定性和定量分析。GC-MS 联用分析的灵敏度高，适合于低分子化合物（相对分子质量<1000）的分析，尤其适合于挥发性成分的分析，应用很广。

二、气相色谱-质谱仪的操作要点

① 正确选择色谱柱及其工作条件。对给定的 GC-MS 联用仪，按流量匹配原则，选择色谱柱类型、尺寸、柱前压（或流量），是仪器正常工作和良好性能的基础。一般 GC-MS 联用仪的操作说明书对规格、接口和柱前压有较详细的规定，应遵照执行。流量匹配公式为：

$$p_{源(He)} \times S_{泵(He)} \times N = 0.6368(D^4/L) \times (p_入^2 - p_出^2) \times Y \quad (2\text{-}8)$$

式中，$p_{源(He)}$ 为离子源泵口处的氦气压，Pa；$S_{泵(He)}$ 为离子源泵对氦的抽速，L/s；N 为接口装置的浓缩系数，直接导入接口和分流接口 $N=1$；Y 为接口装置的产率，直接导入口 $Y=1$，分流接口 Y 为分流百分比；D 为毛细管内径，mm；L 为毛细管柱长，mm；$p_入$ 为柱前压（绝对压力），Pa；$p_出$ 为柱后压（绝对压力），对直接导入接口 $p_出=0$，对开口分流接口 $p_出=0.1MPa$ (1atm)；0.6368 为 20℃时氦气黏滞系数和单位换算系数之和。

② 优化混合物分离的气相色谱条件。在 GC 法中，一切有利于试样色谱分离的方法都应继承，如样品萃取、衍生、硅烷化处理等。

③ 合理设置 GC-MS 联用仪各温度带区的温度，防止出现冷点，是保证色谱有效分离的关键。

④ 防止离子源沾污是减少离子源清洗次数、保持整机良好工作状态的重要措施。防止离子源沾污的方法有：柱老化时不连质谱仪，柱最高工作温度应低于老化温度 10℃ 以上。

⑤ 质谱仪操作参量（质谱图质量范围、分辨率和扫描速度）的综合考虑。按分析要求和仪器所能达到的性能设定操作参量：在选定 GC 柱和分离条件下，可知 GC 峰的宽度。以 1/10 GC 峰宽初定扫描周期，由所需谱图的质量范围、分辨率和扫描速度，再实测。若仪器性能不能满足要求再适当修正。

⑥ 注意进样量的综合分析。考虑色谱柱的最大承载样品负荷，接收产率，GC-MS 联用仪鉴定所需最小样品量、动态范围等之间的关系，以能检出和可鉴定为度，尽量减少进样量，以防止沾污质谱仪。

⑦ GC-MS 联用仪的操作随具体仪器的自动化程度而有很大差异，自动化程度越低，操作人员越应注意操作要求。此外，不同应用领域的不同质量控制规范，均应遵照执行。

第四节　高效液相色谱

一、概述

高效液相色谱法（high performance liquid chromatography，HPLC）是 20 世纪 70 年代发展起来的一项高效、快速的新型分离分析方法。它是以经典的液相色谱法和气相色谱法为基础，以高压下的液体为流动相的色谱过程，在技术上采用了高压泵、高效固定相和高灵敏度检测器，实现了分析速度快、分离效率高和操作自动化。高效液相色谱法只要求试样能制成溶液，而不需要汽化，因此不受试样挥发性的限制，对于高沸点、热稳定性差、相对分子质量大的有机物原则上都可用高效液相色谱法来进行分离、分析。在食品行业，HPLC 已广泛应用于食品中的营养成分、功能因子及污染物的检测，成为食品研究和生产及质量监测中不可缺少的常规检测手段和重要的分离分析技术。

二、基本理论

高效液相色谱仪通常由储液器、输液泵、进样器、色谱柱、检测器、记录仪积分仪或数据工作站等部分组成，如图 2-1 所示。其中输液系统、色谱柱和检测器是高效液相色谱仪的关键部分。贮液瓶中的溶剂由输液泵吸入色谱系统，然后输出，经流量与压力测量之后，导入进样器。被测物由进样器注入，并随流动相通过色谱柱，在柱上进行分离后进入检测器，检测信号由数据处理设备采集与处理，并记录色谱图。废液流入废液瓶。当分离复杂的混合物时，往往需要进行梯度洗脱，通过改变流动相的极性，使样品各组分在最佳条件下实现分离。

同其他色谱过程一样，HPLC 也是溶质在固定相和流动相之间进行的一种连续多次交换过程，它借溶质在两相间分配系数、亲和力、吸附力、交换能力或分子大小不同引起的排阻作用的差别使不同溶质得以分离。高效液相色谱分离过程如图 2-2 所示。色谱过程中使用的流动相是液体（溶剂），也叫洗脱剂或载液。分析开始时样品加在柱头上，随流动相一起进入色谱柱，接着在固定相和流动相之间进行分配。假设样品中含有 3 个组分 A、B 和 C，分配系数小的组分（如组分 A）不易被固定相阻留，较早地流出色谱柱。分配系数大的（如组分 C）在固定相上滞留时间长，较晚流出色谱柱。组分 B 的分配系数介于 A、C 之间，第二个流出色谱柱。若一个含有多个组分的混合物进入系统，则混合物中各组分按其在两相间

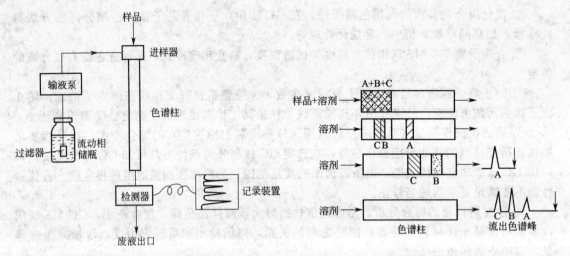

图 2-1　高效液相色谱仪的基本组成示意　　　图 2-2　高效液相色谱分离过程

分配系数的不同先后流出色谱柱，达到分离的目的。

三、色谱分离的类型和选择

　　根据分离机理的不同，高效液相色谱可分为 5 种类型：分配色谱、吸附色谱、离子交换色谱、体积排阻色谱和亲和色谱。在应用高效液相色谱对样品进行分离、分析前，必须根据样品的特性，如分子量大小、化学结构和溶解度等，来选择一种合适的分离类型。

　　相对分子质量在 200～2000 的样品宜于用液相色谱法。依据该样品在多种溶剂中的溶解度，来考虑选用的分离类型。对于易溶于水的样品，可用反相液-液色谱法；易溶于酸性或碱性水溶液，则表示样品属于离子型化合物，可用离子交换色谱法；对非水溶性样品，如易溶于烃类，可选用液-固色谱法，如难溶于烃类溶剂而易溶于中等极性溶剂，则可用正相液-液色谱法或液-固色谱法，易溶于强极性溶剂，则可用反相液-液色谱法。图 2-3 显示了液相色谱法主要分离模式的选择。

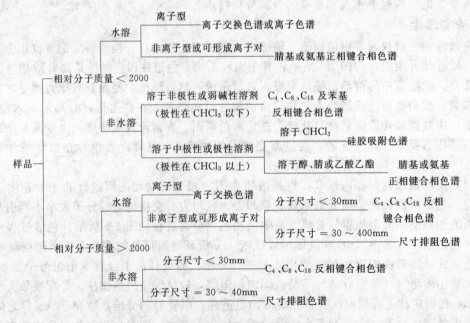

图 2-3　液相色谱法主要分离模式的选择

四、定性和定量分析

（一）定性分析

在高效液相色谱中，常用的定性分析有下列三种方法。

（1）利用已知标准样定性　在相同的色谱条件下，如果被测物与标样的保留值一致，则可初步认为被测物与标样相同。如果多次改变流动相组成后，被测物与标样保留值仍然一致，那么就能进一步证明被测化合物与标样相同。

（2）利用紫外或荧光光谱定性　由于不同的化合物有其不同的紫外吸收或荧光光谱，所以采用全波长扫描的紫外或荧光检测器进行定性分析。比较待测组分和标准品的紫外可见光或荧光光谱图，即可鉴别该组分是否与标准品相同。对于某些有特征光谱图的化合物，也可以与所发表的标准谱图来比较定性。

（3）收集柱后流出组分，再用其他化学或物理方法定性　收集各组分，然后再用仪器分析、化学分析或生物活性测定等方法进行定性。

（二）定量分析

目前，在高效液相色谱分析中常用的定量分析方法主要有外标法和内标法。

1. 外标法

外标法是以被测化合物的标样配成一定浓度的标准系列溶液，注入色谱仪，得到的响应值（峰高或峰面积）与进样量在一定范围内成正比。用标样浓度对响应值绘制标准曲线或计算回归方程，然后用被测物的响应值求出被测物的量。

2. 内标法

内标法是利用在同一次操作中，被测物的质量（g）或物质的量（mol）响应值与内标物的质量（g）或物质的量（mol）响应值之比是恒定的，此比值不随进样体积或操作期间所配制的溶液浓度的变化而变化，因此得到较准确的分析结果。具体操作步骤如下。

① 先准确称取被测组分 a 的标样 W_a，再称取 W_s 内标物，再加入一定量溶剂混合得混合标样。取任意体积（μL）注入色谱仪，得色谱峰面积 A_a（被测组分 a 标样峰面积）及峰面积 A_s（内标物峰面积），用式（2-9）计算相对响应因子 S_a。

$$S_a = \frac{\dfrac{A_a}{W_a}}{\dfrac{A_s}{W_s}} \tag{2-9}$$

② 称取被测物 W，然后加入准确称重的内标物 W'_s，加入一定体积溶剂混合，取任意体积（μL）注入色谱仪，测得被测组分 a 的峰面积 A'_a，内标物峰面积 A'_s。按式（2-10）计算被测物中 a 组分的质量 W'_a。

$$W'_a = \frac{A'_a \times W'_s}{A'_s} \times S_a \tag{2-10}$$

a 组分在被测物中的含量为：

$$a = \frac{\dfrac{A'_a}{A'_s} \times W'_s \times S_a}{W} \times 100\% \tag{2-11}$$

第五节　液相色谱-质谱联用技术

一、液相色谱-质谱仪的基本结构和工作原理

高效液相色谱-质谱联用（high performance liquid chromatography-mass spectrometry，HPLC-MS），简称液相色谱-质谱联用（liquid chromatography-mass spectrometry，LC-MS）

或液-质联用。液相色谱-质谱的联用在 20 世纪 80 年代以后进入实用阶段。液相色谱-质谱联用仪（HPLC-MS）主要由高效液相色谱、接口装置（同时也是电离源）、质量分析器、检测器、数据处理系统等组成。待测混合物样品注入色谱仪后，经色谱柱得到分离，从色谱仪流出的被分离组分依次通过接口进入质谱仪。在质谱仪中首先于离子源处被离子化，然后离子在加速电压作用下进入质量分析器进行质量分离。分离后的离子按质量的大小，先后由收集器收集，离子信号转变成电信号，由电子倍增器检测，检测信号被放大后传输至计算机数据处理系统，并记录质谱图。根据质谱峰的位置和强度可对样品的成分和其结构进行分析。接口装置必须既能满足液相色谱、质谱在线联用的真空匹配要求，又能实现被分析组分的离子化。常见的离子化方式有两种：一种是试样在离子源中以气体形式被离子化，另一种是从固体表面或溶液中溅射出带电离子。大气压离子化（atmospheric pressure ionization，API）是液相色谱-质谱联用仪最常用的离子化方式，它包括电喷雾离子化（electrospray ionization，ESI）、大气压化学离子化（atmospheric pressure chemical ionization，APCI）和大气压光离子化（atmospheric pressure photo ionization，APPI）。

HPLC-MS 适用范围宽，能够提供丰富的结构信息，有很高的灵敏度和样品通量，因此 HPLC-MS 具有广泛的应用范围。

二、液相色谱-质谱仪的操作要点

在粮油食品分析中，HPLC-MS 主要用来对物质种类进行定性或测量某种物质的含量。其操作要点主要是优化样品分离和离子化条件，当然样品的前处理对 HPLC-MS 也非常重要。这里主要介绍 HPLC-MS 的优化技术。

1. 离子源的选择

在粮油食品分析中，电喷雾电离源和大气压化学电离源在农药残留分析中应用最广，但是二者各具特色，电喷雾电离源适合于中等极性到强极性的化合物分子，特别是那些在溶液中能预先形成离子的化合物和可以获得多个质子的大分子物质，如蛋白质；而大气压化学电离源则适合于弱极性或中等极性的小分子化合物，不适合于多电荷的大分子化合物。

2. 正、负离子模式的选择

电喷雾电离源和大气压化学电离源都有正离子、负离子两种模式。正离子模式比较适合于碱性样品，如部分偏碱性的氨基酸等，一般通过乙酸或甲酸对样品加以酸化，以提高样品离子化效率，但酸的含量一般不超过 1%。若样品中含有仲胺或叔胺时，可优先考虑使用正离子模式。负离子模式适合于酸性样品，一般利用氨水或三乙胺碱化样品，提高样品离子化效率。样品中含有较多的强电负性基团，如含氯、溴和多个羟基时应优先使用负离子模式。对于酸碱性不明确的化合物，要尝试正负离子两种模式，若都能出峰，则应选择灵敏度高的方式，不明确的优先选用正离子方式试验。

3. 流动相的选择

测试待测样品前一定要选择最佳的液相色谱条件，既保证分离，又使缓冲体系符合质谱仪的要求。流动相中添加酸性或碱性化合物可以提高待测样品的离子化效率，但为避免抑制离子源的信号、堵塞喷雾针和污染质谱仪，应控制流动相成分，即流动相中各成分应控制在以下的范围内：钠和钾小于 1mmol/L、甲酸（乙酸）小于 2%、三氟乙酸小于 0.5%、三乙胺小于 1%、醋酸铵小于 5mmol/L，并避免不挥发的流动相，尤其是避免含磷和氯的流动相进入接口。流动相中是否加酸不是绝对的，还要根据色谱的分离情况、样品在酸性条件下的稳定性等决定。通常 pH 低时，$[M+H]^+$ 比例高，pH 高时，$[M+Na]^+$、$[M+K]^+$ 或 $[M+NH_4]^+$ 比例高。

4. 流量和色谱柱的选择

流量大小对 HPLC-MS 分析非常重要，即使是在有气体设置的电喷雾电离源和大气压化学电离源上，仍然要在小的流量下才获得高的离子化效率。对于电喷雾电离源的最佳流速是 1～500μL/min，目前大多采用 1～2.1mm 内径的微柱，在使用 4.6mm 内径的色谱柱时要求柱后分流，以适应质谱的流量要求，建议使用的流速为 200～400μL/min；大气压化学电离源的最佳流速 0.001～1mL/min，直径为 4.6mm 柱最合适。由于质谱定量分析时可使用多级反应监测，不要求各组分必须完全分离，因此为节省定量分析时间，常采用 100mm 以下的短柱。

5. 辅助气体流量和温度的选择

辅助气体包括雾化气、干燥气和碰撞气。一般雾化气对流出液形成喷雾有影响，干燥气影响喷雾去溶剂效果，碰撞气影响二级质谱的产生。对于温度的选择和优化主要是指接口的干燥气体，一般情况下干燥气体温度比待测样品沸点高 20℃ 左右即可。但对于热不稳定性化合物，应选用更低的温度以避免分解，必要时还可以降低流速，采取不加热的方式来完成分析。加热温度的设定，要同时考虑流动相的组成，当有机相比例高时，温度可以低一些，流量也可以小一些；当水相比例高时，温度则应高一些，流量也要大一些。

6. 质谱扫描方式的选择

在农药残留分析时，液相色谱-单极质谱的扫描方式主要有全扫描（TIC）和选择离子扫描（SIM）两种方式，而液相色谱-串联质谱还增加了多级反应监测（MRM）等方式。全扫描方式，能给出比较全面的结构信息，但在实际样品分析时应用较少，主要是由于背景干扰大，灵敏度很低，难以判定质谱峰来源，主要用于高纯度样品的定性分析。选择离子扫描方式，主要用于检测目标化合物，具有一定的选择性，比全扫描得到更高的灵敏度，但该方式同样是背景干扰较大、对样品前处理及净化要求高。多级反应监测方式用于检测目标化合物，既有较高的灵敏度，又有很高的选择性。虽然得不到普通的质谱图，但分析那些本底复杂的样品，能更有效降低干扰物质的影响。用于定性，至少需要两对离子与标准物质相吻合。

7. 系统背景干扰的消除

在应用 HPLC-MS 分析样品的过程中，由于往往要使用大量的流动相，进样量也比较大以及固定相的微量洗脱，导致带进的杂质增加等诸多原因，因此，HPLC-MS 具有更大的背景干扰。如果处理不好这些干扰，在微量甚至痕量分析中，可能导致被分析对象的信号受到背景干扰，甚至无法检测。消除背景干扰，一般采用选择合适的流动相，样品的净化、衍生化等。

参 考 文 献

[1] 李发美. 分析化学. 第 6 版. 北京：人民卫生出版社，2007.
[2] 刘约权，李贵深. 实验化学：下册. 北京：高等教育出版社，2005.
[3] 翟永信，陆冰真. 薄层层析法在食品分析中的应用. 北京：北京大学出版社，1991.

第三章 光谱技术

第一节 紫外-可见分光光度法

分光光度法是通过测定被测物质在特定波长处或一定波长范围内光的吸收度，对该物质进行定性和定量分析的方法，即利用紫外光、可见光、红外光和激光等测定物质的吸收光谱，利用此吸收光谱对物质进行定性、定量分析和物质结构分析的方法。常用的波长范围为：近紫外光区（200～400nm），可见光区（400～760nm），红外光区（2.5～25μm，按波数计为400～4000cm^{-1}）。所用仪器为紫外分光光度计、可见光分光光度计（或比色计）、紫外-可见光分光光度计及红外分光光度计。紫外-可见分光光度法（ultraviolet and visible spectrophotometry，UV-Vis）是以测量分子对紫外区域可见区域辐射的吸收为基础的。在这一波长区域的辐射可引起在各表征分子中分子结构的波长处的电子跃迁。

一、紫外-可见分光光度法的基本原理

当一束光（光强度 I_0）照射试样溶液时，光子与溶液中吸光物质（分子或离子）发生作用而被吸收，因此透过溶液的光强度（I_t）减弱。当溶液的浓度一定时，光的吸收程度与吸收层厚度成正比关系，吸光物质溶于不吸光的溶液中，光被吸收的程度和吸光物质的浓度成正比。这就是朗伯-比尔定律（Lambert-Beer），有时也称为比尔定律。朗伯-比尔定律是紫外-可见分光光度分析方法进行定量测定的数学基础，用数学公式表示为

$$A = \lg \frac{I_0}{I_t} = abc = \varepsilon bc \tag{3-1}$$

式中，A 为吸光度，又称光密度"OD值"；比例常数 a 称为吸光系数，相当于浓度为1g/L、液层厚度为1cm时，该溶液在某一波长下的吸光度；b 为液层厚度，cm；c 为溶液浓度，g/L 或 mol/L。

A 为无量纲量，通常 b 以 cm 为单位，如果 c 以 g/L 为单位时，则 a 的单位为 L/(g·cm)；如果 c 以 mol/L 为单位，则此时的吸光系数称为摩尔吸光系数，用符号 ε 表示，单位为 L/(mol·cm)。

由式(3-1)可以看出吸光度 A 与物质的摩尔吸光系数"ε"和物质的浓度"c"成正比。ε 是吸光物质在特定波长和溶剂的情况下的一个特征常量，数值上等于 1mol/L 吸光物质在1cm 光程中的吸光度，是吸光物质吸光能力的量度。它可作为定性鉴定的参数，也可用以估量定量方法的灵敏度。ε 越大，吸收光的能力越强，相应地分光光度法测定的灵敏度就越高。ε 值越大，说明电子跃迁的概率越大，通常 $\varepsilon = 10 \sim 10^5$。一般认为 $\varepsilon > 10^4$ 为强吸收；$\varepsilon = 10^3 \sim 10^4$ 为较强吸收；$\varepsilon < 10^2$ 为弱吸收，此时分光光度法不灵敏。

ε 与 a 的关系为

$$\varepsilon = Ma \tag{3-2}$$

式中，M 为物质的摩尔质量。

吸光度"A"的一个重要性质是其具有加和性，即

$$A = \varepsilon_1 c_1 b_1 + \varepsilon_2 c_2 b_2 + \cdots + \varepsilon_i c_i b_i + \cdots + \varepsilon_n c_n b_n = \sum_{i=1}^{n} \varepsilon_i c_i b_i \tag{3-3}$$

即混合物的总吸光度等于溶液中的各组分各自在该波长下吸光度的算术和。这是多元混合物分光光度法定量分析的基础。若溶液中各溶质的吸光系数 ε 相同，则各溶质吸光度的大

小与溶质浓度成比例。

二、分光光度计

目前紫外-可见分光光度计的商品种类很多，但组成构造基本相似，基本上都由五部分组成，即光源、分光系统（包括产生平行光和把光引向检测器的光学系统）、样品室、检测放大系统和记录系统。

三、分析方法

（一）光度测定条件的选择

1. 入射光波长的选择

进行样品溶液定量分析时，关键问题是如何选择适宜的检测波长。一般根据被测组分的吸收光谱，选择最强吸收带的最大吸收波长（λ_{max}）作为检测波长，以提高灵敏度并减少测定误差。被测物如有几个吸收峰，可选不易有其他物质干扰的、较高（百分吸光系数较大的）和宽的吸收峰波长进行测定。

2. 溶剂的选择

溶剂的性质对溶质的吸收光谱的波长和吸收系数都有影响。选择溶剂的条件除了样品不能与溶剂有反应外，还要求样品在溶剂中能达到一定浓度以及在所要测定的波长范围内，溶剂本身没有吸收。极性溶剂的吸收曲线较稳定，且价格便宜，故在分析中，常用水（或一定浓度的酸、碱及缓冲液）和醇等极性溶剂作为测定溶剂。许多溶剂在紫外区有吸收峰，只能在其吸收较弱的波段使用，表3-1列出了一些溶剂的波长极限，在大于此波长时溶剂是透明的，当所采用的波长低于溶剂的极限波长时，则应考虑采用其他溶剂或改变测定波长。

表 3-1　常用溶剂在紫外区的使用波长

溶剂	波长/nm	溶剂	波长/nm	溶剂	波长/nm
水	210	2,2,4-三甲戊烷	215	四氯化碳	260
96%硫酸	210	乙醇	215	甲酸甲酯	260
甲醇	210	1,4-二氧六环	220	乙酸乙酯	260
异丙醇	210	甘油	220	苯	280
正丁醇	210	正己烷	220	二硫化碳	280
乙醚	210	二氯甲烷	235	甲苯	285
乙腈	210	1,2-二氯乙烷	235	吡啶	305
正庚烷	210	氯仿	240	丙酮	330

（二）定性分析

用紫外-可见分光光度法对化合物进行定性，一般采用与标准品、标准谱图对照，对比吸收光谱特征数据及对比吸光度的比值三种。

（1）与标准品、标准谱图对照　将样品和标准品以相同浓度配制在相同溶剂中，在同一条件下分别测定吸收光谱，比较光谱图是否一致。若二者是同一物质，则二者的光谱图应完全一致。如果没有标准品，也可以和标准图（如 Sadtler 标准图谱）对照比较，但这种方法要求仪器准确度、精密度高，而且测定条件要相同。

（2）对比吸收光谱特征数据　最常用于鉴别的光谱特征数据有吸收峰的波长 λ_{max} 和峰值处吸光系数 $\varepsilon_{\lambda_{max}}$、$E_{1cm, \lambda_{max}}^{1\%}$；对于具有不止一个吸收峰的化合物，也可同时用几个峰值作为鉴别依据。肩峰或谷处的吸光度测定受波长变动的影响较小，有时也将谷值或肩峰值与峰值同时用作鉴别的依据。

（3）对比吸光度的比值　有些化合物的吸收峰较多，可采用在多个吸收峰处测定吸光度，求出这些吸光度的比值，规定吸光度在某一范围，作为鉴别化合物的依据之一。

（三）定量分析

紫外-可见分光光度法适宜测定微量物质的含量，如果物质的 $E_{1cm}^{1\%}$ 在 300 以上（即相当于浓度为 $10\mu g/mL$ 的该溶液的吸光度 $A_{\lambda_{max}}$ 在 0.3 以上），即可进行定量测定。本法具有准确、灵敏、简便和具有一定的选择性等优点，故在食品分析中是应用最广泛的一种定量分析方法。单组分定量测量的方法有标准曲线法、标准对比法和吸光系数法等，其中标准曲线法是最常用的。

（1）标准曲线法 测定时，先将待测组分的标准样品配制成一定浓度的溶液，进行紫外-可见光谱扫描，找出最大吸收波长 λ_{max}，然后将一系列浓度不同的标准溶液在一定波长下（通常是 λ_{max} 处）测定吸收度，以不含被测组分的溶液作空白，以吸收度为纵坐标、浓度为横坐标，绘制 A-C 曲线，称为标准曲线。再根据样品溶液所测得的吸收度，依据标准曲线来计算浓度。

（2）吸光系数法 吸光系数是物质的物理常数，只要测定条件（溶液的浓度、酸度、单色光纯度等）不引起对比尔定律的偏离，即可根据样品测得的吸光度求浓度。

$$C=\frac{A}{E_{1cm}^{1\%}} \tag{3-4}$$

$E_{1cm}^{1\%}$ 由文献手册提供，或用对照品配成一定浓度，测定其吸光度（A），经计算求得。

也可将待测样品溶液吸光度换算成百分吸光系数（$E_{1cm}^{1\%}$），而后与标准品的百分吸光系数相比求其含量。

$$含量=\frac{E_{1cm(样)}^{1\%}}{E_{1cm(标)}^{1\%}}\times100\% \tag{3-5}$$

（3）标准对比法 该法是在相同条件下配制样品溶液和标准品（也可以是已知浓度的对照样品）溶液，在所选波长处同时测定吸光度 $A_{样}$ 及 $A_{标}$，按式(3-6)计算样品的浓度：

$$C_{样}=\frac{C_{标}\ A_{样}}{A_{标}} \tag{3-6}$$

然后根据样品的称量及稀释情况计算得样品含量。为了减少误差，该法一般配制标准溶液的浓度与样品液浓度相接近。

第二节 原子吸收分光光度法

原子吸收分光光度法，又称原子吸收光谱法，它是基于物质所产生的原子蒸气对待测元素的特征谱线的吸收作用来进行定量分析的一种方法。原子吸收分光光度法具有分析干扰少、准确度高、灵敏度高、测定范围广等优点，不足之处在于测定不同元素时需更换光源灯，不利于多种元素的同时分析。

一、原子吸收分析的原理

原子吸收光谱法是基于原子对特征光吸收的一种相对测量方法。它的基本原理是将光源辐射出的待测元素的特征光谱（也称锐线光谱）通过火焰中样品蒸气时，被蒸气中待测元素的基态原子所吸收，在一定条件下，入射光被吸收而减弱的程度与样品中待测元素的含量呈正相关，由此可得到样品中待测元素的含量。

二、原子吸收分光光度计

原子吸收分光光度计由四部分构成，即光源系统、原子化系统、分光系统和检测系统。光源系统用于发射出待测元素的特征谱线，一般采用空心阴极灯；原子化系统主要用于产生元素的原子蒸气；分光系统可以分出通过火焰的光线中待测元素的特征谱线；检测系统则把光信号转换成电信号，经调制、放大、计算，最后将结果输出。

从类型上来讲，原子吸收分光光度计可分为单光束原子吸收分光光度计和双光束原子吸收分光光度计。双光束原子吸收分光光度计可以消除由于光源不稳定以及背景吸收而对测定结果造成的影响。另外，为了适应某些用户同时测定多种元素的需要，市场上还有多道多检测器原子吸收分光光度计，可同时测定多种元素。

三、仪器最佳条件的选择

原子吸收光谱分析中影响测量的可变因素多，各种测量条件不易重复。对测定结果的准确度和灵敏度及能否有效地消除干扰因素影响大。因此，严格控制测量条件十分重要。

（一）火焰原子吸收分析最佳条件的选择

1. 吸收线的选择

吸收线的选择直接影响原子吸收分析的灵敏度、稳定度、干扰度、直线性以及光敏性等。在实际工作中应根据分析的目的、样品组成、待测元素浓度、干扰情况以及仪器自身条件等综合考虑。

首先应当尽量避免干扰。如果共振线附近存在着其他谱线，或火焰氛围对吸收线影响较大，则有时宁愿牺牲一些灵敏度，以保证良好的线性。如 Pb217.0nm 是 Pb 的共振线，但由于它受火焰吸收的影响较大，因而通常选用 Pb283.3nm 来测定 Pb。

其次，样品的组成和待测元素的浓度也是吸收线选择应当考虑的重要因素。原子吸收分析通常用于低含量元素的测定。一般应选择最灵敏的共振吸收线，但当测定高浓度元素时，为了避免过度稀释和减少污染等问题。可选用次灵敏线代替共振线。

2. 灯电流的选择

在选择灯电流时，应当综合考虑灯电流对灵敏度、稳定度、特征辐射强度和灯寿命四方面的影响。通常，对于微量元素分析，应在保证有足够灵敏度的前提下，选用较小的灯电流，以获得较高的灵敏度；而对于较高含量元素分析，在保证有足够灵敏度的前提下，尽量选用较大的灯电流以保证足够的稳定度和精密度。另外，从灯的使用寿命考虑，对于高熔点、低溅射的元素，如铁、钴、镍、铬等，灯电流允许用大一些；对于低熔点、高溅射的元素，如锌、铅等，灯电流宜小些；对于低熔点、低溅射的元素，如锡，灯电流可稍大些。

3. 光谱通带的选择

光谱通带宽度直接影响测定的灵敏度和标准曲线的线性范围。它应当既能使吸收线通过单色器出口狭缝，又要把邻近的其他谱线分开。因此，在选择时应当遵循这样一条原则：在保证只有分析线通过出口狭缝到达检测器的前提下，尽可能选用较宽的光谱通带，以获得较高的信噪比和稳定度。

4. 燃助比的选择

燃气与助燃气的比例决定着火焰的类型和状态，从而直接关系到测定的灵敏度、精密度和基体等重要因素。根据火焰温度和气氛，可以将火焰分为四种类型：贫燃火焰、化学计量火焰、发亮性火焰和富燃火焰，其燃助比及火焰状态大致如下：

火焰类型	贫燃火焰	化学计量火焰	发亮性火焰	富燃火焰
乙炔/空气	>1:6	1:4	<1:4	<1:3

→

还原性增强，火焰温度降低

一般情况下，测定高熔点元素时，通常采用贫燃型火焰，或采用乙炔—一氧化二氮火焰以获得较高的火焰温度。由于在 230.0nm 以内的短波区乙炔火焰有明显的吸收，因而，在此测定波长区域内的元素宜采用氢火焰。对于大多数元素，一般采用化学计量火焰。某些元素对燃助比反应非常敏感，如铬、铁等。为保证得到良好的分析结果，应特别注意燃气和助燃气的流量和压力。

火焰温度的选择原则是在保证待测元素充分分解为基态原子的前提下，尽量采用低温火焰。火焰温度越高，产生的激发态原子越多，不利于测定。火焰温度取决于燃气与助燃气的比例。常用的空气-乙炔火焰，最高温度为 2500～2600K，能检测 35 种元素。

5. 燃烧器高度的选择

燃烧器与光轴的距离称为燃烧器高度。自由原子在火焰的不同部位分布是不均匀的，只有使入射光束通过自由原子密度最高的区域才能获得最高的灵敏度。因此需要对燃烧器高度进行选择。可通过实验来选择恰当的燃烧器高度，方法是用一固定浓度的溶液喷雾，再缓缓上下移动燃烧器直到吸光度达最大值，此时的位置即为最佳燃烧器高度。此外，燃烧器也可以转动，当其缝口与光轴一致时（0°）有最高灵敏度。当欲测试样的浓度高时，可转动燃烧器至适当角度以减少吸收的长度来降低灵敏度。对 10cm 长的燃烧器，当其转动 90°时原子吸收的灵敏度约为 0°时的 1/20。

6. 检测器条件的选择

在日常分析工作中光电倍增管工作电压一般选在最大工作电压（750 V）的 1/3～2/3 范围内。增加负高压能提高灵敏度，但噪声增大，稳定性差；降低负高压会使灵敏度降低，提高信噪比。改善测定的稳定性，并能延长光电倍增管的使用寿命。

总之，火焰原子吸收分析条件的选择，以通过实验的方法，经过多次测定、摸索，才能获得最佳的测定条件。

（二）石墨炉原子吸收分析最佳条件的选择

在石墨炉原子吸收法中，灯电流、吸收线和光谱通带等条件的选择基本与火焰法一致，对于石墨炉原子吸收法，合理选择干燥、灰化、原子化及除残温度与时间是十分重要的。

1. 干燥温度和时间的选择

干燥阶段的目的是蒸发样品溶剂，以蒸尽溶剂而又不发生迸溅为原则，一般选择略高于溶剂沸点的温度。斜坡升温有利于干燥。干燥时间由进样体积决定，一般为 2～3s/μL。

2. 灰化温度和时间的选择

灰化的目的是除去基体和局外组分，在保证被测元素没有损失的前提下应尽可能使用较高的灰化温度。在灰化阶段，一方面要保证有足够的温度和时间使灰化完全，使背景吸收降到最低；另一方面又要选择尽可能低的灰化温度和最短的灰化时间，以保证待测元素不受损失。

3. 原子化温度和时间的选择

原子化温度是由元素及其化合物自身的性质决定的。原子化温度的选择原则是，选用达到最大吸收信号的最低温度作为原子化温度。原子化时间的选择，应以保证完全原子化为准。原子化阶段停止通保护气，以延长自由原子在石墨炉内的平均停留时间。

4. 热清洗和空烧

一般采用高于原子化的温度，时间为 3～5s，以尽可能消除记忆效应为目的。

5. 惰性气体流量的选择

目前常用的惰性气体为氩气，外部气体流量一般为 1～5L/min，用以保护石墨管，内部一般为 30～60mL/min，目的是吹除高温蒸发的样品残留物，消除记忆效应。为了提高灵敏度，可以采取在原子化阶段"停气"的技术，在原子化阶段停止内气流，在不需要提高灵敏度时尽量不使用。

6. 石墨管的选择

经过几十年的发展，各种石墨管改进技术陆续应用于实际工作，已有文献报道的有：热解石墨管、钨钽热解石墨管、衬钽热解石墨管、难熔碳化物石墨管、玻璃状碳管等，在食品检验中最常用的还是普通石墨管和热解石墨管。普通石墨管在日常分析中有其独到的特点，因而在石墨炉分析中一直占据着重要地位。

在对 Ag、As、Au、Be、Cd、Mn、Pb、Se、Sb、Te、Zn 等元素的分析中，普通石墨管比热解石墨管分析灵敏度略低，但由于它具有良好的还原性，干扰比较小。

在对 Co、Cr、Fe、Ga、In、Ni、Ru、Rh、Pd、Pt、Si、Ti 等元素的分析中，热解石墨管灵敏度较普通石墨管高 1 倍左右。

在对 Al、Ba、Ca、Cs、K、Li、Na、Sr、Ti 等元素的分析中，普通石墨管会有严重的记忆效应，应使用热解石墨管。

7. 进样量的选择

进样量大小依赖于石墨管内容积的大小，一般固体进样量为 0.1～10mg，液体进样量为 1～50μL。进样量过大会增加除杂的困难。在实际工作中，应测定吸光度随进样量的变化，达到最满意的吸光度的进样量，即为应选择的进样量。

四、原子吸收分析方法

应用原子吸收光谱法进行定量分析时，主要使用标准曲线法和标准加入法。

（一）标准曲线法

标准曲线法是日常工作中最常用的分析方法之一，依据朗伯-比尔定律：$A = kc$，在一定范围内，样品的吸光值与样品中某元素的浓度成正比，由此，通过测定绘制标准溶液吸收曲线，测定样品吸光值后，即可从标准曲线上查得样品中某元素的含量。

在使用本法时要注意以下几点：所配制的标准溶液的浓度，应在吸光度与浓度成直线关系的范围内；标准溶液与试样溶液都应用相同的试剂处理；应该扣除空白值；在整个分析过程中操作条件应保持不变；由于喷雾效率和火焰状态经常变动，标准曲线的斜率也随之变动，因此，每次测定前应用标准溶液对吸光度进行检查和校正。标准曲线法适用于组成简单、组分间互不干扰的试样。

（二）标准加入法

对于试样组成复杂，且互相干扰明显的可采用标准加入法。标准加入法又称标准增量法、直接外推法。当待测样品基体与标准溶液差异较大，所造成的物理或某些化学干扰无法克服时采用此法。其方法是称取适量样品（或处理后的样品溶液），称准至 0.01g，溶于水或其他溶剂，稀释至规定体积。量取相同体积的上述溶液，共 4 份，其中 1 份不加标准溶液（图 3-1 中①），另外 3 份（图 3-1 中②、③、④）分别加入成比例的标准溶液，均用水或溶剂稀释至 100mL。以空白溶液调零，在规定的仪器条件下，分别测定其吸光度。以加入标准溶液浓度（ρ）为横坐标，相应的吸光度（A）为纵坐标，绘制曲线，将曲线反向延长与横轴相交，交点 x 即为待测元素的浓度（见图 3-1），待测元素所测的浓度范围应与吸光度成线性关系。

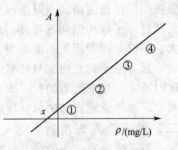

图 3-1　标准加入法

待测元素标准加入的浓度应和样品稀释后待测元素规格量的浓度相当，且②中加入待测元素的浓度应是该元素检出限的 20 倍。此方法适用于主体干扰不大时的测定，但不能消除非特性衰减引起的干扰。

以上两种定量分析方法中待测元素浓度也可根据测定的吸光度用回归方程法计算。

第三节　原子荧光光谱法

原子荧光光谱分析（AFS）是 20 世纪 60 年代中期提出并发展起来的一种新型光谱分析技术，它具有原子吸收和原子发射光谱两种技术的优势，并克服了它们某些方面的缺点，具有分析灵敏度高、干扰少、线性范围宽、可多元素同时分析等特点，是一种优良的痕量分析技术。

一、原子荧光光谱法的原理

原子荧光是原子蒸气在具有特征波长的光源照射后，其中一些自由原子被激发跃迁到较高能态，然后去活化回到某一较低能态（常常是基态）而发射出特征光谱的物理现象。当激发辐射的波长与产生的荧光波长相同时，称为共振荧光，它是原子荧光分析中最主要的分析线。另外还有直跃线荧光、阶跃线荧光、敏化荧光、阶跃激发荧光等。各种元素都有其特定的原子荧光光谱，根据原子荧光强度的高低可测得试样中待测元素含量。

原子荧光强度 I_f 与试样浓度以及激发光源的辐射强度 I_0 等参数存在以下函数关系：

$$I_f = \Phi I \qquad (3-7)$$

根据朗伯-比尔定律：

$$I = I_0(1 - e^{-KLN}) \qquad (3-8)$$

$$I_f = \Phi I_0(1 - e^{-KLN}) \qquad (3-9)$$

式中，Φ 为原子荧光量子效率；I 为被吸收的光强；I_0 为光源辐射强度；K 为峰值吸收系数；L 为吸收光程；N 为单位长度内基态原子数。

将式(3-9)按泰勒级数展开，并考虑当 N 很小时，忽略高次项，则原子荧光强度 I_f 表达式简化为：

$$I_f = \Phi I_0 KLN \qquad (3-10)$$

当实验条件固定时，且基态原子数近似等于总原子数时，原子荧光强度与能吸收辐射线的原子密度成正比。当原子化效率固定时，I_f 便与试样浓度 c 成正比，即：

$$I_f = ac \qquad (3-11)$$

式中，a 为常数。

由式(3-10)可知，原子荧光强度与激发光源的强度之间存在线性关系，其灵敏度随激发强度的增加而增加。但是，当激发光源强度达到一定值后，共振光的低能级与高能级之间的跃迁原子数达到动态平均，出现饱和效应，原子荧光强度不再随激发光源强度增大而增大。同时，随着原子浓度的增加，荧光再吸收作用加强，导致荧光强度减弱，校正曲线弯曲，破坏原子荧光强度与被测元素含量之间的线性关系。式(3-11)的线性关系，只在低浓度时成立。当浓度增加时，式(3-10)带二次项、三次项……，I_f 与 f 的关系为曲线关系。所以，原子荧光光谱法是一种痕量元素分析方法。

二、原子荧光光度计

原子荧光光谱法的仪器装置由 3 个主要部分所组成，即激发光源、原子化器以及检测部分，检测部分主要包括分光系统（非必需）、光电转换装置以及放大系统和输出装置。

三、分析方法

原子荧光光度计具有仪器参数设置、自动进样、数据显示、运算和打印，并根据设置自动完成工作曲线等多种功能的计算机控制系统。具体操作要点如下：

1. 样品的预处理

在处理过程中不应造成被测元素的损失，所用的试剂必须事先检查空白。对于某些具有两性的可形成氢化物元素如 Sn 或 Ge 也可采用碱性发生的方式，即将样品碱熔后用水抽出，在滤液中加入 KBH_4 溶液，然后将此溶液与酸反应发生氢化物。最终的酸度及介质要符合被测元素发生氢化物的要求。除 Hg 外，一般来说不要采用硝酸或王水溶液。样品溶液的最终体积可以为 25mL 或 50mL。每次测定采用断续流动法时样品消耗量一般不超过 1mL。

2. 最佳反应介质的选择

样品处理后，必须将溶液调整到被测元素的最佳反应介质，并将高价态的元素还原为合适价态。六价的硒、碲和五价的砷、锑的测定需要分别将其预还原至四价和三价，即 Se（Ⅵ）、Te（Ⅵ）、As（Ⅴ）和 Sb（Ⅴ）需预还原为 Se（Ⅳ）、Te（Ⅳ）、As（Ⅲ）和 Sb（Ⅲ）。

除了酸度及价态外，某些元素如镉及锌需要加一些辅助试剂以促进挥发性物质的产生。

3. 干扰的考虑

要成功地分析样品中某一元素必须充分考虑可能存在的干扰。液相干扰主要来自 Cu、Ni、Co 等重金属元素，克服这些干扰的一般方法为：调高反应酸度；加入掩蔽剂；加入铁盐（Fe^{3+}）；用断续流动或流动注射法来发生氢化物分离。克服气相干扰的一般方法为：阻止干扰元素生成气态化合物；已经发生则应在传输过程中加以吸收；提高石英炉温度。

4. 工作曲线的建立

现在的原子荧光光谱仪均配有操作软件，可参考标准条件所建议的标准系列制作工作曲线。为获得最佳测量结果，可选择软件提供的各种数学模式来拟合工作曲线。具体制作时应注意以下几点：原子荧光光谱分析是一种微量及痕量分析，因而不应当用太高的标准系列，否则所得到的将是一条难以拟合的严重弯曲的工作曲线；对于组成十分复杂的样品应当采用标准加入法；大批量分析中每测定 10 个试样作一次标准校准，以保证测定结果的准确性。

第四节　电感耦合等离子体-原子发射光谱及质谱法

电感耦合等离子体光谱法（inductive coupled plasma，ICP）是于 20 世纪 60 年代提出，于 70 年代迅速发展起来的一种新型光谱分析方法。该法是利用高频电感耦合等离子体（ICP）作为光源激发元素，使之处于激发态，由激发态返回基态时放出辐射，产生光谱，利用不同元素的特征共振发射线波长进行定性分析，利用光谱强度与样品浓度成正比进行定量分析。以 ICP 作为光源的光谱法包括 ICP 原子发射光谱法（ICP-AES）、ICP 原子吸收光谱法（ICP-AAS）、ICP 原子荧光光谱法（ICP-AFS）和 ICP 质谱法（ICP-MS）。在理论基础和应用方面以 ICP-AES 和 ICP-MS 为主。

一、ICP 分析原理

ICP 谱线的位置与元素的性质有关，这种关联成为定性分析的依据，而其强度与基态原子数目成正比。在特定的实验条件下，基态原子数与试样中被测元素的浓度成正比。所以，谱线的强度与被测元素的浓度有一定关系。因此，ICP 光谱法定量分析的依据是

$$I = Ac^b \tag{3-12}$$

式中，I 为谱线强度；c 为待测元素的浓度；A 为常数；b 为分析线的自吸系数，在 ICP-AES 中为 1。

在顺序扫描光谱仪中，分析线的谱线强度以谱线峰高值表示。配制一组有浓度梯度的标准溶液，依次测量标准溶液的强度值，做出标准工作曲线。测量样品中待测元素的谱线强度值，利用已做出的标准工作曲线，计算出样品中该元素的浓度。

二、ICP 分析仪

ICP 装置由高频发生器和感应线圈、炬管和供气系统以及进样系统三个部分组成，如图 3-2 所示。高频发生器的作用是产生高频磁场以供给等离子体能量，应用最广泛的是利用石英晶体压电效应产生高频振荡的他激式高频发生器，其频率和功率输出稳定性高。频率一般为 27～50MHz，最大输出功率通常为 2～4kW。

感应线圈由高频电源耦合供电，产生垂直于线圈平面的磁场。如果通过高频装置使氩气电离，则氩离子和电子在电磁场作用下又会与其他氩原子碰撞产生更多的离子和电子，形成涡流。强大的电流产生高温，瞬间使氩气形成温度可达 10000K 的等离子炬焰。ICP 焰可分

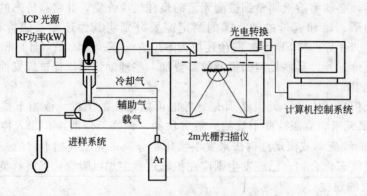

图 3-2 ICP 仪器基本装置

为 3 个区域：①焰心区呈白色，不透明，是高频电流形成的涡流区，等离子体主要通过这一区域与高频感应线圈耦合而获得能量，该区温度高达 10000K；②内焰区位于焰心区上方，一般在感应圈以上 10～20mm，略带淡蓝色，呈半透明状态，温度为 6000～8000K，是分析物原子化、激发、电离与辐射的主要区域；③尾焰区在内焰区上方，无色透明，温度较低，在 6000K 以下，只能激发低能级的谱线。样品溶液由自动进样系统抽取进入雾化器，雾化器把样品溶液雾化形成气溶胶，并进入雾室，雾室进一步把气溶胶过筛、粉碎、脱水，变成干的气溶胶，由载气送进 ICP 喷射管中心出来的等离子体时，中心部位的温度比周围温度低，形成环状空穴，可高效导入试样，样品气溶胶在高温炬焰中受热、蒸发、汽化分解，被测组分的原子被激发，发射出原子光谱线，同时一部分被离子化，产生包含其他共存组分在内的不同波长的复合光。复合光束被分光、检测，然后由计算机的数据处理系统处理、显示结果。直接利用 ICP 光源所辐射的光进行分析的方法称为 ICP-AES 法，而利用质谱仪分析 ICP 光源所产生离子的分析方法则是 ICP-MS 法。通入炬管的工作气体多为氩气、氮气或氩、氮混合气，它的主要任务是提供等离子体，同时保护炬管和输送样品。

三、分析方法

（一）电感耦合等离子体-原子发射光谱法

目前 ICP-AES 主要用于定量分析，定量分析一般程序为：配制多元素混合标准储备溶液，其浓度应比分析中使用的标准溶液浓度高 10 倍或更多，以免过于频繁地直接由单元素标准溶液来配制混合标准溶液。一般来说，每条谱线都有一定的动态范围以及适当的标准溶液浓度，调整混合标准溶液中个别元素的浓度要比直接稀释样品复杂得多。设定分析元素和测量谱线，必要时还需设定内标元素、干扰校正因子等，引标准溶液入等离子体炬中，对设定的分析谱线做校正操作，建立定量分析的谱线强度与浓度的对应关系和未知样分析。工作中，可将待测样品按不同稀释倍数配成 2～3 个浓度等级的系列样品溶液，以适应不同含量水平的多元素分析需要。一般来说，同一条谱线，不同浓度的样品溶液测试结果的比值，大都与稀释倍数比相符。

ICP-AES 法特点：温度高、惰性气氛、原子化条件好，有利于难熔化合物分解和元素激发，有很高灵敏度和稳定性，线性范围宽；表面温度高，轴心温度低，中心通道进样时等离子的稳定性影响小，可有效消除自吸现象；氩气体产生的背景干扰小；ICP 中电子密度大，碱金属电离造成的影响小；无电极放电，无电极污染。缺点：对非金属测定的灵敏度低，仪器昂贵，操作费用高。

（二）电感耦合等离子体-原子发射质谱法

1. 定性分析

ICP-MS 根据谱峰的位置和丰度比进行定性分析。质谱谱图以质荷比为横坐标，对于单电荷离子就是元素的质量。自然界中，天然稳定同位素的丰度比是不变的，因此丰度比常常是谱峰位置的旁证。原子质谱谱峰图简单，理论上一种元素有几个同位素，就有几个质谱峰，因此，ICP-MS 定性分析更简便。对于许多元素，检出限优于光谱法 3 个数量级，可测定元素范围更宽，并可测定同位素，但仪器的环境条件要求高，必须恒温、恒湿、超净。

2. 定量分析

应用最广的定量分析法是建立标准曲线，但根据不同的情况，建立标准的方式有所不同，若样品基体浓度低（200μg/mL），可以直接用简单的标准溶液；若基体浓度高，也可采用原子光谱分析方法中常用的标准加入法。

为了弥补仪器的漂移、不稳定性、气体流量等操作条件和减小基体干扰的影响，也常采用内标法，即将内标元素分别加入到标准溶液和未知样品中。铟和铑是两个最常用的内标元素，通常样品中被测元素和内标元素的离子电流比、离子计数比或强度比的对数在几个数量级的浓度范围内呈线性关系。

更准确的定量分析是同位素稀释法，这是基于加入已知浓度的被测元素的某一同位素，然后测定被测元素的两个同位素信号强度之比的变化，这个被加入的同位素就是理想的内标元素。同位素稀释法的优点是：它能补偿在样品制备过程中被测元素的损失，只要这种损失是发生在加入同位素之后，那么即使出现损失，两种同位素损失的程度一样，也不影响它们之间的比例。它不受各种物理和化学的干扰，因为这些干扰对被测元素的两个同位素是相同的，因此在测定它们的比值时，这种影响被抵消。同位素稀释的缺点是：稳定同位素标样的来源有限，价格昂贵，但若使用得当，同位素稀释法的精密度和准确度比 ICP-MS 中的其他校正方法都好。

参 考 文 献

[1] 巢强国. 食品质量检验 粮油及制品类. 北京：中国计量出版社，2005.
[2] 戴军. 仪器食品分析技术. 北京：化学工业出版社，2006.
[3] 汪信，郝青丽，张莉莉. 软化学方法导论. 北京：科学出版社，2007.
[4] 吴莉宇. 热带农产品质量安全. 海口：海南出版社，2007.
[5] 马春香，边喜龙. 水质分析方法与技术. 哈尔滨：哈尔滨工业大学出版社，2007.
[6] 刘英，臧慕文. 金属材料分析原理与技术. 北京：化学工业出版社，2009.
[7] 杨祖英. 食品安全检验手册. 北京：化学工业出版社，2009.

第四章　生物免疫分析技术

免疫分析法（immunoassay，IA）是利用抗原与抗体的特异性结合作用来选择性识别和测定可以作为抗体或抗原的待测物的一种技术。免疫分析法起始于20世纪50年代，首先应用于体液大分子物质的分析，1960年，美国学者Yalow和Berson等将放射性同位素示踪技术和免疫反应结合起来测定糖尿病人血浆中的胰岛素浓度，开创了放射免疫分析方法的先河。尔后相继出现了竞争蛋白结合分析、免疫放射分析和受体结合分析，以及以酶、荧光素、化学发光和生物发光等非放射性标记的免疫分析。在食品安全领域，利用免疫学检测技术可检测细菌、病毒、真菌、各种毒素、寄生虫等，还可用于蛋白质、激素、其他生理活性物质、药物残留、农药残留等的检测，免疫学分析技术已成为食品检验技术中的一个重要组成部分。本章主要介绍酶免疫、荧光免疫、放射免疫和胶体金免疫标记技术。

第一节　酶免疫检测技术

酶免疫分析法（enzyme immuno assay，EIA）是20世纪60年代发展起来的一种新的免疫测定法，是以酶标记的抗体或抗原为主要试剂的方法，是标记免疫技术的一种。目前常用的方法有酶标免疫组化法和酶联免疫吸附法（ELISA）。前者测定细胞表面抗原或组织内的抗原；后者主要测定可溶性抗原或抗体。现在ELISA是食品安全检测中最常用的酶免疫技术之一。

一、基本原理

酶联免疫吸附法（enzyme linked immunosorbent assay，ELISA）是在免疫酶技术（immunoenzymatic technique）的基础上发展起来的一种新型的免疫测定技术，其基本原理是将抗原或抗体吸附在固相载体表面，并保持其免疫活性，加入酶标抗体或抗原，这种酶标抗体或抗原既保留其免疫活性，又保留酶的活性，在测定时，使受检标本和酶标抗体或抗原与固相载体表面的抗原或抗体起反应，形成酶标记的免疫复合物，通过洗涤，洗去游离的酶标抗体或抗原，而形成的酶标免疫复合物不能被洗去，当加入酶的底物时，底物被酶催化生成有色产物，产物的量与标本中受检物质的量直接相关，故可根据颜色的深浅对标本中的抗原或抗体进行定性和定量分析。由于酶的催化效率很高，间接地放大了免疫反应的结果，使测定方法达到很高的敏感度。常用于标记的酶有辣根过氧化物酶（horseradish peroxidase）、碱性磷酸酶（alkaline phosphatase）等。

二、ELISA的种类

ELISA常用的方法包括直接酶联免疫吸附法、间接酶联免疫吸附法、双抗体夹心酶联免疫吸附法和竞争酶联免疫吸附法（如图4-1所示）。

①直接酶联免疫吸附法（direct ELISA）是指酶标抗原或抗体直接与吸附在酶标板上的抗体或抗原结合形成酶标抗原-抗体复合物，加入酶反应底物，测定产物的吸光值，计算出吸附在酶标板上的抗体或抗原的量。如图4-1(a)：A将待测抗原吸附在载体表面；B加入酶标抗体，形成抗原-抗体复合物；C加酶的底物，产物的生成量与抗原量呈正相关。

②间接酶联免疫吸附法（indirect ELISA）是检测抗体最常用的方法，其原理是将特异性抗原与固相载体结合，形成固相抗原，加入受检标本，标本中的特异性抗体与固相抗原结合，形成固相抗原-抗体复合物，经洗涤后，固相载体上只留下特异性抗体，加入酶标抗

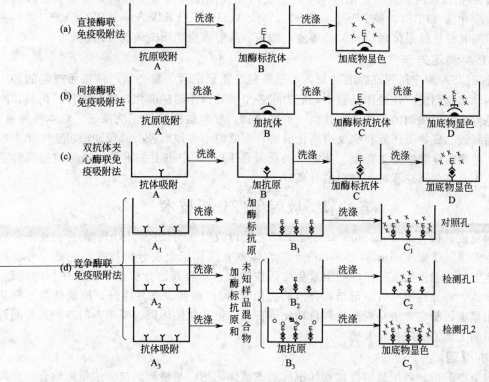

图 4-1　ELISA 常用方法图示

体，它与固相复合物上的抗体相结合，从而使该抗体间接地标记上酶，洗涤后固相载体上的酶量就代表特异性抗体的量，因此加入底物显色，颜色深度就代表受检标本中抗体的量。如图 4-1(b)：A 将抗原吸附于固相载体表面；B 加待测抗体，形成抗原-抗体复合物；C 加酶标抗抗体；D 加底物，产物的生成量与抗体量呈正相关。

③ 双抗体夹心酶联免疫吸附法（double antibody sandwich，DAS-ELISA）是将特异性抗体吸附到固相载体上，加入含有待测抗原的样品，使抗原与固相载体上特异性抗体反应，洗涤除去未反应的样品，加入酶标记的特异性抗体与抗原反应，最后加入底物显色。本法只适用于较大分子抗原的分析，而不能用于半抗原等小分子的测定。如图 4-1(c)：A 将已知特异性抗体吸附于固相表面；B 加入待测抗原，形成抗原-抗体复合物；C 加酶标记的特异性抗体与抗原反应形成抗体-抗原-抗体复合物；D 加入底物显色，产物的生成量与抗原量呈正相关。

④ 竞争酶联免疫吸附法（competing ELISA）可用于测定抗原，也可用于测定抗体。以测定抗体为例，受检抗体与酶标记抗体竞争与固相抗原结合，因此结合于固相的酶标抗体量与受检抗体的量成反比。如图 4-1(d)：A_1、A_2、A_3 将抗体吸附在固相载体表面；B_1 加入酶标记的抗原；B_2、B_3 加入酶标记的抗原和待测抗原；A_1、A_2、A_3 加底物，样品孔产物生成量与待测抗原量呈负相关。

三、最适工作浓度的选择

在建立某一 ELISA 测定中，应对包被抗原或抗体的浓度和酶标抗原或抗体的最佳工作浓度进行研究，以达到最合适的测定条件和节省测定费用。常用方阵（棋盘）法分别进行实验，选择包被抗体和酶标抗体的工作浓度，确定最佳的测定条件。研究及测定中都必须设置强阳性、弱阳性、阴性参考血清及稀释液（作空白对照）。

在抗原-抗体反应条件的优化过程中，其中酶标抗体使用的稀释液是试验的重点，大多是在磷酸缓冲液（PBS），如 PBST、PBST-1%BSA、PBST-1%BSA- 4%PEG6000。每一种方法的研究其最终结果体现在检测灵敏度，即该方法对被检物质的最低检出量。

四、ELISA 测定方法

要使 ELISA 测定得到准确的结果，不论是定性还是定量，都必须严格按照规定的方法制备试剂和实施测定。在操作过程中，应力求各个步骤操作的标准化，包括加样、保温、洗涤、比色等。主要试剂的制备以及其他一般性试剂，如包被缓冲液、洗涤液、标本稀释液、结合物稀释液、底物工作液和酶反应终止液等，配制时不可掉以轻心。缓冲液可于冰箱中短期保存，使用前应观察是否变质。蒸馏水的质量在 ELISA 中也至关重要，最好使用新鲜重蒸馏的。不合格的蒸馏水可使空白值升高。

第二节　放射免疫分析技术

放射免疫分析（radio immunoassay，RIA）是以放射性同位素为标记物的标记免疫分析法，是由美国科学家 Yalow 和 Berson 于 1960 年创立的标记免疫分析技术。它是一种超微量的测定方法，能检出生物体内的微量免疫活性物质，具有其他分析技术无可比拟的优点，如灵敏度高、特异性强（可分辨结构类似的抗原）、操作简便、重复性好、准确性高、样品及试剂用量少，测定方法易规范化和自动化等特点。但放射性污染、要求专门防护及检测设备昂贵限制了该方法的普及发展。

一、基本原理

放射免疫分析是利用放射性核素标记抗原或抗体，然后与被测的抗体或抗原结合，形成抗原-抗体复合物的原理来进行分析的。它是建立在待测抗原和标记抗原对有限量抗体进行竞争性结合的基础上。待测抗原是指某种微量活性物质（如微生物和寄生虫抗原、激素、维生素、酶、药物等），而标记抗原是将已知的上述物质标记上放射性同位素（^{131}I、^{125}I、^{3}H、^{14}C、^{32}P 等），具有示踪作用。这两种抗原都能与相应的抗体发生特异性的结合反应。将标记抗原（Ag^+）和未标记抗原（Ag）与特异性抗体（Ab）相混合，使得标记的和未标记的抗原竞争性地与抗体结合，结果形成标记的和未标记的抗原-抗体复合物，这是放射免疫测定法的理论基础。它的反应式为：

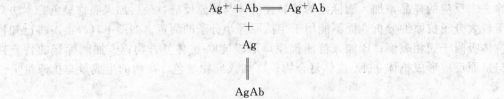

在这一反应系统中，标记抗原、非标记抗原和特异性抗体三者同时存在于这一反应系统中，由于标记抗原和非标记抗原对特异性抗体具有相同的结合力，因此两者相互竞争结合特异性抗体。由于标记抗原与特异性抗体的量是固定的，而受检标本中的非标记抗原是变化的，故标记抗原-抗体复合物形成的量就随着非标记抗原的量而改变。非标记抗原量增加，相应地结合较多的抗体，从而抑制标记抗原对抗体的结合，使标记抗原-抗体复合物相应减少，游离的标记抗原相应增加，亦即抗原-抗体复合物中的放射性强度与受检标本中抗原的浓度成反比（见图 4-2）。

若将抗原-抗体复合物与游离标记抗原分开，分别测定其放射性强度，就可算出结合态标记抗原（B）与游离标记抗原（F）的比值（B/F），或算出其结合率 [B/(B＋F)]，这与标本中的抗原量呈函数关系。用一系列不同剂量的标记抗原进行反应，计算相应的 B/F，可

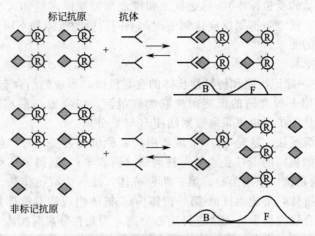

标记抗原　　抗体

非标记抗原

图 4-2　放射免疫分析原理示意

以绘制出一条剂量反应曲线（见图 4-3）。受检标本在同样条件下进行测定，计算 B/F 值，即可在剂量反应曲线上查出标本中抗原的含量。

二、分类

　　放射免疫测定法可分两大类，即液相放射免疫测定和固相放射免疫测定。液相放射免疫测定的基本过程为：①适当处理待测样品；②按一定要求加样，使待测抗原和标记抗原竞争与抗体结合或顺序结合；③反应平衡后，加入分离剂，将结合态标记抗原（B）和游离标记抗原（F）分开；④分别测定 B 和 F 的量；⑤计算 B/F、B％等值；⑥在标准曲线上查出待测抗原的量。液相放射免疫测定需要加入分离剂，

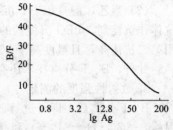

图 4-3　剂量反应曲线

将结合态标记抗原（B）和游离标记抗原（F）分离。固相放射免疫测定是将抗体吸附在固相载体上，测试程序简单，通常无需分离操作。即使没有经过严格训练的工作人员，在采用固相分离方法进行测定时，也很少产生分离误差。因此，固相放射免疫测定是体外放射免疫分析技术的主要方法。固相放射免疫测定分竞争性和非竞争性两种。竞争性又分为单层竞争法和双层竞争法，非竞争性又分为单层非竞争法和双层非竞争法。

　　（1）单层竞争法　预先将抗体连接在载体上，加入标记抗原（Ag+）和待检抗原（Ag）时，二者与固相载体竞争结合。若固相抗体和 Ag+ 的量不变，则加入 Ag 的量越多，B/F 值或 B％越小。根据这种函数关系，则可做出标准曲线。

　　（2）双层竞争法　先将抗原与载体结合，然后加入抗体与抗原结合，载体上的放射量与待测浓度成反比。此法较繁杂，有时重复性差。

　　（3）单层非竞争法　先将待测物与固相载体结合，然后加入过量相对应的标记物，经反应后，洗去游离标记物测放射量，即可算出待测物浓度。本法可用于抗原、抗体，方法简单，但干扰因素较多。

　　（4）双层非竞争法　预先制备固相抗体，加入待测抗原使成固相抗体-抗原复合物，然后加入过量的标记抗体，与上述复合物形成抗体-抗原-标记抗体复合物，洗去游离抗体，测放射性，便可测算出待测物的浓度。

三、放射免疫测定方法

　　（一）液相放射免疫测定

　　1. 抗原-抗体反应

将抗原（标准品和受检标本）、标记抗原和抗血清按顺序定量加入小试管中，在一定温度下反应一定时间，使竞争抑制反应达到平衡。不同质量的抗体和不同含量的抗原对温育的温度和时间有不同的要求。

2. B、F 分离技术

在 RIA 反应中，标记抗原和特异性抗体的含量极微，形成的结合态标记抗原（B）不能自行沉淀，因此需用一种合适的沉淀剂使它彻底沉淀，以完成与游离标记抗原（F）的分离。另外对小分子量的抗原也可采取吸附法使 B 与 F 分离。

（1）第二抗体沉淀法　这是 RIA 中最常用的一种沉淀方法。将产生特异性抗体（第一抗体）的动物（例如兔）的 IgG 免疫另一种动物（例如羊），制得羊抗兔 IgG 血清（第二抗体）。由于在本反应系统中采用第一、第二两种抗体，故称为双抗体法。在抗原与特异性抗体反应后加入第二抗体，形成由抗原-第一抗体-第二抗体组成的双抗体复合物。但因第一抗体浓度甚低，其复合物也极少，无法进行离心分离，为此在分离时加入一定量的与第一抗体同种动物的血清或 IgG，使之与第二抗体形成可见的沉淀物。与上述抗原的双抗体复合物形成共沉淀。经离心即可使含有结合态标记抗原（B）的沉淀物沉淀，与上清液中的游离标记抗原（F）分离。

（2）聚乙二醇（PEG）沉淀法　最近各种 RIA 反应系统逐渐采用了 PEG 溶液代替第二抗体作沉淀剂。PEG 沉淀剂的主要优点是制备方便，沉淀完全。缺点是非特异性结合率比用第二抗体高，且温度高于 30℃时沉淀物容易复溶。

此外，B、F 分离技术还有 PR 试剂法和活性炭吸附法等。

3. 放射性强度的测定

B、F 分离后，即可进行放射性强度的测定。测量仪器有两类，即液体闪烁计数仪（β射线，^{14}C、^{3}H、^{32}P 等）和晶体闪烁计数仪（γ射线，^{131}I、^{125}I、^{57}Cr、^{60}Co 等）。

计数单位是探测器输出的电脉冲数，单位为 cpm（计数/min），也可用 cps（计数/s）表示。如果知道这个测量系统的效率，还可算出放射源的强度，即 dpm（衰变/min）或 dps（衰变/s）。

每次测定均需作标准曲线图，以标准抗原的不同浓度为横坐标，以在测定中得到的相应放射性强度为纵坐标作图（图 4-4）。放射性强度可任选 B 或 F，也可用计算值 B/(B+F)、B/F 和 B/B_0。标本应作双份测定，取其平均值，在制作的标准曲线上查出相应的受检抗原浓度。

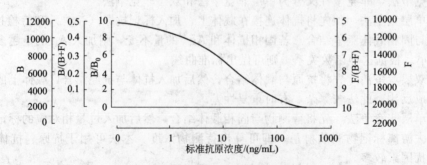

图 4-4　放射性强度测定标准曲线

（二）固相放射免疫测定方法（以双层非竞争法为例）

1. 抗体的包被

先将抗体吸附于固相载体表面，制成免疫吸附剂。常用的固相载体为聚苯乙烯，形状有管、微管、小圆片、扁圆片和微球等。还可根据自己的工作设计新的形状，以适应特殊的需要。

2. 抗原抗体反应

免疫吸附剂与标本一起温育时，标本中的抗原与固相载体上的抗体发生免疫反应。当加入^{125}I标记的抗体后，由于抗原有多个结合点，又同标记抗体结合，最终在固相载体表面形成抗体-抗原-标记抗体免疫复合物。

3. B、F分离

用缓冲液洗涤除去游离的标记抗体，使B、F分离。

4. 放射性强度的测定

测定固相所带的放射性计数率（cpm）：设样品cpm值为P，阴性对照标本cpm值为N，$P/N \geqslant 2.1$为阳性反应。标本中的抗原越多，最终结合到固相载体上的标记抗体越多，其cpm值也就越大；反之则小。当标本中不存在抗原时；其cpm值应接近于仪器的本底计数。

第三节　荧光免疫技术

荧光免疫分析法（immunofluorescence assay，IFA）又称为免疫荧光分析法，它是抗原-抗体反应的敏感性和特异性同显微形态学相结合，可以特异、敏感、快速地检测和定位某些未知抗原和抗体。自1941年Coons等人建立免疫荧光技术以来，免疫荧光技术已在医学、农学、兽医学和生物学等领域广泛应用。

一、基本原理

荧光免疫分析法的基本原理是根据抗原-抗体反应具有高度的特异性，以荧光素〔常用的有异硫氰酸荧光黄（FITC）和罗丹明（RB200）〕作为标记物，与已知抗体结合，不影响其免疫学特性。然后将荧光素标记的抗体作为标准试剂，用于鉴定未知的抗原，可在荧光显微镜下检查呈现荧光的特异性抗原-抗体复合物及其存在部位。

二、标本的制作

食品卫生检验中，荧光标记抗体检测标本的制作方法是将样品增菌液涂在载玻片上，涂片应薄而均匀，干燥后用化学方法固定，然后进行荧光染色。固定的目的有两个，一是防止被检材料从玻片上脱落，二是消除抑制抗原-抗体反应的因素，如脂肪之类。最常用的固定剂为丙酮和95％的乙醇。经丙酮固定后，许多病毒、细菌的定位研究常能得到良好的结果。乙醇对可溶性蛋白抗原的定位也较好。8％～10％福尔马林较适合于脂多糖抗原，因为这类抗原可溶于有机溶剂。固定的温度和时间要凭经验确定，一般用37℃ 10min，室温15min或4℃ 30min。某些病毒最好以丙酮−40～−20℃，固定30min。固定后应随即用PBS反复冲洗，干后即可用于染色。

三、荧光抗体染色方法

1. 直接法

这是荧光抗体技术最简单和基本的方法。滴加荧光抗体于待检标本片上，经反应和洗涤后在荧光显微镜下观察。标本中如有相应抗原存在，即与荧光抗体特异结合，在镜下可见有荧光的抗原-抗体复合物。此法的优点是操作简单，特异性高。但其缺点是检查每种抗原均需制备相应的特异性荧光抗体，且敏感性低于间接法。原理示意如图4-5所示。

图4-5　直接免疫荧光抗体染色法原理示意

2. 间接法

根据抗球蛋白试验的原理，用荧光素标记抗球蛋白抗体（简称标记抗抗体）的方法。检测过程分为两步（图4-6）：第一，将待测抗体（第一抗体）加在含有已知抗原的标本片上作用一定时间，洗去未结合的抗体；第二，滴加标记抗抗体。如果第一步中的抗原、抗体已发生结合，此时加入的标记抗抗体就和已固定在抗原上的抗体（一抗）分子结合，形成抗原-抗体-标记抗抗体复合物，并显示特异荧光，此法的优点是敏感性高于直接法，而且无需制备荧光素标记的抗球蛋白抗体，就可用于检测同种动物的多种抗原抗体系统。

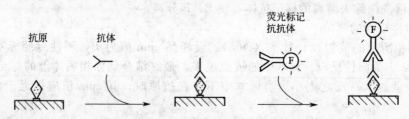

图4-6　间接免疫荧光抗体染色法原理示意

四、荧光显微镜检查

经荧光抗体染色的标本，需要在荧光显微镜下观察。最好在染色当天即做镜检，以防荧光消退，影响结果。荧光显微镜检查应在通风良好的暗室内进行。首先要选择好光源或滤光片，滤光片的正确选择是获得良好荧光观察效果的重要条件。在光源前面的一组激发滤光片，其作用是提供合适的激发光。激发滤光片有两种：MG为紫外光滤片，只允许波长275～400nm的紫外光通过，最大透光度在365nm；BG为蓝紫外光滤片，只允许波长325～500nm的蓝紫外光通过，最大透光度在410nm处。靠近目镜的一组阻挡滤光片（又称吸收滤光片或抑制滤光片）的作用是滤除激发光，只允许荧光通过，透光范围为410～650nm，代号有OG（橙黄色）和GG（淡绿黄色）两种。观察FITC标记物可选用激发滤光片BG12；配以吸收滤光片OG4或GG9。观察RB200标记物时，可选用BG12与OG5配合。

第四节　胶体金免疫标记技术

胶体金免疫标记技术（immunogic colloidal gold signature，ICGS）是以胶体金作为示踪标记物，应用于抗原抗体反应的一种新型免疫标记技术。胶体金（colloidal gold）是氯金酸（$HAuCl_4$）的水溶胶颗粒，具有高电子密度的特性，并能与多种生物大分子结合（如抗原、抗体等），已成为继荧光素、放射性核素和酶之后在免疫标记技术中较常应用的一种非放射性示踪物。

一、胶体金与免疫金的制备

（一）胶体金的制备

1. 制备原理

向一定浓度的金溶液中加入一定量的还原剂，使金离子（氯金酸，$HAuCl_4$）还原成金原子，形成金颗粒悬液。目前常用的还原剂有：白磷、乙醇、过氧化氢、硼氢化钠、维生素C、柠檬酸三钠、鞣酸等。

2. 操作要点

胶体金的制备多采用还原法，最常用的方法为柠檬酸盐还原法。具体操作如下：先将$HAuCl_4$配制成0.01％的水溶液，取100mL加热至沸；不停搅拌，同时准确加入一定量的1％柠檬酸三钠水溶液；继续加热煮沸一定时间，通常为15min，此时可观察到淡黄色的氯金酸水溶液在柠檬酸三钠加入后很快变为灰色，继而转变成黑色，随后逐渐稳定为红色。整个过程2～3min；冷却至室温后用蒸馏水恢复至原体积。用此方法可制备16～147nm粒径的胶体金。通过改变柠檬酸三钠的用量可以制得不同大小的胶体金颗粒（表4-1）。

表 4-1　四种粒径胶体金的制备及特性

胶体金粒径/nm	1%柠檬酸三钠加入量/mL①	胶体金特性	
		呈色	λ_{max}/nm
16	2.00	橙色	518
24.5	1.50	橙红	522
41	1.00	红色	525
71.5	0.70	紫色	535

① 还原100mL 0.01%HAuCl₄ 所需量。

3. 胶体金鉴定

对每次制好的胶体金应加以鉴定，主要鉴定指标有颗粒大小、粒径的均一程度以及有无凝集颗粒等。肉眼观察是最基本也是最简便的鉴定方法。在光照下仔细观察比较胶体金的颜色，可以粗略估计制得的金颗粒的大小。也可用分光光度计扫描 λ_{max} 来估计金颗粒的粒径。通过电镜观察和显微摄影，可以比较精确地测定胶体金的平均粒径。良好的胶体金应该是清亮透明的，若制备的胶体金混浊或液体表面有漂浮物，提示该次制备的胶体金凝集颗粒较多。

4. 胶体金保存

胶体金在洁净的玻璃器皿中可较长时间保存，加入少许防腐剂（如 0.02%NaN₃）有利于保存。如保存不当，会有细菌生长或有凝集颗粒形成。

（二）免疫金的制备

1. 制备原理

用于免疫测定时，胶体金多与抗原或抗体等大分子物质结合，这类胶体金结合物常称为免疫金（immunogold）或胶体金标志物。免疫金的制备是蛋白质通过物理吸附结合到胶体金颗粒表面的过程，因胶体金颗粒表面带负电荷，与蛋白质的正电荷间靠静电力相互吸引，达到范德华引力范围内即可牢固地结合，同时胶体金颗粒的粗糙表面也是形成吸附的重要条件。影响吸附的因素主要有环境 pH 和离子强度，另外胶体金颗粒大小、蛋白质分子量及蛋白质浓度等也会影响蛋白质的吸附。

2. 制备方法

（1）胶体金 pH 值调整　胶体金对蛋白质的吸附主要取决于 pH，用 0.2mol/L K₂CO₃ 或 0.1mol/L HCl 调节胶体金溶液的 pH 至选定值。原则上可选择待标记蛋白质等电点，也可略偏碱，但通常最适反应 pH 往往须经多次试验才能确定。

（2）蛋白质最适标记量的确定　胶体金与待标记蛋白质用量的比例是影响吸附的主要因素。蛋白质最适标记量的确定方法通常为：将待标记蛋白配制不同浓度后各取 0.1mL 加入已有 1mL 胶体金的试管中，5min 后再在上述试管中分别加入 0.1mL 100g/L 的 NaCl，混匀后静置 2h，对照管（无标记蛋白）及加入标记蛋白量不足的管，溶液颜色由红变蓝；标记蛋白量充足的管保持红色不变，这其中含标记蛋白量最低的一管即为稳定 1mL 胶体金所必需的最低标记量。在此最低标记量基础上增加 10%～20%，即为标记全部胶体金溶液所需的蛋白总量。

（3）标记过程　按最适用量比例，在电磁搅拌下将 1/10 体积的合适浓度的蛋白质溶液加于胶体金溶液中，反应一段时间（通常为 15min）后，加入一定量的稳定剂（如 50g/L BSA 或 PEG2000），以防止胶体金和蛋白质聚合和发生沉淀，调节 pH 至 8.5，并使其终浓度为 10g/L，放置于室温下反应 2～5min。

（4）离心分离，去除上清液中未结合的蛋白质　离心条件视胶体金颗粒的粒径而异，对 5nm 金颗粒可选用 40000r/min 离心 1h；8nm 金颗粒 25000r/min 离心 45min；14nm 金颗粒

25000r/min 离心 30min；40nm 金颗粒 15000r/min 离心 30min。

（5）洗涤　离心后轻吸上清液，将沉淀用含 PEG 或 BSA 的缓冲液悬浮，恢复原体积后再离心，如此洗涤 2～4 次，以彻底除去未结合的蛋白质。取沉淀物溶解即为初提的胶体金标志物。

（6）纯化与鉴定　胶体金标志物的纯化主要有超速离心和凝胶过滤法。质量鉴定一是用有支持膜的镍网蘸取金标记蛋白，在电镜下测量颗粒的平均直径；二是用免疫组化滤纸模型鉴定特异性和敏感性。

（7）保存　免疫金复合物最终用稀释液（含有稳定剂的中性 PBS 或 Tris 缓冲液）配制成工作浓度保存。制成的胶体金标志物在一定浓度下，4℃可保存数月，如在甘油中封装，－70℃可保存更长时间。

二、金免疫测定技术

金免疫测定技术以微孔膜作为固相载体。常用的固相膜为硝酸纤维素（nitrocellulose，NC）膜。固相膜的特点在于其多孔性，像滤纸一样，可被液体穿过流出；液体也可以通过毛细管作用在膜上向前移行。利用这种性能建立了两种不同类型的快速检验方法：穿流形式的斑点金免疫渗滤试验（dot immunogold filtration assay，DIGFA）和横流形式的斑点金免疫色谱试验（dot immunogold chromatographic assay，DICA），它们已经成为目前应用广泛的既简便又快速的临床检验方法。

（一）斑点金免疫渗滤试验

1. 基本原理

斑点金免疫渗滤试验以硝酸纤维素膜为载体，将抗原或抗体点加在固相载体上制成抗原或抗体包被的微孔滤膜，利用微孔滤膜的可过滤性，使抗原-抗体反应和洗涤在一特殊的渗滤装置上以液体渗滤过膜的方式迅速完成，最后阳性反应在膜上呈现红色斑点。液体通过微孔滤膜时，渗滤液中的抗原或抗体与膜上的抗体或抗原相接触，起到亲和色谱的浓缩作用，达到快速检测的目的（检测过程在数分钟内完成），同时洗涤液的渗入在短时间内即可达到彻底洗涤目的，简化了操作步骤，已成为"即时检验（point of care test，POCT）"的主要方法之一。

2. 分类

（1）双抗体夹心法　将纯化抗体结合在微孔滤膜中央，滴加待检标本，当滴加在膜上的标本液体渗滤过膜时，标本中所含抗原则与膜上抗体结合，其余无关蛋白等则滤出膜片，其后滴加的金标抗体也在渗滤中与已结合在膜上的抗原相结合，加洗涤液洗涤，因胶体金本身呈红色，阳性反应即在膜中央显示红色斑点。

（2）间接法　将抗原包被在微孔滤膜中央，滴加待测标本，滴加洗涤液洗涤后，滴加金标抗抗体，加洗涤液洗涤后，阳性者即在膜中央呈红色斑点。

3. 技术要点

（1）试剂盒组成　滴金法试剂盒的三个基本试剂成分是：①滴金法反应板（即渗滤装置）如图 4-7 所示，由塑料小盒、吸水垫料和点加了抗原或抗体的硝酸纤维素膜片三部分组成，塑料小盒的形状多为扁平的长方形小板，盒盖的中央有一直径约 0.4～0.8cm 的小圆孔，盒内垫放吸水材料，硝酸纤维素膜片安放

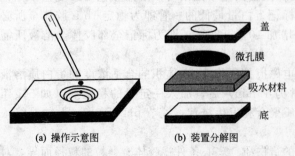

(a) 操作示意图　　(b) 装置分解图

图 4-7　DIGFA 渗滤装置及操作示意

盖
微孔膜
吸水材料
底

在正对盒盖的圆孔下，贴紧吸水垫料；②胶体金标志物；③洗涤液。为了提供质控保证，用于抗原测定的试剂盒还应包括抗原参照品，相应地检测抗体的试剂盒应有阳性对照品。

（2）操作要点　以双抗体夹心法测血绒毛促性腺激素（HCG）为例，具体步骤如下：①将反应板平放于实验台面上，于小孔内滴加血清标本（含待测抗原）1～2 滴，待完全渗入，与膜上的 HCG 反应；②向小孔内滴加胶体金标记的抗 HCG 抗体试剂 1～2 滴，待完全渗入，使胶体金标记的抗 HCG 与结合在膜上的 HCG 反应；③于小孔内滴加洗涤液 2～3 滴，待完全渗入，洗去未结合的胶体金标记的抗 HCG；④判读结果，在膜中央有清晰的淡红色或红色斑点显示者判为阳性反应，反之则为阴性反应，斑点呈色的深浅相应地提示阳性强度。

（二）斑点金免疫色谱试验

1. 基本原理

胶体金免疫色谱试验是将胶体金标记技术和蛋白质色谱技术结合的以硝酸纤维素膜为载体的快速固相膜免疫分析技术，与胶体金免疫渗滤试验利用微孔膜的过滤性能不同，胶体金免疫色谱试验中滴加在膜条一端的标本溶液利用微孔膜的毛细管作用向另一端移动，犹如色谱一般，在移动过程中被分析物与固定于载体膜上某一区域的抗体（抗原）结合而被固相化，无关物则越过该区域而被分离，然后通过胶体金的呈色条带来判定实验结果。

2. 分类

（1）双抗体夹心法　如图 4-8 所示，G 处为金标抗体（免疫金），T 处（测试区）包被抗体，C 处（参照区）包被抗金标抗体，A、B 处为吸水纸。测试时将试纸条 A 端（下端）浸入液体标本中（或滴加待测标本），通过色谱作用，A 端吸水材料即吸取液体向 B 端（上端）移动，流经 G 处时将干片上的金标抗体复溶，并带动其向膜条渗移。若标本中含有待测抗原，即形成金标抗体-抗原复合物，移至 T 区时，形成金标抗体-抗原-抗体复合物，金标抗体被固定下来，在 T 区显示红色反应线条，呈阳性反应，多余的金标抗体继续前行，移至 C 区被抗金标抗体捕获，呈现红色质控线条。反之，阴性标本则无反应线条，仅显示质控线条。

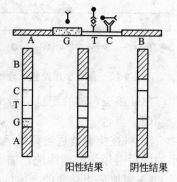

阳性结果　　阴性结果

图 4-8　免疫色谱试验（双抗体夹心法）原理示意

A—样品垫；B—吸水垫；
C—质控区；G—金结合
物垫；T—实验区

（2）竞争法　如图 4-9 所示，G 处为金标抗体，T 处（测试区）包被标准抗原，C 处（参照区）包被抗抗体，测试时待测标本加于 A 端，若待测标本中含有待测抗原，流经 G 处时结合金标抗体，当混合物移至 T 处时，因无足够游离的金流经 C 处，与该处的抗金标抗体结合出现棕红色的质控带，若标本中不含待测抗原，金标抗体则与 T 处膜上的标准抗原结合，在 T 处出现棕红色的线条，实验结果为阴性。

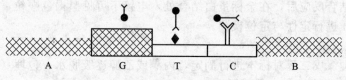

图 4-9　免疫色谱试验（竞争法）原理

3. 技术要点

（1）试剂盒组成　主要成分为胶体金色谱条，试验所用试剂（全部为干试剂）被组合在一个约6mm×70mm塑料板条上，成为单一试剂条（见图4-8），A、B两端粘贴有吸水材料。加样处A端（下端）为样品垫，按分析物和试剂的不同选择合适的材料，可用的材料有滤纸、多孔聚乙烯、硝酸纤维和玻璃纤维素等。B端（上端）为吸水垫，材料则以吸水性强的滤纸为佳。G处为结合物垫，胶体金结合物干燥固定在玻璃纤维膜等材料上。G、B处之间粘贴吸附有受体（抗原或抗体）的硝酸纤维素膜，T处黏附有已知的抗体或抗原，C处黏附有质控品（抗免疫金抗体），T、C点物质往往以直线的形式包被在膜上。

（2）操作要点　以双抗体夹心法为例，将试剂条标记线一端浸入待测标本中5～10s或在标本加样处加一定量待检标本，平放于水平桌面上；待反应开始后（即试剂条上方对照区出现质控线）1～5min内观察结果。结果判断：出现一条棕红色质控条带为阴性，出现两条棕红色条带为阳性；无棕红色条带出现则为试剂失效。

三、金免疫组织化学染色技术

（一）免疫金（银）光镜染色技术

1. 基本原理

免疫金银染色法（immunogold silver staining，IGSS）由Holgate在1983年首先建立，是在金免疫技术基础上发展起来的更为敏感的技术。基本原理是金免疫技术测定产物上的金颗粒在银显色剂的作用下起着一种催化剂作用，可将银离子还原成银原子颗粒，在金颗粒表面形成一个黑褐色"银壳"，"银壳"一旦形成亦具有催化作用，从而使更多银离子还原，并促使"银壳"越变越大，最终使抗原位置得到清晰放大，因而增强了金免疫技术的敏感性（图4-10）。

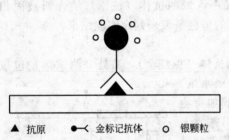

▲ 抗原　●—< 金标记抗体　○ 银颗粒

图4-10　免疫金银染色原理示意

2. 技术要点

（1）银染色液的配制　在pH3.5柠檬酸缓冲液中加入明胶、对苯二酚、硝酸银配制而成。

（2）染色

① 将被检血清适当稀释后均匀滴加在细胞抗原片上，温育，形成抗原-抗体复合物，流水冲洗后再用缓冲液冲洗，加BSA进行封闭。

② 滴加适当稀释的金标抗体，温育，形成抗原-抗体-金标抗体复合物，洗去未结合的金标抗体，并用蒸馏水、重蒸馏水进行洗涤。

③ 滴加新鲜配制的银染液，室温避光染色反应。

④ 蒸馏水、自来水冲洗、晾干、中性树胶封片后镜检。

⑤ 结果：有黑褐色颗粒沉积者为阳性反应。

（二）免疫金电镜染色技术

1. 基本原理

胶体金是氯金酸的水溶胶颗粒，具高电子密度。当胶体金标志物与镍网上的待检标本中相应蛋白质发生结合反应后，在金标蛋白结合处，电镜下可见黑褐色颗粒，从而可对细胞膜或细胞内的蛋白质进行定性与定位检测。

2. 技术要点

（1）标本包埋　戊二醛对标本进行固定，丙酮或乙醇逐级脱水，包埋（Epon812树脂），将超薄切片（80nm）置于300目镍网上。

（2）免疫组化染色　清蛋白封闭，加第一抗体，温育，PBS冲洗，卵清蛋白封闭，加第二抗体（胶体金标记IgG），温育，PBS冲洗，蒸馏水冲洗，乙酸双氧铀、柠檬酸铅复染，电镜观察。

上述各染色步骤除清洗外，皆在滴于蜡膜（封口膜）上的各种液体小滴上进行。应注意始终保持镍网湿润，任何一种液体都不得滴于干网上，并要吸去镊子尖部夹起的多余液体。用于电镜的免疫金法可分为包埋前染色和包埋后染色两大类，包埋后染色具有简便可靠、结果重复性好、能在同一组织切片上进行多重免疫染色的优点，但缺点是会使某些抗原失活，不易保持细胞膜结构完整。

参 考 文 献

[1] 焦新安. 食品检验检疫学. 北京：中国农业出版社，2007.
[2] 方晓明，丁卓平. 动物源食品兽药残留分析. 北京：化学工业出版社，2008.
[3] 赵杰文，孙永梅. 现代食品检测技术. 第2版. 北京：中国轻工业出版社，2008.
[4] 吴俊英. 免疫学检验. 北京：高等教育出版社，2008.
[5] 刘辉. 免疫学与免疫学检验. 北京：人民军医出版社，2006.
[6] 宋宏新. 食品免疫学. 北京：中国轻工业出版社，2009.
[7] 管华，石茂健，崔亚勇. 免疫分析技术研究进展. 亚太传统医药，2007，3（10）：34-37.

第五章　聚合酶链反应技术

聚合酶链反应或多聚酶链反应（polymerase chain reaction，PCR），简称 PCR 技术，又称 DNA 体外扩增技术，是由美国 PE-Cetus 公司人类遗传研究室的科学家 K. B. Mullis 于 1985 年发明的一种具有划时代意义的分子生物学方法。人们只需在试管内进行 DNA 复制，就可在短时间内从生物材料中获得数百万个某一特异 DNA 序列拷贝，以进行目的基因的扩增、分离、筛选、序列分析或鉴定。PCR 技术的快速（数小时）、灵敏（ng 级）、操作简便（自动化）等优点，使其问世仅几十年，便已迅速渗透到生命科学的各个领域，得到了广泛的应用。

第一节　PCR 基本原理和影响因素

一、PCR 技术的基本原理及特点

（一）基本原理

PCR 的基本原理是以拟扩增的 DNA 分子为模板，以一对分别与模板 $5'$ 末端和 $3'$ 末端相互补的寡核苷酸片段为引物，在 DNA 聚合酶的作用下，按照半保留复制的机制沿着模板链延伸直至完成新的 DNA 合成，不断重复这一过程，即可使目的 DNA 片段得到扩增。因为新合成的 DNA 也可以作为模板，因而 PCR 可使 DNA 的合成量呈指数增长。

图 5-1 为基因扩增示意图。（a）起始材料是双链 DNA 分子；（b）反应混合物加热后发生链的分离，然后制冷使引物结合到位于待扩增的靶 DNA 区段两端的退火位点上；（c）*Taq* DNA 聚合酶以单链 DNA 为模板在引物下利用反应混合物中的 dNTP 合成互补的新链 DNA；（d）将反应混合物再次加热，使旧链和新链分离开来，这样便有 4 个退火位点可供引物结合，其中两个在旧链上，两个在新链上；（e）*Taq* DNA 聚合酶合成新的互补链 DNA，但这些链的延伸精确地局限于靶 DNA 序列区。因此这两条新合成的 DNA 链的跨度是严格地定位在两条引物界定的区段内；（f）重复过程，引物结合到新合成的 DNA 单链的退火位点；（g）*Taq* DNA 聚合酶合成互补链，产生出两条与靶 DNA 区段完全相同的双链 DNA 片段。

组成 PCR 反应体系的基本成分包括：模板 DNA、特异性引物、*Taq* DNA 聚合酶（具耐热性）、脱氧核苷三磷酸（dNTP）以

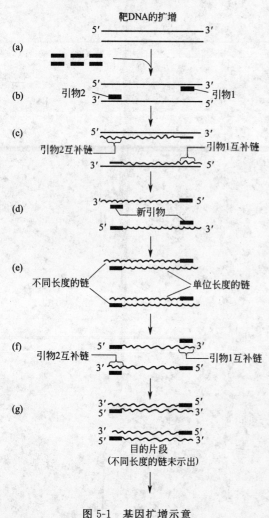

图 5-1　基因扩增示意

及含有 Mg^{2+} 的缓冲液。

PCR 主要由高温变性、低温退火和适温延伸三个步骤反复的热循环构成，即是将反应系统加热至 95℃，使待扩增的靶 DNA 双链受热变性成为两条单链 DNA 模板，同时引物自身和引物之间存在的局部双链也得以消除；而后在低温（37～55℃）情况下，两条人工合成的寡核苷酸引物与互补的单链 DNA 模板结合，形成部分双链；再将反应温度升至 72℃，Taq DNA 聚合酶，以引物 $3'$ 端为合成的起点，以单核苷酸为原料，沿模板以 $5' \rightarrow 3'$ 方向延伸，合成 DNA 新链。这样，每一双链的 DNA 模板，经过一次变性、退火、延伸三个步骤的热循环后就成了两条双链 DNA 分子。如此反复进行，每一次循环所产生的 DNA 均能成为下一次循环的模板，每一次循环都使两条人工合成的引物间的 DNA 特异区拷贝数扩增一倍，PCR 产物得以 2^n 的指数形式迅速扩增，经过 25～30 个循环后，理论上可使基因扩增 10^9 倍以上，实际上一般可达 $10^6 \sim 10^7$ 倍。

（二）PCR 技术的特点

1. 特异性强

PCR 反应的特异性决定因素：①引物与模板 DNA 特异正确地结合；②碱基配对原则；③Taq DNA 聚合酶合成反应的忠实性；④靶基因的特异性与保守性。其中引物与模板的正确结合是关键，它取决于所设计引物的特异性及退火温度。在引物确定的条件下，PCR 退火温度越高，扩增的特异性越好。由于 Taq DNA 聚合酶的耐高温性质，使反应中引物能在较高的温度下与模板退火，从而大大增加 PCR 结合的特异性。

2. 灵敏度高

PCR 产物的生成量是以指数方式增加的，即按 75% 的扩增效率计算，单拷贝基因经 25 次循环后，其基因拷贝数也在 10^6 倍以上，即能将皮克量级的起始待测模板扩增到微克水平，也很容易扩增真核细胞单拷贝基因。PCR 技术还可以从单一双倍体细胞、一根头发，甚至单一精子扩增到目标 DNA 片段。

3. 简便快速及无放射性

PCR 反应用耐高温的 Taq DNA 聚合酶，一次性地将反应液加好后，在 DNA 扩增液和水浴锅上进行变性-退火-延伸反应，一般在 2～4h 完成扩增反应。扩增产物检测也比较简单，一般用电泳分析，不一定要用同位素，无放射性污染，易推广。

4. 对标本的纯度要求低

不需要分离病毒或细菌及培养细胞，DNA 粗制品及总 RNA 均可作为扩增模板。可直接用各种生物标本，如血液、体腔液、细胞、活组织等 DNA 粗制品进行扩增检测。部分 DNA 被降解的材料，也可以通过多次 PCR 反应，最终获得完整的目标 DNA 片段。

5. 可扩增 RNA 或 cDNA

先按通常方法用寡脱氧胸苷引物和反转录酶将 mRNA 转变成单链 cDNA，再将得到的单链 cDNA 进行 PCR 扩增，即使 mRNA 转录片段只有 100 ng cDNA 中的 0.01%，也能经 PCR 扩增仅有 1ng 的特异片段。有些外显子分散在一段很长的 DNA 中，难以将整个 DNA 大分子扩增和做序列分析，若以 mRNA 作模板，则可将外显子集中，用 PCR 一次便完成对外显子的扩增并进行序列分析。

6. 有一定的单核苷酸错误掺入

由于 Taq DNA 聚合酶缺乏 $3' \rightarrow 5'$ 核酸外切酶活性，因而不能纠正反应中发生的错误核苷酸掺入，错误核苷酸掺入的程度也受反应条件的影响，所以，对 Taq DNA 聚合酶催化的 PCR 反应发生错误核苷酸掺入很难精确地判断。目前已经有从其他微生物中提取到耐热而又具有 $3' \rightarrow 5'$ 核酸外切酶活性的"高保真" DNA 聚合酶，如 pfu DNA 聚合酶，完全可以满足实验的要求。

二、影响 PCR 反应的因素

影响 PCR 扩增反应的因素很多，主要有以下几个方面。

(1) Mg^{2+} 浓度　Mg^{2+} 浓度可影响反应的特异性和产率。Taq DNA 聚合酶具有 Mg^{2+} 依赖性，因而 PCR 反应对 Mg^{2+} 有较高的要求。Mg^{2+} 浓度低时，Taq 酶活性较低，反应产率降低，浓度过高对 Taq 酶有抑制作用，并且会导致反应的特异性降低，一般认为，Mg^{2+} 浓度在 2.0mmol/L 时，酶具有最大活性。

(2) 寡核苷酸引物的浓度　它的通常浓度为 0.1～1μmol/L。这一浓度足以完成 30 个循环的扩增反应，浓度过高可能形成引物二聚体，如出现在早期的循环中，则会容易控制 PCR 反应而成为其主要产物。其次，引物浓度过高容易产生非特异性的扩增，而引物不足将降低效率。

(3) Taq DNA 聚合酶的量　在 100μL 反应体系中，通常所需 Taq DNA 聚合酶的量为 0.5～5U，这主要根据片段的长度和复杂度 [(G+C) 含量] 而定，浓度过高将导致非特异性地扩增，浓度过低将降低产物的合成量。

(4) dNTP 的浓度　在反应体系中，每种 dNTP 的浓度通常是 50～200μmol/L，过高的浓度将导致 DNA 在复制过程中掺杂错误的核苷酸，浓度过低则会降低反应产率。

(5) 退火温度　退火温度可根据引物长度和其 (G+C) 含量确定，选择较高的退火温度，可大大减少引物与模板的非特异性结合，提高反应的特异性。

(6) 延伸温度及时间　延伸温度通常定在 72℃，此时 Taq DNA 聚合酶活性最高。延伸反应的时间，根据待扩增片段的长度确定。理论上讲，1kb 以内的片段，延伸 1min 足够了。

总之，影响 PCR 扩增的因素很多，对于一个反应，要反复摸索，使各种因素达到最佳状态才能得到满意的 PCR 结果。

第二节　PCR 反应体系

根据多年来的实践经验，已提供了一个标准的 PCR 反应条件。反应体系一般选用 50～100μL 体积，其中含有：50mmol/L KCl、10mmol/L Tris-HCl（室温下 pH8.4）、1.5mmol/L MgCl$_2$、100μg/mL 明胶或牛血清白蛋白 (BSA)、两个引物（各 0.25μmol/L）、4 种底物 (dATP、dCTP、dGTP、dTTP 各 200μmol/L)、模板 DNA（基因组 DNA）0.1μg、Taq DNA 聚合酶 2.5U。

其中模板 DNA 的用量必须根据其分子量的多少加以调整，一般需要含 10^2～10^5 bp 拷贝的 DNA，封上矿物油防止高温反应时液体的挥发，即可进行 PCR 反应。

反应条件一般为 94℃变性 30s，55℃退火 30s，70～72℃延伸 30～60s，共进行 30 次左右的循环。

一、PCR 反应模板

模板的量与纯化程度是 PCR 成败的关键环节之一。大多数用途的 PCR 对反应模板的纯度要求并不严格，其次，模板用量很低。但由于种种原因，准备的模板量要求达到一定水平，一方面可减少由于实验操作和实验精确度方面等原因而引起的扩增失败，同时用于扩增的模板 DNA 量越多，由于交叉污染引起的反应失败的可能性越小。传统的纯化方法通常采用去垢剂破坏细胞组分、蛋白水解酶消化除去蛋白质，特别是与 DNA 结合的组蛋白，最后用有机溶剂去掉蛋白质和细胞膜成分，用乙醇沉淀核酸。此种纯化 DNA 的方法完全可以满足 PCR 反应。通常情况下，可以采用更加快速简便的方法，如用高温低渗液体（如水煮沸）溶解细胞制备 PCR 反应模板均可满足实验的要求。纯化核酸的目的主要在于除去杂质，特别是除去干扰 Taq 酶活性的物质；使待扩增的靶序列 DNA 暴露和浓缩，从而保证有足量的

DNA 模板启动 PCR 反应；有利于评价扩增体系的灵敏度，并根据产物对靶 DNA 进行定量分析。由于食品成分复杂，除含有多种原料组分外，还含有盐、糖、油、色素等食品添加剂，此外，加工过程中的煎、炸、煮、烤等工艺使原料中的 DNA 会受到不同程度的破坏，因此，食品中转基因成分的检测具有特殊性。

二、PCR 反应的缓冲液

PCR 反应中缓冲液是一个重要的影响因素，特别是其中的 Mg^{2+} 能影响反应的特异性和扩增片段的产率。目前最为常用的缓冲体系为 $10\sim50$ mmol/L 的 Tris-HCl（pH8.2~8.3，20℃），PCR 标准缓冲液含有 10mmol/L 的 Tris-HCl（pH8.3）、50mmol/L 的 KCl、1.5mmol/L 的 Mg^{2+}、0.1g/L 的明胶。在一般的 PCR 反应中，$1.5\sim2.0\mu$mol/L Mg^{2+} 是比较合适的（对应 dNTP 浓度为 200μmol/L 左右）。Mg^{2+} 过量能增加非特异扩增并影响产率。

现在认为限制 KCl 和明胶的用量值得提倡，尤其是 BSA，虽其对酶有一定保护性，如果质量不好将起相反的作用，建议使用乙酰化的 BSA。KCl 在 50mmol/L 时能促进引物退火，大于此浓度时将会抑制聚合酶的活性。有的反应液以氯化铵或醋酸铵中的 NH_4^+ 代替 K^+，其浓度为 16.6mmol/L。

在 PCR 中使用 $10\sim50$ mmol/L Tris-HCl，主要靠其调节 pH 使 *Taq* DNA 聚合酶的作用环境维持偏碱性。Tris 缓冲液是一种双极化离子缓冲液，pK_a 为 8.3（20℃），ΔpK_a 为 -0.021/℃。

在反应体系中加入适量（10%）的二甲基亚砜（DMSO），虽然 DMSO 对聚合酶活性有一定抑制作用，但它可减少模板二级结构，提高 PCR 反应特异性。有报道指出甲酰胺或氯化四甲基铵（TMAC）均可提高反应特异性，而对酶活性没有明显影响。

PCR 标准缓冲液对大多数模板 DNA 及引物都是适用的，但对某一特定模板和引物的组合，标准缓冲液并不一定就是最佳条件，因此各实验室可在此条件上，根据具体扩增项目进行改进。其中 Mg^{2+} 浓度对扩增作用的特异性和产量有明显影响。*Taq* 酶是一种 Mg^{2+} 依赖酶，Mg^{2+} 浓度一般为 1.5mmol/L 左右，Mg^{2+} 浓度过低时，酶活力明显降低；过高时，酶可催化非特异性扩增。由于反应体系中的 DNA 模板、引物和 dNTP 都可能与 Mg^{2+} 结合，因此降低了 Mg^{2+} 的实际浓度。所以建议反应中 Mg^{2+} 用量至少要比 dNTP 浓度高 $0.5\sim1.0$ mmol/L。

三、底物

dNTP 的质量与浓度和 PCR 扩增效率有密切关系。dNTP 溶液具有较强的酸性，使用时应以 NaOH 将值调至 $7.0\sim7.5$，分装小管，于 -20℃存放，过多的冻融会使 dNTP 产生降解。在 PCR 反应中，dNTP 浓度应在 $20\sim200\mu$mol/L，dNTP 浓度过高可加快反应速度，同时还可增加碱基的错误掺入率和实验成本。反之，低浓度的 dNTP 会导致反应速率的下降，但可提高实验的精确性。4 种 dNTP 在使用时必须以等物质的量浓度配制，以减少错配误差和提高使用效率。此外，由于 dNTP 可能与 Mg^{2+} 结合，因此应注意 Mg^{2+} 浓度和 dNTP 浓度之间的关系，而且大于 200μmol/L 的 dNTP 会增加 *Taq* DNA 聚合酶的错配率。如果 dNTP 的浓度达到 1mmol/L，则会抑制 *Taq* DNA 聚合酶的活性。

四、PCR 聚合酶

最早用于 PCR 反应的酶是 Klenow 酶。由于该酶对高温耐受性差，每次变性时绝大部分酶失活，所以每经过数个循环后则重新添加新酶，致使实验操作复杂化且增加实验成本。以后又分别使用 T_4 DNA 聚合酶和 T_7 DNA 聚合酶，均因其耐热性较差使得这两种酶在 PCR 反应中的应用受到限制。后来发现的 *Taq* DNA 聚合酶有很高的耐热性（经 95℃持续高温仍不失活），加酶一次可完成整个 PCR 反应。*Taq* DNA 聚合酶是一种耐热的 DNA 聚合酶，92.5℃时半衰期至少是130min。在不同实验条件下，此酶的聚合酶活性为每秒35～100个碱基。在70℃延伸时，链的延伸速度每秒可达60个碱基。在100μL PCR反应液中，一般加 Taq 酶2.5 U，足以达到每分钟链延伸1000～4000个碱基。Taq 酶除了聚合作用，还具有5′→3′外切酶活性，但缺乏3′→5′内切酶活性，因此不能纠正链延伸过程中核苷酸的错误掺入。估计每9000个碱基出现一次错误，而合成41000个核酸可能导致一次框码移位。由于错误掺入碱基有终止链延伸的倾向，这就使得发生了错误不会继续扩大。

在100μL反应体系中，一般所需 Taq DNA 聚合酶的用量为0.5～5U。根据扩增片段的长短及其复杂程度（G+C 含量）不同而有所区别。使用 Taq DNA 聚合酶浓度过高，可引起非特异产物的扩增；浓度过低则合成产物量减少。不同厂家酶的定义及生产条件不一，可根据具体情况区别使用。

五、PCR 引物

PCR 反应中引物浓度一般为0.1～0.5μmol/L，引物浓度偏高会引起错配和非特异性产物扩增，且可增加形成二聚体的概率，这两者还由于竞争使用酶、dNTP 和引物，这一切均会使 DNA 合成产率下降。

引物是待扩增片段两端的已知序列，它决定了 PCR 扩增产物的大小。引物是 PCR 特异性反应的关键，理想的引物应该有效地与靶序列杂交，而与出现在模板中的其他相关序列的杂交是可以忽略的。引物设计的目的是要达到两个目标，即理想的扩增特异性和扩增效率。正确的引物设计，可以遵循以下基本原则进行。

① 引物长度：特异性一般通过引物长度和退火温度控制。寡核苷酸引物长度一般为15～30bp。这些寡核苷酸引物适于不含序列变异的、靶位确定的标准 PCR。引物长度增加，能提高特异性，但是在退火时被引发的模板会减少，而降低反应效率。实际应用中最适延伸温度不要超过 Taq DNA 聚合酶的最适温度（74℃），这样才能保证产物的特异性。

② 引物扩增跨度：以200～500bp 为宜，特定条件下可扩增至10kb 的片段。

③ G+C 的合理含量：一对引物的 G+C 含量和 T_m 值应该协调，G+C 含量以40%～60%为宜，G+C 太少扩增效果不佳，G+C 过多易出现非特异条带。ATGC 最好随机分布，避免5个以上的嘌呤或嘧啶核苷酸的成串排列。如含有50%的 G+C 各20个碱基的寡核苷酸链的 T_m 值大概在56～62℃范围内，这样可为有效退火提供足够热度，根据公式 $T_m = 4(G+C)+2(A+T)$，可估计引物 T_m 值，T_m 值最好接近72℃，使变性条件最佳（G+C 即为 G 与 C 的碱基数之和）。

④ 避免引物内部出现二级结构，避免两条引物间互补，特别是3′端的互补，否则会形成引物二聚体，产生非特异的扩增条带。

⑤ 引物3′端的碱基，特别是末端倒数第二个碱基，应严格要求配对，以避免因末端碱基不配对而导致 PCR 失败。

⑥ 引物中有或能加上合适的酶切位点，被扩增的靶序列最好有适宜的酶切位点，这对酶切分析或分子克隆很有好处。

⑦ 引物的特异性：引物应与核酸序列数据库的其他序列无明显同源性。扩增时每条引物的浓度0.1～1μmol 或10～100μmol，以最低引物量所需要的结果为好，引物浓度偏高会引起错配和非特异性扩增，且可增加引物之间形成二聚体的机会。

第三节　PCR 反应条件优化

一、温度及循环参数

（一）温度与时间的设置

基于 PCR 原理设置变性、退火、延伸三个温度点。在标准反应中采用三温度点法，双链 DNA 在 90～95℃变性，再迅速冷却至 40～60℃，引物退火并结合到靶序列上，然后快速升温至 70～75℃，在 Taq DNA 聚合酶的作用下，使引物链沿模板延伸。对于较短的靶基因（长度为 100～300bp 时）可采用二温度点法，除变性温度外，退火与延伸温度可合二为一，一般采用 94℃变性，65℃左右退火与延伸（此温度下 Taq DNA 酶仍有较高的催化活性）。

1. 变性温度与时间

模板 DNA 和 PCR 产物变性不充分是 PCR 失败的主要原因。DNA 在其链分解温度 T_m 时的变性只需几秒钟，但反应管内达到 T_m 还需一定时间，变性温度过高会影响酶活性。一般情况下，93～94℃ 1min 足以使模板 DNA 变性，适宜的变性条件是 95℃×30s，或 97℃×15s，若低于 93℃则需延长时间。使用较高的温度是适宜的，特别是对 G+C 比较丰富的模板序列。变性不完全，DNA 双链很快复性，因而减少产量。在变性中，温度过高或反应时间过长，对酶的活性有影响，有可能导致酶活性损失，此步若不能使靶基因模板或 PCR 产物完全变性，也会导致 PCR 失败。为提高起始模板的变性效果，保存酶活性，常常在加入 Taq 酶之前 95℃先变性 7～10min，再按 94℃的变性温度进入循环方式，这对 PCR 成功有益处。Taq DNA 聚合酶活性半衰期在 92.5℃为 2h 以上，95℃为 40min，97℃为 5min。

2. 退火温度与时间

退火温度是影响 PCR 特异性的较重要因素。变性后温度快速冷却至 40～60℃，可使引物和模板发生结合。由于模板 DNA 比引物复杂得多，所以引物和模板之间的碰撞结合机会远远高于模板互补链之间的碰撞。退火温度与时间取决于反应体系的基本组成及扩增引物的长度、碱基组成及其浓度，还有靶基因序列的长度。实际使用的退火温度要比扩增产物在 PCR 条件下的真实 T_m 值低 5℃。对于 20 个核苷酸，G+C 含量约 50％的引物，55℃为选择最适退火温度的起点较为理想。Taq DNA 聚合酶的活性温度范围很宽，退火温度在 55～72℃会得到好的结果。在典型的引物浓度时（如 0.2μmol/L），退火仅需数秒即完成。如增加退火温度会增强对不正确的退火引物的识别，同时能降低引物 3′端不正确核苷酸的错误延伸。因此，严格规定退火温度，特别是前几个循环中，会增加扩增的特异性。为了在开始循环中就获得最大的特异性，应在第一次变性之后、引物退火之前加入 Taq DNA 聚合酶。如果退火温度低，dNTP 的浓度高，容易使引物错误延伸。因此，一些 PCR 的研究者建议 PCR 的扩增使用两种温度范围效果较好，55～75℃为退火和延伸温度，94～97℃为变性温度。

引物的复性温度可通过下列公式帮助选择：

$$T_m 值（解链温度）=4(G+C)+2(A+T)$$

$$复性温度 = T_m - (5～10℃)$$

在 T_m 值允许范围内，选择较高的复性温度可大大减少引物和模板间的非特异性结合，提高 PCR 反应的特异性。复性时间一般为 30～60s。

3. 延伸温度与时间

Taq DNA 聚合酶虽能在较宽的温度范围内催化 DNA 的合成，但不合适的温度仍可对扩增产物的特异性、产量造成影响。PCR 反应的延伸温度一般选择在 70～75℃（较复性温度高 10℃左右），此时 Taq DNA 聚合酶具有最高活性，但常用温度为 72℃，温度过高不利于引物和模板的结合。

延伸反应的时间长短取决于模板序列的长度和浓度以及延伸温度的高低。在最适温度下，核苷酸的掺入率为 35～100nt/s，这也取决于缓冲体系、pH、盐浓度和 DNA 模板的性质等，一般 1kb 以内的 DNA 片段，延伸 1min；3～4kb 的靶序列需 3～4min；扩增 10kb 则需 15min。延伸时间过长会导致非特异性扩增带的出现，但在循环的最后一步延伸时，为使反应完全，提高产量，可将延伸时间延长 4～10min。如果底物浓度非常低时，较长的扩增时间对初期循环是十分有利的，在稍后的循环中，当扩增产物的浓度超过酶的浓度（约 1μmol/L）时，dNTP 减少，适当增加引物延伸时间对扩增有较好的帮助，所以最后一轮延伸时间常定为 5～7min。

（二）循环次数

循环次数决定 PCR 扩增程度，而 PCR 循环次数主要取决于模板 DNA 的浓度；一般的循环次数在 30～40 次，此时 PCR 产物积累即可达到最大值，刚刚进入"平台期"。即使再增加循环次数，PCR 产物量也不会再有明显的增加。"平台期"是指 PCR 后期循环产物的对数积累趋于饱和，并伴随 0.3～1pmol 靶序列的累计。随着循环次数的增加，一方面由于产物浓度过高，以致自身相结合而不与引物结合，或产物链缠结在一起，导致扩增效率降低；另一方面，随着循环次数的增加，Taq DNA 聚合酶活性下降，引物及 dNTP 浓度下降，易发生错误掺入，非特异性产物增加，循环次数越多，非特异性产物的量也随之越多。因此，在得到足够产物的前提下应尽量减少循环次数。

二、PCR 产物积累规律

在 PCR 反应中，DNA 扩增过程遵循酶的催化动力学原理。在反应初期，目的 DNA 片段的增加呈指数形式。随着目的 DNA 产物的逐渐积累，在引物-模板与 DNA 聚合酶达到一定比例时，酶的催化反应趋于饱和，此时扩增 DNA 片段的增加减慢，进入相对稳定状态，即出现所谓的"停滞效应"，这种效应称"平台期"。到达平台期所需 PCR 循环次数取决于样品中模板的拷贝数、PCR 扩增效率及 DNA 聚合酶的种类和活性，以及非特异性产物的竞争等因素。一般在达到"停滞"阶段之前，用 Klenow 酶只能进行 20 次左右的循环，积累大约 $3×10^5$ 个目的基因拷贝，而用 Taq DNA 聚合酶则可进行 25 次以上 PCR 循环，积累 $4×10^8$ 个目的基因拷贝。这是因为 Taq DNA 聚合酶的高效及高特异性，减少来自非特异性延伸产物对聚合酶的竞争，从而使在"停滞"期到达之前有更多的目的基因片段积累。

大多数情况下，平台期在 PCR 反应中是不可避免的。但一般在此之前，合成的目的基因片段的数量足可满足实验的需要。如果产量不够，可继续扩增，即将产物 DNA 样品稀释后作为模板，进行新一轮 PCR 反应。

三、PCR 的自动化

在 PCR 技术发明的早期，由于使用的聚合酶（Klenow 酶，T_4 DNA 聚合酶）耐热性差，每一个或数个循环后都需要重新加酶，反应只能在手工操作下进行。Taq DNA 聚合酶的发现使 PCR 的自动化成为可能。Cetus 公司率先推出 PCR 自动扩增仪，产品不断革新，已实现了由电脑控制整个反应过程。目前，国内已有中科院遗传所、复旦大学、北京市应用新技术研究所等多家单位推出的国产自动扩增仪。常用的 PCR 扩增仪主要有如下 3 种形式。

① 机械手　采用机械手将样品在 3 个不同温度的水浴移动，进行 PCR 反应。此装置的优点在于温度转换快，耗时少（一般 1～3h），设备比较简单，容易控制和维修；缺点是温度升降太快，可能对聚合酶的活性有某些影响。

② 空气加热/光加热循环装置　用热空气枪借空气作为热传播媒介或用光照射加热，由风扇提供外部冷空气，加上精确的温度传感器构成不同的温度循环。这种装置的优点是不用金属精密加工，成本低，整个系统没有液体流动也不用制冷剂，因而安全程度高；缺点是整修实验控制温度变换耗时较长。

③ 变温金属块作恒温装置　通过半导体加热和冷却，在一个铝合金金属块上来完成 PCR 过程。这种装置比较牢固耐用，温度变换平稳，有利于保持聚合酶的活性，但相对来说温度变换梯度较小，整个实验耗时较长（3～4h）。

四、预防假阳性结果

PCR 技术的强大扩增能力和很高的检测灵敏度，使极微量的污染即可导致假阳性结果，且在扩增过程中发生单核苷酸的错配，因而其最大的缺憾就在于灵敏度过高和非特异性扩增所带来的假阳性结果。实验中预防假阳性结果的产生，应考虑如下几方面情况。

（1）尽可能保证反应的忠实性　反应液中 dNTP 浓度明显低于 K_m 值（μmol 级以下）或某一 dNTP 的浓度低于其他 3 种时，会增加非特异掺入，且在正常情况下碱基掺入的错配率也达 1/400，由于 Taq 酶缺乏 $3'\rightarrow5'$ 端外切酶活性，故不能像 Klenow 片段那样对错误进行修正，但错误掺入可使链延伸反应终止，从而限制缺陷分子的扩增。研究表明，Taq 酶对 A-T 配对的延伸速度比 G-T、C-T 和 T-T 错配的速度快 200 倍、1400 倍和 2500 倍，但 dNTP 浓度过高时会促进错配碱基的延伸。

为了保证反应的忠实性，应注意：4 种 dNTP 要等物质的量且浓度合适，选择合适的循环数，勿使复性温度过低。

（2）减少结构相近的异源 DNA 在 PCR 操作过程中的污染，应采取预防及处理措施

① 专门设置 PCR 室，配制反应缓冲液最好有超净工作台，模板制备、扩增体系的加液要相对隔离。

② 所有试剂都要分装成小份，在一定的冰箱位置保存，使用从未接触过 DNA 的一次性器皿。

③ 操作时戴一次性手套。

④ 多份样品同时扩增时，最后加模板。

⑤ 设置阳性对照（用已知阳性模板）、阴性对照（不加模板 DNA），重要的实验结果进行重复试验。

⑥ 污染的器件可用稀盐酸擦拭或浸泡，可促使 DNA 脱嘌呤；对经常使用的超净台要常打开紫外灯照射 30min，可促使 DNA 形成二聚体，阻止过度的延伸。

（3）其他因素

① 热启动　Taq 酶在低温下仍有活性，故当所有的反应成分混合后进入循环前，Taq 酶可促进非特异延伸而导致非特异扩增。采用热启动（在温度达到 70℃ 以上时再加酶或模板 DNA）可克服这个问题。先将不含酶的反应混合物于 94℃ 变性 5~10min，立即置于冰浴中，再加酶进入循环，不但可保护酶活性，而且是热启动的一种方法。

② PCR 促进剂　某些化学物质对比 PCR 反应的特异性有利，如 10% 二甲基亚砜（DMSO），虽然 DMSO 对聚合酶活性有一定抑制作用，但它能影响引物的 T_m 值及变性 DNA 的作用，可减少模板二级结构，提高 PCR 反应特异性。5%~20% 的甘油可促进变性过程，尤对 G+C 含量高、二级结构多的靶序列和扩增片段长（1.5kb 以上）时更适用；氯化四甲基铵（TMAC）[$(0.1~1)\times10^{-4}$mol/L] 可减少非特异扩增而不抑制 Taq 酶。

③ Taq 酶抑制剂　不同浓度的变性剂（尿素、DMSO、DMF、甲酰胺等）对酶活性的影响不一样，许多离子型表面活性剂在极低浓度下（脱氧胆酸<0.06%，SDS<0.01%，N-月桂酰肌氨酸钠<0.02%）也可抑制 Taq 酶活性，而低浓度的 NP-40 和 Tween-20 可增强 Taq 酶活性。应用中，0.5% 的 NP-40/Tween-20 可迅速纠正 SDS 对 Taq 酶的抑制作用。

第四节　PCR 扩增产物的检测分析

目前检测 PCR 扩增产物的方法包括凝胶电泳、色谱技术、核酸探针杂交、酶切图谱分析、单链构型多态性分析、核酸序列分析等。其中凝胶电泳是检测 PCR 扩增产物最常用和最简便的方法之一。凝胶电泳主要有琼脂糖凝胶电泳和聚丙烯酰胺凝胶电泳两种常用的技术。

一、琼脂糖凝胶电泳

琼脂糖凝胶电泳是检测 PCR 扩增产物最常用的方法之一。不同目的的电泳可使用各种浓度的凝胶；不同浓度的琼脂糖凝胶可以分离 DNA 片段大小的范围参数列于表 5-1。

表 5-1　琼脂糖浓度与分离片段的关系

琼脂糖浓度/%	长链 DNA 分子有效分离范围/bp	琼脂糖浓度/%	长链 DNA 分子有效分离范围/bp
0.3	5～60	1.2	0.4～6
0.6	1～20	1.5	0.2～4
0.7	0.8～10	2	0.1～3
0.9	0.5～7		

核酸凝胶电泳结果的检测方法有溴化乙锭染色、银染色及同位素放射自显影等，其中溴化乙锭染色法较为普遍。溴化乙锭（ethidium bromide，EB）是一种荧光剂，由于溴化乙锭分子插入在 DNA 双螺旋结构的两个碱基之间后，能形成一种在紫外光激发下发出很强橙红色荧光的配合物，所以十分容易观察。检测的灵敏度非常高，$1\mu g/mL$ 的溴化乙锭溶液可检出 10ng 或更少的 DNA 样品。溴化乙锭产生的荧光在紫外光源下放置时间过长能被猝灭，也容易受一些化学物质的污染而猝灭。溴化乙锭是一种 DNA 诱变剂，使用时应注意避免与皮肤接触。实验室中的 EB 污染物应妥善处理，EB 溶液的污染物不能直接倒入下水道及垃圾中，含有 EB 的凝胶应在干燥后烧毁。

用琼脂糖凝胶电泳法测定 DNA 片段的分子量，是在同一块凝胶板上样品槽中加待测样品，加一个标准分子量样品同时进行电泳，然后用溴化乙锭染色，通过生物凝胶成像分析系统或紫外灯比较样品与标准品的位置，即可估计出待测样品的分子量大小范围。实验室常用的 DNA 分子量标准只有 pBR322 和 μDNA 的酶切片段。

二、聚丙烯酰胺凝胶电泳

聚丙烯酰胺凝胶电泳具有琼脂糖凝胶电泳所不具备的优点：①分辨率很高，长度仅相差 0.2%（即 500bp 中的 1bp）的 DNA 分子即可分开；②能装载的 DNA 量远大于琼脂糖凝胶，一个加样槽（1cm×1cm）中加入 $10\mu g$ DNA 也不会明显影响分辨率；③从聚丙烯酰胺凝胶中回收的 DNA 纯度很高。另外，可以采用银染色法染聚丙烯酰胺凝胶中的 DNA 和 RNA，其灵敏度比溴化乙锭染色法高 2～5 倍，而且可避免溴化乙锭迅速褪色的弱点，银染的凝胶干燥后可长期保存。PCR 扩增指纹图、多重 PCR 扩增、PCR 产物的酶切分析及利用产物的限制性片段长度多态性（PCR-RFLP）进行基因分型时，聚丙烯酰胺凝胶电泳是一种理想的手段。不同浓度的聚丙烯酰胺凝胶可以分离 DNA 片段大小的范围参数列于表 5-2。

表 5-2　聚丙烯酰胺凝胶含量与分离 DNA 片段大小的关系

聚丙烯酰胺凝胶含量/(g/L)	有效分离范围/bp	溴酚蓝位置相当于双链 DNA 片段/bp
35	1000～2000	100
50	80～500	65
80	60～400	45
120	40～200	20
150	25～150	15
200	6～100	12

三、核酸探针杂交鉴定法

核酸探针杂交法是鉴定 PCR 扩增产物特异性的一种重要手段。为了确定 PCR 产物是否是预先设计的目的片段，或产物是否有突变，都需做分子杂交检测。分子杂交包括点杂交和Southern印迹杂交。点杂交无需进行电泳，直接对产物进行分析鉴定，还可将样品稀释成一系列不同浓度，对扩增产物进行定量分析。该法灵敏度较高，特别适用于特异性不高的PCR扩增产物分析。其基本过程是将扩增产物固定到尼龙膜或硝酸纤维素膜上，用放射性或非放射性标记的探针杂交，还可将不同的探针固定到膜上，用标记的扩增产物进行杂交，称为"反向点杂交法"，该法可同时检测多个突变位点或多种病原体。目前主要用寡核苷酸探针杂交（ASO）检测点突变。

采用常规的Southern印迹杂交可鉴定PCR产物的大小和特异性，检测灵敏度可达10ng。基本过程是PCR产物进行常规的琼脂糖凝胶电泳，然后印迹转移到尼龙膜上，再用标记的探针进行杂交检测。

四、限制性内切酶分析

酶切分析是鉴别PCR扩增产物特异性的一种简便方法。根据目标基因的已知序列资料可以查出包含的酶切位点，用某种限制性内切酶消化扩增产物后进行电泳，观察消化片段的数目及大小是否与序列资料相符，从而确定产物的特异性。酶切分析的另一种用途是遗传病的诊断和传染病病原体的基因分型。酶切位点的改变是序列差异的遗传路标，因此可利用高频率切点的限制酶消化PCR扩增产物，根据限制性片段长度多态性（RFLP）进行目标基因分析和分型。

特异性鉴别可选用识别6个碱基的限制性内切酶，从已知序列资料中查出。基因分型可用识别4个碱基的限制性内切酶，常用的有 *Alu* I、*Msp* I、*Taq* I、*Hinf* I、*Mbo* I、*Dde* I、*Mse* I、*Bbv* I、*Mae* Ⅲ、*Hha* I、*Rsa* I等。

五、单链构型多态性分析

单链构型多态性分析是一种简单快速的PCR扩增产物分析方法。其基本原理是双链DNA的PCR扩增产物，变性处理成单链DNA，加样于非变性聚丙烯酰胺凝胶进行电泳，由于DNA在凝胶电泳中的迁移率与其分子量和空间构型有关，在非变性条件下，单链DNA因分子内力作用形成卷曲构型，这种二级结构与单链DNA的序列有关，因此单链DNA的电泳迁移率受到PCR产物二级结构的影响。电泳结束后，单链DNA带在凝胶中位置的差异反映了PCR产物序列的差异。

六、PCR扩增产物的直接测序

PCR技术在进行分子克隆和模板制备的大部分工作中显示了极大的优势，它不仅省略了通常制备DNA片段的繁琐步骤，也避免了使用亚克隆的经典程序。结合自动化测序技术，PCR将为了解核苷酸序列信息提供最快和最有效的手段。直接序列分析是指在PCR扩增基因组DNA序列的基础上，直接进行基因核苷酸序列分析的方法，是检测基因突变最有效、最直接的方法。用于直接序列分析的方法主要有化学降解法、*Taq* DNA聚合酶测序法、三引物法、不对称PCR法等。

参 考 文 献

[1] 胡晓燕，张孟业. 生物化学与分子生物学实验技术. 济南：山东大学出版社，2005.
[2] 卢圣栋. 现代分子生物学实验技术. 第2版. 北京：中国协和医科大学出版社，1999.
[3] 喻红，彭芳芳. 医学生物化学与分子生物学实验技术. 武汉：武汉大学出版社，2003.
[4] 赵杰文，孙永梅. 现代食品检测技术. 第2版. 北京：中国轻工业出版社，2008.
[5] 唐英章. 现代食品安全检测技术. 北京：科学出版社，2004.

第六章　基因芯片技术

第一节　概　　述

一、基因芯片技术的概念

基因芯片（gene chip），又称 DNA 芯片、DNA 微阵列（DNA microarray），包括寡核苷酸微阵列（oligonucleotide microarray）和 cDNA 微阵列，是指采用原位合成（*in situ* synthesis）或显微打印手段，将数以万计的 DNA 片段按预先设计的排列方式固化在载体表面，并以此作为探针，产生二维 DNA 探针阵列，在一定的条件下，与样品中待检测的靶基因片段杂交，通过检测杂交信号，实现对靶基因的存在、含量及变异等信息的快速检测。由于常用硅芯片作为固相扶持物，且在制备过程中运用了计算机芯片的制备技术，所以称为基因芯片技术。

二、基因芯片技术的基本原理和特点

基因芯片的基本原理是利用杂交的原理，即 DNA 根据碱基配对原则，在常温下和中性条件下形成双链 DNA 分子，但在高温、碱性或有机溶剂等条件下，双螺旋之间的氢键断裂，双螺旋解开，形成单链分子（称为 DNA 变性，DNA 变性时的温度称 T_m 值）。变性的 DNA 黏度下降，沉降速度增加，浮力上升，紫外吸收增加。当消除变性条件后，变性 DNA 两条互补链可以重新结合，恢复原来的双螺旋结构，这一过程称为复性。复性后的 DNA，其理化性质能得到恢复。利用 DNA 这一重要理化特性，将两个以上不同来源的多核苷酸链之间由于互补性而使它们在复性过程中形成异源杂合分子的过程称为杂交（hybridization）。杂交体中的分子不是来自同一个二聚体分子。由于温度比其他变性方法更容易控制，当双链的核酸在高于其变性温度（T_m 值）时，解螺旋成单链分子；当温度降到低于 T_m 值时，单链分子根据碱基的配对原则再度复性成双链分子。因此通常利用温度的变化使 DNA 在变性和复性的过程中进行核酸杂交。

核酸分子单链之间有互补的碱基顺序，通过碱基对之间非共价键的形成即出现稳定的双链区，这是核酸分子杂交的基础。杂交分子的形成并不要求两条单链的碱基顺序完全互补，所以不同来源的核酸单链彼此之间只要有一定程度的互补就可以形成杂交双链，分子杂交可在 DNA 与 DNA、RNA 与 RNA 或 RNA 与 DNA 的两条单链之间。利用分子杂交这一特性，先将杂交链中的一条用某种可以检测的方式进行标记，再与另一种核酸（待测样本）进行分子杂交，然后对待测核酸序列进行定性或定量检测，分析待测样本中是否存在该基因或该基因的表达有无变化。通常称被检测的核酸为靶序列（target），用于探测靶 DNA 的互补序列被称为探针（probe）。在传统杂交技术如 DNA 印迹（Southern blotting）和 RNA 印迹（Northern blotting）中通常标记探针，被称为正向杂交方法；而基因芯片通常采用反向杂交方法，即将多个探针分子点在芯片上，样本的核酸靶标进行标记后与芯片进行杂交。这样的优点是同时可以研究成千上万的靶标，甚至将全基因组作为靶序列。

基因芯片主要原理可用图 6-1 来说明。在一块芯片表面固定了序列已知的八核苷酸的探针。当溶液中带有荧光标记的核酸序列 TATGCAATCTAG，与基因芯片上对应位置的核酸探针产生互补匹配时，通过确定荧光强度最强的探针位置，获得一组序列完全互补的探针序列。据此可重组出靶核酸的序列。

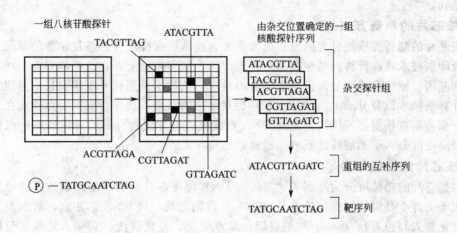

一组八核苷酸探针　ATACGTTA　　由杂交位置确定的一组核酸探针序列

TACGTTAG

ATACGTTA
TACGTTAG
ACGTTAGA　杂交探针组
CGTTAGAT
GTTAGATC

ACGTTAGA　CGTTAGAT

GTTAGATC

ⓟ — TATGCAATCTAG

ATACGTTAGATC　重组的互补序列

TATGCAATCTAG　靶序列

图 6-1　基因芯片的测序原理

　　基因芯片检测的基本原理与传统核酸印迹杂交（Southern blotting 和 Northern blotting）方法基本相似。但与传统核酸印迹杂交方法相比，基因芯片技术可以将极其大量的探针同时固定于支持物上，所以一次可以对大量的 DNA 分子或 RNA 分子进行检测分析，从而解决了传统核酸印迹杂交技术复杂、自动化程度低、检测目的分子数量少、效率低等不足，因此基因芯片技术具有高通量、多参数同步分析、快速全自动、高精确度、高精密度、高灵敏度等特点。

三、基因芯片的发展现状和未来

　　1989 年英国牛津大学的 Southern 等取得了在刚性载体表面固定寡聚核苷酸及杂交法测序的专利，与此同时俄罗斯和美国的科学家也提出了运用杂交法测定核酸序列（sequencing by hybridization，SBH）的设想。在这些技术储备的基础上，1994 年研制出了一种基因芯片并用于检测 β-地中海贫血病的基因突变，筛选了 100 多个 β-地中海贫血病已知的突变基因。这种生物芯片用测序时的基因译码速度比传统的 Maxam-Gilbert 化学降解法和 Sanger 生物学测序法快 1000 倍，是一种有前途的快速测序方法。在这些结果的鼓舞下，商业资本开始投入，1995 年一些国际大公司与研究机构合作，共同开发具有商业价值的生物芯片及其相关的分析技术。1997 年世界上第一张全基因组基因芯片——含有 6116 个基因的酵母全基因组芯片在斯坦福大学 Brown 实验室完成，从而使基因芯片技术在全世界迅速得到应用。

　　基因芯片集成了探针固相原位合成技术、照相平版印刷技术、高分子合成技术、精密控制技术和激光共聚焦显微技术，使得合成、固定高密度的数以万计的探针分子以及对杂交信号进行实时、灵敏、准确的检测分析变得切实可行。基因芯片在国内外已形成研究与开发的热潮，许多科学家和企业家将基因芯片同当年的 PCR 相提并论，认为它将带来巨大的技术、社会和经济效益，正如电子管电路向晶体管电路和集成电路发展时所经历的那样，核酸杂交技术的集成化也已经和正在使分子生物学技术发生着一场革命。

第二节　基因芯片的类型

一、按支持介质划分

　　以基因芯片的片基（substrate）或支持物的不同可以分为无机片基和有机合成物片基，前者主要有半导体硅片和玻璃片等，其上的探针主要以原位聚合的方法合成；后者主要有特定孔径的硝酸纤维膜和尼龙膜，其上的探针主要是预先合成后通过特殊的微量点样装置或仪器滴加到片基上。另外，还有以聚丙烯膜为支持物用传统的亚磷酰胺固相法原位合成高密度探针序列。

二、按芯片的制备方法划分

按芯片的制备方法划分为原位合成与预先合成然后点样两种。芯片制备的原理是利用照相平版印刷技术将探针排列的序列即阵列图"印"到支持物上，在这些阵列点上结合上专一的化学基团。原位合成主要是指光引导合成技术，该技术是照相平版印刷技术与固相合成技术、计算机技术以及分子生物学等多学科相互渗透的结果。预先合成然后点样法在多聚物的设计方面与前者相似，可以用传统的 DNA 合成仪进行合成，合成后再用特殊的点样装置将其以较高密度分布于硝酸纤维膜或经过处理的玻片上。

三、按芯片的性能划分

根据芯片的功能可分为基因表达芯片和 DNA 测序芯片两类。基因表达芯片可以将克隆到的成千上万个基因特异的探针或其 cDNA 片段固定在一块 DNA 芯片上，对来源于不同的个体（正常人与患者）、组织、细胞周期、发育阶段、分化阶段、病变、刺激（包括不同诱导、不同治疗手段）下的细胞内 mRNA 或反转录后产生的 cDNA 进行检测，从而对这些基因表达的个体特异性、组织特异性、发育阶段特异性、分化阶段特异性、病变特异性、刺激特异性进行综合的分析和判断，迅速将某个或几个基因与疾病联系起来，极大地加快这些基因功能的确定，同时可进一步研究基因与基因间相互作用的关系。DNA 测序芯片则是基于杂交测序发展起来的。其原理是任何线状的单链 DNA 或 RNA 序列均可分解成一系列碱基数固定、错落而重叠的寡核苷酸，又称亚序列（subsequence），假如人们能把原序列所有这些错落重叠的亚序列全部检测出来，就可据此重新组建出原序列。

另外也可根据所用探针的类型不同分为 cDNA 微阵列（或 cDNA 微阵列芯片）和寡核苷酸阵列（或芯片），根据应用领域不同而制备的专用芯片如毒理学芯片（toxchip）、病毒检测芯片（如肝炎病毒检测芯片）、P53 基因检测芯片等。

第三节 基因芯片制备和检测技术

基因芯片技术主要包括四个主要步骤：芯片的构建、样品制备、杂交反应和信号检测以及结果分析，如图 6-2 所示。

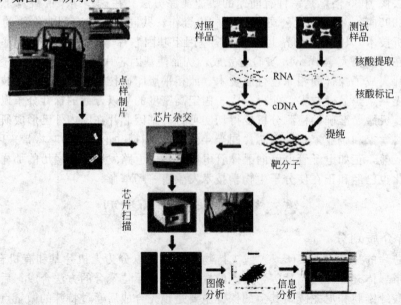

图 6-2 基因芯片技术的主要步骤

一、基因芯片的构建

（一）载体

1.载体材料

可用于制作基因芯片的载体材料应包括4类：无机材料、天然有机聚合物、人工合成的有机高分子聚合物和各种高分子聚合物制成的膜及片。但目前适用的材料只有玻璃片、金属片和各种有机高分子制作的薄膜等少数几种，其中玻璃片的应用最为普遍。其原因是来源方便，易作表面处理，能够与探针有效地偶联使之固定。另一个重要原因是大多数基因芯片采用发光检测的方法，不管检测的是透射光还是反射光对玻璃片均适合。为适合扫描仪的测定需要，标准化的玻片尺寸通常制成18mm×73mm。

2.载体活化

载体活化的作用是通过化学反应用各种不同的活化试剂对载体表面进行修饰，使载体表面嵌合上各种活性基团，以便与探针牢固地结合。载体活化的方法很多，用于制备基因芯片常用的活化方法主要是将载体表面修饰成与核酸的羟基能有效偶联的状态。常用的修饰方法为多聚赖氨酸法和醛基-氨基法。前者是由于多聚赖氨酸富集正电荷，易于吸附带负电荷的核酸片段，可以用于固定几百个碱基对的cDNA或PCR产物。后者是由于氨基在中性条件下带正电荷，可同带负电荷的磷酸形成离子键，从而结合DNA，采用UV交联的方法可提高固定率。醛基修饰的玻片是利用Schiff碱结合的原理，即在中性、室温条件下，醛基与DNA上的碱基G、C、A的芳香胺反应形成Schiff碱。

（二）制作方法

1.原位光刻合成法

该法是由美国著名的Affymetrix公司率先开发的寡聚核苷酸光刻专利技术，是生产高密度寡核苷酸基因芯片的核心关键技术。其原理是利用光刻合成反应，以经过修饰具有5′末端带光敏保护基团的亚磷酰胺（A、G、C、T）为原料，根据需要合成的核苷酸序列，用特制的光刻掩膜或者用激光定时定点地控制载体上光照的位点，从而指导寡核苷酸探针在片基上的合成，制成基因芯片，如图6-3所示。其合成过程如下。

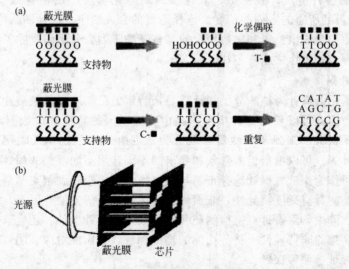

图6-3　原位光刻合成原理

① 在经过处理的玻片表面铺上一层连接分子（linker），即使支持物羟基化，并用光敏保护基团将羟基保护起来，加上的光敏保护基团可利用光照射而除去。分别用不同的蔽光膜

（光刻掩膜）（photolithographic mask）保护不需合成的部位，使其不透光，而暴露需要聚合的部位，使其透光。光通过蔽光膜照射到支持物上，受光部位的羟基脱去保护基团而被活化，成为游离羟基。

② 按设定的顺序将具有保护基团的亚磷酰胺原料——A、G、C、T 中的任意一种铺过片基，进入到活性位点的原料受光照作用，5′末端脱去保护，并与游离羟基结合，从而在片基上连上了第一个某种单核苷酸。更换光刻掩膜和亚磷酰胺原料，同上操作，在不同位点接上其他 3 种单核苷酸。经过 4 次上述两步骤，就在片基上按预先设计的方案将 4 种单核苷酸分别固定在不同的位点上，完成了各个寡核苷酸探针第一位单核苷酸的合成。随后对各固定的单核苷酸羟基加帽、氧化和冲洗，为其羟基加上保护，为下一步骤的合成做准备。至此，芯片寡核苷酸原位合成的第一次循环完成。按同样的方法和步骤进行循环操作，可以合成核苷酸长度等于循环次数的寡核苷酸探针。原位合成含有 n 个单核苷酸的寡核苷酸片段，需要经过 n 个循环和 $4n$ 次上述化学步骤，可以产生 4^n 种可能结构的寡核苷酸探针，几乎可得到全部可能序列组成的探针。

2. 机械点样法

利用电脑控制的机械手，按设定的方案将预先合成好的探针、cDNA 或基因组 DNA 准确快速地定量点样于支持物的相应位置上，再用紫外线交联固定后即得到 DNA 微阵列或芯片。点样量约为 5nL/点。每块芯片可含探针点数千至上万个。随着机械和制作水平的提高，点样法制作芯片的密度还可望有较大的提高。

3. 喷墨点样法

以定滴供给的方式，通过压电晶体或其他形式从最小的喷嘴内把预先制备好的各种探针点加在片基上不同的位置。其制作的探针点比机械点样法集中和密集，在片基上的附着力也较好，因此可以制作相对较高密度的基因芯片，但喷头的清洗较为困难。

4. 分子印章法

其合成原理与原位合成法相似。根据预先的设计在制作好的有凹凸的微印章上涂上对应的单核苷酸，以印章印刷的方式分配到支持物的特定区域，然后按照顺序逐个依次压印在片基上。在可以自动进行清洗、脱保护、氧化及封闭等化学反应的流体流动池中进行原位 DNA 合成，直到得到所需的序列的长度。选择适当的合成顺序、设计凹凸位点不同的印章，即可在支持物上原位合成出位置和序列预定的寡核苷酸阵列。分子印章除了可以用于原位合成外，还可以点样方式制作微点阵芯片。

（三）探针制备

基因芯片中所用的探针为核酸分子探针，是指特定的已知序列的核酸片段，能与互补核酸序列发生杂交。因此可以利用探针检测样品中特定基因的特征片段或测定未知基因的序列。根据核酸分子探针的来源及其性质可以分为基因组 DNA 探针、cDNA 探针、RNA 探针及寡核苷酸探针等。可以根据检测对象和要求的不同选用不同类型的探针。但并不是任意一段核酸片段均可作为探针。探针选择正确与否，将会直接影响到杂交结果的分析。探针选择最基本的原则是应具有高度特异性，兼而考虑来源及制备的方便等因素。

在基因芯片点阵中，除了针对待检测靶基因片段的主探针群外，还应选择和设计具有检验芯片杂交条件、排除非特异性干扰等功能的辅助探针，如阳性对照、阴性对照、荧光强度测定参照、探针寻址参照等探针。

二、样品处理

1. 核酸的分离和纯化

基因芯片检测中样品核酸的分离和纯化与其他分子生物学方法基本相似。总的原则是：

保证核酸一级结构的完整性；排除其他生物大分子，如蛋白质、多糖和脂类分子的污染；排除其他核酸分子的污染，如检测 DNA 时，应去除 RNA 分子，反之亦然。具体方法参阅现代分子生物学实验技术。

2. 靶基因片段的扩增和标记

在血液或活组织中获取的 DNA/mRNA 样品在标记成为探针以前必须进行扩增以提高阅读灵敏度。基因芯片检测中靶基因的扩增和标记是同步进行的。所用的扩增方法为 PCR 技术，在扩增的同时，将带有标记的单核苷酸掺入到扩增产物中，带有标记的靶基因片段与芯片上的探针杂交后便可方便地检出。目前采用最多的是荧光染料标记，它没有同位素标记的使用限制，具有极高的分辨能力和极高的灵敏度。采用多种激发波长的染料进行标记，使结果的判读、比对、重叠及分析更为直观和方便。如果样品量足够，可以避免 PCR 扩增，直接进行聚合酶合成标记或反转录标记。

三、杂交反应和结果检测

（一）杂交反应

基因芯片检测靶基因片段是基于探针与靶基因核酸的选择性杂交反应。探针固定在片基上，靶基因片段通过流路或加样至芯片上。芯片杂交属于固-液相杂交。影响杂交反应的条件包括靶标浓度、探针浓度、杂交双方的序列组成、盐浓度、温度及洗涤条件等。严格控制反应条件是保证检测结果准确性和重现性的重要因素。

1. 杂交双方浓度的影响

有研究表明，当杂交混合物中靶标浓度约 10 倍于互补分子时，杂交反应呈现假一级反应动力学规律。此时杂交速率主要决定于探针浓度，杂交信号与探针浓度成正比。这一现象有利于消除或减轻由于芯片制作中各单元点靶标浓度的不平衡和不准确带来的误差，对于平行分析及结果归一化处理尤为重要。因此，在芯片制作和实际应用中，常常使固定的靶标浓度远高于探针浓度，必要时可适当稀释样品。

2. 离子浓度的影响

一价阳离子如钠离子的存在可以提高异源杂交双链生成的速度。其原理是钠离子可掩蔽带负电磷酸根骨架，从而影响探针与靶标之间碱基配对的相互作用。通常在芯片杂交时应用的 Na^+ 浓度为 1mol/L。杂交液中最佳的离子浓度需要通过试验来选择，并在平行检测中保持一致。

3. 杂交温度的影响

一般来讲，杂交所需的温度由探针的长度和序列组成（G+C 含量）决定，长度越长，所需温度越高。原位合成基因芯片的杂交温度通常为 25~42℃。机械点样基因芯片的杂交温度通常为 55~70℃。最佳的杂交温度需通过试验确定。

4. 探针与靶基因片段序列组成的影响

杂交的第一步是两条 DNA 单链随机碰撞形成局部双链，但形成的局部双链是不稳定的，如果此局部双链周围的碱基不能配对，则局部双链很快重新解离。继续随机碰撞，一旦找到正确的互补区，则首先形成的局部双链就形成核。核两侧的序列迅速配对，形成完整的双链分子。第一步的成核反应是整个杂交过程的限速步骤。探针链越长，其形成完整的双链分子所需的时间就越长。序列组成对成核反应的影响很大。G-C 间形成 3 个氢键，而 A-T 间形成 2 个氢键，所以富 GC 区杂交双链的稳定性较好。当这些稳定区长度达到约 50 个碱基时，可以产生"成核"区，探针与靶基因片段的双链由此延伸。因此不同的 G+C 含量对杂交反应影响很大。DNA 总量一定时，基因组越复杂，其中特定顺序的拷贝数越少，互补序列的浓度就越低，形成完整的双链分子所需的时间就越长。由于同一芯片中各种探针的长度和组成不同，加上探针与靶基因片段序列组成的影响比较复杂，因此选择的反应条件应尽可能兼顾全面，保证各类特异性杂交体的形成，减少非特异性杂交体的形成。

5. 洗涤

杂交后的芯片要经过严格的洗涤，去除未杂交的或部分产生了非特异性结合的样品，降低检测的背景。清洗的方法有很多种，用得较多的是化学清洗法。目前采用的电清洗法，利用了非特异性结合的分子之间由于氢键的不配对而导致的结合力减弱，可以使一个碱基不匹配的两分子分开。

（二）芯片扫描和检测

1. 原理

在样品靶基因扩增过程中带荧光素分子标记的单核苷酸随机掺入到其序列中，当其与芯片上固定的探针发生特异性杂交而结合在芯片的不同位点上时，荧光素分子受特定波长的激发光的照射而发射出特定波长的荧光。完全杂交则信号较强，不完全杂交则信号较弱，不杂交则无信号。通过扫描和检测，结合芯片上各点的设计和分布信息，可分析和检出样品中与靶基因相关的各种信息。在目前的技术条件下，基因芯片检测主要以定性分析或半定量分析为主，准确的定量分析，尤其是样品含量的定量分析技术尚不成熟。

2. 激光共聚焦芯片扫描仪

激光以其单色性好、光强度高而区别于其他光源。以激光作激发光源，可以产生较高强度的发射荧光，具有较高的检测灵敏度；激光经聚焦后，可以产生极小和精细的光斑，扫描检测具有极高的分辨率，可满足高密度芯片扫描检测的需要。目前此类仪器多采用2种或2种以上不同波长的激光器作为激发光源，以激发不同荧光染料标记的靶分子，实现在一块芯片上对多种不同类型靶分子的检测和分析。通过荧光光密度比来减少或消除测定时某些干扰引起的实验误差，提高实验的可靠性，采用有较宽光电响应动态范围的光电倍增管作为光电耦合器件对弱光信号进行检测，对接收的荧光信号进行多级放大，极大地提高了检测灵敏度，可检测小于每平方微米1个荧光分子，能较好地满足对芯片荧光斑点检测的要求。这种检测方法灵敏度和分辨率很高，能获取高质量的图像和数据，但扫描时间较长，比较适合大规模生物芯片杂交信号的检测，可广泛应用于基因诊断、基因表达等方面研究。常用的激光器有氩离子激光器、氩氪离子激光器、氦氖激光器和固态激光器。激发光波长从488nm至近红外区。

激光共聚焦芯片扫描仪带有的数据分析软件可以对检测结果进行处理，如斑点面积、荧光强度的计算，背景测定及扣除，不同光源检测结果的比对、叠加和运算，结果的存储，并具有按照检测得到的结果上网自动搜索及分析靶基因相关信息的功能。

3. 荧光显微摄像芯片扫描仪

利用荧光标记的DNA碱基在不同的波长下具有不同的吸收和发射光，在微阵列分析中，多色荧光标记可以在一个分析中同时对两个或多个生物样品进行多重分析，多重分析能大大增加基因表达和突变检测结果的准确性，排除芯片与芯片间的人为因素，再利用显微摄像技术获得所需数据。荧光显微摄像芯片扫描仪多采用氙灯或高压汞灯作激发光源，以干涉滤光片为单色器，以摄像机为信号接收和检测系统，以计算机作信号存储和处理系统，一次能读取一个激发光波长下的图像。对于多个染料标记的芯片，需通过单色器更换激发光波长，分次读取信号。

荧光显微摄像芯片扫描仪由于其分辨率较低（受光源、单色器及摄像系统的限制），不能适应高密度芯片的检测需要，但仍可适用于中、低密度芯片的检测，且还有仪器价格较低、扫描速度较快的长处。

四、芯片的数据处理

在基因芯片得到广泛应用的同时，对其所得数据的处理方法也受到越来越多的关注。基因芯片技术中一个最重要的问题之一就是有效地对芯片数据进行采集、处理、分析和报告。基因芯片在一块片基上集成了数千至数十万个点，每个点对应于一个基因或一段核酸的序列，点内又含有数目巨大的探针。对于多色荧光染料标记的芯片还包括了荧光强度的比例信息等。可见芯片检测需要处理和分析大量的信息，才能得到完整和正确的分析结果，因此需要一个专门的系统来处理芯片的数据。

一个完整的芯片数据处理系统应包括芯片图像分析和数据提取，芯片数据的统计学分析和生物学分析，芯片的数据库积累和管理，芯片表达基因的国际互联网上检索和表达基因数据库分析等。

（一）图像分析和数据提取

扫描得到的图像必须通过图像处理提取各样品的数据，供进一步的统计和生物学分析。图像处理包括通过图像的平滑过滤除去各种非特异结合的微粒（如核酸、蛋白质、细胞和组织碎片）造成的噪声、刺峰等信号干扰；通过样品斑点区域的识别和图像背景的确定，有效地扣除样品点周围的背景，提高检测的灵敏度。图像处理的目的是将芯片上的基因点阵杂交信号转换成为数据矩阵。提取出来的数据矩阵可以直接导入数据库存储，也可以输出成文本文件的格式供其他分析软件处理。

从这样的扫描图像中将各个点的扫描灰度信息提取出来，以数据库的形式保存的操作叫做数据提取。常用的图像处理软件有 Axon、Biodiscovery 和 Medianetics 公司的专业软件包 PixPro、Imagene、Arraypro 等。数据提取的难易程度和所提取数据的准确性主要决定于图像的性质。

数据提取包括背景确定和样品斑点识别两个步骤。对于背景比较均匀的基因芯片图像，可以将除样品点之外的所有区域的信号统计平均作为共同的背景予以扣除。对于背景不够均匀的图像则需要每一个点样点各自计算背景。样品斑点的识别有 3 种方式：手工识别、半自动识别和全自动识别。确定背景和样斑之后就可以进行数据提取。基因芯片点阵提取的数据种类有光密度积分值、光密度平均值以及光密度中位值等。将相应的背景扣除之后就得到了点样点的信号值。

（二）数据的处理和分析

在进行下一步的数据处理之前，特别是在对多种荧光染料标记的几组数据进行比较之前，需要对不同荧光染料标记所得的基因表达数据进行标准化。通常有 3 种标准化方法可供选择：①用两种荧光信号的总量校正，即全基因组法；②外参照方法，即在两种 RNA 中加入等量的不同来源的单一基因的 mRNA；③内参照的方法，选择一个或多个管家基因，计算其平均的比值，从而进行校正。其中第一种最为常用。

通过以上计算机的图像分析和标准化处理，得到代表芯片上每个基因信号强度数值的电子数据表，下一步工作是如何在其中挖掘寻找众多基因在表达上的差异性和相似性规律，进而发现其所代表的生物学意义。

分析微阵列上基因的差异表达，很多文献都采用根据处理和对照组相应基因的信号比例，用人为界定的阈值确定——Ratio 分析（ratio analysis）。该方法简单、直观，但其阈值的划分主观性较强，缺乏生物学和统计学支持，尤其对于分析样本中的低拷贝或高拷贝转录子，容易产生假阳性和假阴性问题。

寻找基因表达水平的相似性规律时则常用聚类统计分析对基因表达谱数据统计归类，探索代表不同生物学意义的分类标准、同类基因的共同功能以及在基因表达水平上预测新的生物模式等。主要策略有监督分析和非监督分析两类，前者根据特定样本或基因的已知生物学信息对表达谱建立分类器，进而对各基因进行功能分类和预测，后者则通过计算和比较表达谱各基因统计学距离，聚类"相似性"样本或基因。代表性的数学模型有层次聚类（hierarchical clustering）、自组织作图（self-organizing maps）、K-means、主元分析方法（principle component analysis）、LDA（linear discriminant analysis）等。在 Internet 网络上许多商业和学术机构所提供的大量芯片数据统计分析软件包等资源可供研究人员参考使用。

（三）数据信息管理和交流

进行芯片的数据分析以后并不标志着实验的结束，研究人员逐渐认识到，要对呈数量级增长的实验数据进行有效管理、交流和验证，需要建立起通行的数据储存和交流平台，以及一套科学的策略和统一的标准化管理方案。Brazma 的研究小组在 2001 年提出记录和报告芯片实验数据的建议标准——最小化阵列表达信息（minimum information about a microarray experiment，MIAME），主要从整体实验规划和设计、芯片阵列的设计、样本收集提取和标记的方案、芯片杂交的流程和参数、影像数据的测量和规范、数据标准化校正分析 6 个方面对芯片实验的描述进行了规划，以期统一芯片报告的格式和整合相关资讯。迄今为止，MIAME 策略已得到较为广泛的响应、认同和发展，尤其以学术界和商界组成的微阵列基因表达数据（MGED）协会加快了其应用普及，一些公共的生物芯片信息数据库如 EBI 的 Array Express、NCBI 的 GEO、日本的 CBEX 等均采用 MIAME 标准接纳芯片数据。许多著名的芯片及软件生产商，如 Affymetrix 公司、Rosetta Biosoftware 公司、Iobion Informatics 公司等也纷纷将 MIAME 标准整合到相关产品中。

参 考 文 献

[1] 潘继红，韩金祥. 基因芯片的制备方法. 生命的化学，2002，22（3）：290-294.

[2] 邓平建. 基因芯片技术（上）. 中国公共卫生，2001，17（8）：719-721.

[3] 张骞，盛军. 基因芯片技术的发展和应用. 中国医学科学院学报，2008，30（3）：344-347.

[4] 高利宏，曹佳. 基因芯片可靠性分析及数据处理. 第三军医大学学报，2006，28（1）：80-82.

[5] 郭万峰，腾光菊，王升启. 几种基因芯片技术的比较. 中国生物工程杂志，2004，24（5）：15-19.

[6] TILSTONE C. DNA microarrays: vital statistics [J]. Nature，2003，424（6949）：610-612.

[7] BRAZMA A，HINGAMP P，QUACKENBUSH J，et al. Minimum information about a microarray experiment (MIAME)-toward standards for microarray data [J]. Nature Genetics，2001，29（4）：365-371.

[8] STEARS R L，MARTINSKY T，SCHENA M. Trends in microarray analysis [J]. Nature Medicine，2003，9（1）：140-145.

下篇　分　　论

第七章　储粮化学药剂和农药残留检测技术

第一节　储粮化学药剂残留

一、磷化物

（一）概述

磷化物包括磷化铝、磷化钙和磷化锌，在酸、碱、水或光的作用下，均能产生有毒的磷化氢气体。磷化氢是一种无色高效剧毒的气体，相对分子质量小，沸点低，易挥发，扩散性以及渗透性强，吸附性小，在我国粮食储藏害虫防治方面使用非常广泛。磷化氢对人的毒性主要作用于神经系统，抑制中枢神经，刺激肺部，引起肺水肿和使心脏扩大，其中以神经系统受害最严重。在磷化氢熏蒸过程中，粮食对磷化氢有一定的吸附作用，但经充分通风散气后，磷化氢在粮食中的残留量通常很低。我国食品卫生标准规定，原粮中磷化物（以磷化氢即 PH_3 计）允许量≤0.05mg/kg。

（二）定性测定方法

1. 原理

磷化物遇水和酸放出磷化氢，与硝酸银生成黑色磷化银，如有硫化物存在，同时放出硫化氢，与硝酸银生成黑色硫化银，干扰测定，而硫化氢又能与乙酸铅生成黑色硫化铅，以此证明是否有硫化物干扰。

2. 试剂

酒石酸、100g/L 硝酸银溶液、100g/L 乙酸铅溶液、100g/L 乙酸镉溶液。

3. 仪器

取 200～250mL 锥形瓶，配一适宜双孔软木塞或橡皮塞，每孔内塞以内径 0.4～0.5cm、长 5cm 的玻璃管，每管内悬挂一长 7cm、宽 0.3～0.5cm 的滤纸条，临用时，一纸条用硝酸银溶液湿润，另一纸条用乙酸铅溶液湿润。

4. 分析步骤

迅速称取 20.0g 样品，置于锥形瓶中，加适量水至浸没样品，再加约 0.5g 酒石酸，立即塞好准备好的双孔塞，使滤纸条末端距液面约 5cm，在暗处置 40～50℃水浴内加热30min，观察试纸颜色变化情况。如试纸均不变色，表明磷化物呈阴性反应或未超过规定；如硝酸银试纸变色，乙酸铅试纸不变色，表示可能有磷化物存在，需再定量；如两种试纸均变色，可能有磷化物和硫化物同时存在或仅有硫化物存在，遇此情况，重取样品，加水后再加 5mL 乙酸镉溶液（100g/L），使形成黄色硫化镉沉淀，立即密塞，放置 10min，再加酒石酸，操作同前，如硝酸银试纸变黑，乙酸铅试纸不变色，表示有磷化物存在，需再定量。

（三）定量测定方法（钼蓝法）

1. 原理

磷化物遇水和酸放出磷化氢，蒸出后用酸性高锰酸钾溶液吸收，并被氧化成磷酸，与钼酸铵作用生成磷钼酸铵，遇还原剂氯化亚锡反应生成蓝色化合物钼蓝，生成的钼蓝蓝色深浅与 PH₃ 含量的多少成正比，可与标准系列比较定量。

$$5PH_3+8KMnO_4+12H_2SO_4 \longrightarrow 5H_3PO_4+8MnSO_4+4K_2SO_4+12H_2O$$

$$24(NH_4)_2MoO_4+2H_3PO_4+21H_2SO_4 \longrightarrow 2[(NH_4)_3PO_4 \cdot 12MoO_3]+21(NH_4)_2SO_4+24H_2O$$

$$(NH_4)_3PO_4 \cdot 12MoO_3+SnCl_2+5HCl \longrightarrow 3NH_4Cl+SnCl_4+2H_2O+(Mo_2O_5 \cdot 4MoO_3)_2 \cdot HPO_4$$

2. 试剂

16.5g/L 高锰酸钾溶液、3.3g/L 高锰酸钾溶液、硫酸（1+17，取 28mL 硫酸缓缓加入 400mL 水中，冷却后加水至 500mL）、硫酸（1+5，取 83.3mL 硫酸缓缓加入 400mL 水中，冷却后加水至 500mL）、饱和亚硫酸钠溶液、钼酸铵溶液（50g/L）、氯化亚锡溶液（取 0.1g 氯化亚锡，溶于 5mL 盐酸中，临用时现配）、盐酸（1+1）、饱和硝酸汞溶液、饱和硫酸肼溶液、酸性高锰酸钾溶液（16.5g/L 高锰酸钾溶液和 2mol/L 硫酸等量混合）、磷化物标准溶液［准确称取 0.0400g 经 105℃ 干燥过的无水磷酸二氢钾，溶于水，移入 100mL 容量瓶中，加水稀释至刻度（可加 1 滴三氯甲烷以增加保存时间），此溶液 1mL 相当于 0.10mg 磷化氢］、磷化物标准使用液（吸取 10.0mL 磷化物标准溶液，置于 100mL 容量瓶中，加水至刻度，混匀，此溶液 1mL 相当于 10μg 磷化氢）。

3. 仪器

蒸馏吸收装置如图 7-1 所示。

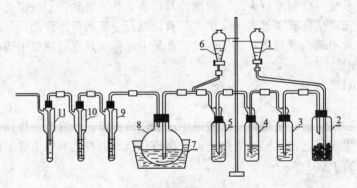

图 7-1 蒸馏吸收装置

1,6—分液漏斗；2—二氧化碳；3~5—洗气瓶；7—水浴；
8—反应瓶；9~11—气体吸收管

4. 分析步骤

（1）以二氧化碳为载气

① 样品管的制备　向 3 个串联的气体吸收管中各加 5.00mL 高锰酸钾溶液（3.3g/L）和 1.00mL 硫酸（1+17），如图 7-1 所示，在二氧化碳发生瓶中装入大理石碎块，在洗气瓶 3 中加入饱和硝酸汞溶液；在洗气瓶 4 中加入酸性高锰酸钾溶液；在洗气瓶 5 中加入饱和硫酸肼溶液。向分液漏斗 1 中加适量的盐酸（1+1），作为二氧化碳发生器，二氧化碳气体顺序经洗气瓶 3、4、5 洗涤后，进入反应瓶中（如用氮气代替二氧化碳，可以只通过硫酸肼溶液安全瓶直接进入反应瓶）。预先通二氧化碳（或氮气）5min，打开反应瓶的塞子，迅速投入称好的 50.0g 样品，立即塞好瓶塞，加大抽气速度，从分液漏斗 6 中的 5mL 硫酸（1+17）和 80mL 水加至反应瓶中，然后减慢抽气和二氧化碳（或氮气）气流速度，将放置反应瓶的水浴加热至沸半小时，并继续通入二氧化碳（或氮气）。反应完毕后，先除去气体吸收管进气的一端，再除去抽气管的一端，取下 3 个气体吸收管，分别滴加饱和亚硫酸钠溶液使高锰酸钾溶液褪色，合并吸收管中的溶液至 50mL 比色管中，气体吸收管用少量水洗涤，洗液并入比色管中，加 4.4mL 硫酸（1+5）、2.5mL 钼酸铵溶液（50g/L）混匀。

②制备标准系列 吸取 0、0.10mL、0.20mL、0.30mL、0.40mL、0.50mL 磷化物标准使用液（相当于 0、1μg、2μg、3μg、4μg、5μg 磷化氢），分别放入 50mL 具塞比色管中，加 30mL 水、5.40mL 硫酸（1+5）、2.5mL 钼酸铵溶液（50g/L），混匀。

③显色和比色 于样品管及标准管中各加水至 50mL 混匀，再各加 0.10mL 氯化亚锡溶液，混匀。15min 后，用 3cm 比色杯，以零管调节零点，于波长 680nm 处测吸光度，绘制标准曲线比较，或与标准色列目测比较。取与处理样品量相同的试剂，按同一操作方法做试剂空白试验。

（2）以空气为载气 以空气代替二氧化碳，其装置如图 7-2 所示。空气顺序经装有酸性高锰酸钾溶液，碱性焦性没食子酸溶液（5g 焦性没食子酸溶于 15mL 水，48g 氢氧化钾溶于 32mL 水中，然后两液混合）的洗气瓶洗涤后进入反应瓶。后续操作与以二氧化碳为载气中的操作方法相同。

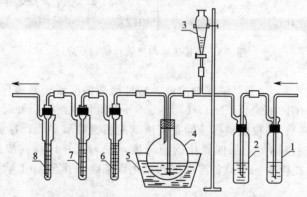

图 7-2 蒸馏吸收装置（以空气代替二氧化碳）
1,2—洗气瓶；3—分液漏斗；4—反应瓶；5—水浴；6～8—气体吸收管

（3）计算

$$X = \frac{(A_1 - A_2) \times 1000}{m \times 1000} \tag{7-1}$$

式中，X 为样品中磷化物的含量（以磷化氢计），mg/kg；A_1 为测定用样品磷化物的质量，μg；A_2 为试剂空白中磷化物的质量，μg；m 为样品质量，g。

二、马拉硫磷

（一）概述

马拉硫磷又称 4049、马拉松、马拉赛翁，化学名称为 O,O 二甲基-S-二乙氧羰基乙基二硫代磷酸酯，分子式为 $C_{10}H_{19}O_6PS_2$，它是一种优良的触杀剂，难溶于水及脂肪烃，易溶于醇、酮、酯、氯化烃、芳香烃及植物油中，在中性和弱酸性介质中（pH5～7）较稳定，在 pH 低于 5 或高于 7 时水解相当快，遇铜、铁、锡、铝、铅均能促使其分解。

马拉硫磷用于原粮防护剂使用，也可用于空仓、器材和加工厂水消毒。马拉硫磷对人、畜毒性一般较低，是高效低毒的有机磷杀虫剂。马拉硫磷在高等动物体内代谢速度快，代谢毒性也较小。对人体引起中毒主要是抑制体内胆碱酯酶，使组织中的乙酰胆碱增多，致使乙酰胆碱为传导介质的神经处于过度兴奋状态，最后转入抑制和衰竭。中毒表现为恶心、呕吐、头痛、头昏。急性中毒使神经机能紊乱、呼吸中枢麻痹、肺水肿及脑水肿以致危及生命。由于马拉硫磷使用数量大、范围广，为确保人民生命和健康，我国粮油食品卫生标准中规定原粮中马拉硫磷的限量指标为 8mg/kg。

（二）测定方法

马拉硫磷的测定方法有气相色谱法和铜配合物比色法。气相色谱法比铜配合物比色法的灵敏度稍高。铜配合物比色法测定取样量为 20g 时可满足测定要求，适用于无气相色谱仪器设备的检验。气相色谱法可见本章第二节有机磷农药，这里介绍铜配合物分光光度法。

1. 原理

样品中马拉硫磷用有机溶剂提取，经氢氧化钠水解，生成 O,O-二甲基二硫代磷酸钠，再与铜盐生成黄色配合物，与标准系列比较定量，反应式如图 7-3 所示。

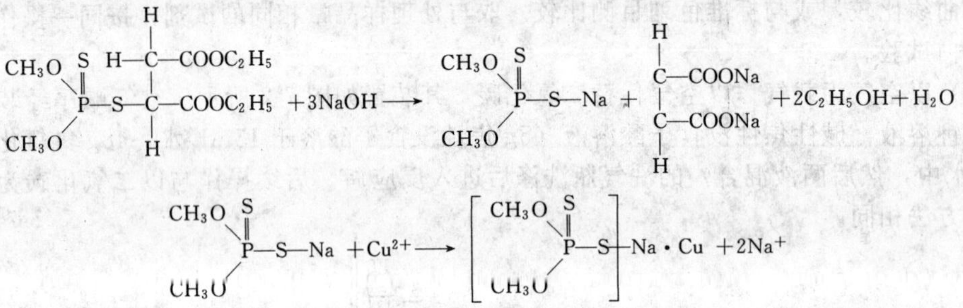

图 7-3　马拉硫磷与氢氧化钠的反应

2. 试剂

四氯化碳、无水乙醇、4.5%硫酸钠溶液、酸性硫酸钠溶液、二硫化碳-四氯化碳混合液（1∶200）、6mol/L HCl、6mol/L NaOH 溶液、5%三氯化铁溶液、3.5%硫酸铜溶液、酚酞指示剂（1%乙醇溶液）、马拉硫磷标准储备溶液（先精密称取 50mL 容量瓶重，然后滴入约 50mg 马拉硫磷，再精密称重，加四氯化碳至刻度，混匀，并计算其浓度）、马拉硫磷标准使用液（临用前用马拉硫磷标准储备溶液加四氯化碳准确稀释至 1mL 含 100μg 马拉硫磷）。

3. 仪器

分光光度计。

4. 操作方法

（1）样品提取　称取 20.00g 粉碎并全部通过 20 目筛的样品，置于 200mL 具塞锥形瓶中，加 40mL 四氯化碳，盖塞，振荡 2h，然后过滤。吸取 20mL 滤液于 125mL 分液漏斗中，加 0.2mL 二硫化碳-四氯化碳混合液，加 10.00mL 酸性硫酸钠溶液，振摇 1min，静置分层，将四氯化碳层转入另一分液漏斗中，弃去水层。

（2）制备标准系列　吸取 0、0.50mL、1.00mL、1.50mL、2.00mL、2.50mL 马拉硫磷标准使用液（相当于含马拉硫磷 0、50μg、100μg、150μg、200μg、250μg），分别置于 125mL 分液漏斗中，加四氯化碳至 20mL，再各加 0.2mL 二硫化碳-四氯化碳混合液。

（3）显色与比色　于样品溶液及马拉硫磷标准溶液中各加 5mL 无水乙醇，加 0.4mL 氢氧化钠溶液（6mol/L），准确激烈振摇 1min，立即加入 10mL 硫酸钠溶液（45g/L），混匀，加 1 滴酚酞指示剂，用 6mol/L HCl 中和至酚酞褪色，再用 1mol/L HCl 调 pH 为 3～4（用 pH 试纸检查），再加 0.5mL 三氯化铁溶液（50g/L），振摇 1min，静置分层（如乳化可离心分离），弃去四氯化碳层，用 2mL 四氯化碳洗涤水层，振摇 1min，分层后弃去四氯化碳层，如四氯化碳层带黄色，再用四氯化碳洗涤水层。水层中准确加入 4.0mL 四氯化碳、0.5mL 35g/L 硫酸铜溶液，准确振摇 1min。静置分层后将四氯化碳层通过脱脂棉滤入 2cm 比色杯中，以四氯化碳调节零点，在 20min 内于波长 415nm 处测吸光度，绘制标准曲线比较定量。

5. 计算

$$X = \frac{m' \times 1000}{m \times \dfrac{V_2}{V_1} \times 1000} \tag{7-2}$$

式中，X 为样品中马拉硫磷的含量，mg/kg；m' 为测定用样液中马拉硫磷的质量，μg；

m 为样品质量，g；V_1 为样品提取加入四氯化碳的总体积，mL；V_2 为测定用样品四氯化碳提取液的体积，mL。

三、氯化苦

（一）概述

氯化苦化学名称为三氯硝基甲烷，又名硝基氯仿、氯苦、氯化苦味酸等，分子式 CCl_3NO_2，相对分子质量大，沸点高，挥发性、扩散性与渗透性都较差，易被粮食、器材等吸附，是一种重要熏蒸剂，对常见储粮害虫有良好的毒效，并有一定杀菌作用，是我国最早使用的粮食熏蒸杀虫剂之一。氯化苦是一种毒性很强的毒气，具有催泪及窒息作用。对人的毒性主要是对细胞的阻碍作用，是—SH 酶的强力阻碍剂，对琥珀酸脱氢酶有阻碍作用。据国外有关文献报道，氯化苦常在熏蒸后散气 30d，小麦和小麦粉中仍残留 0.2mg/kg 和 0.9mg/kg。由于氯化苦毒性大，对稻米食品品质影响也大，所以现在使用氯化苦的国家很少，日本于 1972 年已停止使用。我国食品卫生标准规定，原粮中氯化苦允许量 $\leqslant 0.2$mg/kg。

（二）偶氮分光光度法测定

1. 原理

氯化苦可被乙醇钠分解形成亚硝酸盐，在弱酸性溶液中与氨基苯磺酸进行重氮化，然后再与 N-1-萘基乙二胺盐酸偶合生成紫红色，与标准系列比较定量。

2. 试剂

乙醇钠溶液（取金属钠，先用滤纸将表面煤油吸干，并用小刀切去表面被氧化部分，切下表面部分，务必放回煤油中，切勿与水接触，然后取 5g 切成碎片，量取 1000mL 无水乙醇，置于大烧杯中，将切好的金属钠立即分次加入，待作用完毕，杯中不再有气体发生时，移入棕色瓶中备用）、无水乙醇、4g/L 对氨基苯磺酸溶液、2g/L N-1-萘基乙二胺溶液、氯化苦标准储备溶液（量取约 20mL 无水乙醇，置于 50mL 容量瓶中，准确称量后，加入 2 滴氯化苦，再准确称量，两次的差即为氯化苦质量，加无水乙醇至刻度，混匀）。氯化苦标准使用液：按式（7-3）计算，吸取适量氯化苦标准储备溶液，置于 50mL 容量瓶中，加无水乙醇稀释至刻度，此溶液 1mL 相当于 0.020mg 氯化苦，储存于冰箱中。

$$X = \frac{50 \times 0.02 \times 50}{m} \tag{7-3}$$

式中，X 为吸取氯化苦标准储备溶液的体积，mL；m 为氯化苦的质量，mg。

3. 仪器

分光光度计。

4. 分析步骤

称取约 20.00g 样品，置于 100mL 具塞锥形瓶中，加 20mL 乙醇钠溶液，盖好，放置暗处 8～10h 或过夜，过滤，量取 5.0mL 滤液，置于 10mL 比色管中。

吸取 5.0mL 氯化苦标准使用液，置于 50mL 容量瓶中，加 20mL 乙醇钠溶液，放置暗处 8～10h 或过夜，再加无水乙醇稀释至刻度，然后吸取 0、1.0mL、2.0mL、3.0mL、4.0mL、5.0mL 此液（相当于 0、2μg、4μg、6μg、8μg、10μg 氯化苦），分别置于 10mL 比色管中，再各加无水乙醇至 5mL，加 36% 的乙酸 1mL。

于样品及标准管中各加 1mL 对氨基苯磺酸（4g/L），混匀，静置 3～5min 后，各加入 0.5mL N-1-萘基乙二胺溶液（2g/L），加无水乙醇至刻度，混匀后放置 20min，用 1cm 比色杯，以零管调节零点，于波长 538nm 处测吸光度，绘制标准曲线比较。

5. 计算

$$X = \frac{A \times 1000}{m \times \dfrac{V_2}{V_1} \times 1000} \tag{7-4}$$

式中，X 为样品中氯化苦的含量，mg/kg；A 为测定用样品中氯化苦的质量，μg；V_1 为样品中加入乙醇钠总体积，mL；V_2 为测定用样品滤液的体积，mL；m 为样品质量，g。

结果的表述：报告算术平均值的二位有效数字。

（三）气相色谱法

1. 原理

残留在粮食中的熏蒸剂氯化苦，在氮气流携带下被蒸出，以石油醚吸收，使用带电子捕获检测器的气相色谱仪测定。

2. 试剂

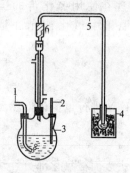

图 7-4　氯化苦蒸馏装置
1—进气管；2—温度计；
3—三颈烧瓶；4—冰盐浴；
5—导气管；6—干燥管

石油醚、无水硫酸钠、中性氧化铝、0.05mol/L H_2SO_4 溶液、四氯化碳标准溶液（精密吸取 1 滴四氯化碳于 50mL 容量瓶中并称量，加石油醚溶解并稀释至刻度，计算出四氯化碳的浓度。以石油醚逐级稀释至 1mL 含四氯化碳 0.1μg）、氯化苦标准储备溶液（量取约 20mL 石油醚，置于 50mL 容量瓶中，精密称重后，加入 2 滴氯化苦，再精密称重，两次称量差即为氯化苦质量。加石油醚至刻度，混匀）、氯化苦标准使用液（取标准储备溶液，以石油醚稀释至 1mL 含氯化苦 0.2μg）。

3. 仪器

气相色谱仪（具电子捕获检测器）、蒸馏装置（见图 7-4）、电热恒温水浴箱。

4. 操作方法

（1）样品提取　按图 7-4 连接蒸馏装置，导气管插入预先装有 40mL 石油醚的 50mL 容量瓶中，并放入盐水浴中冷却。冷凝器出入水管接恒温水浴循环水系统，调水温至 56～59℃，并保持恒温。向三颈烧瓶中加入 200mL 0.05mol/L 的 H_2SO_4。然后称取 50g 样品，加入三颈烧瓶中，振摇烧瓶，防止结块，使样品和酸完全混合。通入氮气，使流量为 20～30mL/min，调整电炉电压，缓缓加热并保持微沸状态。通气加热 2h 后，取出导气管，用少许石油醚冲洗管内外，洗液并入容量瓶中。取出容量瓶待恢复至室温，加石油醚至刻度，混匀备用。

（2）色谱条件　色谱柱：玻璃柱，长 1.5m，内径 3mm，Chromosorb W60～80 目担体，涂 10%（质量分数）DC-200。柱温度：100℃。汽化室温度：150℃。检测室温度：200℃。载气流速：氮气 10mL/min。根据保留时间定性，外标法定量。

（3）测定　仪器稳定后，注入四氯化碳标准溶液 1μL，调节记录仪，使峰高约为记录仪满量程的一半。然后注入氯化苦标准溶液 1μL，记录保留时间和峰高。测定样品时，应先将样品蒸馏液以石油醚稀释 10 倍，注入此稀释样液 1～2μL，记录保留时间和峰高。将样品峰与标准峰比较定性、定量。

5. 计算

$$X = \frac{A \times 1000}{m \times \dfrac{V_2}{V_1} \times \dfrac{V_4}{V_3} \times 1000 \times 1000} \tag{7-5}$$

式中，X 为样品中氯化苦的含量，mg/kg；A 为进样体积中氯化苦质量，ng；V_1 为样品蒸馏液定容体积，mL；V_2 为用于稀释的蒸馏液体积，mL；V_3 为稀释液总体积，mL；

V_4 为进样稀释液体积，mL；m 为样品质量，g。

第二节　有机磷农药

一、概述

有机磷农药是指在组成上含有磷的有机杀虫剂、杀菌剂。从结构上看，有机磷农药可分为磷酸酯型、二硫代磷酸酯型、硫酮磷酸酯型、硫醇磷酸酯型、磷酰胺型和磷酸酯型 6 个主要类型。

有机磷农药多属高效、剧毒、低残留农药。性质极不稳定，易分解，对光、热不稳定，在碱性环境中易水解。有机磷农药渗入作物或土壤中，经过一段时间，能在自然条件下被分解为毒性较小的无机磷（一般其残效期为 24h 至数月不等。）

二、测定方法

（一）水果、蔬菜、谷物中有机磷农药残留量的测定（GB/T 5009.20—2003 第一法）

1. 原理

选用适当的溶剂从样品中提取有机磷农药，经净化后，含有机磷的样品溶液在富氢焰上燃烧，以 HPO 碎片的形式，放射出波长 526nm 的特性光；这种光通过滤光片选择后，由光电倍增管接收，转换成电信号，经微电流放大器放大后被记录下来。样品的峰面积或峰高与标准品的峰面积或峰高进行比较定量。

2. 试剂

丙酮、二氯甲烷、氯化钠、无水硫酸钠、助滤剂 Celite 545。农药标准品：敌敌畏（纯度≥99%）、速灭磷（顺式纯度≥60%，反式纯度≥40%）、久效磷（纯度≥99%）、甲拌磷（纯度≥98%）、巴胺磷（纯度≥99%）、二嗪农（纯度≥98%）、乙嘧硫磷（纯度≥97%）、甲基嘧啶硫磷（纯度≥99%）、甲基对硫磷（纯度≥99%）、稻瘟净（纯度≥99%）、水胺硫磷（纯度≥99%）、氧化喹硫磷（纯度≥99%）、稻丰散（纯度≥99.6%）、甲喹硫磷（纯度≥99.6%）、克线磷（纯度≥99.9%）、乙硫磷（纯度≥95%）、乐果（纯度≥99.0%）、喹硫磷（纯度≥98.2%）、对硫磷（纯度≥99.0%）、杀螟硫磷（纯度≥98.5%）。农药标准溶液的配制：分别准确称取上述标准品，用二氯甲烷为溶剂，分别配制成 1.0mg/mL 的标准储备溶液，储于 4℃冰箱中，使用时用二氯甲烷稀释配成单一品种的标准使用液（1.0μg/mL）。再根据各农药品种的食品相应值或最小检测限，吸取不同量的标准储备溶液，用二氯甲烷稀释成混合标准使用液。

3. 仪器

组织捣碎机、粉碎机、旋转蒸发仪、气相色谱仪（附有火焰光度检测器，FPD）。

4. 操作步骤

（1）试样的制备　取粮食样品经粉碎机粉碎，过 20 目筛制成粮食试样。

（2）提取　称取 25.00g 谷物试样，置于 300mL 烧杯中，加入 50mL 水和 100mL 丙酮，用组织捣碎机提取 1~2min。匀浆液经铺有二层滤纸和约 10g Celite 545 的布氏漏斗减压抽滤。从滤液中分取 100mL 移至 500mL 分液漏斗中。

（3）净化　向提取所得的滤液中加入 10~15g 氯化钠使溶液处于饱和状态。猛烈振摇 2~3min，静置 10min，使丙酮从水相中盐析出来，水相用 50mL 二氯甲烷振摇 2min，再静置分层。将丙酮与二氯甲烷提取液合并，经装有 20~30g 无水硫酸钠的玻璃漏斗脱水滤入 250mL 圆底烧瓶中，再以约 40mL 二氯甲烷分数次洗涤容器和无水硫酸钠。洗涤液也并入烧瓶中，用旋转蒸发器浓缩至约 2mL，浓缩液定量转移至 5~25mL 容量瓶中，加二氯甲烷定容至刻度。

（4）气相色谱参考条件　色谱柱：玻璃柱 2.6m×3mm（内径），填装涂有 4.5%（质量分数）DC-200＋2.5％（质量分数）OV-17 的 Chromosorb W AW DMCS（80～100 目）的担体；玻璃柱 2.6m×3mm（内径），填装涂有 1.5％（质量分数）DCOE-1 的 Chromosorb W AW DMCS（60～80 目）。气体速度：氮气 50mL/min，氢气 100mL/min，空气 50mL/min。温度：柱箱 240℃、汽化室 260℃、检测器 270℃。

（5）测定　吸取 2～5μL 混合标准液及样品净化液注入色谱仪中，以保留时间定性。以试样的峰高或峰面积与标准比较定量。

（6）结果计算　各有机磷农药组分的含量按式(7-6)进行计算

$$X_i = \frac{A_i \times V_1 \times V_3 \times E_{si} \times 1000}{A_{si} \times V_2 \times V_4 \times m \times 1000} \tag{7-6}$$

式中，X_i 为 i 组分有机磷农药的含量，mg/kg；A_i 为试样中 i 组分的峰面积，积分单位；A_{si} 为混合标准液中 i 组分的峰面积，积分单位；V_1 为试样提取液的总体积，mL；V_2 为净化用提取液的总体积，mL；V_3 为浓缩后的定容体积，mL；V_4 为进样体积，μL；E_{si} 为注入色谱仪中的 i 标准组分的质量，ng；m 为样品的质量，g。

5. 精密度

在重复性条件下获得的两次独立测定结果的绝对差值不得超过算术平均值的 15％。

6. 气相色谱图

有机磷农药的色谱图见图 7-5 和图 7-6。

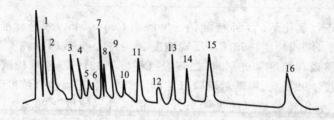

图 7-5　16 种有机磷农药的色谱图

1—敌敌畏最低检测浓度 0.005mg/kg；　　　2—速灭磷最低检测浓度 0.004mg/kg；
3—久效磷最低检测浓度 0.014mg/kg；　　　4—甲拌磷最低检测浓度 0.004mg/kg；
5—巴胺磷最低检测浓度 0.011mg/kg；　　　6—二嗪农最低检测浓度 0.003mg/kg；
7—乙嘧硫磷最低检测浓度 0.003mg/kg；　　8—甲基嘧啶硫磷最低检测浓度 0.004mg/kg；
9—甲基对硫磷最低检测浓度 0.004mg/kg；　10—稻瘟净最低检测浓度 0.004mg/kg；
11—水胺硫磷最低检测浓度 0.005mg/kg；　　12—氧化喹硫磷最低检测浓度 0.025mg/kg；
13—稻丰散最低检测浓度 0.017mg/kg；　　　14—甲喹硫磷最低检测浓度 0.014mg/kg；
15—克线磷最低检测浓度 0.009mg/kg；　　　16—乙硫磷最低检测浓度 0.014mg/kg

（二）粮、菜、油中有机磷农药残留量的测定（GB/T 5009.20—2003 第二法）

1. 原理

样品中有机磷农药经提取、分离净化后在富氢焰上燃烧，以 HPO 碎片的形式放射出波长 526nm 光，这种特征光通过滤光片选择后，由光电倍增管接收，转换成电信号，经微电流放大器放大后，被记录下来。样品的峰高与标准的峰高相比，计算出样品相当的含量。

2. 试剂

二氯甲烷、丙酮、无水硫酸钠、中性氧化铝（色谱用，经 300℃活化 4h 后备用）、活性炭（称取 20g 活性炭用 3mol/L 盐酸浸泡过夜，抽滤后，用水洗至无氯离子，在 120℃烘干备用）、硫酸钠溶液（50g/L）、农药标准溶液（准确称取适量有机磷农药标准品，用苯或三氯甲烷先配制储备溶液，放在冰箱中保存）、农药标准使用液（临用时用二氯甲烷稀释为使

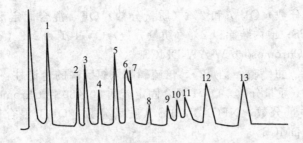

图 7-6　13种有机磷农药的色谱图

1—敌敌畏；2—甲拌磷；3—二嗪农；4—乙嘧硫磷；5—巴胺磷；
6—甲基嘧啶硫磷；7—稻瘟净；8—乐果；9—喹硫磷；10—甲基
对硫磷；11—杀螟硫磷；12—对硫磷；13—乙硫磷

用液，使其浓度为敌敌畏、乐果、马拉硫磷、对硫磷和甲拌磷1mL各相当于1.0μg，稻瘟净、倍硫磷、杀螟硫磷和虫螨磷1mL各相当于2.0μg）。

3. 仪器

气相色谱仪（具有火焰光度检测器）、电动振荡器。

4. 分析步骤

（1）提取与净化　对于稻谷样品，先进行脱壳、磨粉、过20目筛、混匀。称取10.00g，置于具塞锥形瓶中，加入0.5g中性氧化铝及20mL二氯甲烷，振摇0.5h，过滤，滤液直接进样。如农药残留量过低，则加30mL二氯甲烷，振摇过滤，量取15mL滤液浓缩并定容至2.0mL进样。

对于小麦、玉米样品，先将样品磨碎过20目筛、混匀。称取10.00g置于具塞锥形瓶中，加入0.5g中性氧化铝、0.2g活性炭及20mL二氯甲烷，振摇0.5h，过滤，滤液直接进样。如农药残留量过低，则加30mL二氯甲烷，振摇过滤，量取15mL滤液浓缩，并定容至2mL进样。

对于植物油样品，称取5.0g混匀的样品，用50mL丙酮分次溶解并洗入分液漏斗中，摇匀后加10mL水，轻轻旋转振摇1min，静置1h以上，弃去下面析出的油层，上层溶液自分液漏斗上口倾入另一分液漏斗中，当心尽量不使剩余的油滴倒入（如乳化严重，分层不清，则放入50mL离心管中，以2500r/min离心0.5h，用滴管吸出上层溶液）。加30mL二氯甲烷，100mL硫酸钠溶液（50g/L），振摇1min。静置分层后，将二氯甲烷提取液移至蒸发皿中。丙酮水溶液再用10mL二氯甲烷提取一次，分层后，合并至蒸发皿中。自然挥发后，如无水，可用二氯甲烷少量多次冲洗蒸发皿中残液移入具塞量筒中，并定容至5mL。加2g无水硫酸钠振摇脱水，再加1g中性氧化铝、0.2g活性炭（毛油可加0.5g）振摇脱油和脱色，过滤，滤液直接进样。二氯甲烷提取液自然挥发后如有少量水，可用5mL二氯甲烷分次将挥发后的残液洗入小分液漏斗内，提取1min，静置分层后将二氯甲烷层分入具塞量筒内，再以5mL二氯甲烷提取一次，合并入具塞量筒内，定容至10mL，加5g无水硫酸钠，振摇脱水，再加1g中性氧化铝、0.2g活性炭，振摇脱油和脱色，过滤，滤液直接进样。或将二氯甲烷和水一起倒入具塞量筒中，用二氯甲烷少量多次冲洗蒸发皿，洗液并入具塞量筒中，以二氯甲烷层为准定容至5mL，加3g无水硫酸钠，然后如上加中性氧化铝和活性炭，依法操作。

（2）气相色谱参考条件

① 色谱柱　玻璃柱，内径3mm，长1.5～2.0m。

分离测定敌敌畏、乐果、马拉硫磷和对硫磷的色谱柱：内装涂以2.5%（质量分数）SE-30和3%（质量分数）QF-1混合固定液的60～80目Chromosorb W AW DMCS；或内装涂以 1.5%（质量分数）OV-7 和 2%（质量分数）QF-1 混合固定液的 60～80 目 Chromosorb W AW DMCS；或内装涂以 2%（质量分数）OV-101 和 2%（质量分数）QF-1 混合固定液的 60～80 目 Chromosorb W AW DMCS。

分离测定甲拌磷、虫螨磷、稻瘟净、倍硫磷和杀螟硫磷的色谱柱：内装涂以 3%（质量分数）PEGA 和 5%（质量分数）QF-1 混合固定液的 60～80 目 Chromosorb W AW DMCS；或内装涂以 2%（质量分数）NPGA 和 3%（质量分数）QF-1 混合固定液的 60～80 目 Chromosorb W AW DMCS。

② 气流速度　载气为氮气 80mL/min，空气 50mL/min，氢气 180mL/min（氮气、空气和氢气之比按各仪器型号不同选择各自的最佳比例条件）。

③ 温度　进样口 220℃；检测器 240℃；柱温 180℃，但测定敌敌畏为 130℃。

（3）测定　将混合农药标准使用液 2～5μL 分别注入气相色谱仪中，可测得不同浓度有机磷标准溶液的峰高。分别绘制有机磷标准曲线。同时取样品溶液 2～5μL 注入气相色谱仪中，测得的峰高从标准曲线图中查出相应的含量。

5. 计算

试样中有机磷的含量按式(7-7)进行计算。

$$X = \frac{A \times 1000}{m \times 1000 \times 1000} \tag{7-7}$$

式中，X 为试样中有机磷农药的含量，mg/kg；A 为进样体积中有机磷农药的质量，ng；m 为进样体积（μL）相当于试样的质量，g。

6. 精密度

敌敌畏、甲拌磷、倍硫磷、杀螟硫磷在重复性条件下获得的两次独立测定结果的绝对误差不得超过算术平均值的 10%；乐果、马拉硫磷、对硫磷、稻瘟净在重复性条件下获得的两次独立测定结果的绝对误差不得超过算术平均值的 15%。

7. 色谱图

乐果、马拉硫磷、对硫磷、敌敌畏、甲拌磷、稻瘟净、倍硫磷、杀螟硫磷等有机磷农药的气相色谱图分别见图 7-7～图 7-10。

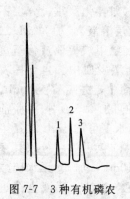

图 7-7　3 种有机磷农药的气相色谱图
1—乐果；2—马拉硫磷；3—对硫磷

图 7-8　敌敌畏农药的气相色谱图

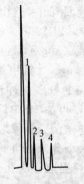

图 7-9　4 种有机磷农药的气相色谱图（一）
1—甲拌磷；2—稻瘟净；3—倍硫磷；4—杀螟硫磷

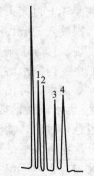

图 7-10　4 种有机磷农药的气相色谱图（二）
1—甲拌磷；2—稻瘟净；3—倍硫磷；4—杀螟硫磷

第三节　有机氯农药

一、概述

有机氯农药是一类组成里含有氯的有机杀虫剂、杀菌剂。一般分为两大类：一类是滴滴涕类，称为氯代苯及其衍生物，包括滴滴涕（DDD）及六六六（HCH）等；另一类是氯化亚甲基萘类，如艾氏剂、狄氏剂、异狄氏剂、七氯、氯丹及毒杀芬等。以前我国使用较多的是滴滴涕和六六六。滴滴涕、六六六具有广谱、高效、价廉、使用方便、中等毒性等优点，因而从 20 世纪 40 年代使用以来，对消灭农作物害虫，保证农业丰收，促进农业生产发挥了重要作用。使用量曾达到农药总量的 60%～70%。但是其化学性质稳定，在自然界中不易分解（在日光下分解缓慢，被微生物分解亦少，耐酸、耐热，但不耐碱），长期使用，会连年积累，致使土壤、水域、农产品中有机农药积累增多。随食物摄入人体内的有机氯农药，经过肠道吸收，主要在脂肪含量较高的组织和脏器中蓄积，对人体可产生慢性毒性作用，当人体摄入量达到 10mg/kg 体重时，即可出现中毒症状。因此，我国于 1983 年停止生产。

二、测定方法

（一）毛细管柱气相色谱-电子捕获检测器法

1. 原理

试样中有机氯农药组分经有机溶剂提取、凝胶色谱分离净化，用毛细管柱气相色谱分离，电子捕获检测器测定，以保留时间定性，外标法比较定量。

2. 试剂

丙酮（分析纯，重蒸）、正己烷（分析纯，重蒸）、石油醚（沸程 30～60℃，分析纯，重蒸）、环己烷（分析纯，重蒸）、乙酸乙酯（分析纯，重蒸）、氯化钠（分析纯）、无水硫酸钠（分析纯，将无水硫酸钠置于干燥箱中，于 120℃干燥 4h，冷却后密闭保存）、聚苯乙烯凝胶（200～400 目，或同类产品）。农药标准：α-六六六、β-六六六、γ-六六六、六氯苯、五氯硝基苯、δ-六六六、五氯苯胺、七氯、五氯苯基硫醚、艾氏试剂、氧氯丹、环氧七氯、反氯丹、α-硫丹、β-硫丹、顺氯丹、p,p'-滴滴滴、p,p'-滴滴伊、狄氏剂、异狄氏剂、o,p'-滴滴涕、p,p'-滴滴涕、异狄氏剂醛、硫丹硫酸盐、异狄氏剂酮、灭蚁灵，纯度均不低于 98%。标准溶液的配制：分别准确称取或量取上述农药标准品适量，用少量苯溶解，再用正己烷稀释成一定浓度的标准储备溶液。量取适量标准储备溶液，用正己烷稀释为系列混合标准溶液。

3. 仪器

气相色谱仪（具有电子捕获检测器）、旋转浓缩蒸发器、电动振荡器、吹氮浓缩器、组织捣碎机、全自动凝胶色谱系统（带有固定波长 254nm 紫外检测器，供选择使用）、凝胶净化柱 [长 30cm，内径 2.3～2.5cm 具活塞玻璃色谱柱，柱底垫少许玻璃棉。用洗脱剂乙酸乙酯-环己烷（1+1）浸泡的凝胶，以湿法装入柱中，柱床高约 26cm，凝胶始终保持在洗脱剂中]。

4. 分析步骤

（1）提取　对于大豆油，称取试样 1g（精确到 0.01g），直接加入 30mL 石油醚，振摇 30min 后，将有机相全部转移至旋转蒸发瓶中，浓缩至约 1mL，加 2mL 乙酸乙酯-环己烷（1+1）溶液再浓缩，如此重复 3 次，浓缩至约 1mL，供凝胶色谱分离净化使用，或将浓缩液转移至全自动凝胶渗透色谱系统配套的进样试管中，用乙酸乙酯-环己烷（1+1）溶液洗涤旋转蒸发瓶数次，将洗涤液合并至试管中，定容至 10mL。

对于植物类，称取具有代表性的样品匀浆 20g，加水 5mL（视水分含量加水，使总水量约 20mL），加丙酮 40mL，振荡 30min，加氯化钠 6g，摇匀。加石油醚 30mL，再振荡 30min，静置分层后，将有机相全部转移至 100mL 具塞三角瓶中经无水硫酸钠干燥，并量取 35mL 于旋转蒸发瓶中，浓缩至 1mL，加入 2mL 乙酸乙酯-环己烷（1+1）溶液再浓缩，如此重复 3 次，浓缩至约 1mL，供凝胶色谱分离净化使用，或将浓缩液转移至全自动凝胶渗透色谱系统配套的进样试管中，用乙酸乙酯-环己烷（1+1）溶液洗涤旋转蒸发瓶数次，将洗涤液合并至试管中，定容至 10mL。

（2）净化　选择手动或全自动净化方法的任何一种进行。

① 手动凝胶色谱柱净化　将试样浓缩，经凝胶柱以乙酸乙酯-环己烷（1+1）溶液洗脱，弃去 0～35mL 流分，收集 35～70mL 流分。将其旋转蒸发浓缩至约 1mL，再经凝胶柱净化收集 35～70mL 流分，蒸发浓缩，用氮气吹除溶剂，用正己烷定容至 1mL，留待 GC 分析。

② 全自动凝胶渗透色谱系统净化　试样由 5mL 试样环注入凝胶渗透色谱（GPC）柱，泵流速 5.0mL/min，以乙酸乙酯-环己烷（1+1）溶液洗脱，弃去 0～7.5mL 流分，收集 7.5～15mL 流分，15～20min 冲洗 GPC 柱。将收集的流分旋转蒸发浓缩至约 1mL，用氮气吹至近干，用正己烷定容至 1mL，留待 GC 分析。

（3）测定

① 气相色谱参考条件　色谱柱：DM-5 石英弹性毛细管柱，内径 0.32mm，长 30m，膜厚 0.25μm；或等效柱。柱温：采用程序升温方式

$$90℃（1min）\xrightarrow{40℃/min}170℃\xrightarrow{2.3℃/min}230℃（17min）\xrightarrow{40℃/min}280℃（5min）$$

进样口温度 280℃。不分流进样，进样量 1μL。检测器：电子捕获检测器，温度 300℃。载气（氮气）流速：1mL/min。尾吹气，25mL/min。柱前压：0.5MPa。

② 色谱分析　分别吸取 1μL 混合标准液及试样净化注入气相色谱仪中，记录色谱图，以保留时间定性，以试样和标准的峰高或峰面积比较定量。

③ 色谱图　有机氯农药混合标准溶液的色谱图见图 7-11。

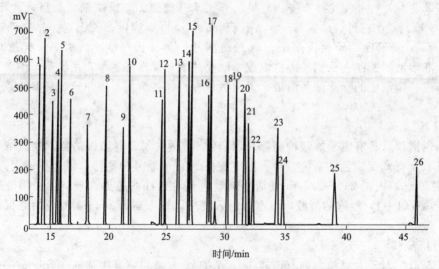

图 7-11　有机氯农药混合标准溶液的色谱图

1—α-六六六；2—六氯苯；3—β-六六六；4—γ-六六六；5—五氯硝基苯；6—δ-六六六；
7—五氯苯胺；8—七氯；9—五氯苯基硫醚；10—艾氏剂；11—氧氯丹；12—环氧七氯；13—反氯丹；
14—α-硫丹；15—顺氯丹；16—p,p'-滴滴伊；17—狄氏剂；18—异狄氏剂；19—β-硫丹；
20—p,p'-滴滴滴；21—o,p'-滴滴涕；22—异狄氏剂醛；23—硫丹
硫酸盐；24—p,p'-滴滴涕；25—异狄氏剂酮；26—灭蚊灵

5. 结果计算

试样中各农药的含量按式（7-8）进行计算：

$$X=\frac{m_1\times V_1\times f}{m\times V_2\times 1000\times 1000}\tag{7-8}$$

式中，X 为试样中各农药的含量，mg/kg；m_1 为被测样液中各农药的含量，ng；V_1 为样液进样体积，μL；f 为稀释因子；m 为试样质量，g；V_2 为样液最后定容体积，mL。

计算结果保留两位有效数字。

6. 精密度

在重复性条件下获得的两次独立测定结果的绝对差值不得超过算术平均值的 20%。

（二）填充柱气相色谱-电子捕获检测器法

1. 原理

试样中六六六、滴滴涕经提取、净化后用气相色谱法测定，与标准比较定量。电子捕获检测器对于负电性强的化合物具有较高的灵敏度，利用这一特点，可分别测出痕量的六六六和滴滴涕。不同异构体和代谢物可同时分别测定。

出峰顺序：α-HCH、γ-HCH、β-HCH、δ-HCH、p,p'-DDE、o,p'-DDT、p,p'-DDD、p,p'-DDT。

2. 试剂

丙酮（分析纯，重蒸）、正己烷（分析纯，重蒸）、石油醚（沸程 30～60℃，分析纯，重蒸）、苯（分析纯）、硫酸（优级纯）、无水硫酸钠（分析纯）、硫酸钠溶液（20g/L）、农药标准品 [六六六（α-HCH、γ-HCH、β-HCH、δ-HCH）纯度＞99%，滴滴涕（p,p'-DDE、o,p'-DDT、p,p'-DDD、p,p'-DDT）纯度＞99%]。六六六、滴滴涕储备溶液：准确称取 α-HCH、γ-HCH、β-HCH、δ-HCH、p,p'-DDE、o,p'-DDT、p,p'-DDD、p,p'-DDT 各 10.0mg，溶于苯中，分别移入 100mL 容量瓶中，用苯稀释至刻度，混匀，每毫升含农药 100.0μg，储存于冰箱中。六六六、滴滴涕标准工作液：分别量取上述标准储备溶液于同一容量瓶中，以己烷稀释至刻度。α-HCH、γ-HCH 和 δ-HCH 的浓度为 0.005mg/L，β-HCH 和 p,p'-DDE 浓度为 0.01mg/L，o,p'-DDT 浓度为 0.05mg/L，p,p'-DDD 浓度为 0.02mg/L，p,p'-DDT 浓度为 0.1mg/L。

3. 仪器

植物样本粉碎机、调速多用振荡器、离心机、匀浆机、旋转浓缩蒸发器、吹氮浓缩器、气相色谱仪（具有电子捕获检测器）。

4. 分析步骤

（1）试样制备　谷物制成粉末，其制品制成匀浆；食用油混匀后，待用。

（2）提取

① 称取具有代表性的各类食品样品匀浆 20g，加水 5mL（视水分含量加水，使总水量约 20mL），加丙酮 40mL，振荡 30min，加氯化钠 6g，摇匀。加石油醚 30mL，再振荡 30min，静置分层。取上清液 35mL 经无水硫酸钠脱水，于旋转蒸发器中浓缩至近干，以石油醚定容至 5mL，加浓硫酸 0.5mL，振摇 0.5min，于 3000r/min 离心 15min，取上清液进行 GC 分析。

② 称取具有代表性的粉末样品 2.00g，加石油醚 20mL，振荡 30min，过滤，浓缩，定容至 5mL，加浓硫酸 0.5mL，振摇 0.5min，于 3000r/min 离心 15min，取上清液进行 GC 分析。

③ 称取具有代表性的均匀食用油样品 0.50g，以石油醚溶解于 10mL 试管中，定容至 10.0mL，加浓硫酸 1.0mL，振摇 0.5min，于 3000r/min 离心 15min，取上清液进行 GC 分析。

（3）气相色谱测定　色谱柱：内径 3mm，长 2m 的玻璃柱，内装涂以 OV-17 和 QF-1（20g/L）的混合固定液的 80～100 目硅藻土。载气：高纯氮气，流速 110mL/min。温度：色谱柱 185℃，检测器 225℃，进样口 195℃。进样量 1～10μL，外标法定量。

（4）色谱图　8 种农药的色谱图见图 7-12。

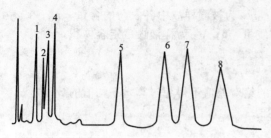

图7-12　8种农药的色谱图

1—α-HCH；2—β-HCH；3—γ-HCH；4—δ-HCH；
5—p,p'-DDE；6—o,p'-DDT；
7—p,p'-DDD；8—p,p'-DDT

5.结果计算

电子捕获检测器的线性范围窄，为了便于定量，选择样品进样量使之适合各组分的线性范围。根据样品中六六六、滴滴涕存在形式，相应地制备各组分的标准曲线，从而计算出样品中的含量。

试样中六六六、滴滴涕及异构体或代谢物的单一含量按式(7-9)计算。

$$X = \frac{A_1}{A_2} \times \frac{m_1}{m_2} \times \frac{V_1}{V_2} \times \frac{1000}{1000} \qquad (7\text{-}9)$$

式中，X 为试样中六六六、滴滴涕及其异构体或代谢物的单一含量，mg/kg；A_1 为被测定试样各组分的峰值（峰高或峰面积）；A_2 为各农药组分标准的峰值（峰高或峰面积）；m_1 为单一农药标准溶液的含量，ng；m_2 为被测定试样的取样量，g；V_1 为被测定试样的稀释体积，mL；V_2 为被测定试样的进样体积，μL。

计算结果保留两位有效数字。

6.精密度

在重复性条件下获得的两次独立测定结果的绝对差值不得超过算术平均值的15%。

第四节　拟除虫菊酯类农药

一、概述

拟除虫菊酯类农药的大量使用是由于在20世纪70年代出现了一批高效、低毒、杀虫谱广的品种，这类农药目前在我国已被大面积推广应用在棉花、水稻、果树、蔬菜等作物上，其中主要的有：氯氰菊酯、溴氰菊酯、氰戊菊酯和二氯苯醚菊酯。前三者都是氰酸酯类农药，其中前二者称敌杀死，后者称速灭菊酯，其结构如图7-13所示。

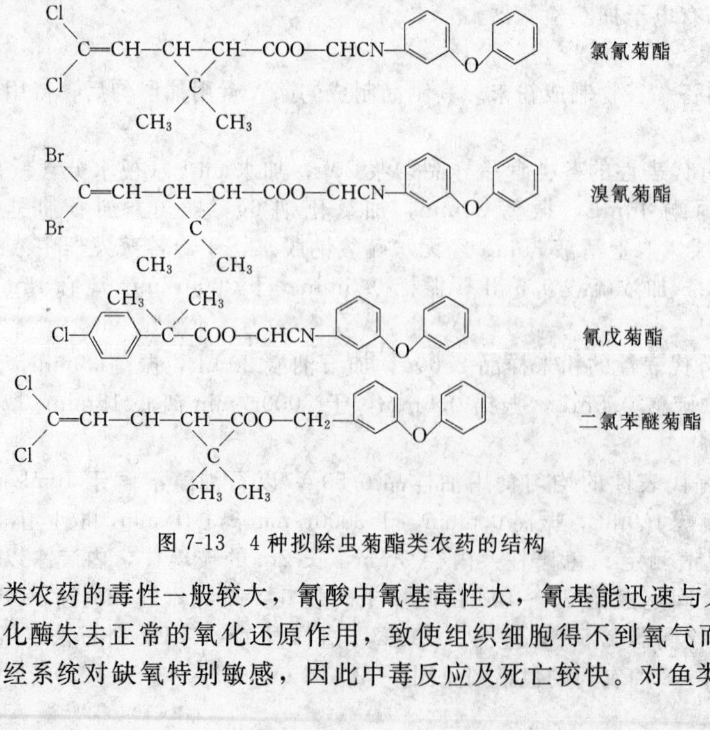

图7-13　4种拟除虫菊酯类农药的结构

拟除虫菊酯类农药的毒性一般较大，氰酸中氰基毒性大，氰基能迅速与人体细胞色素氧化酶结合，使氧化酶失去正常的氧化还原作用，致使组织细胞得不到氧气而造成细胞内窒息。由于中枢神经系统对缺氧特别敏感，因此中毒反应及死亡较快。对鱼类毒性有很高的蓄积性，有些品种还有三致作用。其主要中毒症状表现为神经系统症状及皮肤刺激症状。因此类农药而发生中毒的事件已有数百例，死亡数十人。目前常用于检测此类农药的方法有薄层色谱法和气相色谱法。气相色谱法常用的检测器有电子捕获检测器和火焰离子化检测器。

二、测定方法

（一）植物性食品中氯氰菊酯、氰戊菊酯和溴氰菊酯残留量的测定

1. 原理

试样中氯氰菊酯、氰戊菊酯和溴氰菊酯经提取、净化、浓缩后用电子捕获-气相色谱法测定。氯氰菊酯、氰戊菊酯和溴氰菊酯经色谱柱分离后进入到电子捕获检测器中，便可分别测出其含量。经放大器，把讯号放大用记录器记录下峰高或峰面积。利用被测物的峰高或峰面积与标准的峰高或峰面积比进行定量。

2. 试剂

石油醚（分析纯，沸程 30～60℃，重蒸）、丙酮（分析纯，重蒸）、无水硫酸钠（分析纯，550℃灼烧 4h 备用）、色谱用中性氧化铝（550℃灼烧 4h 后备用，用前 140℃烘烤 1h，加 3％水脱活）、色谱用活性炭（550℃灼烧 4h 后备用）、脱脂棉（经正己烷洗涤后，干燥备用）。农药标准品：氯氰菊酯（纯度≥96％）、氰戊菊酯（纯度≥94.3％）、溴氰菊酯（纯度≥97.5％）。标准溶液的配制：用重蒸石油醚或丙酮分别配制氯氰菊酯 $2×10^{-7}$g/mL、氰戊菊酯 $4×10^{-7}$g/mL、溴氰菊酯 $1×10^{-7}$g/mL 的标准溶液。吸取 10mL 氯氰菊酯、10mL 氰戊菊酯、5mL 溴氰菊酯的标准液于 25mL 容量瓶中摇匀，即成为标准使用液，浓度为氯氰菊酯 $8×10^{-8}$g/mL、氰戊菊酯 $16×10^{-8}$g/mL、溴氰菊酯 $2×10^{-8}$g/mL。

3. 仪器

气相色谱仪附电子捕获检测器、高速组织捣碎机、电动振荡器、高温炉、K-D 浓缩器或恒温水浴箱、具塞三角烧瓶、玻璃漏斗、10μL 注射器。

4. 操作方法

（1）提取　称取 10g 粉碎的谷类样品，置于 100mL 具塞三角瓶中，加入石油醚 20mL，振荡 30min 或浸泡过夜，取出上清液 2～4mL 待过柱用（相当于 1～2g 样品）。

（2）净化　对于大米，可用内径 1.5cm、长 25～30cm 的玻璃色谱柱，底端塞以经处理的脱脂棉。依次从下至上加入 1cm 的无水硫酸钠，3cm 的色谱用中性氧化铝，2cm 的无水硫酸钠，然后以 10mL 石油醚淋洗柱子，弃去淋洗液，待石油醚层下降至无水硫酸钠层时，迅速将样品提取液加入，待其下降至无水硫酸钠层时加入淋洗液淋洗，淋洗液用量 25～30mL 石油醚，收集滤液于尖底定容瓶中，最后以氮气流吹，浓缩体积至 1mL，供气相色谱用。

对于面粉、玉米粉，可使用大米净化所用的净化柱，只是在中性氧化铝层上边加入 0.01g 色谱用活性炭粉（可视其颜色深浅适当增减色谱用活性炭粉的量）进行脱色净化，其操作与大米净化的操作相同。

（3）测定　用具有 ECD 的气相色谱仪。色谱柱：玻璃柱 3mm（内径）×1.5m 或 2m，内填充 3％ OV-101/Chromosorb W AW DMCS（80～100 目）。柱温 245℃，进样口和检测器 260℃。载气：高纯氮气，流速 140mL/min。

5. 结果计算

用外标法定量，按公式（7-10）计算：

$$C_x = \frac{h_x C_s Q_s V_x × 1000}{h_s m Q_x} × 1000 \tag{7-10}$$

式中，C_x 为试样中农药含量，mg/kg；h_x 为试样溶液峰高，mm；C_s 为标准溶液浓度，

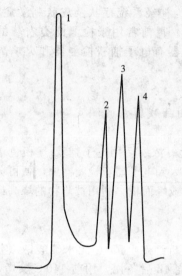

图 7-14 拟除虫菊酯类农药色谱图
1—溶剂峰；2—氯氰菊酯，保留时间 2min57s；
3—氰戊菊酯，保留时间 3min50s；
4—溴氰菊酯，保留时间 4min47s

g/mL；Q_s 为标准溶液进样量，μL；V_x 为样品的定容体积，mL；h_s 为标准溶液峰高，mm；m 为试样质量，g；Q_x 为试样溶液的进样量，μL。

6．精密度

在重复性条件下获得的两次独立测定结果的绝对差值不得超过算术平均值的 10％。

7．氯氰菊酯、氰戊菊酯和溴氰菊酯的色谱图

色谱图如图 7-14 所示。

（二）植物性食品中有机氯和拟除虫菊酯类农药多种残留的测定（GB/T 5009.146—2008）

1．原理

样品中有机氯和拟除虫菊酯类农药用有机溶剂提取，经液-液分配及色谱分离净化除去干扰物质，用电子捕获检测器检测，根据色谱峰的保留时间定性，外标法定量。

2．试剂和材料

石油醚（沸程 30～60℃，重蒸）、丙酮（重蒸）、苯（重蒸）、乙酸乙酯（重蒸）、无水硫酸钠、弗罗里硅土（色谱用，620℃灼烧 4h 后备用，用前 140℃烘烤 1h，加 5％水脱活）、色谱用活性炭（550℃灼烧 4h 后备用）、脱脂棉（经正己烷洗涤后，干燥备用）。农药标准品：六六六（α-HCH、γ-HCH、β-HCH、δ-HCH）纯度不低于 99％，滴滴涕（p,p'-DDE、o,p'-DDT、p,p'-DDD、p,p'-DDT）纯度不低于 99％，七氯、艾氏剂、甲氰菊酯、氯氟氰菊酯、氯菊酯、氯氰菊酯、氰戊菊酯和溴氰菊酯的纯度不低于 99％。标准溶液：分别准确称取上述农药标准品，用苯溶解并配成 1mg/mL 的储备溶液。使用时用石油醚稀释配成单品种的标准使用液。再根据各农药品种在仪器上的响应情况，吸取不同量的标准储备溶液，用石油醚稀释成混合标准使用液。

3．仪器

气相色谱仪附电子捕获检测器（ECD）、电动振荡器、组织捣碎机、旋转蒸发仪、过滤器具［布氏漏斗（直径 80mm），抽滤瓶（200mL）］、具塞三角瓶（100mL）、分液漏斗（250mL）、色谱柱。

4．样品制备

取粮食样品经粮食粉碎机粉碎，过 20 目筛制成粮食试样。

5．分析步骤

（1）提取　称取 10g 粮食试样，置于 100mL 具塞三角瓶中，加入 20mL 石油醚，于振荡器上振摇 0.5h。

（2）净化　色谱柱的制备：玻璃色谱柱中先加入 1cm 高无水硫酸钠，再加入 5％水脱活弗罗里硅土 5g，最后加入 1cm 高无水硫酸钠，轻轻敲实，用 20mL 石油醚淋洗净化柱，弃去淋洗液，柱面要留有少量液体。

净化与浓缩：准确吸取样品提取液 2mL，加入已淋洗过的净化柱中，用 100mL 石油醚-乙酸乙酯（95＋5）洗脱，收集洗脱液于蒸馏瓶中，于旋转蒸发仪上浓缩近干，用少量石油醚多次溶解残渣于刻度离心管中，最终定容至 1.0mL，供气相色谱分析。

（3）测定　色谱柱：石英弹性毛细管色谱柱，0.25mm（内径）×15m，内涂有 OV-101 固定液。气体流速：氮气 40mL/min，尾吹气 60mL/min，分流比 1：50。柱温自 180℃升至

230℃（5℃/min）。保持 30min；检测器、进样口温度 250℃。

色谱分析：吸取 1μL 试样液注入气相色谱仪，记录色谱峰的保留时间和峰高。再吸取 1μL 混合标准溶液进样，记录色谱峰的保留时间和峰高。根据组分在色谱上的出峰时间与标准组分比较定性；用外标法与标准组分比较定量。

色谱图如图 7-15 所示。

6. 结果计算

按式（7-11）计算。

$$X=\frac{h_i E_{si} V_2 \times 1000}{h_{si} V_1 m \times 1000} \times K \qquad (7\text{-}11)$$

式中，X 为试样中农药的含量，mg/kg；E_{si} 为标准样品中 i 组分农药的含量，ng；V_1 为试样进样体积，μL；V_2 为最后定容体积，mL；h_{si} 为标准样品中 i 组分农药峰高，mm；h_i 为样品中 i 组分农药峰高，mm；m 为试样的质量，g；K 为稀释倍数。

7. 精密度和准确度

将 10 种有机氯和 6 种拟除虫菊酯类农药混合标准品分别加入到面粉中进行方法的精密度和准确度试验，添加回收率在 81.71%～112.41%，变异系数在 2.48%～10.05%。

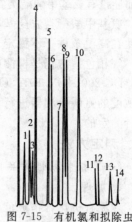

图 7-15　有机氯和拟除虫菊酯类农药标液色谱图
1—α-HCH；2—β-HCH；
3—γ-HCH；4—δ-HCH；
5—七氯；6—艾氏剂；
7—p,p'-DDE；8—o,p'-DDT；
9—p,p'-DDD；10—p,p'-DDT；
11—三氟氯氰菊酯（功夫）；
12—二氯苯醚菊酯；
13—氰戊菊酯；14—溴氰菊酯

第五节　氨基甲酸酯类农药

一、概述

氨基甲酸酯类农药是较早使用的含氮类农药。在六六六禁用之后，氨基甲酸酯类农药已成为我国大量使用的一类农药。根据《新编农药手册》收录，在我国登记的 87 个农药品种中，氨基甲酸酯类农药就占 11 种，且生产量较大，如叶蝉散和速灭威的年产量均已超千吨。氨基甲酸酯类农药广泛用于杀虫、杀螨、杀线虫、杀菌和除草等方面。作为杀虫剂的氨基甲酸酯类农药主要可分为：N-甲基氨基甲酸酯类、N,N-二甲基氨基甲酸酯类两大类。由于前者杀虫谱广，作用强，以此类发展的农药品种尤多。根据与氨基甲酰部分联结的基团的性质，N-甲基氨基甲酸酯类又可分为芳基氨基甲酸酯和肟基 N-甲基氨基甲酸酯，前者如甲萘威（西维因）、速灭威、害扑威、残杀威，后者如涕灭威等。常用的氨基甲酸酯类农药有速灭威，化学名为甲氨基-3-甲苯酯；叶蝉散，又叫异丙威，化学名为甲氨基酸 2-异丙基苯酯；残杀威，化学名为 2-异丙氧基-苯基-N-甲基氨基甲酸酯；虫螨威又叫呋喃丹、卡巴呋喃，化学名为 2,2-二甲基-2,3-氢苯并呋喃-7-氨基甲酸酯；甲萘威又称西维因，化学名为甲氨基-1-萘酯；抗蚜威，化学名为 O-（2-二甲氨基-5,6-二甲基嘧啶-4-基）-N,N-二甲基氨基甲酸酯。

氨基甲酸酯类农药的毒性有以下特点：大多数品种速效性好，残效期短，选择性强；多数品种对高等动物毒性低，除呋喃丹、涕灭威属剧毒，西维因、叶蝉散、速灭威属中毒外，其余常用品种均属低毒（在生物体和环境中易降解）。氨基甲酸酯类农药是一种抑制胆碱酯酶的神经毒物，但氨基甲酸酯类和胆碱酯酶作用不形成氨基甲酰酯。它是一种可逆性抑制剂，水解后可复原成酯酶和氨基甲酸酯，因此它的中毒症状消失快，并且没有迟发性神经毒性。氨基甲酸酯类杀虫剂进入人体内，在胃中酸性条件下可与食物中的亚硝基化合物的前体物质亚硝酸盐和硝酸盐反应生成强致癌性的亚硝基化合物，因此认为氨基甲酸酯类杀虫剂可能具有致畸、致突变、致癌作用，并推断氨基甲酸酯类杀虫剂本身在环境中也能形成亚硝胺。但目前还没有氨基甲酸酯类农药引起癌症的有关流行病学报告，其慢性毒害有待进一步研究。

氨基甲酸酯类农药基本上都不溶于水，溶于有机溶剂，在碱性条件下分解。这类农药大多数在高温条件下不稳定。因而应用气相色谱法测定并不是最佳方法，但由于各种条件的限制，气相色谱法仍是检测此类农药的重要手段，因此，要注意选用低极性的固定液（如 SE-30、DC-200、OV-101、OV-17），柱应尽可能短，工作温度应适中（140～190℃），选用高灵敏度的氮磷检测器进行直接测定。很多情况下也有将其衍生为适用于 ECD 的衍生物后再进行测定的。

二、测定方法

（一）植物物性食品中氨基甲酸酯类农药残留量的测定方法（GB/T 5009.104—2003）

1. 原理

含氮有机化合物被色谱柱分离后在加热的碱金属片的表面产生热分解，形成氰自由基（CN·），并且从被加热的碱金属表面放出的原子状态的碱金属（Rb）接受电子变成 CN⁻，再与氢原子结合。放出电子的碱金属变成正离子，由收集极收集，并作为信号电流而被测定。电流信号的大小与含氮化合物的含量成正比。以峰面积或峰高比较定量。

2. 试剂

无水硫酸钠（于 450℃焙烧 4h 后备用）、丙酮（重蒸）、无水甲醇（重蒸）、二氯甲烷（重蒸）、石油醚（沸程 30～60℃，重蒸）、50g/L 氯化钠溶液（称取 25g 氯化钠，用水溶解并稀释至 500mL）、甲醇-氯化钠溶液（取无水甲醇及 50g/L 氯化钠溶液等体积混合）。农药标准品：速灭威、异丙威、残杀威、克百威、抗蚜威和甲萘威的纯度 99%。氨基甲酸酯类杀虫剂标准溶液的配制：分别准确称取速灭威、异丙威、残杀威、克百威、抗蚜威及甲萘威各种标准品，用丙酮分别配制成 1mg/mL 的标准储备溶液。使用时用丙酮稀释配制成单一品种的标准使用液·（5μg/mL）和混合标准工作液（每个品种浓度为 2～10μg/mL）。

3. 仪器

气相色谱仪附有火焰热离子检测器、电动振荡器、粮食粉碎机（带 20 目筛）、恒温水浴锅、减压浓缩装置、分液漏斗（250mL，500mL）、量筒（50mL，100mL）、具塞三角烧瓶（250mL）、抽滤瓶（250mL）、布氏漏斗（直径 10cm）。

4. 试样的制备

取粮食试样经粮食粉碎机粉碎，过 20 目筛制成粮食试样。

5. 分析步骤

（1）提取　称取约 40g 粮食试样，精确至 0.001g，置于 250mL 具塞锥形瓶中，加入 20～40g 无水硫酸钠（视试样的水分而定）、100mL 无水甲醇。塞紧，摇匀，于电动振荡器上振荡 30min。然后经快速滤纸过滤于量筒中，收集 50mL 滤液，转入 250mL 分液漏斗中，用 50mL 氯化钠溶液（50g/L）洗涤量筒，并入分液漏斗中。

（2）净化　于盛有样品提取液的 250mL 分液漏斗中加入 50mL 石油醚，振荡 1min，静置分层后将下层（甲醇-氯化钠溶液）放入第 2 个 250mL 分液漏斗中，加 25mL 甲醇-氯化钠溶液于石油醚层中，振摇 30s，静置分层后，将下层并入甲醇-氯化钠溶液中。

（3）浓缩　于盛有样品净化液的分液漏斗中，用二氯甲烷（50mL、25mL、25mL）依次提取 3 次，每次振摇 1min，静置分层后将二氯甲烷层经铺有无水硫酸钠（玻璃棉支撑）的三角漏斗（用二氯甲烷预洗过）过滤于 250mL 蒸馏瓶中，用少量二氯甲烷洗涤漏斗，并入蒸馏瓶中。将蒸馏瓶接上减压浓缩装置，于 50℃水浴上减压浓缩至 1mL 左右，取下蒸馏瓶，将残余物转入 10mL 刻度离心管中，用二氯甲烷反复洗涤蒸馏瓶并入离心管中。然后吹氮气除尽二氯甲烷溶剂，用丙酮溶解残渣并定容至 2.0mL，供气相色谱分析用。

（4）气相色谱条件

① 色谱柱　色谱柱1：玻璃柱，3.2mm（内径）×2.1m，内装涂有2%OV-101+6%OV-210混合固定液的Chromosorb W（HP）80～100目担体。色谱柱2：玻璃柱，3.2mm（内径）×1.5m，内装涂有1.5%OV-17+1.95%OV-210混合固定液的Chromosorb W AW DMCS 80～100目担体。

② 气体条件　氮气65mL/min，空气150mL/min，氢气3.2mL/min。

③ 温度条件　柱温190℃；进样口或检测室温度240℃。

（5）测定　取试样浓缩液及标准样液各1μL进样，进行色谱分析。根据组分在两根色谱柱上的出峰时间与标准组分比较定性；用外标法与标准组分比较定量。

6. 计算

按式(7-12)进行计算。

$$X_i = \frac{E_i \times \frac{A_i}{A_E} \times 2000}{m \times 1000} \qquad (7\text{-}12)$$

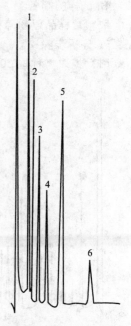

图7-16　六种氨基甲酸酯类杀虫剂的气相色谱图
1—速灭威；2—异丙威；3—残杀威；4—克百威；5—抗蚜威；6—甲萘威

式中，X_i 为试样中组分 i 的含量，mg/kg；E_i 为标准试样中组分 i 的含量，ng；A_i 为试样中组分 i 的峰面积或峰高，积分单位；A_E 为标准试样中组分 i 的峰面积或峰高，积分单位；m 为试样质量，g；2000为进样液的定容体积（2.0mL）；1000为换算单位。

7. 精密度

在重复性条件下获得的两次独立测定结果的绝对差值不得超过算术平均值的15%。

8. 氨基甲酸酯类杀虫剂的色谱图

色谱图如图7-16所示。

（二）植物性食品中有机磷和氨基甲酸酯类农药多种残留的测定(GB/T 5009.145—2003)

1. 原理

样品中有机磷和氨基甲酸酯类农药用有机溶剂提取，再经液-液分配、微型柱净化等步骤除去干扰物质，用氮磷检测器（FTD）检测，根据色谱峰的保留时间定性，外标法定量。

2. 试剂

丙酮（重蒸）、二氯甲烷（重蒸）、乙酸乙酯（重蒸）、甲醇（重蒸）、正己烷（重蒸）、磷酸、氯化钠、无水硫酸钠、氯化铵、硅胶（60～80目，130℃烘2h，以5%水脱活）、助滤剂（Celite 545）、凝结液（5g氯化铵+10mL磷酸+100mL水，用前稀释5倍）。农药标准品：敌敌畏、乙酰甲胺磷、速灭威、异丙威、仲丁威、甲拌磷、久效磷、甲基对硫磷、毒死蜱、虫螨磷、倍硫磷、甲基内吸磷、甲萘威（西维因）、马拉硫磷、杀扑磷、克线磷和乙硫磷纯度不低于99%；乐果和对硫磷纯度不低于98%；马拉氧磷纯度不低于96.1%。农药标准溶液的配制：分别准确称取上述农药标准品，以丙酮为溶剂，分别配制成1mg/mL标准储备溶液，储于冰箱中，使用时用丙酮稀释配成单品种的标准使用液。再根据各农药品种在仪器上的响应情况，吸取不同量的标准储备溶液，用丙酮稀释成混合标准使用液。

3. 仪器

组织捣碎机、离心机、超声波清洗器、旋转蒸发仪、气相色谱仪附氮磷检测器（FTD）。

4. 试样的制备

取粮食样品以粉碎机粉碎，过20目筛制成粮食试样。

5. 分析步骤

(1) 提取　称取20g粮食样品于三角瓶中，加入5g无水硫酸钠和100mL丙酮，振荡提取30min，过滤后取50mL滤液于分液漏斗中。

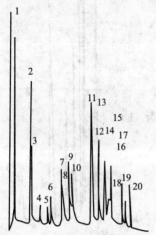

图7-17　有机磷农药、氨基甲酸酯类农药气相色谱图

1—甲胺磷；2—乙酰甲胺磷；3—敌百虫；4—叶蝉散；5—仲丁威；6—甲基内吸磷；7—甲拌磷；8—久效磷；9—乐果；10—甲基对硫磷；11—马拉氧磷；12—毒死蜱；13—西维因；14—虫螨磷；15—倍硫磷；16—马拉硫磷；17—对硫磷；18—杀扑磷；19—乙硫磷；20—克线磷

(2) 净化　向分液漏斗中加入50mL 5％氯化钠溶液，再以50mL、50mL、30mL二氯甲烷提取3次，合并二氯甲烷层经无水硫酸钠过滤后，在旋转蒸发仪40℃水浴上浓缩近干，定容至1mL。

(3) 测定

① 气相色谱参考条件　色谱柱：BP5或OV-101 25m×0.32mm（内径）石英弹性毛细管柱。

气体流速：氮气50mL/min；尾吹气（氮气）30mL/min；氢气0.5kg/cm²；空气0.3kg/cm²。

柱温采用程序升温方式：140℃ $\xrightarrow{50℃/min}$ 185℃ $\xrightarrow[\text{恒温2min, 2℃/min}]{}$ 195℃ $\xrightarrow{10℃/min}$ 235℃ $\xrightarrow{\text{恒温1min}}$ 235℃。

进样口温度240℃。

检测器：氮磷检测器（FTD）。

② 色谱分析　量取1μL混合标准溶液及样品净化液注入色谱仪中，以保留时间定性，以试样峰高或峰面积与标准比较定量。

③ 色谱图　如图7-17所示。

6. 结果计算

按式(7-13)进行计算。

$$X_i = \frac{h_i E_{si} \times 1000}{h_{si} m f} \qquad (7-13)$$

式中，X_i 为 i 组分有机磷农药的含量，mg/kg；h_i 为试样中 i 组分的峰高或峰面积；h_{si} 为标样中 i 组分的峰高或峰面积；E_{si} 为标样中 i 组分的量，ng；m 为样品量，g；f 为换算系数，粮食为1/2。

7. 精密度和准确度

将10种有机氯和6种拟除虫菊酯类农药混合标准品分别加入到大米进行方法的精密度和准确度试验，添加回收率在73.38％～108.22％，变异系数在2.17％～7.69％。

第六节　其他类型农药

一、矮壮素

（一）概述

矮壮素又名稻麦立、三西，低毒。纯品为白色粉状结晶，工业品为淡黄色或黄棕色粉末，略带鱼腥臭味。易溶于水。在中性或微酸性溶液中稳定，遇强碱物质，在加热情况下分解失效。主要应用于防止麦类作物倒伏，增加有效分蘖。防止棉花徒长，减少蕾铃脱落，增强作物抗逆能力等。喷药要适时，用量要适当，以免产生药害。

（二）粮谷中矮壮素残留的测定

1. 原理

根据矮壮素的溶解性用甲醇提取试样，提取液经氧化铝柱净化，与苯硫钠反应生成衍生物后，用配有质量选择检测器的气相色谱仪（GC-MSD）测定，外标法定量。

2. 试剂与材料

无水硫酸钠（于650℃灼烧4h，冷却后储于干燥器中备用）、中性氧化铝（于650℃灼烧4h，储于密封容器中，使用前在130℃烘2h，储于干燥器内冷却备用）、苯硫钠、甲醇、2-丁酮、6mg/mL苯硫钠的2-丁酮溶液（称取0.6g苯硫钠于具塞三角瓶中，加入100mL经无水硫酸钠脱水的2-丁酮）、矮壮素标准品（CAS为998-81-5，纯度大于98.0%）。矮壮素标准溶液：准确称取适量的矮壮素标准品，精确至0.0001g，用甲醇配制成浓度为100mg/L的标准储备溶液，根据需要再用甲醇稀释成适当浓度的标准溶液，保存于4℃冰箱中，可使用90d。

3. 仪器

气相色谱-质谱联用仪（配有电子轰击离子源）、超声波提取器、中性氧化铝柱[12.5cm×1.5cm（内径），具砂芯，柱内装3cm高的中性氧化铝]、离心管（5mL，具磨口塞）、旋转蒸发器。

4. 分析步骤

（1）提取　称取粉碎并通过2.0mm圆孔筛的试样20g（精确至0.01g）于250mL具塞锥形瓶中，加入60mL甲醇，于超声波提取器上提取20min，提取液经2g无水硫酸钠过滤。分别两次用20mL甲醇洗具塞锥形瓶和无水硫酸钠，合并滤液。

（2）净化　上述提取液注入氧化铝柱，收集全部流出液，分别两次用10mL甲醇洗柱，合并流出液，于旋转蒸发器上蒸发至近干，用甲醇转移至5mL离心管中，用氮气吹干备用。

（3）衍生化　在氮气保护下将2mL 6mg/mL苯硫钠的2-丁酮溶液加入上述离心管中，于80℃水浴上反应30min，冷却至室温，经0.45μm滤膜过滤供色谱测定。

（4）标准工作液的制备　准确吸取适量的标准溶液至具塞离心管中，氮气吹干，在氮气保护下，将2mL 6mg/mL苯硫钠的2-丁酮溶液加入上述离心管中，于80℃水浴上反应30min，冷却至室温，经0.45μm滤膜过滤供色谱测定。

（5）色谱分析

① 气相色谱-质谱条件　毛细管色谱柱：30m×0.25mm（内径）×0.25mm（膜厚），HP-5MS柱。进样口温度250℃，检测器温度280℃。载气：氮气，纯度≥99.999%，1mL/min。进样量：1μL。电离方式：EI。电离能量：70eV。选择监测离子（m/z）：91、109、124。测定方式：选择离子监测方式。进样方式：无分流进样，1.5min后开阀。

柱温：$50℃(2min) \xrightarrow{20℃/min} 185℃(9min)$。

② 气相色谱-质谱测定　根据样液中被测物含量情况，选定浓度相近的标准工作溶液，按上述条件进行色谱分析。标准工作液和待测样中矮壮素的响应值均应在仪器线性范围内。对标准工作液与样液等体积进样测定。在上述气相色谱-质谱条件下，矮壮素保留时间约为6.4min，矮壮素标准品衍生物的气相色谱图、质谱图参见图7-18和图7-19。

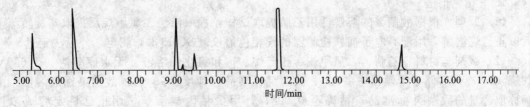

图7-18　矮壮素标准品衍生物的选择离子色谱图

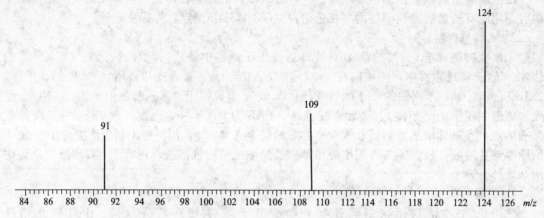

图 7-19　矮壮素标准品衍生物的选择离子质谱图

③ 空白试验　除不加试样外，均按上述测定步骤进行。

5. 结果计算

试样中矮壮素含量按式(7-14)进行计算。

$$X = \frac{AVc \times 1000}{A_s m} \tag{7-14}$$

式中，X 为试样中矮壮素含量，mg/kg；A 为样液中矮壮素衍生物的峰面积；V 为最终样液的体积，mL；c 为标准溶液中矮壮素的浓度，mg/mL；A_s 为标准工作液中矮壮素衍生物的峰面积；m 为最终样液相当的试样质量，g。

计算结果保留两位有效数字。

6. 精密度

在重复性条件下获得的两次独立测定结果的绝对差值不得超过算术平均值的10%。

7. 检出限

本方法对玉米、荞麦中矮壮素残留的检出限为 0.01mg/kg，线性范围为 0.005～1.00mg/L。

二、敌菌灵

(一) 概述

敌菌灵难溶于水，但易分解。在中性和弱酸性介质中稳定，但在碱性介质中易分解。按我国农药毒性分级标准，敌菌灵属低毒杀菌剂。敌菌灵是广谱性内吸杀菌剂，主要用于叶面喷雾，对交链孢属、尾孢属、葡柄霉属、葡萄孢属等多种真菌有特效。对水稻稻瘟病、胡麻叶斑病，瓜类炭疽病、霜霉病、黑星病，烟草赤星病，番茄斑枯病等病害有效。长时间与皮肤接触有刺激作用。对鱼类高毒。水稻扬花期使用，会产生药害。

(二) 粮谷中敌菌灵残留的测定

1. 气相色谱法

(1) 原理　根据敌菌灵的溶解性用乙腈提取试样，提取液经二氯甲烷反提取，旋转蒸干后以正己烷溶解，用配有电子捕获检测器的气相色谱仪 (GC-ECD) 测定，外标法定量。

(2) 试剂与材料　乙腈、二氯甲烷、正己烷、饱和氯化钠溶液、无水硫酸钠（于650℃灼烧 4h，冷却后储于干燥器中备用）、敌菌灵标准品（纯度≥99%）。敌菌灵标准溶液：准确称取适量的敌菌灵标准品，精确至 0.0001g，用少量丙酮溶解，用正己烷定容成浓度1.0mg/mL 的标准储备溶液，再根据需要用正己烷稀释成适当的不同浓度的标准工作溶液，保存于4℃冰箱中，可使用90d。

（3）仪器　气相色谱（配有电子捕获检测器，ECD）、旋转蒸发器、分液漏斗（500mL）。

（4）分析步骤

① 提取净化　称取粉碎并通过 2.0mm 圆孔筛的试样 10g（精确至 0.01g）于 250mL 具塞锥形瓶中，加入 70mL 乙腈，用振荡器振荡 30min，分别用 20mL、15mL 乙腈清洗锥形瓶，过滤。合并滤液至装有 300mL 水及 25mL 饱和氯化钠溶液的 500mL 分液漏斗中，用二氯甲烷提取 3 次（每次用量 40mL），合并二氯甲烷溶液，过装有 2g 无水硫酸钠的玻璃柱，收集流出液，于 30℃ 旋转蒸发至干，用正己烷溶解残渣并定容至 1.0mL，此溶液供气相色谱测定。

② 色谱分析条件　毛细管色谱柱：DB1701，30m×0.32mm（内径）×0.25mm（膜厚）。进样口温度 260℃，检测器温度 300℃。载气：氮气，纯度≥99.999%。进样量：1μL。

柱温：100℃(0.5min) $\xrightarrow{15℃/min}$ 200℃ $\xrightarrow{30℃/min}$ 230℃(5min)。

气相色谱测定：根据样液中被测物含量情况，选定浓度相近的标准工作溶液，按上述条件进行色谱分析。标准工作液和待测样中敌菌灵的响应值均应在仪器线性范围内。敌菌灵标准物的气相色谱图参见图 7-20。如果测试的样品较多，应使标准工作液和样品溶液穿插进样。

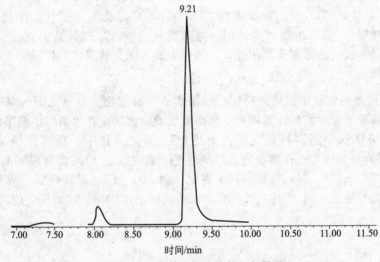

图 7-20　敌菌灵标准物气相色谱图

空白试验：除不加试样外，均按上述测定步骤进行。

（5）结果计算　试样中敌菌灵含量按式(7-15)进行计算。

$$X=\frac{AVc\times1000}{A_s m}$$ (7-15)

式中，X 为试样中敌菌灵含量，mg/kg；A 为样液中敌菌灵的峰面积或峰高；V 为样液定容体积，mL；c 为标准工作溶液中敌菌灵的浓度，mg/mL；A_s 为标准工作液中敌菌灵的峰面积或峰高；m 为样品质量，g。

计算结果保留两位有效数字。

（6）精密度　在重复性条件下获得的两次独立结果的绝对差值不得超过算术平均值的 10%。

2. 气相色谱-质谱法

（1）原理　根据敌菌灵的溶解性用乙腈提取试样，提取液经二氯甲烷反提取，旋转蒸干后以正己烷溶解，用配有质量选择检测器的气相色谱仪（GC-MSD）测定，外标法定量，采用选择离子检测进行确证。

（2）试剂与材料 乙腈、二氯甲烷、正己烷、饱和氯化钠溶液、无水硫酸钠（于650℃灼烧4h，冷却后储于干燥器中备用）、敌菌灵标准品（纯度≥99%）。敌菌灵标准溶液：准确称取适量的敌菌灵标准品，精确至0.0001g，用少量丙酮溶解，用正己烷定容成浓度1.0mg/mL的标准储备溶液，再根据需要用正己烷稀释成适当的不同浓度的标准工作溶液，保存于4℃冰箱中，可使用90d。

（3）仪器 气相色谱-质谱联用仪（配有电子轰击离子源）、旋转蒸发器、振荡器和分液漏斗（500mL）。

（4）分析步骤

① 提取净化 称取粉碎并通过2.0mm圆孔筛的试样10g（精确至0.01g）于250mL具塞锥形瓶中，加入70mL乙腈，用振荡器振荡30min，分别用20mL、15mL乙腈清洗锥形瓶，过滤。合并滤液至装有300mL水及25mL饱和氯化钠溶液的500mL分液漏斗中，用二氯甲烷提取3次（每次用量40mL），合并二氯甲烷溶液，过装有2g无水硫酸钠的玻璃柱，收集流出液，于30℃旋转蒸发至干，用正己烷溶解残渣并定容至1.0mL，此溶液供气相色谱-质谱测定。

② 色谱分析条件 色谱柱：30m×0.32mm（内径）×0.25mm（膜厚），HP-5石英毛细管柱。进样口温度250℃，色谱-质谱接口温度280℃。载气：氮气，纯度≥99.999%，1mL/min。进样量：1μL。电离方式：EI。电离能量：70eV。选择监测离子（m/z）：178、239、241。测定方式：选择离子监测方式。进样方式：无分流进样，1.5min后开阀。

柱温：50℃（2min）$\xrightarrow{20℃/min}$ 230℃（9min）

气相色谱-质谱测定及阳性结果确证：根据样液中被测物含量情况，选定浓度相近的标准工作溶液，标准工作溶液和待测样液中敌菌灵的响应值均应在仪器线性范围内。对标准工作溶液与样液等体积穿插进行测定。在上述色谱-质谱条件下，敌菌灵的保留时间约为13.2min。如果样液与标准工作溶液的选择离子色谱图中，在相同保留时间有色谱峰出现，则根据选择离子m/z178、239、241（其丰度比30:100:67）对其确证。敌菌灵标准物的色谱图和质谱图参见图7-21和图7-22。空白试验：除不加试样外，均按上述测定步骤进行。

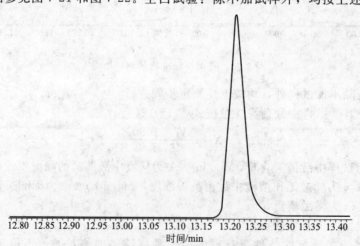

图7-21 敌菌灵标准物的选择离子色谱图

（5）结果计算 试样中敌菌灵含量按式(7-16)进行计算。

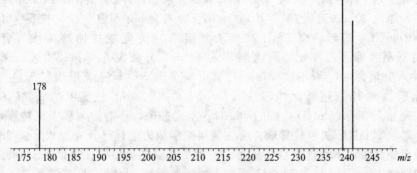

178

175 180 185 190 195 200 205 210 215 220 225 230 235 240 245 *m/z*

图 7-22　敌菌灵标准物的选择离子质谱图

$$X=\frac{AVc\times1000}{A_s m}\qquad(7-16)$$

式中，X 为试样中敌菌灵含量，mg/kg；A 为样液中敌菌灵的峰面积或峰高；V 为样液定容体积，mL；c 为标准工作溶液中敌菌灵的浓度，mg/mL；A_s 为标准工作液中敌菌灵的峰面积或峰高；m 为样品质量，g。

计算结果保留两位有效数字。

（6）精密度　在重复性条件下获得的两次独立结果的绝对差值不得超过算术平均值的 10%。

（7）检出限　本方法在玉米、大米中检出限为 0.002mg/kg，线性范围为 0.010～0.200mg/L。

三、敌草快

（一）概述

敌草快原药为红褐色液体，有效成分含量 95%。敌草快二溴盐以单水化合物形式存在，是白色到黄色结晶。微溶于乙醇和羟基溶剂，不溶于非极性有机溶剂。可被植物绿色组织迅速吸收。施药后使受药部位枯黄。但是，该产品不能穿透成熟的树皮，对地下根茎基本无破坏作用。在酸性和中性溶液中稳定，但在碱性条件下不稳定。敌草快属中等毒性除草剂。原药对鱼、鸟类毒性较低，对蜜蜂低毒。

（二）粮谷中敌草快残留量的测定

1. 原理

根据敌草快的溶解性及稳定性，用 95% 乙醇提取敌草快，与硼氢化钠反应后，用三氯甲烷萃取，除去三氯甲烷，以正己烷定容，气相色谱-质谱检测器测定，外标法定量，采用选择离子检测进行确证和定量。

2. 试剂与材料

三氯甲烷、正己烷、5mol/L 氢氧化钠溶液、无水硫酸钠（于 650℃灼烧 4h，冷却后储于干燥器中备用）、2mol/L 盐酸溶液、硼氢化钠、95% 乙醇、敌草快二溴盐标准品（CAS 为 6385-62-2，纯度≥99%）。敌草快标准溶液：准确称取适量的敌草快二溴盐标准品，精确至 0.0001g，以 1mL 水溶解后再用 95% 乙醇溶液配制成浓度 100μg/mL 的标准储备溶液，根据需要再配成适当浓度的标准工作溶液，保存于 4℃冰箱中，可使用 90d。

3. 仪器

气相色谱-质谱联用仪（配有电子轰击离子源）、旋转蒸发器、振荡器、旋涡混合器、分液漏斗（125mL）、平底烧瓶（50mL、100mL）、高速分散均质器。

4. 分析步骤

(1) 提取净化　称取磨碎混匀（过 2.0mm 圆孔筛）试样 5g（精确至 0.01g）于 100mL 平底烧瓶中，加入 30mL 95％乙醇，均质 3min。加入 50mg 硼氢化钠，振荡 40min 后加入 4mL 盐酸（2mol/L）溶液，以 5mL 95％乙醇溶液冲洗烧瓶并抽滤两次。合并滤液于 35℃水浴旋转蒸发除去乙醇，残留水层移入 125mL 分液漏斗，再以 2×5mL 水冲洗烧瓶，洗液并入分液漏斗，用每次 30mL 三氯甲烷多次萃取至三氯甲烷层无色并弃去三氯甲烷层，水层加入 2mL 氢氧化钠溶液（5mol/L），以 20mL 三氯甲烷萃取后将三氯甲烷层放入已预先加入 3 滴 2mol/L 盐酸的 50mL 平底烧瓶中，小心摇匀后于旋转蒸发器上蒸除三氯甲烷。再以 20mL 三氯甲烷萃取并将三氯甲烷层放入上述已预先加入 3 滴 2mol/L 盐酸的 50mL 平底烧瓶中，小心摇匀后于旋转蒸发器上蒸除三氯甲烷。再以 2mL 水仔细冲洗烧瓶内壁，准确加入 2mL 正己烷和 3 滴氢氧化钠溶液（5mol/L），振荡提取 1min 静置分层后，取正己烷层加入适量无水硫酸钠进行气相色谱-质谱测定。标准溶液的制备过程与以上步骤相同（无需均质）。

(2) 色谱分析条件　色谱柱：30m×0.32mm（内径）×0.25mm（膜厚），HP-5MS 柱或相当者。进样口温度 250℃，色谱-质谱接口温度 280℃。载气：氮气，纯度≥99.999％，2mL/min。进样量：1μL。电离方式：EI。电离能量：70eV。选择监测离子（m/z）：108、135、189、190。测定方式：选择离子监测方式。进样方式：无分流进样，1.5min 后开阀。

柱温：60℃（2min）$\xrightarrow{20℃/min}$ 230℃（3min）

(3) 气相色谱-质谱测定及阳性结果确证　根据样液中被测物含量情况，选定浓度相近的标准工作液，标准工作液和待测样液中敌草快的响应值均应在仪器线性范围内。对标准工作液与样液等体积穿插进行测定。在上述色谱-质谱条件下，敌草快的保留时间约为 6.8min。如果样液与标准工作液的选择离子色谱图中，在相同保留时间有色谱峰出现，则根据选择离子 m/z 108、135、189、190（其丰度比 100：33：23：55）对其确证。敌草快标准物的色谱图和质谱图参见图 7-23 和图 7-24。

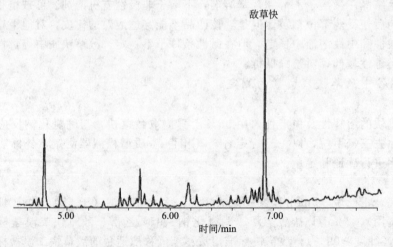

图 7-23　敌草快标准物的选择离子色谱图

(4) 空白试验　除不加试样外，均按上述测定步骤进行。

5. 结果计算

试样中敌草快含量按式(7-17)进行计算。

$$X = \frac{AVc \times 1000}{A_s m} \tag{7-17}$$

式中，X 为试样中敌草快含量，mg/kg；A 为样液中敌草快的峰面积或峰高；V 为样液最终定容体积，mL；c 为标准工作液中敌草快的浓度，mg/mL；A_s 为标准工作液中敌草快的峰面积或峰高；m 为最终样液代表的试样量，g。

计算结果保留两位有效数字。

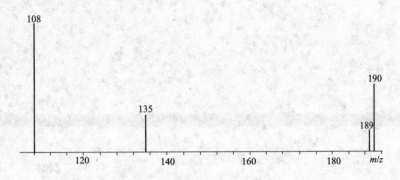

图 7-24　敌草快标准物的选择离子质谱图

6. 精密度

在重复性条件下获得的两次独立结果的绝对差值不得超过算术平均值的 10%。

7. 检出限

本方法在玉米、大麦中检出限为 0.005mg/kg，线性范围为 0.001～0.100mg/L。

参 考 文 献

[1]　中华人民共和国国家标准 GB/T 5009. 19—2003. 食品中有机氯农药多组分残留量的测定.

[2]　中华人民共和国国家标准 GB/T 5009. 20—2003. 食品中有机磷农药残留量的测定.

[3]　中华人民共和国国家标准 GB/T 5009. 146—2003. 植物性食品中有机氯和拟除虫菊酯类农药多种残留量的测定.

[4]　中华人民共和国国家标准 GB/T 5009. 219—2003. 粮谷中矮壮素残留量的测定.

[5]　中华人民共和国国家标准 GB/T 5009. 220—2003. 粮谷中敌菌灵残留量的测定.

[6]　中华人民共和国国家标准 GB/T 5009. 221—2003. 粮谷中敌草快残留量的测定.

[7]　王华，熊汉国，潘家荣. 有机磷农药快速检测方法研究进展. 中国公共卫生，2007，23（4）：500-501.

[8]　史立新，王军明，马红，孙冬杰. 有机磷类农药气相色谱分析. 中国公共卫生，2005，21（6）：687.

[9]　侯圣军，郝向洪，申丽，闵顺耕. 基质固相萃取-气相色谱电子捕获检测器同时测定大米中 12 种有机氯农药残留量. 分析实验室，2007，26（5）：115-118.

[10]　邹继红，季光辉，宋欣鑫，王静，赵春杰. 蔬菜中有机氯和拟除虫菊酯农药残留量的测定. 沈阳药科大学学报，2007，24（3）：156-159.

[11]　王文博，王玉涛，陈子雷，邬元娟，李慧冬，王峰恩. 气相色谱法测定蔬菜水果中的氯化苦残留. 农药学报，2008，10（4）：499-502.

[12]　Lambropoulou D A，Albanis T A Liquid-phase micro-extraction techniques in pesticide residue analysis. Journal of Biochemical and Biophysical Methods，2007，70（2）：195-228.

[13]　Picó Y，Fernández M，Ruiz M J，Font G. Current trends in solid-phase-based extraction techniques for the determination of pesticides in food and environment. Journal of Biochemical and Biophysical Methods，2007，70（2）：117-131.

[14]　Dömötörová M，Matisová E. Fast gas chromatography for pesticide residues analysis. Journal of

Chromatography A, 2008, 1207 (1-2): 1-16.

[15] Ji J, Deng C, Zhang Y H, Wu Y, Zhang X. Microwave-assisted steam distillation for the determination of organochlorine pesticides and pyrethroids in Chinese teas. Talanta, 2007, 71 (3): 1068-1074.

[16] Fernandez-Alvarez M, Llompart M, Lamas J P, Lores M, Garcia-Jares C, Cela R, Dagnac T. Simultaneous determination of traces of pyrethroids, organochlorines and other main plant protection agents in agricultural soils by headspace solid-phase microextraction-gas chromatography. Journal of Chromatography A, 2008, 1188 (2): 154-163.

第八章　重金属污染物检测技术

粮油食品中的微量元素，许多是人体不可缺少的、具有营养生理意义的微量营养元素。但是，其中有些重金属元素，在一定的低浓度范围内对人体有用，可是如果稍微过量将会产生重金属中毒。另外，有的金属、类金属和放射性稀有金属元素，即使少量进入人体也会危害人体的身体健康，如砷、汞、镉、铅、铊等。有害元素主要是通过食物进入人体，食物中有害元素主要来源于农药的使用、工业"三废"的排放、食品加工等过程，使粮食、油料、食品受到污染。为保障人们的饮食安全，确保人体健康，防止有害元素污染各类食品，必须加强粮油食品中有害元素污染的监测工作。本章主要介绍砷、汞、镉、铅等几种元素的检测技术。

第一节　砷的测定

一、概述

自然环境中砷元素含量极低，因其不溶于水，故无毒性，但其易氧化为剧毒的三氧化二砷（即砒霜）。粮食中的砷主要来源于自然环境，含砷农药、含砷废水废渣和食品加工过程中使用的添加剂。砷化合物能引起急性和慢性中毒，其毒理作用主要是亚砷酸离子可与细胞内酶蛋白的巯基结合，使之失去活性，以致细胞代谢受到阻碍，使细胞的呼吸及氧化功能受到抑制，导致细胞死亡，也可引起神经细胞代谢障碍，造成神经系统病变。砷慢性中毒能引起多发性神经炎，四肢无力，表皮角质化。长期接触砷化合物还可以导致皮肤癌、肺癌等。

我国食品卫生标准 GB 2715—2005 规定大米中无机砷含量（以 As 计）≤0.15mg/kg，小麦粉中 0.1mg/kg，其他粮食 0.2mg/kg；GB 2716—2005 规定食用植物油（包括植物原油和食用植物油）总砷含量（以 As 计）≤0.1mg/kg；GB 2762—2005 规定豆类中无机砷含量（以 As 计）≤0.1mg/kg。

二、测定方法

常用食品中总砷及无机砷的检验方法有氢化物原子荧光光度法、银盐法、砷斑法、氢化物还原比色法等。

（一）总砷的测定——氢化物原子荧光分光光度法

1. 原理

食品试样经湿消解或干灰化后，加入硫脲使五价砷还原为三价砷，再加入硼氢化钠或硼氢化钾使之还原生成砷化氢，由氩气载入石英原子化器中分解为原子态砷，在特制砷空心阴极灯的发射光激发下产生原子荧光，其荧光强度在固定条件下与被测液中的砷浓度成正比，与标准系列比较后定量。

2. 试剂

2g/L 氢氧化钠溶液、10g/L 硼氢化钠（$NaBH_4$）溶液（称取硼氢化钠 10.0g，溶于 2 g/L 氢氧化钠溶液 1000mL 中，混匀。此液于冰箱中可保存 10d，取出后当日使用）、50g/L 硫脲溶液、硫酸溶液（1+9，量取硫酸 100mL，小心倒入 900mL 水中，混匀）、100g/L 氢氧化钠溶液。

0.1mg/mL 砷标准储备溶液：精确称取于 100℃ 干燥 2h 以上的三氧化二砷（As_2O_3）0.1320g，加 100g/L 氢氧化钠 10mL 溶解，用适量水转入 1000mL 容量瓶中，加（1+9）硫酸 25mL，用水定容至刻度。1μg/mL 砷标准使用液：吸取 1.00mL 砷标准储备溶液于 100mL 容量瓶中，用水稀释至刻度。此液应当日配制使用。

湿消解试剂：硝酸、硫酸、高氯酸。干灰化试剂：150g/L 六水硝酸镁、氧化镁、盐酸 (1+1)。

3. 仪器

原子荧光分光光度计。

4. 分析步骤

(1) 试样消解

① 湿消解　固体试样称取 1～2.5g，液体样品称取 5～10g（或 mL）（精确至 0.01g），置于 50～100mL 锥形烧瓶中，同时做两份试剂空白。加硝酸 20～40mL，硫酸 1.25mL，摇匀后放置过夜，置于电热板上加热消解。若消解液处理至 10mL 左右时仍有未分解物质或色泽变深，取下放冷，补加硝酸 5～10mL，再消解至 10mL 左右观察，如此反复两三次，注意避免炭化。如仍不能消解完全，则加入高氯酸 1～2mL，继续加热至消解完全后，再持续蒸发至高氯酸的白烟散尽，硫酸的白烟开始冒出。冷却，加水 25mL，再蒸发至冒硫酸白烟。冷却，用水将内容物转入 25mL 容量瓶或比色管中，加入 50g/L 硫脲 2.5mL，补水至刻度并混匀，备测。

② 干灰化　一般应用于固体样品。称取 1～2.5g（精确至 0.01g）于 50～100mL 坩埚中，同时做两份试剂空白。加 150g/L 硝酸镁 10mL 混匀，低热蒸干，将氧化镁 1g 仔细覆盖在干渣上，于电炉上炭化至无黑烟，移入 550℃马弗炉灰化 4h。取出放冷，小心加入 (1+1) 盐酸 10mL 以中和氧化镁并溶解灰分，转入 25mL 容量瓶或比色管，向容量瓶或比色管中加入 50g/L 硫脲 2.5mL，另用 (1+9) 硫酸分次涮洗坩埚后转出合并，直至 25mL 刻度，混匀备测。

(2) 标准系列制备　取 25mL 容量瓶或比色管 6 支，依次准确加入 1μg/mL 砷标准使用液 0、0.05mL、0.2mL、0.5mL、2.0mL、5.0mL（各相当于砷浓度 0、2.0μg/mL、8.0μg/mL、20.0μg/mL、80.0μg/mL、200.0μg/mL），各加 (1+9) 硫酸 12.5mL、50g/L 硫脲 2.5mL，补加水至刻度，混匀备测。

(3) 测定

① 仪器参考条件　光电倍增管电压 400V；砷空心阴极灯电流 35mA；原子化器温度 820～850℃；高度 7mm；氩气流速载气 600mL/min；测量方式荧光强度或浓度直读；读数方式峰面积；读数延迟时间 1s；读数时间 15s；硼氢化钠溶液加入时间 5s；标准或样液加入体积 2mL。

② 浓度方式测量　如直接测荧光强度，则在开机并设定好仪器条件后，预热稳定约 20min。按"B"键进入空白值测量状态，连续用标准系列的 0 管进样，待读数稳定后，按空挡键寄存下空白值（即让仪器自动扣底）即可开始测量。先依次测标准系列（可不再测 "0" 管）。标准系列测完后应仔细清洗进样器（或更换一支），并再用 "0" 管测试使读数基本回零后，才能测试剂空白和试样，每测不同的试样前都应清洗进样器，记录（或打印）下测量数据。

③ 仪器自动方式　利用仪器提供的软件功能可进行浓度直读测定，为此在开机、设定条件和预热后，还需输入必要的参数，即样品量（g 或 mL），稀释体积（mL），进样体积（mL），结果的浓度单位，标准系列各点的重复测量次数，标准系列的点数（不计零点）及各点的浓度值。首先进入空白值测量状态，连续用标准系列的 "0" 管进样以获得稳定的空白值并执行自动扣底后，再依次测标准系列（此时 "0" 管需再测一次）。在测样液前，需再次进入空白值测量状态，先用标准系列 "0" 管测试，使读数复原并稳定后，再用两个试剂

空白各进一次样，让仪器取其均值作为扣底的空白值，随后即可依次测试样。测定完毕后退回主菜单，选择"打印报告"，即可将测定结果打出。

5. 结果计算

如果采用荧光强度测量方式，则需先对标准系列的结果进行回归运算（由于测量时"0"管强制为0，故零点值应该输入以占据一个点位），然后根据回归方程求出试剂空白液和试样被测液的砷浓度，再按式(8-1)计算样品的砷含量：

$$X = \frac{C_1 - C_0}{m} \times \frac{25}{1000} \tag{8-1}$$

式中，X 为试样的砷含量，mg/kg 或 mg/L；C_1 为试样被测液的浓度，ng/mL；C_0 为试剂空白液的浓度，ng/mL；m 为试样的质量或体积，g 或 mL。

计算结果保留两位有效数字。

6. 精密度

湿消解法在重复性条件下获得的两次独立测定结果的绝对差值不得超过算术平均值的10%，干灰化法在重复性条件下获得的两次独立测定结果的绝对差值不得超过算术平均值的15%。

7. 准确度

湿消解法测定的回收率为90%～105%，干灰化法测定的回收率为85%～100%。

（二）总砷的测定——银盐法

1. 原理

试样经消化后，以碘化钾、氯化亚锡将高价砷还原为三价砷，然后与锌粒和酸产生的新生态氢生成砷化氢，经银盐溶液吸收后，形成红色胶态物，与标准系列比较定量。

2. 试剂

硝酸、硫酸、盐酸、氧化镁、无砷锌粒、硝酸-高氯酸混合溶液（4+1，量取80mL硝酸，加20mL高氯酸，混匀）、150g/L硝酸镁溶液、150g/L碘化钾溶液、酸性氯化亚锡溶液（称取40g氯化亚锡，加盐酸溶解并稀释至100mL，加入数颗金属锡粒）、盐酸（1+1，量取50mL盐酸，加水稀释至100mL）、100g/L乙酸铅溶液、乙酸铅棉花（用100g/L乙酸铅溶液浸透脱脂棉后，压除多余溶液，并使之疏松，在100℃以下干燥后，储存于玻璃瓶中）、200g/L氢氧化钠溶液、硫酸（6+94，量取6.0mL硫酸，加于80mL水中，冷后再加水稀释至100mL）。

二乙基二硫代氨基甲酸银-三乙醇胺-三氯甲烷溶液：称取0.25g二乙基二硫代氨基甲酸银，置于乳钵中，加少量三氯甲烷研磨，移入100mL量筒中，加入1.8mL三乙醇胺，再用三氯甲烷分次洗涤乳钵，洗液一并移入量筒中，再用三氯甲烷稀释至100mL，放置过夜。滤入棕色瓶中储存。

砷标准溶液：准确称取0.1320g在硫酸干燥器中干燥过的或在100℃干燥2h的三氧化二砷，加5mL氢氧化钠溶液（200g/L），溶解后加25mL硫酸（6+94），移入1000mL容量瓶中，加新煮沸冷却的水稀释至刻度，储存于棕色玻塞瓶中。此溶液1mL相当于0.10mg砷。

砷标准使用液：吸取1.0mL砷标准溶液，置于100mL容量瓶中，加1mL硫酸（6+94），加水稀释至刻度，此溶液1mL相当于1.0μg砷。

3. 仪器

① 可见分光光度计。

② 测砷装置：见图8-1，100～150mL锥形瓶（19号标准口）、导气管（管口19号标准口或经碱处理后洗净的橡皮塞，与锥形瓶密合时不应漏气，管的另一端管径为1.0mm）、吸

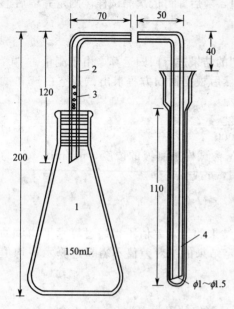

图 8-1　银盐测砷装置（单位：mm）

1—150mL 锥形瓶；2—导气管；

3—乙酸铅棉花；4—10mL 刻度离心管

收管（10mL 刻度离心管作吸收管用）。

4. 试样处理

（1）硝酸-高氯酸-硫酸法　对于粮食、粉丝、粉条、豆干制品、糕点等及其他含水分少的固体食品，称取 5.00g 或 10.00g 的粉碎试样，置于 250～500mL 定氮瓶中，先加少许水使之湿润，加数粒玻璃珠、10～15mL 硝酸-高氯酸混合液，放置片刻，小火缓缓加热，待作用缓和，放冷。沿瓶壁加入 5mL 或 10mL 硫酸，再加热，至瓶中液体开始变成棕色时，不断沿瓶壁滴加硝酸-高氯酸混合液至有机质分解完全。加大火力，至产生白烟，待瓶口白烟冒净后，瓶内液体再产生白烟为消化完全，该溶液应澄清无色或微带黄色，放冷（在操作过程中应注意防止暴沸或爆炸）。加 20mL 水煮沸，除去残余的硝酸至产生白烟为止，如此处理两次，放冷。将冷后的溶液移入 50mL 或 100mL 容量瓶中，用水洗涤定氮瓶，洗液并入容量瓶中，放冷，加水至刻度，混匀。定容后的溶液每 10mL 相当于 1g 试样，相当于加入硫酸量 1mL。取与消化试样相同量的硝酸-高氯酸混合液和硫酸，按同一方法做试剂空白试验。

（2）硝酸-硫酸法　以硝酸代替硝酸-高氯酸混合液进行操作。

（3）灰化法

① 粮食及其他含水分少的食品　称取 5.00g 磨碎试样，置于坩埚中，加 1g 氧化镁及 10mL 硝酸镁溶液，混匀，浸泡 4h。于低温或置水浴锅上蒸干，用小火炭化至无烟后移入马弗炉中加热至 550℃，灼烧 3～4h，冷却后取出。加 5mL 水湿润后，用细玻棒搅拌，再用少量水洗下玻棒上附着的灰分至坩埚内。放水浴上蒸干后移入马弗炉 550℃灰化 2h，冷却后取出。加 5mL 水湿润灰分，再慢慢加入 10mL 盐酸（1+1），然后将溶液移入 50mL 容量瓶中，坩埚用盐酸（1+1）洗涤 3 次，每次 5mL，再用水洗涤 3 次，每次 5mL，洗液均入容量瓶中，再加水至刻度，混匀。定容后的溶液每 10mL 相当于 1g 试样，其加入盐酸量不少于 1.5mL（中和需要量除外）。全量供银盐法测定时，不必再加盐酸。

按同一操作方法做试剂空白试验。

② 植物油　称取 5.00g 试样，置于 50mL 瓷坩埚中，加 10g 硝酸镁，再在上面覆盖 2g 氧化镁，将坩埚置小火上加热，至刚冒烟，立即将坩埚取下，以防内容物溢出，待烟小后，再加热至炭化完全。将坩埚移至马弗炉中，550℃以下灼烧至灰化完全，冷后取出。加 5mL 水湿润灰分，再缓缓加入 15mL 盐酸（1+1），然后将溶液移入 50mL 容量瓶中，坩埚用盐酸（1+1）洗涤 5 次，每次 5mL，洗液均入容量瓶中，加盐酸（1+1）至刻度，混匀。定容后的溶液每 10mL 相当于 1g 试样，相当于加入盐酸量 1.5mL（中和需要量除外）。

按同一操作方法做试剂空白试验。

5. 分析步骤

吸取一定量的消化后的定容溶液（相当于 5g 试样）及同量的试剂空白液，分别置于 150mL 锥形瓶中，补加硫酸至总量为 5mL，加水至 50～55mL。

（1）标准曲线的绘制　吸取 0、2.0mL、4.0mL、6.0mL、8.0mL、10.0mL 砷标准使

用液（相当于 0、2.0μg、4.0μg、6.0μg、8.0μg、10.0μg 砷），分别置于 150mL 锥形瓶中，加水至 40mL，再加 10mL 硫酸（1+1）。

（2）湿法消化液　于试样消化液、试剂空白液及砷标准溶液中各加 3mL 碘化钾溶液（150g/L），0.5mL 酸性氯化亚锡溶液，混匀，静置 15min。各加入 3g 锌粒，立即分别塞上装有乙酸铅棉花的导气管，并使管尖端插入盛有 4mL 银盐溶液的离心管中的液面下，在常温下反应 45min 后，取下离心管，加三氯甲烷补足 4mL。用 1cm 比色杯，以零管调节零点，于波长 520nm 处测吸光度，绘制标准曲线。

（3）灰化法消化液　取试样消化液及试剂空白液分别置于 150mL 锥形瓶中。吸取 0、2.0mL、4.0mL、6.0mL、8.0mL、10.0mL 砷标准使用液（相当于 0、2.0μg、4.0μg、6.0μg、8.0μg、10.0μg 砷），分别置于 150mL 锥形瓶中，加水至 43.5mL，再加 6.5mL 盐酸。以下按（2）自"于试样消化液……"起依法操作。

6. 结果计算

样品中砷的含量按式(8-2)进行计算。

$$X = \frac{(A_1 - A_2) \times 1000}{m V_2 / V_1 \times 1000}$$

(8-2)

式中，X 为试样中砷的含量，mg/kg 或 mg/L；A_1 为测定用试样消化液中砷的质量，μg；A_2 为试剂空白液中砷的质量，μg；m 为试样质量或体积，g 或 mL；V_1 为试样消化液的总体积，mL；V_2 为测定用试样消化液的体积，mL。

计算结果保留两位有效数字。

7. 精密度

在重复性条件下获得的两次独立测定结果的绝对差值不得超过算术平均值的 10%。

（三）总砷的测定——砷斑法

1. 原理

试样经消化后，以碘化钾、氯化亚锡将高价砷还原为三价砷，然后与锌粒和酸产生的新生态氢生成砷化氢，再与溴化汞试纸生成黄色至橙色的色斑，与标准砷斑比较定量。

2. 试剂

硝酸、硫酸、盐酸、氧化镁、无砷锌粒、硝酸-高氯酸混合液（4+1，量取 80mL 硝酸，加 20mL 高氯酸，混匀）、150g/L 硝酸镁溶液、150g/L 碘化钾溶液、酸性氯化亚锡溶液（称取 40g 氯化亚锡，加盐酸溶解并稀释至 100mL，加入数颗金属锡粒）、盐酸（1+1，量取 50mL 盐酸，加水稀释至 100mL）、乙酸铅溶液（100g/L）、乙酸铅棉花（用 100g/L 乙酸铅溶液浸透脱脂棉后，压除多余溶液，并使其疏松，在 100℃ 以下干燥后，储存于玻璃瓶中）、200g/L 氢氧化钠溶液、硫酸（6+94，量取 6.0mL 硫酸，加于 80mL 水中，冷后再加水稀释至 100mL）、50g/L 溴化汞-乙醇溶液（称取 25g 溴化汞用少量乙醇溶解后，再定容至 500mL）、溴化汞试纸（将剪成直径 2cm 的圆形滤纸片，在 50g/L 溴化汞-乙醇溶液中浸渍 1h 以上，保存于冰箱中，临用前取出置暗处阴干备用）。

砷标准溶液：准确称取 0.1320g 在硫酸干燥器中干燥过的或在 100℃ 干燥 2h 的三氧化二砷，加 5mL 氢氧化钠溶液（200g/L），溶解后加 25mL 硫酸（6+94），移入 1000mL 容量瓶中，加新煮沸冷却的水稀释至刻度，储存于棕色玻塞瓶中。此溶液 1mL 相当于 0.10mg 砷。砷标准使用液：吸取 1.0mL 砷标准溶液，置于 100mL 容量瓶中，加 1mL 硫酸（6+94），加水稀释至刻度，此溶液 1mL 相当于 1.0μg 砷。

3. 仪器

测砷装置见图 8-2。

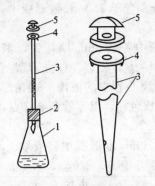

图 8-2　砷斑法测砷装置
1—锥形瓶；2—橡皮塞；3—测
砷管；4—管口；5—玻璃帽

(1) 100mL 锥形瓶；

(2) 橡皮塞　中间有一孔。

(3) 玻璃测砷管　全长 18cm，上粗下细，自管口向下至 14cm 一段的内径为 6.5mm，自此以下逐渐狭细，末端内径约为 1～3mm，近末端 1cm 处有一孔，直径 2mm，狭细部分紧密插入橡皮塞中，使下部伸出小孔恰在橡皮塞下面。上部较粗部分装放乙酸铅棉花，长 5～6cm，上端至管口处至少 3cm，测砷管顶端为圆形扁平的管口上面磨平，下面两侧各有一钩，为固定玻璃帽用。

(4) 玻璃帽　下面磨平，上面有弯月形凹槽，中央有圆孔，直径 6.5mm。使用时将玻璃帽盖在测砷管的管口，使圆孔互相吻合，中间夹一溴化汞试纸（光面向下），用橡皮圈或其他适宜的方法将玻璃帽与测砷管固定。

4. 样品处理

同银盐法中的样品处理。

5. 分析步骤

吸取一定量试样消化后定容的溶液（相当于 2g 粮食，5g 植物油，其他试样参照此量）及同量的试剂空白液分别置于测砷瓶中，加 5mL 碘化钾溶液（150g/L）、5 滴酸性氯化亚锡溶液及 5mL 盐酸 [样品如用硝酸-高氯酸-硫酸或硝酸-硫酸消化液，则要减去样品中硫酸的体积（mL）；如用灰化法消化液，则要减去样品中盐酸的体积（mL）]，再加适量水至 35mL（植物油不再加水）。吸取 0、0.5mL、1.0mL、2.0mL 砷标准使用液（相当于 0、0.5μg、1.0μg、2.0μg 砷），分别置于测砷瓶中，各加 5mL 碘化钾溶液（150g/L）、5 滴酸性氯化亚锡溶液及 5mL 盐酸，各加水至 35mL（测定植物油时加水至 60mL）。于盛试样消化液、试剂空白液及砷标准溶液的测砷瓶中各加 3g 锌粒，立即塞上预先装有乙酸铅棉花及溴化汞试纸的测砷管，于 25℃ 放置 1h，取出试样及试剂空白的溴化汞试剂纸与标准砷斑比较。

6. 结果计算

同银盐法中的相应部分。计算结果保留两位有效数字。

7. 精密度

在重复性条件下获得的两次独立测定结果的绝对差值不得超过算术平均值的 20%。

（四）总砷的测定——硼氢化物还原比色法

1. 原理

试样经消化，其中砷以五价形式存在。当溶液氢离子浓度大于 1.0mol/L 时，加入碘化钾-硫脲并结合加热，能将五价砷还原为三价砷。在酸性条件下，硼氢化钾将三价砷还原为负三价，形成砷化氢气体，导入吸收液中呈黄色，黄色深浅与溶液中砷含量成正比。与标准系列比较定量。

2. 试剂

500g/L 碘化钾＋50g/L 硫脲溶液（1+1）、400g/L 氢氧化钠溶液、100g/L 氢氧化钠溶液、硫酸（1+1）、硼氢化钾片（将硼氢化钾与氯化钠按 1∶4 质量比混合磨细，充分混匀后在压片机上制成直径 10mm、厚 4mm 的片剂，每片为 0.5g。避免在潮湿天气时压片）、100g/L 乙酸铅棉花（将脱脂棉泡于 100g/L 乙酸铅溶液中，数分钟后挤去多余溶液，摊开棉花，80℃ 烘干后储于广口玻璃瓶中）、1.0mol/L 柠檬酸-柠檬酸铵溶液（称取 192g 柠檬酸、243g 柠檬酸铵，加水溶解后稀释至 1000mL）、2g/L 甲基红指示剂（称取 0.1g 甲基红溶解于 50mL95％的乙醇中）。

吸收液：8g/L 硝酸银溶液（称取 4.0g 硝酸银于 500mL 烧杯中，加入适量水溶解后加入 30mL 硝酸，加水至 500mL，储于棕色瓶中）、4g/L 聚乙烯醇溶液（称取 0.4g 聚合度为 1500～1800 的聚乙烯醇于小烧杯中，加入 100mL 水，沸水浴中加热，搅拌至溶解，保温 10min，取出放冷备用）。取 8g/L 硝酸银溶液和 4g/L 聚乙烯醇溶液各一份，加入两份体积的 95％乙醇，混匀作为吸收液，使用时现配。

砷标准储备溶液：称取经 105℃ 干燥 1h 并置干燥器中冷却至室温的三氧化二砷（As_2O_3）0.1320g 于 100mL 烧杯中，加入 10mL 氢氧化钠溶液（2.5mol/L），待溶解后加入 5mL 高氯酸、5mL 硫酸，置电热板上加热至冒白烟，冷却后，转入 1000mL 容量瓶中，并用水稀释定容至刻度。此溶液 1mL 含砷（五价）0.100mg；砷标准使用液：吸取 1.00mL 砷标准储备溶液于 100mL 容量瓶中，加水稀释至刻度。此溶液 1mL 含砷（五价）1.00μg。

3. 仪器

分光光度计、砷化氢发生装置。

4. 分析步骤

（1）试样处理　对于粮食类食品，称取 5.00g 样品于 250mL 三角烧瓶中，加入 5.0mL 高氯酸、20mL 硝酸、2.5mL 硫酸（1+1），放置数小时（或过夜）后，置电热板上加热，若溶液变为棕色，应补加硝酸使有机物分解完全，取下放冷，加 15mL 水，再加热至冒白烟，取下，以 20mL 水分数次将消化液定量转入 100mL 砷化氢发生瓶中。同时做试剂空白试验。

（2）标准系列的制备　于 6 只 100mL 砷化氢发生瓶中，依次加入砷标准使用液 0、0.25mL、0.5mL、1.0mL、2.0mL、3.0mL（相当于砷 0、0.25μg、0.5μg、1.0μg、2.0μg、3.0μg），分别加水至 3mL，再加 2.0mL 硫酸（1+1）。

（3）试样及标准的测定　试样及标准砷化氢发生瓶中分别加入 0.1g 抗坏血酸、2.0mL 500g/L 碘化钾-50g/L 硫脲溶液，置沸水浴中加热 5min（此时瓶内温度不得超过 80℃），取出放冷，加入 2g/L 甲基红指示剂 1 滴，加入约 3.5mL 400g/L 氢氧化钠溶液，以 100g/L 氢氧化钠溶液调至溶液刚呈黄色，加入 1.5mL 1.0mol/L 柠檬酸-柠檬酸铵溶液，加水至 40mL，加入一粒硼氢化钾片剂，立即通过塞有乙酸铅棉花的导管与盛有 4.0mL 吸收液的吸收管相连接，不时摇动砷化氢发生瓶，反应 5min 后再加入一粒硼氢化钾片剂，继续反应 5min。取下吸收管，用 1cm 比色杯，在 400nm 波长，以标准管零管调吸光度为零，测定各管吸光度。将标准系列各管砷含量对吸光度绘制标准曲线或计算回归方程。

5. 结果计算

样品中砷的含量按式(8-3)进行计算。

$$X = \frac{A \times 1000}{m \times 1000} \tag{8-3}$$

式中，X 为试样中砷的含量，mg/kg 或 mg/L；A 为测定用消化液从标准曲线查得的质量，μg；m 为试样质量或体积，g 或 mL。

计算结果保留两位有效数字。

6. 精密度

在重复性条件下获得的两次独立测定结果的绝对差值不得超过算术平均值的 15％。

（五）无机砷的测定——氢化物原子荧光光度法

1. 原理

食品中的砷可能以不同的化学形式存在，包括无机砷和有机砷。在 6mol/L 盐酸水浴条件下，无机砷以氯化物形式被提取，实现无机砷和有机砷的分离。在 2mol/L 盐酸条件下测定总无机砷。

2. 试剂

盐酸溶液（1+1，量取 250mL 盐酸，慢慢倒入 250mL 水中，混匀）、2g/L 氢氧化钾溶液（称取氢氧化钾 2g 溶于水中，稀释至 1000mL）、7g/L 硼氢化钾溶液（称取硼氢化钾 3.5g 溶于 500mL 2g/L 氢氧化钾溶液中）、100g/L 碘化钾-50g/L 硫脲混合溶液（称取碘化钾 10g、硫脲 5g 溶于水中，并稀释至 100mL 混匀）。

三价砷（As^{3+}）标准溶液：准确称取三氧化二砷 0.1320g，加 100g/L 氢氧化钾 1mL 和少量亚沸蒸馏水溶解，转入 100mL 容量瓶中定容。此标准溶液含三价砷（As^{3+}）1mg/mL。使用时用水逐级稀释至标准使用液浓度为三价砷（As^{3+}）1μg/mL。冰箱保存可使用 7d。

3. 仪器

玻璃仪器（使用前经 15% 硝酸浸泡 24h）、原子荧光光度计、恒温水浴锅。

4. 分析步骤

（1）试样处理

① 固体试样　称取经粉碎过 80 目筛的干样 2.50g（称样量依据试样含量酌情增减）于 25mL 具塞刻度试管中，加盐酸（1+1）溶液 20mL，混匀，或称取鲜样 5.00g（试样应先打成匀浆）于 25mL 具塞刻度试管中，加 5mL 盐酸，并用盐酸（1+1）溶液稀释至刻度，混匀。置于 60℃ 水浴锅 18h，期间多次振摇，使试样充分浸提。取出冷却，脱脂棉过滤，取 4mL 滤液于 10mL 容量瓶中，加碘化钾-硫脲混合溶液 1mL，正辛醇（消泡剂）8 滴，加水定容。放置 10min 后测试样中无机砷。如混浊，再次过滤后测定。同时做试剂空白试验。

注：试样浸提冷却后，过滤前用盐酸（1+1）溶液定容至 25mL。

② 液体试样　取 4mL 试样于 10mL 容量瓶中，加盐酸（1+1）溶液 4mL，碘化钾-硫脲混合溶液 1mL，正辛醇 8 滴，定容混匀，测定试样中总无机砷。同时做试剂空白试验。

（2）仪器参考操作条件　光电倍增管（PMT）负高压 340V；砷空心阴极灯电流 40mA；原子化器高度 9mm；载气流速 600mL/min；读数延迟时间 2s；读数时间 12s；读数方式峰面积；标液或试样加入体积 0.5mL。

（3）标准系列　无机砷测定标准系列：分别准确吸取 1μg/mL 三价砷（As^{3+}）标准使用液 0、0.05mL、0.1mL、0.25mL、0.5mL、1.0mL 于 10mL 容量瓶中，分别加盐酸（1+1）溶液 4mL，碘化钾-硫脲混合溶液 1mL，正辛醇 8 滴，定容 [各相当于含三价砷（As^{3+}）浓度为 0、5.0ng/mL、10.0ng/mL、25.0ng/mL、50.0ng/mL、100.0ng/mL]。

5. 结果计算

试样中无机砷含量按式(8-4)进行计算。

$$X = \frac{(C_1 - C_2)F}{m} \times \frac{1000}{1000 \times 1000} \tag{8-4}$$

式中，X 为试样中无机砷含量，mg/kg 或 mg/L；C_1 为试样测定液中无机砷浓度，ng/mL；C_2 为试剂空白浓度，ng/mL；m 为试样质量或体积，g 或 mL；F 为固体试样（$F = $ 10mL×25mL/4mL）或液体试样（$F = $ 10mL）。

（六）无机砷的测定-银盐法

1. 原理

试样在 6mol/L 盐酸溶液中，经 70℃ 水浴加热后，无机砷以氯化物的形式被提取，经碘化钾、氯化亚锡还原为三价砷，然后与锌粒和酸产生的新生态氢生成砷化氢，经银盐溶液吸收后，形成红色胶态物，与标准系列比较定量。

2. 试剂

盐酸、三氯甲烷、辛醇、盐酸溶液（1+1，量取 100mL 盐酸加水稀释至 200mL，混匀）、150g/L 碘化钾溶液（称取 15g 碘化钾，加水溶解至 100mL，混匀，临用时现配）、酸性氯化亚锡溶液（称取 40g 氯化亚锡，加盐酸溶解并稀释至 100mL，加入数颗金属锡粒）、100g/L 乙酸铅溶液（称取 10g 乙酸铅，加水溶解至 100mL，混匀）、乙酸铅棉花（用 100g/L 乙酸铅溶液浸透脱脂棉后，压除多余溶液，并使其疏松，在 100℃ 以下干燥后，储存于玻璃瓶中）、银盐溶液（称取 0.25g 二乙基二硫代氨基甲酸银，用少量三氯甲烷溶解，加入 1.8mL 乙醇胺，再用三氯甲烷稀释至 100mL，放置过夜，滤入棕色瓶中冰箱保存）、1.00mg/mL 砷标准储备溶液 [GBW (E) 080385]。

砷标准使用液（1.00μg/mL）：精确吸取砷标准储备溶液，用水逐级稀释至 1.00μg/mL。

3. 仪器

分光光度计、恒温水浴箱、测砷装置。

4. 分析步骤

（1）试样处理　固体干试样：称取 1.00～10.00g 经研磨或粉碎的试样，置于 100mL 具塞锥形瓶中，加入 20～40mL 盐酸溶液（1+1），以浸没试样为宜，置 70℃ 水浴保温 1h，取出冷却后，用脱脂棉或单层纱布过滤，用 20～30mL 水洗涤锥形瓶及滤渣，合并滤液于测砷锥形瓶中，使总体积约为 50mL 左右。

液体食品：吸取 10.0mL 试样置测砷瓶中，加入 30mL 水，20mL 盐酸溶液（1+1）。

（2）标准系列制备　吸取 0、1.0mL、3.0mL、5.0mL、7.0mL、9.0mL 砷标准使用液（相当于 0、1.0μg、3.0μg、5.0μg、7.0μg、9.0μg 砷），分别置于测砷瓶中，加水至 40mL，加入 8mL 盐酸溶液（1+1）。

（3）测定　试样液及砷标准溶液中各加 3mL 碘化钾溶液（150g/L），酸性氯化亚锡溶液 0.5mL，混匀，静置 15min。向试样溶液中加入 5～10 滴辛醇后，于试样液及砷标准溶液中各加入 3g 锌粒，立即分别塞上装有乙酸铅棉花的导气管，并使管尖端插入盛有 5mL 银盐溶液的刻度试管中的液面下，在常温下反应 45min 后取下试管，加三氯甲烷补足至 5mL。用 1cm 比色杯，以零管调节零点，于波长 520nm 处测吸光度，绘制标准曲线。

5. 结果计算

试样中无机砷的含量按式(8-5)进行计算。

$$X = \frac{m_1 - m_2}{m_3 \times 1000} \times 1000 \tag{8-5}$$

式中，X 为试样中无机砷的含量，mg/kg 或 mg/L；m_1 为测定用试样溶液中砷的质量，μg；m_2 为试剂空白中砷的质量，μg；m_3 为试样质量或体积，g 或 mL。

计算结果保留两位有效数字。

6. 精密度

在重复性条件下获得的两次独立测定结果的绝对差值不得超过算术平均值的 10%。

第二节　铅的测定

一、概述

铅（Pb）元素是一种有代表性的重金属元素，它并不是人体生理上必需的金属元素。粮油食品铅污染主要来源有：食品加工、储存、运输过程中使用的含铅器皿的污染、含铅农药的使用、工业"三废"的排放。铅实际上存在于人体的每一器官和组织内，人体中铅的总量随年龄、职业，甚至种族而异。铅进入人体被吸收到血液中，它像大多数其他重金属那样，附在血细胞和血浆成分上被输送到全身。它被分配去组成可交换的腔隙（血和软组织）和储存在腔隙（骨）中。摄入的铅约有 90% 可从粪便中排出。实际上从食品中吸收的其余

10%的铅中，约有 3/4 是通过尿最后从人体内排出的。

我国食品卫生标准 GB 2715—2005 规定粮食中铅（Pb）的最大允许含量为 0.2mg/kg；GB 2716—2005 规定食用植物油（包括植物原油和食用植物油）铅（Pb）的最大允许含量为 0.1mg/kg；GB 2762—2005 规定谷物、豆类、薯类中铅的最大允许含量为 0.2mg/kg。

二、测定方法

国家标准 GB/T 5009.12—2003 规定了食品中铅的测定。其中石墨炉原子吸收光谱法的最低检出浓度为 5μg/kg；氢化物原子荧光光谱法固体试样的最低检出浓度为 5μg/kg，液体试样的最低检出浓度为 1μg/kg；火焰原子吸收光谱法的最低检出浓度为 0.1mg/kg；比色法的最低检出浓度为 0.25mg/kg。

（一）石墨炉原子吸收光谱法

1. 原理

试样经灰化或酸消解后，注入原子吸收分光光度计石墨炉中，电热原子化后吸收 283.3nm 共振线，在一定浓度范围，其吸收值与铅含量成正比，与标准系列比较定量。

2. 试剂

硝酸、过硫酸铵、过氧化氢（30%）、高氯酸、硝酸（1+1，取 50mL 硝酸慢慢加入 50mL 水中）、0.5 mol/L 硝酸（取 3.2mL 硝酸加入 50mL 水中，稀释至 100mL）、1 mol/L 硝酸（取 6.4mL 硝酸加入 50mL 水中，稀释至 100mL）、20g/L 磷酸铵溶液（称取 2.0g 磷酸铵，以水溶解稀释至 100mL）、硝酸＋高氯酸（4+1，取 4 份硝酸与 1 份高氯酸混合）。

铅标准储备溶液：准确称取 1.000g 金属铅（99.99%），分次加少量硝酸（1+1），加热溶解，总量不超过 37mL，移入 1000mL 容量瓶，加水至刻度，混匀。此溶液 1mL 含 1.0mg 铅。

铅标准使用液：每次吸取铅标准储备溶液 1.0mL 于 100mL 容量瓶中，加硝酸（0.5mol/L）或硝酸（1mol/L）至刻度，如此经多次稀释成 1mL 含 10.0ng、20.0ng、40.0ng、60.0ng、80.0ng 铅的标准使用液。

3. 仪器

所用玻璃仪器均需以硝酸（1+5）浸泡过夜，用水反复冲洗，最后用去离子水冲洗干净。原子吸收分光光度计（附石墨炉及铅空心阴极灯）、马弗炉、干燥恒温箱、瓷坩埚、压力消解器、压力消解罐或压力溶弹、可调式电热板、可调式电炉。

4. 分析步骤

（1）试样预处理 在采样和制备过程中，应注意不使试样污染。粮食、豆类去杂物后，磨碎，过 20 目筛，储于塑料瓶中，保存备用。

（2）样品消解 可根据实验室条件选用以下任何一种方法消解。

① 压力消解罐消解法 称取 1.00～2.00g 试样（干样、含脂肪高的试样低于 1.00g，鲜样低于 2.0g 或按压力消解罐使用说明书称取试样）于聚四氟乙烯内罐，加硝酸 2～4mL 浸泡过夜。再加过氧化氢（30%）2～3mL（总量不能超过罐容积的 1/3）。盖好内盖，旋紧不锈钢外套，放入恒温干燥箱，120～140℃保持 3～4h，在箱内自然冷却至室温，用滴管将消化液洗入或过滤入（视消化后样品的盐分而定）10～25mL 容量瓶中，用水少量多次洗涤罐，洗液合并于容量瓶中并定容至刻度，混匀备用；同时做试剂空白试验。

② 干法灰化 称取 1.00～5.00g（根据铅含量而定）试样于瓷坩埚中，先小火在可调式电热板上炭化至无烟，移入马弗炉 500℃灰化 6～8h，冷却。若个别样品灰化不彻底，则加 1mL 混合酸在可调式电炉上小火加热，反复多次直到消化完全，放冷，用硝酸（0.5mol/L）将灰分溶解，用滴管将样品消化液洗入或过滤入（视消化后样品的盐分而定）10～25mL 容

量瓶中，用水少量多次洗涤瓷坩埚，洗液合并于容量瓶中并定容至刻度，混匀备用；同时做试剂空白试验。

③ 过硫酸铵灰化法　称取 1.00～5.00g 试样于瓷坩埚中，加 2～4mL 硝酸浸泡 1h 以上，先小火炭化，冷却后加 2.00～3.00g 过硫酸铵盖于上面，继续炭化至不冒烟，转入马弗炉，500℃恒温 2h，再升至 800℃，保持 20min，冷却，加 2～3mL 硝酸（1.0mol/L），用滴管将样品消化液洗入或过滤入（视消化后样品的盐分而定）10～25mL 容量瓶中，用水少量多次洗涤瓷坩埚，洗液合并于容量瓶中并定容至刻度，混匀备用；同时做试剂空白试验。

④ 湿式消解法　称取试样 1.00～5.00g 于三角瓶或高脚烧杯中，放数粒玻璃珠，加 10mL 混合酸，加盖浸泡过夜，加一小漏斗电炉上消解，若变棕黑色，再加混合酸，直至冒白烟，消化液呈无色透明或略带黄色，放冷用滴管将样品消化液洗入或过滤入（视消化后样品的盐分而定）10～25mL 容量瓶中，用水少量多次洗涤三角瓶或高脚烧杯，洗液合并于容量瓶中并定容至刻度，混匀备用；同时做试剂空白试验。

（3）测定

① 仪器条件　根据各自仪器性能调至最佳状态。参考条件为波长 283.3nm，狭缝 0.2～1.0nm，灯电流 5～7mA，干燥温度 120℃，20s；灰化温度 450℃，持续 15～20s，原子化温度 1700～2300℃，持续 4～5s，背景校正为氘灯或塞曼效应。

② 标准曲线绘制　吸取上面配制的铅标准使用液 10.0μg/mL、20.0μg/mL、40.0μg/mL、60.0μg/mL、80.0μg/mL 各 10μL，注入石墨炉，测得其吸光值并求得吸光值与浓度关系的一元线性回归方程。

③ 试样测定：分别吸取样液和试剂空白液各 10μL，注入石墨炉，测得其吸光值，代入标准系列的一元线性回归方程中求得样液中铅含量。

④ 基体改进剂的使用　对有干扰试样，则注入适量的基体改进剂磷酸铵溶液（20g/L）一般为 5μL 或与试样同量消除干扰。绘制铅标准曲线时也要加入与样品测定时等量的基体改进剂磷酸铵溶液。

5. 结果计算

样品中铅的含量按式(8-6)进行计算。

$$X = \frac{(C_1 - C_0) \times V \times 1000}{m \times 1000} \tag{8-6}$$

式中，X 为试样中铅含量，μg/kg 或 μg/L；C_1 为测定样液中铅含量，ng/mL；C_0 为空白液中铅含量，ng/mL；V 为试样消化液定量总体积，mL；m 为试样质量或体积，g 或 mL。

计算结果保留两位有效数字。

6. 精密度

在重复性条件下获得的两次独立测定结果的绝对差值不得超过算术平均值的 20%。

（二）氢化物原子荧光光谱法

1. 原理

试样经酸加热消化后，在酸性介质中，试样中的铅与硼氢化钠（$NaBH_4$）或硼氢化钾（KBH_4）反应生成挥发性铅的氢化物（PbH_4），以氩气为载气，将氢化物导入电热石英原子化器中原子化，在特制铅空心阴极灯照射下，基态铅原子被激发至高能态，在去活化回到基态时，发射出特征波长的荧光，其荧光强度与铅含量成正比，根据标准系列进行定量。

2. 试剂

硝酸＋高氯酸混合酸（4＋1，分别量取硝酸 400mL、高氯酸 100mL，混匀）、盐酸溶液（1＋1，量取 250mL 盐酸倒入 250mL 水中，混匀）、10g/L 草酸溶液（称取 1.0g 草酸，加水溶解至 100mL，混匀）、100g/L 铁氰化钾溶液（称取 10.0g 铁氰化钾，加水溶解并稀释至100mL，混匀）、2g/L氢氧化钠溶液（称取2.0g氢氧化钠，溶于1L水中，混匀）、10g/L硼氢化钠（$NaBH_4$）溶液（称取5.0g 2g/L硼氢化钠溶于氢氧化钠溶液并定容至500mL，混匀，用前现配）、1.00mg/mL铅标准储备溶液、1.00μg/mL铅标准使用液（精确吸取1.0mg/mL铅标准储备溶液，逐级稀释至1.0μg/mL）。

3. 仪器

双道原子荧光光度计或同类仪器、计算机系统及编码铅空心阴极灯、电热板。

4. 分析步骤

（1）试样消化　湿消解：称取固体试样0.20～2.00g，液体试样2.00～10.00g（或mL），置于50～100mL消化容器中（锥形瓶），然后加入硝酸+高氯酸（4+1）混合酸5～10mL摇匀浸泡，放置过夜。次日置于电热板上加热消解，至消化液呈淡黄色或无色（如消解过程色泽较深，可在稍冷后补加少量硝酸，继续消解），稍冷加入20mL水再继续加热赶酸，至消解液0.5～1.0mL止，冷却后用少量水转入25mL容量瓶中，并加入盐酸（1+1）0.5mL、草酸溶液（10g/L）0.5mL，摇匀，再加入100g/L铁氰化钾1.00mL，用水准确稀释定容至25mL，摇匀，在冰箱放置，放置30min后测定。同时做试剂空白试验。

（2）标准系列制备　取25mL的容量瓶7只，依次准确加入1.00μg/mL铅标准使用液0、0.125mL、0.25mL、0.50mL、0.75mL、1.00mL、1.25mL（各相当于铅浓度0、5.0ng/mL、10.0ng/mL、20.0ng/mL、30.0ng/mL、40.0ng/mL、50.0ng/mL），用少量水稀释后，加入盐酸（1+1）0.5mL、10g/L草酸0.5mL摇匀，再加入100g/L铁氰化钾溶液1.0mL，用水稀释至刻度，摇匀，置于冰箱，放置30min后测定。

（3）测定

① 仪器参考条件　负高压：323V。铅空心阴极灯电流：75mA。原子仪器：炉温750～800℃，炉高8mm。氩气流速：载气800mL/min，屏蔽气1000mL/min。加还原剂时间：7.0s。读数时间：15s。延迟时间：0.0s。测量方式：标准曲线法。读数方式：峰面积。进样体积：2.0mL。

② 浓度测量方式　设定好仪器的最佳条件，逐步将炉温升至所需温度，稳定10～20min后开始测量，连续用标准系列的零管进样，待读数稳定之后，转入标准系列的测量，绘制标准曲线。转入样品测量，分别测定样品空白和样品消化液，每测不同的样品前都应清洗进样器，样品测定结果按式(8-7)计算。

③ 仪器自动计算结果测量方式　设定好仪器的最佳条件，在样品参数画面输入以下参数：样品质量（g或mL）、稀释体积（mL），并选择结果的浓度单位，逐步将炉温升至所需温度，稳定后测量，连续用标准系列的零管进样，待读数稳定后，转入标准系列测量，绘制标准曲线。在转入样品测量之前，先进入空白值测量状态，用样品空白消化液进样，让仪器取其均值作为扣底的空白值。随后即可依次测定样品溶液，测定完毕后，选择"打印报告"，即可将测定结果自动打印。

5. 结果计算

样品中铅的含量按式(8-7)进行计算。

$$X = \frac{(C - C_0) \times V \times 1000}{m \times 1000 \times 1000} \tag{8-7}$$

式中，X为试样中铅的含量，mg/kg或mg/L；V为试样消化液总体积，mL；C为试样消化液测定浓度，ng/mL；C_0为试剂空白液测定浓度，ng/mL；m为试样质量或体积，g或mL。

计算结果保留三位有效数字。

6. 精密度

在重复性条件下获得的两次独立测定结果的绝对差值不得超过算术平均值的 10%。

（三）火焰原子吸收光谱法

1. 原理

试样经处理后，铅离子在一定 pH 条件下与 DDTC 形成配合物，经 4-甲基戊酮-2 萃取分离，导入原子吸收光谱仪中，火焰原子化后，吸收 283.3nm 共振线，其吸收量与铅含量成正比，与标准系列比较定量。

2. 试剂

硝酸-高氯酸（1+4）、300g/L 硫酸铵溶液（称取 30g 硫酸铵，用水溶解并加水至 100mL）、250g/L 柠檬酸铵溶液（称取 25g 柠檬酸铵，用水溶解并加水至 100mL）、1g/L 溴百里酚蓝水溶液、50g/L 二乙基二硫代氨基甲酸钠（DDTC）溶液（称取 5g 二乙基二硫代氨基甲酸钠，用水溶解并加水至 100mL）、氨水（1+1）、4-甲基戊酮-2（MIBK）。

铅标准储备溶液：准确称取 1.000g 金属铅（99.99%），分次加少量硝酸（1+1），加热溶解，总量不超过 37mL，移入 1000mL 容量瓶，加水至刻度。混匀。此溶液 1mL 含 1.0mg 铅。铅标准使用液：每次吸取铅标准储备溶液 1.0mL 于 100mL 容量瓶中，加 0.5mol/L 或 1mol/L 硝酸至刻度，如此经多次稀释成 1mL 含 10.0ng、20.0ng、40.0ng、60.0ng、80.0ng 铅的标准使用液。

3. 仪器

原子吸收分光光度计附火焰原子化器、马弗炉、干燥恒温箱、瓷坩埚、压力消解器、压力消解罐或压力溶弹。

4. 分析步骤

（1）试样处理

① 谷类　去除其中杂物及尘土，必要时除去外壳，碾碎，过 20 目筛，混匀。称取 5.0～10.0g，置于 50mL 瓷坩埚中，小火炭化，然后移入马弗炉中，500℃ 以下灰化 16h 后，取出坩埚，放冷后再加少量硝酸-高氯酸（1+4），小火加热，不使其干涸，必要时再加少许硝酸-高氯酸（1+4），如此反复处理，直至残渣中无炭粒，待坩埚稍冷，加 10mL 盐酸（1+11），溶解残渣并移入 50mL 容量瓶中，再用水反复洗涤坩埚，洗液并入容量瓶中，并稀释至刻度，混匀备用。

取与试样相同量的硝酸-高氯酸（1+4）和盐酸（1+11），按同一操作方法做试剂空白试验。

② 豆类　取可食部分洗净晾干，充分切碎混匀。称取 10.00～20.00g 置于瓷坩埚中，加 1mL 磷酸（1+10），小火炭化，以下按谷类的处理方法自"然后移入马弗炉中……"起依法操作。

（2）萃取分离　视试样情况，吸取 25～50mL 上述制备的样液及试剂空白液，分别置于 125mL 分液漏斗中，补加水至 60mL。加 2mL 柠檬酸铵溶液，溴百里酚蓝指示剂 3～5 滴，用氨水（1+1）调 pH 至溶液由黄变蓝，加硫酸铵溶液 10.0mL，DDTC 溶液 10mL，摇匀。放置 5min 左右，加入 10.0mL MIBK，剧烈振摇提取 1min，静置分层后，弃去水层，将 MIBK 层放入 10mL 具塞刻度管中，备用。分别吸取铅标准使用液 0、0.25mL、0.50mL、1.00mL、1.50mL、2.00mL（相当于 0、2.5μg、5.0μg、10.0μg、15.0μg、20.0μg 铅）于 125mL 分液漏斗中，以下操作与试样相同。

（3）测定

① 萃取液进样，可适当减小乙炔气的流量。

② 仪器参考条件：空心阴极灯电流 8mA，共振线 283.3nm，狭缝 0.4nm，空气流量 8L/min，燃烧器高度 6mm，BCD 方式。

5. 结果计算

样品中铅的含量按式(8-8)进行计算。

$$X = \frac{(C_1 - C_2)V_1 \times 1000}{mV_3/V_2 \times 1000 \times 1000} \tag{8-8}$$

式中，X 为试样中铅的含量，mg/kg 或 mg/L；C_1 为测定用试样液中铅的含量，$\mu g/L$；C_2 为试剂空白液中铅的含量，$\mu g/L$；m 为试样质量或体积，g 或 mL；V_1 为试样萃取液体积，mL；V_2 为试样处理液的总体积，mL；V_3 为测定用试样处理液的总体积，mL。

计算结果保留两位有效数字。

6. 精密度

在重复性条件下获得的两次独立测定结果的绝对差值不得超过算术平均值的 20%。

第三节　镉的测定

一、概述

镉元素在一般环境中的含量相当低，但可通过食物链富集后达到相当高的浓度。由于含镉工业废水排入水体，含镉废水和废渣可直接污染土壤，农作物从土壤中吸收镉而使其含量增高，各种不同食物被镉污染的情况差异很大，谷类能蓄积较多的镉，尤其是稻米。此外，有些食品容器和包装材料，特别是金属容器，也可能在与食品接触中造成镉污染。镉是蓄积性的毒物，甚至机体摄入很微量的镉，也会对肾脏产生危害。镉对人体的主要危害是引起肾近曲小管上皮细胞的损害，临床上出现高钙尿、蛋白尿、糖尿、氨基酸尿，最后导致负钙平衡，引起骨质疏松症。食物是人体摄入镉的主要来源，监测各类食品中的镉含量是控制人体镉摄入量的重要预防措施。

GB 2715—2005 规定稻谷（包括大米）、豆类中镉的最大允许量为 0.2mg/kg，麦类（包括小麦粉）、玉米及其他粮食中最大允许量为 0.1mg/kg。GB 2762—2005 规定大米、豆类中镉的最大允许量为 0.2mg/kg，花生中最大允许量为 0.5mg/kg；小麦粉、杂粮（包括玉米、小米、高粱、薯类）中最大允许量为 0.1mg/kg。

二、测定方法

国家标准 GB/T 5009.15—2003 规定了各类食品中镉的测定方法。这些方法的最低检出浓度：石墨炉原子化法 0.1$\mu g/kg$；火焰原子化法 5.0$\mu g/kg$；比色法 50$\mu g/kg$；原子荧光法 1.2$\mu g/kg$，标准曲线线性范围为 0~50ng/mL。

（一）石墨炉原子吸收光谱法

1. 原理

试样经灰化或酸消解后，注入原子吸收分光光度计石墨炉中，电热原子化后吸收 228.8nm 共振线，在一定浓度范围，其吸收值与镉含量成正比，与标准系列比较定量。

2. 试剂

硝酸、硫酸、过氧化氢（30%）、高氯酸、硝酸（1+1，取 50mL 硝酸，慢慢加入 50mL 水中）、0.5mol/L 硝酸（取 3.2mL 硝酸，加入 50mL 水中，稀释至 100mL）、盐酸（1+1，取 50mL 盐酸，慢慢加入 50mL 水中）、20g/L 磷酸铵溶液（称取 2.0g 磷酸铵，以水溶解稀释至 100mL）、硝酸-高氯酸（4+1，取 4 份硝酸与 1 份高氯酸混合）。

镉标准储备溶液：准确称取 1.000g 金属镉（99.99%），分次加 20mL 盐酸（1+1）溶解，加 2 滴硝酸，移入 1000mL 容量瓶，加水至刻度，混匀。此溶液 1mL 含 1.0mg 镉。镉标准使用液：每次吸取镉标准储备溶液 10.0mL 于 100mL 容量瓶中，加硝酸（0.5mol/L）至刻度，如此经多次稀释成 1mL 含 100.0ng 镉的标准使用液。

3. 仪器

所用玻璃仪器均需以硝酸（1+5）浸泡过夜，用水反复冲洗，最后用去离子水冲洗干净。原子吸收分光光度计（附石墨炉及铅空心阴极灯）、马弗炉、恒温干燥箱、瓷坩埚、压力消解器、压力消解罐或压力溶弹、可调式电热板、可调式电炉。

4. 分析步骤

（1）试样预处理　在采样和制备过程中，应注意不使样品污染。粮食、豆类去杂质后，磨碎，过20目筛，储于塑料瓶中，保存备用。

（2）样品消解　可根据实验室条件选用以下任何一种方法消解。

① 压力消解罐消解法　称取1.00～2.00g试样（干样、含脂肪高的样品少于1.00g，鲜样少于2.0g或按压力消解罐使用说明书称取试样）于聚四氟乙烯内罐，加硝酸2～4mL浸泡过夜，再加过氧化氢（30%）2～3mL（总量不能超过罐容积的1/3）。盖好内盖，旋紧不锈钢外套，放入恒温干燥箱，120～140℃保持3～4h，在箱内自然冷却至室温，用滴管将消化液洗入或过滤入（视消化后样品的盐分而定）10～25mL容量瓶中，用水少量多次洗涤罐，洗液合并于容量瓶中并定容至刻度，混匀备用；同时做试剂空白试验。

② 干法灰化　称取1.00～5.00g（根据镉含量而定）样品于瓷坩埚中，先小火在可调式电热板上炭化至无烟，移入马弗炉500℃灰化6～8h，冷却。若个别样品灰化不彻底，则加1mL硝酸-高氯酸（4+1）在可调式电炉上小火加热，反复多次直到消化完全，放冷，用硝酸（0.5mol/L）将灰分溶解，用滴管将样品消化液洗入或过滤入（视消化后样品的盐分而定）10～25mL容量瓶中，用水少量多次洗涤瓷坩埚，洗液合并于容量瓶中并定容至刻度，混匀备用；同时做试剂空白试验。

③ 过硫酸铵灰化法　称取1.00～5.00g样品于瓷坩埚中，加2～4mL硝酸浸泡1h以上，先小火炭化，冷却后加2.00～3.00g过硫酸铵盖于上面，继续炭化至不冒烟，转入马弗炉，500℃恒温2h，再升至800℃，保持20min，冷却，加2～3mL硝酸（1.0mol/L），用滴管将样品消化液洗入或过滤入（视消化后样品的盐分而定）10～25mL容量瓶中，用水少量多次洗涤瓷坩埚，洗液合并于容量瓶中并定容至刻度，混匀备用；同时做试剂空白试验。

④ 湿式消解法　称取样品1.00～5.00g于三角瓶或高脚烧杯中，放数粒玻璃珠，加10mL硝酸-高氯酸（4+1）（或再加1～2mL硝酸），加盖浸泡过夜，加一小漏斗电炉上消解，若变棕黑色，再加硝酸-高氯酸（4+1），直至冒白烟，消化液呈无色透明或略带黄色，放冷用滴管将样品消化液洗入或过滤入（视消化后样品的盐分而定）10～25mL容量瓶中，用水少量多次洗涤三角瓶或高脚烧杯，洗液合并于容量瓶中并定容至刻度，混匀备用；同时做试剂空白试验。

（3）测定

① 仪器条件　根据各自仪器性能调至最佳状态。参考条件为波长228.8nm，狭缝0.5～1.0nm，灯电流8～10mA，干燥温度120℃，20s；灰化温度350℃，15～20s，原子化温度1700～2300℃，4～5s，背景校正为氘灯或塞曼效应。

② 标准曲线绘制　吸取上面配制的镉标准使用液0、1.0mL、2.0mL、3.0mL、5.0mL、7.0mL、10.0mL于100mL容量瓶中稀释至刻度，相当于0、1.0ng/mL、2.0ng/mL、3.0ng/mL、5.0ng/mL、7.0ng/mL、10.0ng/mL，各吸取10μL注入石墨炉，测得其吸光值并求得吸光值与浓度关系的一元线性回归方程。

③ 试样测定　分别吸取样液和试剂空白液各10μL注入石墨炉，测得其吸光值，代入标准系列的一元线性回归方程中求得样液中镉含量。

④ 基体改进剂的使用　对有干扰样品，则注入适量的基体改进剂磷酸铵溶液（20g/L）（一般为少于5μL）消除干扰。绘制镉标准曲线时也要加入与样品测定时等量的基体改进剂磷酸铵溶液。

5. 结果计算

试样中镉的含量按式（8-9）进行计算。

$$X=\frac{(A_1-A_2)V\times 1000}{m\times 1000}\qquad(8-9)$$

式中，X 为试样中镉含量，$\mu g/kg$ 或 $\mu g/L$；A_1 为测定试样消化液中镉含量，ng/mL；A_2 为空白液中镉含量，ng/mL；V 为试样消化液总体积，mL；m 为试样质量或体积，g 或 mL。

计算结果保留两位有效数字。

6. 精密度

在重复性条件下获得的两次独立测定结果的绝对差值不得超过算术平均值的20%。

（二）火焰原子吸收光谱法

1. 碘化钾-4-甲基戊酮-2 法

（1）原理　试样经处理后，在酸性溶液中镉离子与碘离子形成配合物，并经 4-甲基戊酮-2 萃取分离，导入原子吸收仪中，原子化以后，吸取 228.8nm 共振线，其吸收量与镉含量成正比，与标准系列比较定量。

（2）试剂　4-甲基戊酮-2（MIBK，又名甲基异丁酮）、盐酸（1＋10）、盐酸（1＋11）（量取 10mL 盐酸，加到适量水中，再稀释至 120mL）、盐酸（5＋7）（量取 50mL 盐酸，加到适量水中，再稀释至 120mL）、混合酸（硝酸与高氯酸按 3＋1 混合）、硫酸（1＋1）、碘化钾溶液（250g/L）。

镉标准储备溶液：准确称取 1.0000g 金属镉（99.99%），溶于 20mL 盐酸（5＋7）中，加入 2 滴硝酸后，移入 1000mL 容量瓶中，以水稀释至刻度，混匀。储于聚乙烯瓶中。此溶液 1mL 相当于 1.0mg 镉。镉标准使用液：吸取 10.0mL 镉标准溶液，置于 100mL 容量瓶中，以盐酸（1＋11）稀释至刻度，混匀，如此多次稀释至 1mL 相当于 0.20μg 镉。

（3）仪器　原子吸收分光光度计。

（4）分析步骤

① 试样处理　谷类：去除其中杂物及尘土，必要时除去外壳，磨碎，过 40 目筛，混匀。称取约 5.00～10.00g 置于 50mL 瓷坩埚中，小火炭化至无烟后移入马弗炉中，500℃±25℃灰化约 8h 后，取出坩埚，放冷后再加入少量混合酸，小火加热，不使其干涸，必要时加少许混合酸，如此反复处理，直至残渣中无炭粒，待坩埚稍冷，加 10mL 盐酸（1＋11）溶解残渣并移入 50mL 容量瓶中，再用盐酸（1＋11）反复洗涤坩埚，洗液并入容量瓶中，并稀释至刻度，混匀备用。

取与样品处理相同量的混合酸和盐酸（1＋11）按同一操作方法做试剂空白试验。

豆类：取可食部分洗净晾干，充分切碎或打碎混匀。称取 10.00～20.00g 置于瓷坩埚中，加 1mL 磷酸（1＋10），小火炭化，以下按谷类试样处理方法自"至无烟后移入马弗炉中……"起依法操作。

② 萃取分离　吸取 25mL（或全量）上述制备的样液及试剂空白液，分别置于 125mL 分液漏斗中，加 10mL 硫酸（1＋1），再加 10mL 水，混匀。吸取 0、0.25mL、0.50mL、1.50mL、2.50mL、3.50mL、5.00mL 镉标准使用液（相当于 0、0.05μg、0.1μg、0.3μg、0.5μg、0.7μg、1.0μg 镉），分别置于 125mL 分液漏斗中，各加盐酸（1＋11）至 25mL，再加 10mL 硫酸（1＋1）及 10mL 水，混匀。于试样溶液、试剂空白液及镉标准溶液中各加 10mL 碘化钾溶液（250g/L），混匀，静置 5min，再各加 10mL MIBK，振摇 2min，静置分层约 0.5h，弃去下层水相，以少许脱脂棉塞入分液漏斗下颈部，将 MIBK 层经脱脂棉滤至 10mL 具塞试管中，备用。

③ 测定　将有机相导入火焰原子化器进行测定，测定参考条件：灯电流 6～7mA，波长 228.8nm，狭缝 0.15～0.2nm，空气流量 5L/min，氘灯背景校正（也可根据仪器型号，调至最佳条件），以镉含量对应浓度吸光度，绘制标准曲线或计算直线回归方程，样品吸收值与曲线比较或代入方程求出含量。

④ 计算　样品中镉的含量按式（8-10）进行计算。

$$X = \frac{(A_1 - A_2) \times 1000}{mV_1/V_2 \times 1000} \tag{8-10}$$

式中，X 为试样中镉的含量，mg/kg 或 mg/L；A_1 为测定用试样液中镉的质量，μg；A_2 为试剂空白液中镉的质量，μg；m 为试样质量或体积，g 或 mL；V_1 为测定用试样处理液的体积，mL；V_2 为试样处理液的总体积，mL。

计算结果保留两位有效数字。

⑤ 精密度　在重复性条件下获得的两次独立测定结果的绝对差值不得超过算术平均值的 15%。

2. 二硫腙-乙酸丁酯法

（1）原理　试样经处理后，在 pH6 左右的溶液中，镉离子与二硫腙形成配合物，并经乙酸丁酯萃取分离，导入原子吸收仪中，原子化以后，吸收 228.8nm 共振线，其吸收值与镉含量成正比，与标准系列比较定量。

（2）试剂　氨水、混合酸 [硝酸＋高氯酸（4＋1）：取 4 份硝酸与 1 份高氯酸混合]、1g/L 二硫腙-乙酸丁酯溶液（称取 0.1g 二硫腙，加 10mL 三氯甲烷溶解后，再加乙酸丁酯稀释至 100mL，临用时配制）、2mol/L 柠檬酸钠缓冲液（称取 226.3g 柠檬酸钠及 48.46g 柠檬酸，加水溶解，必要时加温助溶，冷却后加水稀释至 500mL，临用前用 1g/L 二硫腙-乙酸丁酯溶液处理以降低空白值）、镉标准储备溶液和标准使用液的配制与碘化钾-4-甲基戊酮-2 法中的相同。

（3）仪器　原子吸收分光光度计。

（4）分析步骤

① 试样处理　对于谷类要去除其中的杂物及尘土，必要时除去外壳。对于豆类，取可食部分洗净晾干，切碎充分混匀。

② 样品消化　称取 5.00g 上述试样，置于 250mL 高型烧杯中，加 15mL 混合酸，盖上表面皿，放置过夜，再于电热板或电砂浴上加热。消化过程中，注意勿使干涸，必要时可加少量硝酸，直至溶液澄明无色或微带黄色。冷后加 25mL 水煮沸，除去残余的硝酸至产生大量白烟为止，如此处理两次，放冷。以 25mL 水分数次将烧杯内容物洗入 125mL 分液漏斗中。

取与处理样品相同量的混合酸、硝酸按同一操作方法做试剂空白试验。

③ 萃取分离　吸取 0、0.25mL、0.50mL、1.50mL、2.50mL、3.50mL、5.0mL 镉标准使用液（相当于 0、0.05μg、0.1μg、0.3μg、0.5μg、0.7μg、1.0μg 镉）。分别置于 125mL 分液漏斗中，各加盐酸（1＋11）至 25mL。

向试样品处理溶液、试剂空白液及镉标准溶液各分液漏斗中各加 5mL 柠檬酸钠缓冲液（2mol/L），以氨水调节 pH 至 5～6.4，然后各加水至 50mL，混匀。再各加 5.0mL 二硫腙-乙酸丁酯溶液（1g/L），以氨水调节 pH 至 5～6.4，然后各加水至 50mL，混匀。再各加 5.0mL 二硫腙-乙酸丁酯溶液（1g/L），振摇 2min，静置分层，弃去下层水相，将有机层放入具塞试管中，备用。

④ 测定　测定方法与碘化钾-4-甲基戊酮-2 法中的相同。

⑤ 结果计算　样品中镉的含量按式（8-11）进行计算。

$$X=\frac{(A_1-A_2)\times1000}{m\times1000} \tag{8-11}$$

式中，X 为试样中镉的含量，mg/kg；A_1 为测定用试样液中镉的质量，μg；A_2 为试剂空白液中镉的质量，μg；m 为试样质量或体积，g 或 mL。

计算结果保留两位有效数字。

⑥ 精密度　在重复性条件下获得的两次独立测定结果的绝对差值不得超过算术平均值的 15%。

（三）比色法

1. 原理

试样经消化后，在碱性溶液中镉离子与 6-溴苯并噻唑偶氮萘酚形成红色配合物，溶于三氯甲烷，与标准系列比较定量。

2. 试剂

二氯甲烷、二甲基甲酰胺、混合酸 [硝酸 高氯酸（3+1）]、酒石酸钾钠溶液（400g/L）、氢氧化钠溶液（200g/L）、柠檬酸钠溶液（250g/L）、镉试剂（称取 38.4mg 6-溴苯并噻唑偶氮萘酚溶于 50mL 二甲基甲酰胺，储于棕色瓶中）。

镉标准储备溶液和标准使用液的配制与碘化钾-4-甲基戊酮-2 法中的相同。

3. 仪器

分光光度计。

4. 分析步骤

（1）样品消化　称取 5.00～10.00g 试样，置于 150mL 锥形瓶中，加入 15～20mL 混合酸（如在室温放置过夜，则次日易于消化），小火加热，待泡沫消失后，可慢慢加大火力，必要时再加少量硝酸，直至溶液澄清无色或微带黄色，冷却至室温。

取与消化试样相同量的混合酸、硝酸按同一操作方法做试剂空白试验。

（2）测定　将消化好的样液及试剂空白液用 20mL 水分数次洗入 125mL 分液漏斗中，以氢氧化钠溶液（200g/L）调节至 pH7 左右。

吸取 0、0.5mL、1.0mL、3.0mL、5.0mL、7.0mL、10.0mL 镉标准使用液（相当于 0、0.5μg、1.0μg、3.0μg、5.0μg、7.0μg、10.0μg 镉），分别置于 125mL 分液漏斗中，再各加水至 20mL。用氢氧化钠溶液（200g/L）调节至 pH7 左右。

向试样消化液、试剂空白液及镉标准液中依次加入 3mL 柠檬酸钠溶液（250g/L）、4mL 酒石酸钾溶液（400g/L）及 1mL 氢氧化钠溶液（200g/L），混匀。再各加 5.0mL 三氯甲烷及 0.2mL 镉试剂，立即振摇 2min，静置分层后，将三氯甲烷层经脱脂棉滤于试管中，以三氯甲烷调节零点，于 1cm 比色杯在波长 585nm 处测吸光度。

5. 结果计算

与二硫腙 乙酸丁酯法的结果计算相同。

（四）原子荧光法

1. 原理

食品试样经湿消解或干灰化后，加入硼氢化钾，试样中的镉与硼氢化钾反应生成镉的挥发性物质。由氩气带入石英原子化器中，在特制镉空心阴极灯的发射光激发下产生原子荧光，其荧光强度在一定条件下与被测定液中的镉浓度成正比。与标准系列比较定量。

2. 试剂

硫酸（优级纯）、硝酸（优级纯）、高氯酸（优级纯）、过氧化氢（30%）、0.5g/L 二硫腙-四氯化碳溶液（称取 0.05g 二硫腙用四氯化碳溶解于 100mL 容量瓶中，稀释至刻度，混匀）、0.20mol/L硫酸溶液（将11mL硫酸小心倒入900mL水中，冷却后稀释至1000mL，混匀）、50g/L硫脲溶液［称取10g硫脲用硫酸（0.20mol/L）溶解并稀释至200mL，混匀］、含钴溶液（称取0.4038g六水氯化钴，或0.220g氯化钴，用水溶解于100mL容量瓶中，稀释至刻度。此溶液1mL相当于1mg钴，临用时逐级稀释至含钴离子浓度为50μg/mL）、5g/L氢氧化钾溶液（称取1g氢氧化钾，用水溶解，稀释至200mL，混匀）、30g/L硼氢化钾溶液（称取30g硼氢化钾，溶于5g/L氢氧化钾溶液中，并定容至1000mL，混匀，临用现配）、1.00mg/mL镉标准储备溶液（与石墨炉原子吸收光谱法中的配制方法相同）、镉标准使用液（精确吸取镉标准储备溶液，用0.20mol/L硫酸逐级稀释至50ng/mL）。

3. 仪器

双道原子荧光光谱仪，附编码镉空心阴极灯，可编程断续流动进样装置或原子荧光同类仪器。控温消化器：试验所用玻璃仪器、消解器均需用硝酸（1+9）浸泡24h以上，用去离子水冲洗干净后待用。

4. 分析步骤

（1）试样消解　称取经粉（捣）碎（过40目筛）的试样0.50～5.00g，置于消解器中（水分含量高的试样应先置于80℃鼓风烘箱中烘至近干），加入5mL硝酸-高氯酸（4+1），1mL过氧化氢，放置过夜。次日加热消解，至消化液均呈淡黄色或无色，赶尽硝酸，用硫酸（0.20mol/L）约25mL将试样消解液转移至50mL容量瓶中，精确加入5.0mL二硫腙-四氯化碳（0.5g/L），剧烈振荡2min，加入10mL硫脲（50g/L）及1mL含钴溶液，用硫酸（0.20mol/L）定容至50mL，混匀待测，同时做试剂空白试验。

（2）标准系列配制　分别吸取50ng/mL镉标准使用液0.45mL、0.90mL、1.80mL、3.60mL、5.40mL于50mL容量瓶中，各加入硫酸（0.20mol/L）约25mL，精确加入5.0mL二硫腙-四氯化碳溶液（0.5g/L），剧烈振荡2min，加入10mL硫脲（50g/L）及1mL含钴溶液，用硫酸（0.20mol/L）定容至50mL（各相当于镉浓度0.50ng/mL、1.00ng/mL、2.00ng/mL、4.00ng/mL、6.00ng/mL），同时做标准空白试验。标准空白液用量视试样份数多少而增加，但至少要配200mL。

（3）测定　根据各自仪器型号性能、参考仪器工作条件，将仪器调至最佳测定状态，在试样参数画面输入以下参数：试样质量（g或mL）、稀释体积（45mL），并选择结果的浓度单位。逐步将炉温升到所需温度，稳定后测量。连续用标准空白进样，待读数稳定后，转入标准系列测量。在转入试样测定之前，再进入空白值测量状态，用试样空白液进样，让仪器取均值作为扣底的空白值。随后依次测定试样。测定完毕后，选择"打印报告"，即可将测定结果自动打印。

5. 结果计算

试样中镉的含量按式(8-12)进行计算。

$$X = \frac{(A_1 - A_2) \times V \times 1000}{m \times 1000 \times 1000} \tag{8-12}$$

式中，X为试样中镉含量，mg/kg或mg/L；A_1为试样消化液中镉含量，ng/mL；A_2为试剂空白液中镉含量，ng/mL；V为试样消化液总体积（水溶液部分），mL；m为试样质量或体积，g或mL。

计算结果保留两位有效数字。

6. 精密度

在重复性条件下获得的两次独立测定结果的绝对差值不得超过算术平均值的10%。

第四节 汞的测定

一、概述

汞俗称水银，汞和汞的化合物在医药、农业、工业上有非常广泛的用途。食品中汞主要来源于汞农药的使用及"三废"的污染。食品一旦被汞污染，难以彻底除净，无论使用碾磨加工还是用不同的烹调方法，如烘、炒、蒸或煮等都无济于事。据调查，吃含汞 5～6mg/kg 的粮食，半个月后，即可发生中毒，即使吃 0.2～0.3mg/kg 的含汞粮，半年左右也可发生中毒，可见控制食品中的含汞量十分重要。

GB 2715—2005 规定粮食中汞的含量不得大于 0.02mg/kg；GB 2762—2005 规定粮食（成品粮）中汞的含量不得大于 0.02mg/kg，薯类（土豆、白薯）不得大于 0.01mg/kg。

二、测定方法

国家标准 GB/T 5009.17—2003 规定了食品中总汞和有机汞的测定方法，其中有机汞主要适用于水产品中甲基汞的测定。有关总汞含量测定方法的最低检出浓度：原子荧光光谱分析法 0.15μg/kg，标准曲线最佳线性范围 0～60μg/L；冷原子吸收光谱法中压力消解法为 0.4μg/kg，其他消解法为 10μg/kg；比色法为 25μg/kg。

（一）原子荧光光谱分析法

1. 原理

试样经酸加热消解后，在酸性介质中，试样中汞被硼氢化钾（KBH_4）或硼氢化钠（$NaBH_4$）还原成原子态汞，由载气（氩气）带入原子化器中，在特制汞空心阴极灯照射下，基态汞原子被激发至高能态，在去活化回到基态时，发射出特征波长的荧光，其荧光强度与汞含量成正比。与标准系列比较后定量。

2. 试剂

硝酸（优级纯）、30％过氧化氢、硫酸（优级纯）、硫酸＋硝酸＋水（1＋1＋8，量取 10mL 硫酸和 10mL 硝酸，缓缓倒入 80mL 水中，混匀）、硝酸溶液（1＋9，量取 50mL 硝酸，缓缓倒入 450mL 水中，混匀）、5g/L 氢氧化钾溶液（称取 5.0g 氢氧化钾，溶于水中，并稀释至 1000mL，混匀）、5g/L 硼氢化钾溶液（称取 5.0g 硼氢化钾，溶于 5.0g/L 的氢氧化钾溶液中，并稀释至 1000mL，临用现配）。

汞标准储备溶液：精密称取 0.1354g 经干燥器干燥过的二氯化汞，加硫酸＋硝酸＋水溶解后移入 100mL 容量瓶中，并稀释至刻度，混匀，此溶液 1mL 相当于 1mg 汞。汞标准使用液：用移液管吸取汞标准储备溶液（1mg/mL）1mL 于 100mL 容量瓶中，用硝酸溶液（1＋9）稀释至刻度，混匀，此溶液浓度为 10μg/mL。再分别吸取 10μg/mL 汞标准溶液 1mL 和 5mL 于两个 100mL 容量瓶中，用硝酸溶液（1＋9）稀释至刻度，混匀，溶液浓度分别为 100ng/mL 和 500ng/mL，分别用于测定低浓度试样，制作标准曲线。

3. 仪器

双道原子荧光光度计或同类型仪器、高压消解罐（100mL 容量）、微波消解炉。

4. 分析步骤

（1）样品消解

① 高压消解法 对于粮食及豆类等干样，称取经粉碎混匀过 40 目筛的干样 0.2～1.0g，置于聚四氟乙烯塑料内罐中，加 5mL 硝酸，混匀后放置过夜，再加 7mL 过氧化氢，盖上内盖放入不锈钢外套中，旋紧密封。然后将消解器放入烘箱中加热，升温至 120℃后保持恒温 2～3h，至消解完全，自然冷至室温。将消解液用硝酸溶液（1＋9）定量转移并定容至 25mL，摇匀，待测。同时做试剂空白试验。

② 微波消解法　称取 0.10～0.50g 样品于消解罐中，加入 1～5mL 硝酸，1～2mL 过氧化氢，盖好安全阀后将消解罐放入微波炉消解系统中，根据不同种类的样品设置微波炉消解系统的最佳分析条件，至消解完全，冷却后用硝酸溶液（1＋9）定量转移并定容至 25mL（低含量样品可定容至 10mL），混匀待测。

（2）标准系列配制

① 低浓度标准系列　分别吸取 100ng/mL 汞标准使用液 0.25mL、0.50mL、1.00mL、2.00mL、2.50mL 于 25mL 容量瓶中，用硝酸溶液（1＋9）稀释至刻度，混匀，各自相当于汞浓度 1.00ng/mL、2.00ng/mL、4.00ng/mL、8.00ng/mL、10.00ng/mL。此标准系列适用于一般样品测定。

② 高浓度标准系列　分别吸取 500ng/mL 汞标准使用液 0.25mL、0.50mL、1.00mL、1.50mL、2.00mL 于 25mL 容量瓶中，用硝酸溶液（1＋9）稀释至刻度，混匀。各自相当于汞浓度 5.00ng/mL、10.00ng/mL、20.00ng/mL、30.00ng/mL、40.00ng/mL。此标准系列适用于鱼及含汞量偏高的样品测定。

（3）测定

① 仪器条件　光电倍增管负高压：240V。汞空心阴极灯电流：30mA。原子化器：温度 300℃，高度 8.0mm。氩气流速：载气 500mL/min，屏蔽气 1000mL/min。测量方式：标准曲线法。读数方式：峰面积。读数延迟时间：1.0s。读数时间：10.0s。硼氢化钾溶液加液时间：8.0s。标液或样液加液体积：2mL。

② 测定方法　根据实验情况任选以下一种方法。

a. 浓度测定方式测量　设定好仪器最佳条件，逐步将炉温升至所需温度后，稳定 10～20min 后开始测量。连续用硝酸溶液（1＋9）进样，待读数稳定之后，转入标准系列测量，绘制标准曲线。转入试样测量，先用硝酸溶液（1＋9）进样，使读数基本回零，再分别测定样品空白和样品消化液，每测不同的样品前都应清洗进样器。样品测定结果按式(8-13)计算。

b. 仪器自动计算结果方式测量　设定好仪器最佳条件，在试样参数画面输入以下参数：试样质量（g 或 mL），稀释体积（mL），并选择结果的浓度单位，逐步将炉温升至所需温度，稳定后测量。连续用硝酸溶液（1＋9）进样，待读数稳定之后，转入标准系列测量，绘制标准曲线。在转入试样测定之前，进入空白值测量状态，用样品空白消化液进样，让仪器取其均值作为扣底的空白值。随后即可依次测定试样。测定完毕后，选择"打印报告"，即可将测定结果自动打印。

5. 结果计算

试样中汞的含量按式(8-13)进行计算。

$$X=\frac{(C-C_0)V\times1000}{m\times1000\times1000} \tag{8-13}$$

式中，X 为试样中汞的含量，mg/kg 或 mg/L；C 为试样消化液中汞含量，ng/mL；C_0 为试剂空白液中汞含量，ng/mL；V 为试样消化液总体积，mL；m 为样品质量或体积，g 或 mL。

计算结果保留三位有效数字。

6. 精密度

在重复性条件下获得的两次独立测定结果的绝对差值不得超过算术平均值的 10%。

（二）冷原子吸收光谱法

汞蒸气对波长 253.7nm 的共振线具有强烈的吸收作用。样品经过酸消解或催化酸消解使汞转为离子状态，在强酸性介质中以氯化亚锡还原成元素汞，以氮气或干燥空气作为载体，将元素汞吹入汞测定仪，进行冷原子吸收测定，在一定浓度范围其吸收值与汞含量成正比，与标准系列比较定量。

1. 压力消解法

(1) 试剂　硝酸、盐酸、过氧化氢 (30%)、硝酸 (0.5+99.5，取 0.5mL 硝酸，慢慢加入 50mL 水中，然后加水稀释至 100mL)、50g/L 高锰酸钾溶液 (称取 5.0g 高锰酸钾，置于 100mL 棕色瓶中，以水溶解稀释至 100mL)、硝酸-重铬酸钾溶液 (称取 0.05g 重铬酸钾，溶于水中，加入 5mL 硝酸，用水稀释至 100mL)、100g/L 氯化亚锡溶液 (称取 10g 氯化亚锡，溶于 20mL 盐酸中，以水稀释至 100mL，临用时现配)、无水氯化钙。

汞标准储备溶液：准确称取 0.1354g 经干燥器干燥过的二氧化汞，溶于硝酸-重铬酸钾溶液中，移入 100mL 容量瓶中，以硝酸-重铬酸钾溶液稀释至刻度，混匀。此溶液 1mL 含 1.0mg 汞。汞标准使用液：由 1.0mg/mL 汞标准储备溶液经硝酸-重铬酸钾溶液稀释成 2.0ng/mL、4.0ng/mL、6.0ng/mL、8.0ng/mL、10.0ng/mL 的汞标准使用液。临用时现配。

(2) 仪器　所用玻璃仪器均需以硝酸 (1+5) 浸泡过夜，用水反复冲洗，最后用去离子水冲洗干净。双光束测汞仪 (附气体循环泵、气体干燥装置、汞蒸气发生装置及汞蒸气吸收瓶)、恒温干燥箱、压力消解器、压力消解罐或压力溶弹。

(3) 分析步骤

① 样品预处理　在采样和制备过程中，应注意不使样品污染。粮食、豆类去杂质后，磨碎，过 20 目筛，储于塑料瓶中，保存备用。

② 样品消解　称取 1.00~3.00g 样品 (干样、含脂肪高的样品少于 1.00g，鲜样少于 3.00g 或按压力消解罐使用说明书称取样品) 于聚四氟乙烯内罐，加硝酸 2~4mL 浸泡过夜。再加过氧化氢 (30%) 2~3mL (总量不能超过罐容积的 1/3)。盖好内盖，旋紧不锈钢外套，放入恒温干燥箱，120~140℃保持 3~4h，在箱内自然冷却至室温，用滴管将消化液洗入或过滤入 (视消化后样品的盐分而定) 10.0mL 容量瓶中，用水少量多次洗涤罐，洗液合并于容量瓶中并定容至刻度，混匀备用；同时做试剂空白试验。

③ 测定　仪器条件：打开测汞仪，预热 1~2h，并将仪器性能调至最佳状态。

标准曲线绘制：吸取上面配制的汞标准使用液 2.0ng/mL、4.0ng/mL、6.0ng/mL、8.0ng/mL、10.0ng/mL 各 5.0mL (相当于 10.0ng、20.0ng、30.0ng、40.0ng、50.0ng 汞)，置于测汞仪的汞蒸气发生器的还原瓶中，分别加入 1.0mL 还原剂氯化亚锡 (100g/L)，迅速盖紧瓶塞，随后有气泡产生，从仪器读数显示的最高点测得其吸收值，然后，打开吸收瓶上的三通阀将产生的汞蒸气吸收于高锰酸钾溶液 (50g/L) 中，待测汞仪上的读数达到零点时进行下一次测定，并求得吸光值与汞质量关系的一元线性回归方程。

试样测定：分别吸取样液和试剂空白液各 5.0mL，置于测汞仪的汞蒸气发生器的还原瓶中，以下按标准曲线绘制中的"分别加入 1.0mL 还原剂氯化亚锡……"起进行。将所测得的吸收值代入标准系列的一元线性回归方程中求得样液中汞含量。

(4) 结果计算　试样中汞的含量按式(8-14)进行计算。

$$X = \frac{(A_1 - A_2) \times V_1/V_2 \times 1000}{m \times 1000} \tag{8-14}$$

式中，X 为试样中汞的含量，$\mu g/kg$ 或 $\mu g/L$；A_1 为测定试样消化液中汞质量，ng；A_2 为试剂空白液中汞质量，ng；V_1 为试样消化液总体积，mL；V_2 为测定用试样消化液体积，mL；m 为样品质量或体积，g 或 mL。

计算结果保留两位有效数字。

(5) 精密度　在重复性条件下获得的两次独立测定结果的绝对差值不得超过算术平均值

的 20%。

2. 其他消化法

(1) 试剂　硝酸、硫酸、300g/L 氯化亚锡溶液（称取 30g 氯化亚锡，加少量水，并加 2mL 硫酸使溶解后，加水稀释至 100mL，放置冰箱保存）、无水氯化钙（干燥用）、混合酸（1+1+8，量取 10mL 硫酸，再加入 10mL 硝酸，慢慢倒入 50mL 水中，冷后加水稀释至 100mL）、50g/L 高锰酸钾溶液（配好后煮沸 10min，静置过夜，过滤，储于棕色瓶中）、盐酸羟胺溶液（200g/L）。

汞标准储备溶液：准确称取 0.1354g 于干燥器干燥过的二氯化汞，加混合酸（1+1+8）溶解后移入 100mL 容量瓶中，并稀释至刻度，混匀，此溶液 1mL 相当于 1.0mg 汞。

汞标准使用液：吸取 1.0mL 汞标准储备溶液，置于 100mL 容量瓶中，加混合酸（1+1+8）稀释至刻度，此溶液 1mL 相当于 10.0μg 汞，再吸取此液 1.0mL，置于 100mL 容量瓶中，加混合酸（1+1+8）稀释至刻度，此溶液 1mL 相当于 0.10μg 汞，临用时现配。

(2) 仪器　消化装置、测汞仪（附气体干燥和抽气装置）、汞蒸气发生器（如图 8-3 所示）。

(3) 分析步骤

图 8-3　60mL 汞蒸气发生器

① 样品消化　对于粮食，称取 10.00g 样品，置于消化装置锥形瓶中，加玻璃珠数粒，加 45mL 硝酸、10mL 硫酸，转动锥形瓶防止局部炭化。装上冷凝管后，小火加热，待开始发泡即停止加热，发泡停止后，加热回流 2h。如加热过程中溶液变棕色，再加 5mL 硝酸，继续回流 2h，放冷后从冷凝管上端小心加 20mL 水，继续加热回流 10min，放冷，用适量水冲洗冷凝管，洗液并入消化液中，将消化液经玻璃棉过滤于 100mL 容量瓶内，用少量水洗锥形瓶、滤器，洗液并入容量瓶内，加水至刻度，混匀。按同一方法做试剂空白试验。

对于植物油，称取 5.00g 样品，置于消化装置锥形瓶中，加玻璃珠数粒，加入 7mL 硫酸，小心混匀至溶液颜色变为棕色，然后加 40mL 硝酸，装上冷凝管后，以下按粮食中"小火加热……"起依法操作。

② 测定　吸取 10.0mL 试样消化液，置于汞蒸气发生器内，连接抽气装置，沿壁迅速加入 3mL 氯化亚锡溶液（300g/L），立即通过流速为 1.0L/min 的氮气或经活性炭处理的空气，使汞蒸气经过氯化钙干燥管进入测汞仪中，读取测汞仪上最大读数，同时做试剂空白试验。

吸取 0、0.10mL、0.20mL、0.30mL、0.40mL、0.50mL 汞标准使用液（相当于 0、0.01μg、0.02μg、0.03μg、0.04μg、0.05μg 汞），置于试管中，各加 10mL 混合酸（1+1+8），以下按试样消化液中的"置于汞蒸气发生器内……"起依法操作，绘制标准曲线。

(4) 结果计算　试样中汞的含量按式(8-15)进行计算。

$$X = \frac{(A_1 - A_2) \times 1000}{m V_2 / V_1 \times 1000} \qquad (8-15)$$

式中，X 为试样中汞的含量，mg/kg；A_1 为测定用试样消化液中汞的质量，μg；A_2 为试剂空白液中汞的质量，μg；m 为试样质量，g；V_1 为试样消化液总体积，mL；V_2 为测定用试样消化液体积，mL。

计算结果保留两位有效数字。

(5) 精密度　在重复性条件下获得的两次独立测定结果的绝对差值不得超过算术平均值的 15%。

（三）二硫腙比色法

1. 原理

试样品经消化后，汞离子在酸性溶液中可与二硫腙生成橙红色配合物，溶于三氯甲烷，与标准系列比较定量。

2. 试剂

① 硝酸、硫酸、氨水、三氯甲烷（不应含有氧化物）、硫酸（1+35，量取 5mL 硫酸，缓缓倒入 150mL 水中，冷后加水至 180mL）、硫酸（1+19，量取 5mL 硫酸，缓缓倒入水中，冷后加水至 100mL）、盐酸羟胺溶液（200g/L）（吹清洁空气，除去溶液中含有的微量汞）、溴麝香草酚蓝-乙醇指示液（1g/L）。

② 二硫腙-三氯甲烷溶液（0.5g/L），保存于冰箱中，必要时用下述方法纯化，即称取 0.5g 研细的二硫腙，溶于 50mL 三氯甲烷中，如不全溶，可用滤纸过滤于 250mL 分液漏斗中，用氨水（1+99）提取 3 次，每次 100mL，将提取液用棉花过滤至 500mL 分液漏斗中，用盐酸（1+1）调至酸性，将沉淀出的二硫腙用三氯甲烷提取 2～3 次，每次 20mL，合并三氯甲烷层，用等量水洗涤 2 次，弃去洗涤液，在 50℃ 水浴上蒸去三氯甲烷。精制的二硫腙置硫酸干燥器中，干燥备用，或将沉淀出的二硫腙用 200mL、200mL、100mL 三氯甲烷提取 3 次，合并三氯甲烷层为二硫腙溶液。

③ 二硫腙使用液：吸取 1.0mL 二硫腙溶液，加三氯甲烷至 10mL，混匀。用 1cm 比色杯，以三氯甲烷调节零点，于波长 510nm 处测吸光度（A），按式(8-16)计算出配制 100mL 二硫腙使用液（70%透光率）所需二硫腙溶液的体积（V）。

$$V = \frac{10 \times (2 - \lg 70)}{A} = \frac{1.55}{A} \tag{8-16}$$

④ 汞标准溶液：准确称取 0.1354g 经干燥器干燥过的二氯化汞，加硫酸（1+35）使其溶解后，移入 100mL 容量瓶中，并稀释至刻度，此溶液 1mL 相当于 1.0mg 汞。汞标准使用液：吸取 1.0mL 汞标准溶液，置于 100mL 容量瓶中，加硫酸（1+35）稀释至刻度，此溶液 1mL 相当于 10.0μg 汞，再吸取此液 5.0mL 于 50mL 容量瓶中，加硫酸（1+35）稀释至刻度，此溶液 1mL 相当于 1.0μg 汞。

3. 仪器

消化装置、可见分光光度计。

4. 分析步骤

（1）样品消化

① 粮食　称取 20.00g 样品，置于消化装置锥形瓶中，加玻璃珠数粒及 80mL 硝酸、15mL 硫酸，转动锥形瓶，防止局部炭化。装上冷凝管后，小火加热，待开始发泡即停止加热，发泡停止后加热回流 2h。如加热过程中溶液变棕色，再加 5mL 硝酸，继续回流 2h，放冷，用适量水洗涤冷凝管，洗液并入消化液中，取下锥形瓶，加水至总体积为 150mL。按同一方法做试剂空白试验。

② 植物油　称取 10.00g 样品，置于消化装置锥形瓶中，加玻璃珠数粒及 15mL 硫酸，小心混匀至溶液变棕色，然后加入 45mL 硝酸，装上冷凝管后，以下按粮食中"小火加热……"起依法操作。

（2）测定

① 取消化液（全量），加 20mL 水，在电炉上煮沸 10min，除去二氧化氮等，放冷。

② 向试样消化液及试剂空白液中各加高锰酸钾溶液（50g/L）至溶液呈紫色，然后再加盐酸羟胺溶液（200g/L）使紫色褪去，加 2 滴溴麝香草酚蓝-乙醇指示液，用氨水调节 pH，使橙红色变为橙黄色（pH1～2）。定量转移至 125mL 分液漏斗中。

③ 吸取 0、0.5μL、1.0μL、2.0μL、3.0μL、4.0μL、5.0μL、6.0μL 汞标准使用液（相当于 0、0.5μg、1.0μg、2.0μg、3.0μg、4.0μg、5.0μg、6.0μg 汞），分别置于 125mL 分液漏斗中，加 10mL 硫酸（1+19），再加水至 40mL，混匀。再各加 1mL 盐酸羟胺溶液（200g/L），放置 20min，并时时振摇。

④ 向试样消化液、试剂空白液及标准溶液振摇放冷后的分液漏斗中加 5.0mL 二硫腙使用液，剧烈振摇 2min，静置分层后，经脱脂棉将三氯甲烷层滤入 1cm 比色杯中，以三氯甲烷调节零点，在波长 490nm 处测吸光度，标准管吸光度减去零管吸光度，绘制标准曲线。

5. 结果计算

试样中汞的含量按式(8-17)进行计算。

$$X = \frac{(A_1 - A_2) \times 1000 \times 1000}{m} \tag{8-17}$$

式中，X 为试样中汞的含量，mg/kg；A_1 为试样消化液中汞的质量，g；A_2 为试剂空白液中汞的质量，g；m 为试样质量，g。

计算结果保留两位有效数字。

6. 精密度

在重复性条件下获得的两次独立测定结果的绝对差值不得超过算术平均值的 10%。

参 考 文 献

[1] 中华人民共和国国家标准 GB/T 5009.11—2003. 食品中总砷和无机砷的测定.

[2] 中华人民共和国国家标准 GB/T 5009.12—2003. 食品中铅的测定.

[3] 中华人民共和国国家标准 GB/T 5009.15—2003. 食品中镉的测定.

[4] 中华人民共和国国家标准 GB/T 5009.17—2003. 食品中总汞及有机汞的测定.

[5] 中华人民共和国国家标准 GB/T 2715—2005. 粮食卫生标准.

[6] 郭瑞娣. 火焰原子吸收法测定重金属时常见问题及处理方法. 江苏预防医学，2009，20（1）：63-64.

[7] 高芹，邵劲松. 微波消解石墨炉原子吸收光谱法测定农产品中铅、镉. 中国卫生检验杂志，2005，15（6）：725-726.

[8] Huang S S, Liao Q L, Hua M, Wu X M, Bi K S, Yan C Y, Chen B, Zhang X Y. Survey of heavy metal pollution and assessment of agricultural soil in Yangzhong district, Jiangsu Province, China. Chemosphere, 2007, 67 (11): 2148-2155.

[9] Reyes M N M, Cervera M L, Campos R C, de la Guardia M. Determination of arsenite, arsenate, mon omethylarsonic acid and dimethylarsinic acid in cereals by hydride generation atomic fluorescence spectrometry. Spectrochimica Acta Part B: Atomic Spectroscopy, 2007, 62 (9): 1078-1082.

[10] Bakkali K, Martos N R, Souhail B, Ballesteros E. Characterization of trace metals in vegetables by graphite furnace atomic absorption spectrometry after closed vessel microwave digestion. Food Chemistry, 2009, 116 (2): 590-594.

第九章 常用添加剂的检测技术

第一节 防腐剂

食品防腐剂是指为防止食品在储存、流通过程中由微生物繁殖引起的腐败、变质，延长食品保存期和食用价值而在食品中使用的添加剂。防腐剂的使用为食品防腐提供了有效、简便、经济的方法，在粮食、水果、蔬菜、肉、禽、蛋、水产品等食物的原料及其加工品的储藏中，起到了非常重要的作用。防腐剂在食品中应用广泛，使用量大，我国年产量为 1 万多吨。用于食品的防腐剂，美国约有 50 种，日本有 40 多种，我国有 32 种，主要有酸型防腐剂、酯型防腐剂、无机防腐剂和生物防腐剂四类。目前，我国大量使用的食品防腐剂有：苯甲酸及其盐、山梨酸及其盐、对羟基苯甲酸酯类等化学合成防腐剂。除了有益作用外，也有一定的危害性，特别是有些品种中本身尚有一定毒性，使用不当便会给人体带来危害。经长期的研究发现，一些合成防腐剂有诱癌性、致畸性和易引起食物中毒等问题。如使用二氧化硫和亚硫酸盐后残存的 SO_2 能引起严重的过敏反应（主要是呼吸道过敏），故联合国粮食与农业组织（FAO）于 1986 年禁止在新鲜果蔬中使用无机防腐剂。使用苯甲酸钠、山梨酸钾和亚硝酸盐等防腐剂，也可能会在一定程度上抑制骨骼生长，危害肾脏、肝脏等器官的健康。

一、山梨酸和苯甲酸的测定

（一）气相色谱法

1. 原理

试样酸化后，用乙醚提取山梨酸、苯甲酸，用附氢火焰离子化检测器的气相色谱仪进行分离测定，与标准系列比较定量。

2. 试剂

乙醚（不含过氧化物）、石油醚（沸程 30～60℃）、盐酸、无水硫酸钠、盐酸（1+1，取 100mL 盐酸，加水稀释至 200mL）、氯化钠酸性溶液［40g/L，于 40g/L 氯化钠溶液中加少量盐酸（1+1）酸化］。

山梨酸、苯甲酸标准溶液：准确称取山梨酸、苯甲酸各 0.2000g，置于 100mL 容量瓶中，用石油醚-乙醚（3+1）混合溶剂溶解后并稀释至刻度，此溶液 1mL 相当于 2.0mg 山梨酸或苯甲酸。

山梨酸、苯甲酸标准使用液：吸取适量的山梨酸、苯甲酸标准溶液，以石油醚-乙醚（3+1）混合溶剂稀释至多毫升，相当于 $50\mu g$、$100\mu g$、$150\mu g$、$200\mu g$、$250\mu g$ 山梨酸或苯甲酸。

3. 仪器

气相色谱仪（附氢火焰离子化检测器）。

4. 分析步骤

（1）试样提取 称取 2.50g 事先混合均匀的试样，置于 25mL 具塞量筒中，加 0.5mL 盐酸（1+1）酸化，用 15mL 和 10mL 乙醚提取两次，每次振摇 1min，将上层乙醚提取液吸入另一个 25mL 具塞量筒中，合并乙醚提取液。用 3mL 氯化钠酸性溶液（40g/L）洗涤两次，静置 15min，用滴管将乙醚层通过无水硫酸钠滤入 25mL 容量瓶中。加乙醚至刻度，混匀。准确吸取 5mL 乙醚提取液于 5mL 具塞刻度试管中，置 40℃水浴上挥干，加入 2mL 石油醚-乙醚（3＋1）混合溶剂溶解残渣，备用。

（2）色谱参考条件　色谱柱：玻璃柱，内径 3mm，长 2m，内装涂以 5％DEGS＋1％磷酸固定液的 60～80 目 Chromosorb WAW。气流速度：载气为氮气，50mL/min（氮气和空气、氢气之比按各仪器型号不同选择各自的最佳比例条件）。温度：进样口 230℃，检测器 230℃，柱温 170℃。

（3）测定　进样 2μL 标准系列中各浓度标准使用液于气相色谱仪中，可测得不同浓度山梨酸、苯甲酸的峰高，以浓度为横坐标，相应的峰高值为纵坐标，绘制标准曲线。

同时进样 2μL 试样溶液，测得峰高与标准曲线比较定量。

5. 结果计算

试样中山梨酸或苯甲酸的含量按式(9-1)进行计算。

$$X = \frac{A \times 1000 \times 1000}{m \times \frac{5}{25} \times \frac{V_2}{V_1} \times 1000} \tag{9-1}$$

式中，X 为试样中山梨酸或苯甲酸的含量，mg/kg；A 为测定用试样液中山梨酸或苯甲酸的质量，μg；V_1 为加入石油醚-乙醚（3＋1）混合溶剂的体积，mL；V_2 为测定时进样的体积，μL；m 为试样的质量，g；5 为测定时吸取乙醚提取液的体积，mL；25 为试样乙醚提取液的总体积，mL。由测得苯甲酸的量乘以 1.18，即为试样中苯甲酸钠的含量。

计算结果保留两位有效数字。

6. 精密度

在重复性条件下获得的两次独立测定结果的绝对差值不得超过算术平均值的 10％。

7. 其他

山梨酸保留时间 2min 53s；苯甲酸保留时间 6min 8s。

（二）薄层色谱法

1. 原理

试样酸化后，用乙醚提取苯甲酸、山梨酸。将试样提取液浓缩，点于聚酰胺薄层板上，展开。显色后，根据薄层板上苯甲酸、山梨酸的比移值与标准比较定性，并可进行概略定量。

2. 试剂

异丙醇、正丁醇、石油醚（沸程 30～60℃）、乙醚（不含过氧化物）、氨水、无水乙醇、聚酰胺粉（200 目）、盐酸（1＋1，取 100mL 盐酸，加水稀释至 200mL、氯化钠酸性溶液〔40g/L，于氯化钠溶液（40g/L）中加少量盐酸（1＋1）酸化〕。

展开剂：正丁醇＋氨水＋无水乙醇（7＋1＋2）或异丙醇＋氨水＋无水乙醇（7＋1＋2）。

山梨酸标准溶液：准确称取 0.2000g 山梨酸，用少量乙醇溶解后移入 100mL 容量瓶中，并稀释至刻度，此溶液 1mL 相当于 2.0mg 山梨酸。

苯甲酸标准溶液：准确称取 0.2000g 苯甲酸，用少量乙醇溶解后移入 100mL 容量瓶中，并稀释至刻度，此溶液 1mL 相当于 2.0mg 苯甲酸。

显色剂：溴甲酚紫-乙醇（50％）溶液（0.4g/L），用氢氧化钠溶液（4g/L）调至 pH 8。

3. 仪器

吹风机、色谱分离缸、玻璃板（10cm×18cm）、微量注射器（10μL，100μL）、喷雾器。

4. 分析步骤

（1）试样提取　称取 2.50g 事先混合均匀的试样，置于 25mL 具塞量筒中，加 0.5mL 盐酸（1＋1）酸化，用 15mL、10mL 乙醚提取两次，每次振摇 1min，将上层醚提取液吸入另一个 25mL 具塞量筒中，合并乙醚提取液。用 3mL 氯化钠酸性溶液（40g/L）洗涤两次，静置 15min，用滴管将乙醚层通过无水硫酸钠滤入 25mL 容量瓶中，加乙醚至刻度，混匀，吸取 10.0mL 乙醚提取液分两次置于 10mL 具塞离心管中，在约 40℃的水浴上挥干，加入 0.10mL 乙醇溶解残渣，备用。

（2）测定　聚酰胺粉板的制备：称取 1.6g 聚酰胺粉，加 0.4g 可溶性淀粉，加约 15mL 水，研磨 3～5min，立即倒入涂布器内制成 10cm×18cm、厚度 0.3mm 的薄层板两块，室温干燥后，于 80℃干燥 1h，取出，置于干燥器中保存。

点样：在薄层板下端 2cm 的基线上，用微量注射器点 1μL、2μL 试样液，同时各点 1μL、2μL 山梨酸、苯甲酸标准溶液。

展开与显色：将点样后的薄层板放入预先盛有展开剂的展开槽内，展开槽周围贴有滤纸，待溶剂前沿上展至 10cm，取出挥干，喷显色剂，斑点成黄色，背景为蓝色。试样中所含山梨酸、苯甲酸的量与标准斑点比较定量（山梨酸、苯甲酸的比移值依次为 0.82，0.73）。

5. 结果计算

试样中苯甲酸或山梨酸的含量按式(9-2)进行计算。

$$X = \frac{A \times 1000}{m \times \frac{10}{25} \times \frac{V_2}{V_1} \times 1000} \tag{9-2}$$

式中，X 为试样中山梨酸或苯甲酸的含量，g/kg；A 为测定用试样液中山梨酸或苯甲酸的质量，mg；V_1 为加入乙醇的体积，mL；V_2 为测定时点样的体积，mL；m 为试样的质量，g；10 为测定时吸取乙醚提取液的体积，mL；25 为试样乙醚提取液的总体积，mL。

二、对羟基苯甲酸酯的测定

（一）气相色谱法

1. 基本原理

对羟基苯甲酸酯类在酸性溶液中用乙醚提取，可以从含有蛋白质、糖等水溶性食品成分中分离出来。在测定对羟基苯甲酸时，不能直接进样，因为它有两个极性基团，常造成峰形拖尾，故要用甲基化试剂对羟基苯甲酸甲酯化以后，再进行气相色谱测定。

2. 试剂和仪器

氯化钠（一级试剂）、重氮甲烷试液（取 2～3g N-亚硝基甲基脲于 50mL 比色管中，加 20～30mL 乙醚，比色管在通风橱中用冷水冷却，在冷却过程中逐渐地加入大约 5mL 20% 氢氧化钠溶液，轻轻盖塞，不断地振摇后，用吸管吸取乙醚层，加 5～10 粒粒状氢氧化钠作干燥剂）、N-亚硝基甲基脲、无水硫酸钠（一级试剂）。

具有氢离子火焰检测器的气相色谱仪、填充柱（60～80 目经有机硅烷处理的硅藻土担体，涂以 3%甲基硅氯烷 SE-30，内径 3mm，长 2m 玻璃柱）、载气（氯气）、分液漏斗、恒温水浴。

3. 操作步骤

（1）标准溶液的制备　对羟基苯甲酸用水重结晶后，在五氧化二磷上减压干燥一昼夜，再于 105℃下干燥 1h，准确称取 50mg，加丙酮溶成 200mL，作为标准溶液（此液 1mL 含对羟基苯甲酸 250μg）。准确量取标准溶液 0、1.0mL、2.0mL、3.0mL、4.0mL、5.0mL，加丙酮至 5.0mL，再准确加入 5mL 重氮甲烷试液，放置 30min 以上，作为标准曲线用标准溶液（此液 1mL 各含对羟基苯甲酸 0、25μg、50μg、75μg、100μg、125μg）。

（2）样品的制备　准确称取样品约 10g，置于均质器的杯中，加 10mL 氯化钠饱和溶液，加 10%硫酸液使之变为强酸性。再加乙醚 70mL，外槽用冰水冷却均质器 10min，分取乙醚层。水层再每次加入 50mL 乙醚，重复操作两次。合并乙醚层于分液漏斗中，加 20mL 氯化钠饱和溶液，轻轻振摇后，弃去水层。乙醚层加入 25mL 4％氢氧化钠溶液，振摇，分取水层，再用 25mL 4％氢氧化钠溶液提取一次，合并水层，在沸水浴上加热 15min，冷却后用 10％硫酸溶液酸化，加氯化钠饱和，用水定量移入分液漏斗中，加 30mL 乙醚反复提取两次，合并全部乙醚层。加约 5g 无水硫酸钠，室温下放置 30min，以浓缩器为接收器，用滤纸过滤，残渣以少量乙醚洗涤，洗液与滤液合并，减压浓缩至 2～3mL，加入丙酮至 5mL，准确加入 5mL 重氮甲烷试液，放置 30min 以上，作为样品溶液。

（3）标准曲线　准确量取标准曲线用的标准溶液 5μL，注入气相色谱仪中，根据峰高绘制标准曲线。

（4）测定　准确量取样品液 5μL，注入气相色谱仪，根据峰高在标准曲线上的位置求出样品溶液中对羟基苯甲酸的浓度并计算其含量。

4. 计算

$$对羟基苯甲酸含量(g/kg) = \frac{c \times 10}{1000w} = \frac{c}{100w} \tag{9-3}$$

式中，c 为样品溶液中对羟基苯甲酸的浓度，$\mu g/mL$；10 为样品溶液的终体积，mL；w 为样品的质量，g。

（二）对羟基苯甲酸乙酯含量的测定

1. 试剂和仪器

氢氧化钠（40g/L 溶液）、硫酸（0.5mol/L 溶液）、溴百里香酚蓝指示剂（0.1％乙醇溶液）、氢氧化钠（4g/L 溶液）、磷酸盐缓冲液（pH 6.5，称取 0.68g 无水磷酸二氢钾，精确至 0.001g，加 13.9mL 4g/L 氢氧化钠溶液，用水稀释至 100mL，即可使用）。

2. 操作步骤

称取 2g 预先在 80℃干燥 2h 后的样品（精确至 0.0002g）置于锥形瓶中，用 50mL 滴定管加入 40mL 氢氧化钠溶液（40g/L），缓缓加热至沸回流 1h，冷至室温，加 5 滴溴百里香酚蓝指示剂，用 0.5mol/L 硫酸标准溶液滴定。另取 40mL 磷酸缓冲液，加 5 滴溴百里香酚蓝指示剂，作为终点颜色对照液。要求同时做空白试验。

3. 计算

$$X = \frac{2c(V_1 - V_2) \times 0.1662}{m} \tag{9-4}$$

式中，X 为对羟基苯甲酸乙酯的质量分数；c 为硫酸标准溶液的浓度，mol/L；V_1 为空白消耗硫酸标准溶液的体积，mL；V_2 为样品消耗硫酸标准溶液的体积，mL；m 为样品的质量，g；0.1662 为每毫摩尔对羟基苯甲酸乙酯的质量，g。

取其算术平均值为报告结果，平行测定两个结果之差不得大于 0.2％。

三、丙酸钠、丙酸钙的测定

1. 原理

样品酸化后，丙酸盐转化为丙酸。经水蒸馏，收集后直接进气相色谱仪，用氢火焰离子化检测器检测，与标准系列比较定量。

2. 试剂

磷酸溶液（取 10mL 85％磷酸加水至 100mL）、甲酸溶液（取 1mL 99％甲酸加水至 50mL）、硅油。

丙酸标准储备溶液（10mg/mL）：准确称取 250mg 丙酸于 25mL 容量瓶中，加水至刻度。丙酸标准使用液：将储备液用水稀释成 10～250mg/mL 的标准系列。

3. 仪器

水蒸气蒸馏装置、气相色谱仪（具有氢火焰离子化检测器，FID）。

4. 操作步骤

（1）提取　准确称取 30g 事先均质化的样品（面包样品需在室温下风干，磨碎），置于 500mL 蒸馏瓶中，加入 1000mL 水，再用 50mL 水冲洗容器，转移到蒸馏瓶中，加 10mL 磷酸溶液，2～3 滴硅油，进行水蒸气蒸馏，将 250mL 容量瓶置于冰浴中作为吸收液装置，待蒸馏液约 250mL 时取出，在室温下放置 30min，加水至刻度，吸取 10mL 该溶液于试管中，加入 0.5mL 甲酸溶液，混匀，供色谱测定用。

（2）测定　色谱柱：玻璃柱，内径 3mm，长 1m，内装 80～100 目 Porapak QS。

温度：柱温 180℃，进样口、检测器温度为 220℃。

气流条件：氮气 50mL/min，氢气 50mL/min，空气 500mL/min。

定量方法：取标准系列中各种浓度的标准使用液 10mL，加 0.5mL 甲酸溶液，混匀。取 5μL 进气相色谱仪，测定不同浓度丙酸的峰高，根据浓度和峰高绘制标准曲线。同时进样品溶液，根据样品的峰高与标准曲线比较定量。

5. 分析结果的表述

$$x = \frac{A \times 250}{m} \times 1000 \tag{9-5}$$

式中，x 为样品中丙酸含量，g/kg；A 为测定样品中丙酸含量，mg/mL；m 为样品质量，g。

丙酸钠含量＝丙酸含量×1.2967；丙酸钙含量＝丙酸含量×1.2569。

6. 技术参数

相对标准差在 6% 以下。二次平行测定相对允许误差的绝对值在 10% 以下，平行测定结果用算术平均值表示，保留两位有效数字。本方法最低检出量：面包、糕点 0.05g/kg，酱油、醋 0.02g/kg。

第二节　抗氧化剂

随着国内外对食品质量和安全的广泛关注，如何防止食品变质，保障人体健康日显重要。为了提高食品的抗氧化性能，在加工食品中必要时需添加防腐抗氧保鲜剂。预防食物氧化，除了采用低温、避光、真空等物理方法外，主要依靠在食品中加入抗氧化剂，以防止食品，特别是油脂的氧化。我国已列入 GB 2760 中允许使用的抗氧化剂共有 17 种。主要品种大致分 3 类：化学合成的酚类化合物〔二丁基羟基甲苯（BHT），丁基羟基茴香醚（BHA），叔丁基对苯二酚（TBHQ）〕、维生素〔维生素 C、维生素 E、β-胡萝卜素（维生素 A 前体）〕、天然提取物（茶多酚、甘草抗氧化剂、竹叶抗氧化剂等）。

一、丁基羟基茴香醚与二丁基羟基甲苯的测定

（一）气相色谱法

1. 原理

试样中的丁基羟基茴香醚（BHA）和二丁基羟基甲苯（BHT）用石油醚提取，通过色谱柱使 BHA 与 BHT 净化，浓缩后，经气相色谱分离后用氢火焰离子化检测器检测，根据试样峰高与标准峰高比较定量。

2. 试剂

石油醚（沸程 30～60℃）、二氯甲烷、二硫化碳、无水硫酸钠、硅胶 G（60～80 目于 120℃ 活化 4h 放于干燥器中备用）、弗罗里硅土（Florisil，60～80 目于 120℃ 活化 4h 放于干燥器中备用）。

BHA、BHT 混合标准储备溶液：准确称取 BHA、BHT（纯度为 99.0%）各 0.1g 混

合后用二硫化碳溶解，定容至 100mL 容量瓶中，此溶液 1mL 分别含 1.0mg BHA、BHT，置冰箱中保存。

BHA、BHT 混合标准使用液：吸取标准储备溶液 4.0mL 于 100mL 容量瓶中，用二硫化碳定容至 100mL 容量瓶中，此溶液 1mL 分别含 0.040mg BHA、BHT，置冰箱中保存。

3. 仪器

气相色谱仪（具有氢火焰离子化检测器）、蒸发器（容积 200mL）、振荡器、色谱柱（1m×30cm 玻璃柱，带活塞）、气相色谱柱［长 1.5m、内径 3mm 玻璃柱，内装质量分数为 10％的 QF-1 Gas Chrom Q（80～100 目）］。

4. 测定方法

（1）试样的制备　称取 500g 含油脂较多的试样，1000g 含油脂少的试样，然后用对角线取 1/2 或 1/3，或根据试样情况取有代表性试样，在玻璃乳钵中研碎，混合均匀后放置广口瓶内保存于冰箱中。

（2）脂肪的提取

① 含油脂高的试样　称取 50g，混合均匀，置于 250mL 具塞锥形瓶中，加 50mL 石油醚（沸程为 30～60℃），放置过夜，用快速滤纸过滤后，减压回收溶剂，残留脂肪备用。

② 含油脂中等的试样　称取 100g 左右，混合均匀，置于 500mL 具塞锥形瓶中，加 100～200mL 石油醚（沸程为 30～60℃），放置过夜，用快速滤纸过滤后，减压回收溶剂，残留脂肪备用。

③ 含油脂少的试样　称取 250～300g，混合均匀，500mL 具塞锥形瓶中加入适量石油醚浸泡试样，放置过夜，用快速滤纸过滤后，减压回收溶剂，残留脂肪备用。

5. 分析步骤

（1）试样的制备

① 色谱柱的制备　于色谱柱底部加入少量玻璃棉、少量无水硫酸钠，将 10g 硅胶-弗罗里硅土（6+4）用石油醚湿法混合装柱，柱顶部再加入少量无水硫酸钠。

② 试样制备　称取提取的脂肪 0.50～1.00g，用 25mL 石油醚溶解移入已制备的色谱柱上，再以 100mL 二氯甲烷分 5 次淋洗，合并淋洗液，减压浓缩近干时，用二硫化碳定容至 2.0mL，该溶液为待测溶液。

③ 植物油试样的制备　称取混合均匀试样 2.00g，放入 50mL 烧杯中，加 30mL 石油醚溶解，转移到已制备的色谱柱上，再用 10mL 石油醚分数次洗涤烧杯中，并转移到色谱柱，用 100mL 二氯甲烷分 5 次淋洗，合并淋洗液，减压浓缩液近干，用二硫化碳定容至 2.0mL，该溶液为待测溶液。

（2）气相色谱参考条件

① 气相色谱柱　长 1.5m，内径 3mm 玻璃柱，10％（质量分数）QF-1 的 Gas Chrom Q（80～100 目）。

② 检测器　FID。

③ 温度　检测室 200℃，进样口 200℃，柱温 140℃。

④ 载气流量　氮气 70mL/min，氢气 50mL/min，空气 500mL/min。

（3）测定　3.0μL 标准使用液注入气相色谱仪，绘制色谱图，分别量取各组分峰高或面积，进 3.0μL 试样待测溶液（应视试样含量而定），绘制色谱图，分别量取峰高或面积，与标准峰高或面积比较计算含量。

6. 结果计算

待测溶液 BHA（或 BHT）的质量 m_1 按式（9-6）进行计算。

$$m_1 = \frac{h_i}{h_s} \times \frac{V_m}{V_i} \times V_s \times C_s \qquad (9\text{-}6)$$

式中，m_1 为待测溶液 BHA（或 BHT）的质量，mg；h_i 为注入色谱试样中 BHA（BHT）的峰高或面积；h_s 为标准使用液中 BHA（BHT）的峰高或面积；V_i 为注入色谱试样溶液的体积，mL；V_m 为待测试样定容的体积，mL；V_s 为注入色谱中标准使用液的体积，mL；C_s 为标准使用液的浓度，mg/mL。

食品中以脂肪计 BHA（或 BHT）的含量 X_1 按式(9-7)进行计算：

$$X_1 = \frac{m_1 \times 1000}{m_2 \times 1000} \qquad (9\text{-}7)$$

式中，X_1 为食品中以脂肪计 BHA（或 BHT）的含量，g/kg；m_1 为待测溶液中 BHA（或 BHT）的质量，mg；m_2 为油脂（或食品中脂肪）的质量，g。

（二）比色法

1. 原理

试样通过水蒸气蒸馏，使 BHT 分离，用甲醇吸收，遇邻联二茴香胺与亚硝酸溶液生成橙红色，用三氯甲烷提取，与标准比较定量。

2. 试剂

无水氯化钙、甲醇、三氯甲烷、甲醇（50%）、亚硝酸钠溶液（3g/L，避光保存）。

邻联二茴香胺溶液：称取 125mg 邻联二茴香胺于 50mL 棕色容量瓶中，加 25mL 甲醇，振摇使全部溶解，加 50mg 活性炭，振摇 5min 过滤，取 20.0mL 滤液，置于另一 50mL 棕色容量瓶中，加盐酸（1+11）至刻度。临用时现配并避光保存。

BHT 标准溶液：准确称取 0.0500g BHT，用少量甲醇溶解，移入 100mL 棕色容量瓶中，并稀释至刻度，避光保存。此溶液 1mL 含 0.50mg BHT。

BHT 标准使用液：临用时吸取 1.0mL BHT 标准溶液，置于 50mL 棕色容量瓶中，加甲醇至刻度，混匀，避光保存。此溶液 1mL 含 $10.0\mu g$ BHT。

3. 仪器

水蒸气蒸馏装置、甘油浴、分光光度计。

4. 分析步骤

（1）试样处理　称取 2～5g 试样（约含 0.4mg BHT）于 100mL 蒸馏瓶中，加 16.0g 无水氯化钙粉末及 10.0mL 水，当甘油浴温度达到 165℃恒温时，将蒸馏瓶浸入甘油浴中，连接好水蒸气发生装置及冷凝管，冷凝管下端浸入盛有 50mL 甲醇的 200mL 容量瓶中，进行蒸馏，蒸馏速度每分钟 1.5～2mL，在 50～60min 收集约 100mL 馏出液（连同原盛有的甲醇共约 150mL，蒸气压不可太高，以免油滴带出），以温热的甲醇分次洗涤冷凝管，洗液并入容量瓶中并稀释至刻度。

（2）测定　准确吸取 25.0mL 上述处理后的试剂溶液，移入用黑纸包扎的 100mL 分液漏斗中，另准确吸取 0、1.0mL、2.0mL、3.0mL、4.0mL、5.0mL BHT 标准使用液（相当于 0、$10.0\mu g$、$20.0\mu g$、$30.0\mu g$、$40.0\mu g$、$50.0\mu g$），分别置于黑纸包扎的 60mL 分液漏斗，加入甲醇（50%）至 25mL。分别加入 5mL 邻联二茴香胺溶液，混匀，再各加 2mL 亚硝酸钠溶液（3g/L），振摇 1min，放置 10min，再各加 10mL 三氯甲烷，剧烈振摇 1min，静置 3min 后，将三氯甲烷层分入黑纸包扎的 10mL 比色管中，管中预先放入 2mL 甲醇，混匀。用 1cm 比色杯，以三氯甲烷调节零点，于波长 520nm 处测吸光度，绘制标准曲线比较。

5. 结果计算

试样中 BHT 的含量按式(9-8)进行计算。

$$X = \frac{m_2 \times 1000}{m_1 \times \dfrac{V_2}{V_1} \times 1000 \times 1000}$$ (9-8)

式中，X 为试样中 BHT 的含量，g/kg；m_2 为测定用样液 BHT 的质量，μg；m_1 为试样质量，g；V_1 为蒸馏后样液总体积，mL；V_2 为测定用吸取样液的体积，mL。

二、TBHQ 的测定

目前，油脂及其制品中 TBHQ 的测定主要有气相色谱法和高压液相色谱法。

（一）气相色谱法

1. 测定原理

食用植物油中的叔丁基对苯二酚经 80％乙醇提取、浓缩、定容后，用气相色谱仪测定，与标准系列比较定量。

2. 仪器

① 气相色谱仪，带氢火焰离子化检测器（FID）。色谱条件如下。

色谱柱：玻璃柱，内径 3mm，长 3m，内装涂有 2％OV-1 固定液的酸洗硅烷化处理的白色硅藻土载体（Chromosorb W A W DMCS），80～100 目。检测器温度 230℃，汽化室温度 230℃，柱温 180℃。氮气 60mL/min，氢气 50mL/min，空气 500mL/min。

② 旋涡混合器、25mL 比色管、60mL 瓷蒸发皿、2mL 或 5mL 刻度试管。

3. 试剂

95％乙醇（分析纯）、无水乙醇（分析纯）、二硫化碳（分析纯）、80％乙醇溶液（取 80mL 95％乙醇，与 15mL 水混合）、叔丁基对苯二酚（TBHQ，含量＞98.0％）。

叔丁基对苯二酚标准储备溶液：准确称取叔丁基对苯二酚 0.10g 于 50mL 烧杯中，用 1mL 无水乙醇溶解 TBHQ 晶体后，加入少量二硫化碳混合，混合液倒入 100mL 棕色容量瓶中。再用 1mL 无水乙醇洗涤烧杯后，加入少量二硫化碳清洗，清洗液倒入容量瓶中，最后用二硫化碳稀释至 100mL。此溶液浓度为 1mg/mL，置于 4℃冰箱中保存。

4. 操作方法

（1）试样处理　准确称取试样 2.00g 于 25mL 比色管中，加入 5mL 80％乙醇溶液，置旋涡混合器上混合 10s（或振摇 1min），静置片刻，放入 90℃左右的水浴中加热 10～30s 促其分层。分层后，将上层澄清提取液用吸管转移到蒸发皿中（勿将油滴带入）。再用 5mL 80％乙醇溶液重复提取两次，提取液一并加入蒸发皿中。将蒸发皿放在 60℃水浴上通风挥发或自然挥发至近干（切勿蒸干）。

在蒸发皿中加入二硫化碳，用小玻棒少量多次洗涤蒸发皿中残留物，转移到 2mL 容量瓶中，试液作为试样测定液。

（2）制作标准曲线　准确吸取叔丁基对苯二酚（TBHQ）标准储备溶液，用二硫化碳定容，制备成浓度为 0、50μg/mL、100μg/mL、150μg/mL、200μg/mL、250μg/mL 的标准溶液，用微量注射器依次取不同浓度的标准溶液 2μL 注入气相色谱仪。以叔丁基对苯二酚（TBHQ）峰面积为纵坐标，浓度为横坐标，绘制标准曲线。

（3）测定　取 2μL 试样测定液，注入气相色谱仪，试样的叔丁基对苯二酚（TBHQ）峰面积与标准曲线比较定量。

5. 结果计算

试样中的叔丁基对苯二酚（TBHQ）含量按式(9-9) 计算：

$$X_1 = \frac{c}{m} \times \frac{2 \times 1000}{1000 \times 1000}$$ (9-9)

式中，X_1 为试样中的叔丁基对苯二酚（TBHQ）含量，g/kg；c 为由标准曲线上查出的试样测定液中相当于叔丁基对苯二酚（TBHQ）的浓度，$\mu g/mL$；2为试样提取液的体积，mL；m 为试样的质量，g。

计算结果保留两位有效数字。

6. 精密度

在重复性条件下两次独立测定结果的绝对差值不得超过算术平均值的10%。

（二）高效液相色谱法

1. 测定原理

食用植物油中的叔丁基对苯二酚经95%乙醇提取、浓缩、定容，然后用C_{18}柱作固定相，甲醇-乙腈与5%乙酸溶液为流动相，经梯度洗脱分离，以二极管阵列检测器进行液相色谱仪测定，根据试样峰高或峰面积与标准系列比较定量。

2. 仪器

高效液相色谱仪：配有二极管阵列或紫外检测器。

色谱条件如下。

色谱柱：C_{18} 柱 4.6mm×250mm，粒度为 $5\mu m$。

流动相：（A）甲醇-乙腈（1+1）；（B）5%乙酸。

洗脱梯度：0～8min，流动相（A）从30%线性增至100%；流速1.5mL/min，8～14min，流动相（A）100%；流速3.0mL/min，14～17min，流动相（A）从100%降至30%。

真空旋转蒸发器、旋涡混合器、25mL及10mL具塞试管。

3. 试剂

甲醇（色谱纯）、乙腈（色谱纯）、乙酸（分析纯）、95%乙醇（分析纯）、异丙醇（分析纯，重蒸馏）、异丙醇-乙腈（1+1）。

叔丁基对苯二酚（TBHQ）标准储备溶液：准确称取叔丁基对苯二酚0.050g于50mL烧杯中，用异丙醇-乙腈（1+1）溶解TBHQ晶体后，转移到50mL棕色容量瓶中，定容，此溶液浓度为1mg/mL，置于4℃冰箱中保存。

叔丁基对苯二酚（TBHQ）标准使用液：准确吸取叔丁基对苯二酚（TBHQ）标准储备溶液10.00mL，于100mL棕色容量瓶中，用异丙醇-乙腈（1+1）定容，此溶液浓度为$100\mu g/mL$，置于4℃冰箱中保存。

4. 操作方法

（1）试样处理　准确称取试样2.0g于25mL比色管中，加入6mL 95%乙醇溶液，置旋涡混合器上混合10s，静置片刻，放入90℃左右水浴中加热10～15s促其分层。分层后将上层澄清提取液用吸管转移到浓缩瓶中（勿将油滴带入）。再用6mL 95%乙醇溶液重复提取两次，合并提取液于浓缩瓶内，该液可放在冰箱中储存一夜。

乙醇提取液在40℃下，10min内，用真空旋转蒸发器浓缩至约1mL，将浓缩液转移至10mL容量瓶中，用异丙醇-乙腈（1+1）定容，经$0.45\mu m$滤膜过滤于棕色瓶中，作为试样测定液。

（2）制作标准曲线　移取叔丁基对苯二酚（TBHQ）标准使用液，用异丙醇-乙腈（1+1）稀释，制备成浓度为0、$5\mu g/mL$、$10\mu g/mL$、$20\mu g/mL$、$50\mu g/mL$、$100\mu g/mL$的标准溶液，依次取不同浓度的标准溶液$20\mu L$注入液相色谱仪，以叔丁基对苯二酚（TBHQ）峰面积为纵坐标，浓度为横坐标，绘制标准曲线。

（3）测定　取$20\mu L$试样测定液，注入液相色谱仪，根据试样的叔丁基对苯二酚（TBHQ）峰面积与标准曲线比较定量。

5. 结果计算

① 试样中的叔丁基对苯二酚（TBHQ）含量按式（9-10）计算：

$$X_2 = \frac{c}{m} \times \frac{10 \times 1000}{1000 \times 1000}$$ (9-10)

式中，X_2 为试样中的叔丁基对苯二酚（TBHQ）含量，g/kg；c 为由标准曲线上查出的试样测定液中相当于叔丁基对苯二酚（TBHQ）的浓度，μg/mL；10 为试样提取液的体积，mL；m 为试样的质量，g。

计算结果保留两位有效数字。

② 精密度：在重复性条件下两次独立测定结果的绝对差值不得超过算术平均值的10％。

三、没食子酸丙酯的测定

1. 原理

样品经石油醚提取，再用醋酸铵萃取后，在酒石酸亚铁存在下，生成紫红色化合物，颜色深浅与 PG 含量成正比，进行比色分析。

2. 试剂

酒石酸亚铁溶液：精密称取 0.1g 硫酸亚铁（$FeSO_4 \cdot 7H_2O$）和 0.5g 酒石酸钾钠（$NaKC_4H_4O_6 \cdot 4H_2O$）溶于水中，并用水稀释至100mL。临用新配。

PG 标准溶液：精密称取 0.050g PG，溶于水中，并用水稀释至1000mL。此溶液 1mL 相当于 50μg PG。

3. 测定方法

（1）标准曲线的绘制　吸取 PG 标准溶液 0、1.0mL、2.0mL、3.0mL、4.0mL、5.0mL 和 2.0mL、4.0mL、6.0mL、8.0mL、10.0mL，分别置于25mL 比色管中，加入10％醋酸铵溶液 2.5mL 和酒石酸亚铁溶液1mL，混匀后用1.67％醋酸铵溶液稀释至刻度，用分光光度计在540nm 波长下测定吸光度，分别绘制标准曲线。

（2）样品处理与分析　称取粉碎试样 20g（m_2），置于 150mL 具塞锥形瓶中，加入50mL 石油醚（沸程 30～60℃）（V_3），于振荡器上振荡 20min，静置。吸取上清液25mL（V_4），移入分液漏斗中，每次用1.67％醋酸铵溶液20mL 萃取，共3次。再用15mL 水洗涤石油醚层，共2次。合并全部萃取液和洗涤液。如果溶液混浊，则用干滤纸过滤，滤入100mL（V_5）容量瓶中，加入10％醋酸铵溶液2.5mL，并用1.67％醋酸铵溶液稀释至刻度，摇匀。吸取20mL 提取液（V_6）于25mL 比色管中，加入1mL 酒石酸亚铁溶液，用1.67％醋酸铵溶液稀释至刻度，混匀。按与标准系列相同的方法测定样品液的吸光度，从标准曲线上查得测定用样液中 PG 的含量（A_2，μg）。

（3）计算

$$X = \frac{A_2 \times 1000}{m_2 \times \dfrac{V_4}{V_3} \times \dfrac{V_6}{V_5} \times 1000 \times 1000}$$ (9-11)

第三节　增白剂

白色给人以卫生、洁白无瑕的联想，食品的洁白给人卫生、欣慰和高雅的感觉。在食品成熟、运输、加工、储存过程中，常常会出现由于颜色不一致而影响产品质量，例如，面粉的颜色不洁白，就会影响其价格，粉丝在加工过程中处理不好，会出现颜色发暗的结果从而影响产品的质量。为了除去这些不受欢迎的颜色，通常要先使用漂白剂（或称增白剂），然后再根据需要调整食品的色泽。漂白剂通常分为氧化和还原两种类型。氧化型漂白剂主要有漂白粉、过氧化氢、高锰酸钾、次氯酸钠、过氧化丙酮、二氧化氯、过氧化苯甲酰等，其作用能力较强，能破坏食品中的营养物质，并有较大的残留量。还原型漂白剂主要有亚硫酸及其盐类，常用的有硫黄、亚硫酸钠、亚硫酸氢钠、低亚硫酸钠、偏重亚硫酸盐和二氧化硫等，其作用能力比较温和，但漂白后的色素物质一旦被氧化还会再重新显色。目前我国主要使用这种漂白剂。在面粉加工过程中加入使面粉漂白或改进焙烤食品质量的物质，如溴酸钾、过氧化苯甲酰。

一、过氧化苯甲酰的测定

1. 原理

小麦粉中的过氧化苯甲酰被还原铁粉和盐酸反应产生的原子态氢还原，生成苯甲酸，经提取净化后，用气相色谱仪测定，与标准系列比较定量。

2. 仪器和用具

气相色谱仪（附有氢火焰离子化检测器）、微量注射器（10μL）、天平（分度值 0.01g，0.0001g）、具塞三角瓶（150mL）、分液漏斗（150mL）、具塞比色管（50mL）。

3. 试剂

乙醚（分析纯）、盐酸（分析纯）、盐酸（1+1，50mL 盐酸与 50mL 蒸馏水混合）、还原铁粉（分析纯）、氧化钠（分析纯）、氯化钠溶液5％（称取 5g 氯化钠溶于 100mL 蒸馏水中）、碳酸氢钠（分析纯）、1％碳酸氢钠的 5％的氯化钠水溶液（称取 1g 碳酸氢钠溶于 100mL 质量分数为 5％的氯化钠溶液中）、丙酮（分析纯）、石油醚（沸程 60～90℃，分析纯）、石油醚-乙醚（3+1，量取 3 体积石油醚与 1 体积乙醚混合）、苯甲酸（质量分数为 99.95％～100.05％，基准试剂）。

苯甲酸标准储备溶液：准确称取苯甲酸（基准试剂）0.1000g，用丙酮溶解并转移至 100mL 容量瓶中，定容，此溶液浓度为 1g/L。苯甲酸标准使用液：准确吸取上述苯甲酸标准储备溶液 10.00mL 于 100mL 容量瓶，以丙酮稀释并定容，此溶液浓度为 100g/L。

4. 分析步骤

（1）样品前处理　准确称取试样 5.00g 于具塞三角瓶中，加入 0.01g 还原铁粉，约 20 粒玻璃珠（φ6mm 左右）和 20mL 乙醚，混匀。逐滴加入 0.5mL 盐酸，回旋摇动，用少量乙醚冲洗三角瓶内壁，放置至少 12h 后，摇匀，静置片刻，将上清液经快速滤纸滤入分液漏斗中。用乙醚洗涤三角瓶内的残渣，每次 15mL（工作曲线溶液每次用 10mL），共洗 3 次，上清液一并滤入分液漏斗中。最后用少量乙醚冲洗过滤漏斗和滤纸，滤液合并于分液漏斗中。

向分液漏斗中加入 5％氯化钠溶液 30mL，回旋摇动 30s，防止气体顶出活塞，并注意适时放气。静置分层后，弃去下层水相溶液。重复用氯化钠溶液洗涤一次，弃去下层水相。加入 1％碳酸氢钠的 5％氯化钠水溶液 15mL，回旋摇动 2min（切勿剧烈振荡，以免乳化，并注意适时放气）。待静置分层后，将下层碱液放入已预置 3～4 勺固体氯化钠的 50mL 比色管中。分液漏斗中的醚层用碱性溶液重复提取一次，合并下层碱液于比色管中。加入 0.8mL 盐酸（1+1），适当摇动比色管以充分驱除残存的乙醚和反应产生的二氧化碳气体（室温较低时可将试管置于 50℃水浴中加热，以便于驱除乙醚），至确认管内无乙醚的气味为止。加入 5.00mL 石油醚-乙醚（3+1）混合溶液，充分振摇 1min，静置分层。上层醚液即为进行气相色谱分析的测定液。

（2）制作工作曲线　准确吸取苯甲酸标准使用液 0、1.0mL、2.0mL、3.0mL、4.0mL 和 5.0mL，置于 150mL 具塞三角瓶中，除不加还原铁粉外，其他操作与样品前处理相同，其测定液的最终浓度分别为 0、20mg/L、40mg/L、60mg/L、80mg/L 和 100mg/L。以微量注射器分别取不同浓度的苯甲酸溶液 2.0μL 注入气相色谱仪。以苯甲酸峰面积为纵坐标，苯甲酸浓度为横坐标，绘制工作曲线。

（3）测定

① 色谱条件　玻璃柱内径 3mm、长 2m，填装涂布质量分数 5% 的 DEGS＋质量分数 1% 磷酸固定液的 60～80 目 Chromosorb W A W DMCS。调节载气（氮气）流速，使苯甲酸于 5～10min 出峰。柱温为 180℃，检测器和进样口温度为 250℃，不同型号仪器调整为最佳工作条件。

② 进样　用 10μL 微量注射器取 2.0μL 测定液，注入气相色谱仪，取试样的苯甲酸峰面积与工作曲线比较定量。

5. 结果计算

样品中的过氧化苯甲酰含量按式（9-12）进行计算：

$$x = \frac{c \times 5 \times 0.992}{m \times 1000} \tag{9-12}$$

式中，x 为试样中的过氧化苯甲酰含量，g/kg；c 为由工作曲线上查出的试样测定液中相当于苯甲酸溶液的浓度，mg/L；5 为试样提取液的体积，mL；m 为试样的质量，g；0.992 为由苯甲酸换算成过氧化苯甲酰的换算系数。

取双试验测定算术平均值的 2 位有效数字。双试验测定值的相对误差不得大于 15%。

二、次硫酸氢钠甲醛的测定

（一）食品中次硫酸氢钠甲醛（吊白块）的检测（Ⅰ）

取适量样品于锥形瓶中，加入 10 倍量的水混匀，向瓶中加入盐酸溶液（1＋1）（每 10mL 样品溶液中加入 2mL 盐酸），再加 4g 锌粒，迅速在瓶口包一张醋酸铅试纸，放置 1h，观察其颜色的变化，同时做对照试验。如果醋酸铅试纸不变色，则说明样品中不含次硫酸氢钠甲醛，如果醋酸铅试纸变为棕色至黑色，可能含次硫酸氢钠甲醛，应做甲醛定性实验。

甲醛定性实验的方法为：另取适量样品，加 100mL 蒸馏水浸泡 30min，取 10mL 滤液，加入 0.5mL 乙酰丙酮，2mL 20% 乙酸铵溶液混匀，在沸水浴中加热 5min，如果溶液变为黄色，则说明样品中不含有次硫酸氢钠甲醛，如果溶液未变色，则说明样品中不含次硫酸氢钠甲醛（若浸泡液本身有颜色，则采用水蒸气蒸馏法蒸馏后取馏出液测定）。

（二）食品中次硫酸氢钠甲醛（吊白块）的检测（Ⅱ）

本方法适用于如面条、粉丝、米粉、糖等食品中次硫酸氢钠甲醛的定性鉴定和定量分析。对于氯含量高的样品，经过适当的方法除去氯后，也可以进行测定。该法同样适用于食品中甲醛和亚硫酸钠的分析。

1. 原理

添加到食品中的次硫酸氢钠甲醛在碱性条件下被过氧化氢氧化成甲酸根和硫酸根，经过滤后用离子色谱分离后测定，根据色谱峰的保留时间及其物质的量的比进行定性分析，再根据峰面积利用标准曲线法进行定量分析。

2. 干扰及消除

任何与甲酸根和硫酸根离子保留时间相近的阴离子均干扰测定。高浓度的有机酸，如乙酸根、葡萄糖酸根均干扰甲酸根测定。氯离子的保留时间与甲酸根相近，浓度大时，干扰测定，若采用蒸馏法测定可消除干扰。

3. 试剂

淋洗液：分别称取 0.1908g 无水碳酸钠和 0.1428g 碳酸氢钠（均在 105℃ 烘干 2h，干燥器中放冷）溶解于水中，移入 2000mL 容量瓶中，用水稀释至刻度，摇匀，经 0.45μm 的微孔滤膜过滤后，储存聚乙烯淋洗瓶中。碳酸钠的浓度为 0.90mmol/L，碳酸氢钠的浓度为 0.85mmol/L。硫酸根标准使用液Ⅰ（1mL 溶液含 0.10mg 硫酸根）：称取 0.1480g 于 105～110℃ 干燥至恒重的无水硫酸钠，溶于水，移入 1000mL 容量瓶中稀释至刻度。硫酸根标准使用液Ⅱ（1mL 溶液含 0.010mg 硫酸根）：吸取 10.00mL 硫酸根标准使用液Ⅰ于 100mL 容量瓶中，加水稀释至刻度。甲酸根标准使用液Ⅰ（1mL 溶液含 0.10mg 甲酸根）：称取甲酸钠（HCOONa·H₂O）0.2312g 溶于水，移入 1000mL 容量瓶中，稀释至刻度。甲酸根标准使用液Ⅱ（1mL 溶液含 0.010mg 甲酸根）：吸取 10.00mL 甲酸根标准使用液Ⅰ于 100mL 容量瓶中，加水稀释至刻度。再生液：取 1.33mL 浓硫酸于 1000mL 容量瓶中（瓶中装有少量水），用水稀释至刻度。4%（质量浓度）NaOH 溶液：称取 4g NaOH 溶于 100mL 水中。3%（体积分数）H₂O₂ 溶液：称取 10.00mL 30% 的 H₂O₂（经 KMnO₄ 法标定）于 100mL 容量瓶中，用水稀释至刻度。氯离子标准储备溶液（1mL 溶液含 0.10mg 氯离子）：称取 0.1648g 氯化钠（105℃烘 2h）溶于水，移入 1000mL 容量瓶中，用水稀释至标线。

4. 仪器和设备

离子色谱仪（具有分离柱、抑制器、电导检测器）、进样器、恒温磁力搅拌器、接点温度计。

5. 分析步骤

（1）样品处理

① 恒温搅拌氧化法　准确称取试样 2.00g 于 50mL 容量瓶中，加入高纯水 20mL，加入 4%（质量浓度）NaOH 溶液 1.2mL，3%（体积分数）H₂O₂ 溶液 1.8mL，加入高纯水稀释至刻度，摇匀加入一小磁转子，放入 50℃恒温水浴中（烧杯）搅拌 40min 取出样品，放冷后，过滤于一个微型干燥的烧杯中（或干燥的称量瓶体积约 5mL）弃去初流液，收集约 2mL 为离子色谱分析的测定液，同时做空白实验。

② 蒸馏氧化法　于 500mL 蒸馏瓶中分别加入 5mL 10%磷酸、2.0mL 液体石蜡和 200mL 水备用，一定量的样品，电热套搅拌加热，于 200mL 容量瓶中分别加入 4%（质量浓度）10.0mL NaOH 溶液、3%（体积分数）10.0mL H₂O₂ 溶液和 10mL 水摇匀作吸收液，球形冷凝管中通自来水冷却，收集流出液近 200mL 刻度时，取下容量瓶，补充水至刻度，摇匀，放置于 50℃的恒温水浴中 30min 后，得离子色谱分析测定液，同时做空白实验。

（2）离子色谱条件　A11sepA-2 Anion 阴离子交换柱。淋洗液流速为 1.2mL/min，进样量为 50μL。

（3）制作标准曲线　准确移取甲酸根标准使用液Ⅱ 0、0.50mL、1.00mL、3.00mL、5.00mL、7.00mL、10.00mL 和硫酸根标准使用液Ⅰ 0、0.50mL、1.00mL、1.50mL、2.00mL、2.50mL、3.00mL 分别置于 7 个 50mL 容量瓶中，用水稀释至刻度摇匀。调整好色谱条件，用微量注射器（注射器前安装 0.45μm 微孔滤膜过滤）进样。分别以甲酸根和硫酸根的峰面积（扣除空白）为纵坐标，甲酸根和硫酸根的浓度为横坐标，绘制甲酸根和硫酸根的标准曲线。

（4）样品测定　按与绘制标准曲线相同的色谱条件，用微量注射器吸取样品处理后的测定液进样。

6. 分析结果

（1）定性分析　根据样品中甲酸根和硫酸根的色谱峰保留时间，与相同条件下测得标准溶液的离子色谱图进行比较，保留时间一致，即初步确定样品中存在次硫酸氢钠甲醛。再根据两个峰的峰面积，确定物质的量之比是否符合或接近 1:1 的关系，进一步确定次硫酸氢钠甲醛的有无。若只进行定性鉴定，可以取两份浓度相同的样品，一份不加次硫酸氢钠甲醛，而另一份加入次硫酸氢钠甲醛，比较两个样品的离子色谱图，峰高或峰面积两个色谱峰增加，即证明有次硫酸氢钠甲醛。

（2）定量分析　根据样品中甲酸根的峰面积（扣除不含次硫酸氢钠甲醛的样品的空白值）从标准曲线上获得甲酸根的浓度，样品次硫酸氢钠甲醛的含量按式(9-13)计算。

$$X = \frac{C \times V \times 3.424 \times 1000}{W \times 1000} \qquad (9\text{-}13)$$

式中，X 为样品的次硫酸氢钠甲醛的含量，mg/kg；C 为样品中所含甲酸根的浓度，μg/mL；W 为试样的质量，g；V 为样品溶液的总体积，mL；3.424 为甲酸根换算成次硫酸氢钠甲醛的换算系数。

根据样品中硫酸根的峰面积（扣除不含次硫酸氢钠甲醛的样品的空白值）从标准曲线上获得硫酸根的浓度，样品次硫酸氢钠甲醛的含量 X 按式(9-14) 计算。

$$X = \frac{C \times V \times 1.604 \times 1000}{W \times 1000} \qquad (9\text{-}14)$$

式中，X 为次硫酸氢钠甲醛的含量，mg/kg；C 为样品中所含硫酸根的浓度，μg/mL；W 为试样的质量，g；V 为样品溶液的总体积，mL；1.604 为硫酸根换算成次硫酸氢钠甲醛的换算系数。

（三）食品中次硫酸氢钠甲醛（吊白块）的检测（Ⅲ）

本方法最小检出量为 2mg/kg（以游离甲醛计），若以次硫酸氢钠甲醛计，可乘以系数值 5.133。部分产品原材料中可能含有醛糖类物质，经酸化处理后测出含有甲醛，但浓度很低（低于 20mg/kg），所以，当测试值大于 20mg/kg 时，才考虑样品中是否加入吊白块。

1. 原理

样品经酸化后，次硫酸氢钠甲醛中的甲醛被释放出来，经水蒸气蒸馏，收集后的吸收液中的甲醛与乙酰丙酮及铵离子反应生成黄色物质，与标准系列比较定量。

2. 试剂

磷酸溶液（吸取 10mL 85% 磷酸，加蒸馏水至 100mL）、硅油、淀粉溶液（称取 1g 可溶性淀粉用少量水调成糊状，缓缓倒入 100mL 沸水，随加随搅拌，煮沸，放冷备用，此溶液临用时现配）、乙酰丙酮溶液（在 100mL 蒸馏水中加入醋酸铵 25g，冰醋酸 3mL 和乙酰丙酮 0.40mL，振摇促溶，储备于棕色瓶中，此液可保存 1 个月）、0.1mol/L 碘溶液（1/2 I_2）、0.1000mol/L 氢氧化钾溶液、10% 硫酸溶液（取 90mL 蒸馏水，缓缓加入 10mL 浓 H_2SO_4）。

甲醛标准储备溶液：取甲醛 1g 放入盛有 5mL 蒸馏水的 100mL 容量瓶中精密称量后，加水至刻度，从该溶液中吸取 10.0mL 放入碘量瓶中，加 0.1mol/L 碘溶液 50.0mL，1mol/L KOH 溶液 20mL，在室温下放置 15min 后，加 10% H_2SO_4 溶液 15mL，用 0.1000mol/L $Na_2S_2O_3$ 标准滴定溶液滴定，滴定至溶液为淡黄色时，加入 1mL 淀粉溶液，继续滴定至无色，同时取 10.0mL 蒸馏水进行空白试验。

甲醛标准储备溶液的浓度 X 按式(9-15) 计算。

$$X = \frac{(V_0 - V_1) \times c \times 15 \times 1000}{10 \times 1000} \qquad (9\text{-}15)$$

式中，X 为甲醛标准储备溶液的浓度，mg/mL；V_0 为滴定空白溶液消耗硫代硫酸钠标准滴定溶液的体积，mL；V_1 为滴定样品溶液消耗硫代硫酸钠标准滴定溶液的体积，mL；c 为标准硫代硫酸钠溶液的浓度，mol/L；15 为甲醛（1/2 HCHO）的摩尔质量，g/mol；10 为滴定时吸取甲醛标准储备溶液的体积，mL。

甲醛标准使用液：将标定后的甲醛标准储备溶液用蒸馏水稀释至 5μg/mL。

3. 仪器

分光光度计、水蒸气蒸馏装置。

4. 操作方法

（1）样品处理　准确称取 5～10g 样品（根据样品中含有次硫酸氢钠甲醛的量而定）置

于 500mL 蒸馏瓶中，加入蒸馏水 20mL（与样品混匀），硅油 2～3 滴和磷酸溶液 10mL，立即连通水蒸气蒸馏装置，进行蒸馏，冷凝管下口应插入盛有约 20mL 蒸馏水并且置于冰水浴中的 250mL 容量瓶中，待蒸馏液约 250mL 时取出，放至室温后，加水至刻度，混匀，另做空白蒸馏试验。

（2）测定　根据样品中次硫酸氢钠甲醛的含量，准确吸取样品蒸馏液 2～10mL 于 25mL 带刻度的具塞比色管中，补充蒸馏水至 10mL。另取甲醛标准使用液 0、0.50mL、1.00mL、3.00mL、5.00mL、7.00mL、10.0mL（相当于 0、2.50μg、5.00μg、15.00μg、25.00μg、35.00μg、50.00μg 甲醛）分别置于 25mL 带刻度具塞比色管中，补充蒸馏水至 10mL。

在样品及标准系列管中分别加入乙酰丙酮溶液 1mL，摇匀，置沸水浴中 3mim，用 1cm 比色杯以零管溶液调节零点，于波长 435nm 处测吸光度，绘制标准曲线，并记录样品吸光度值，扣除空白液吸光度值，查标准曲线计算结果。

5. 结果计算

样品中游离甲醛的含量按式（9-16）计算。

$$X=\frac{A\times1000\times V_2}{m_1 V_1\times1000\times1000} \tag{9-16}$$

式中，X 为样品中游离甲醛的含量，g/kg；A 为测定用样品液中甲醛的质量，μg；m_1 为样品质量，g；V_1 为测定用样品溶液体积，mL；V_2 为蒸馏液总体积，mL。

三、亚硫酸盐的测定

采用盐酸副玫瑰苯胺法测定亚硫酸盐。

1. 原理

亚硫酸盐与四氯汞钠反应生成稳定的配合物，再与甲醛及盐酸副玫瑰苯胺作用生成紫红色，与标准系列比较定量分析。

2. 试剂

0.5mol/L NaOH 溶液、0.5mol/L 1/2 H_2SO_4 溶液、四氯汞钠吸收液（称取 13.6g 氯化汞及 6.0g 氯化钠，溶于水中并稀释至 1000mL，放置过夜，过滤后备用）、12g/L 氨基磺酸铵溶液、甲醛溶液（0.55＋99.45，吸取 0.55mL 无聚合沉淀的 36% 甲醛，加水 99.45mL 稀释，混匀）、淀粉指示液（称取 1g 可溶性淀粉，用少量水调成糊状，缓缓倾入 100mL 沸水中，边加边搅拌，煮沸，放冷备用，此溶液临用时现配）、亚铁氰化钾溶液（称取 10.6g 亚铁氰化钾，加水溶解并稀释至 100mL）、乙酸锌溶液（称取 22g 乙酸锌，溶于少量水中，加入 3mL 冰醋酸，加水稀释至 100mL）、0.1mol/L 碘（1/2 I_2）溶液、0.1000mol/L $Na_2S_2O_3$ 标准滴定溶液。

盐酸副玫瑰苯胺溶液：称取 0.1g 盐酸副玫瑰苯胺于研钵中，加少量水研磨使其溶解并稀释至 100mL。取出 20mL 置 100mL 容量瓶中，加 6mol/L 盐酸溶液，充分摇匀后使溶液由红色变黄色，如不变黄色再滴加少量盐酸至出现黄色，再加水稀释至刻度，混匀备用（如无盐酸副玫瑰苯胺可用盐酸品红代替）。

盐酸副玫瑰苯胺的精制方法：称取 20g 盐酸副玫瑰苯胺于 400mL 水中，用 50mL 2mol/L HCl 酸化，徐徐搅拌，加 4～5g 活性炭，加热煮沸 2min。将混合液倒入大漏斗中，过滤（用保温漏斗趁热过滤）。滤液放置过夜，出现结晶，然后再用布氏漏斗抽滤，将结晶再悬浮于 1000mL 乙醚-乙醇（10＋1）的混合液中，振摇 3～5min，以布氏漏斗抽滤，再用乙醚反复洗涤至醚层不带色为止。于硫酸干燥器中干燥，研细后于棕色瓶中保存。

二氧化硫标准储备溶液：称取 0.5g 亚硫酸氢钠，溶于 200mL 四氯汞钠吸收液中，放置过夜，上清液用定量滤纸过滤备用。

吸取 10.0mL 亚硫酸氢钠-四氯汞钠溶液于 250mL 碘量瓶中，加 100mL 水，准确加入 20.00mL0.1mol/L 碘 (1/2 I_2) 溶液和 5mL 冰醋酸，摇匀，放置暗处 2min 后，迅速以 0.1000mol/L $Na_2S_2O_3$ 标准滴定溶液滴定至淡黄色。加 0.5mL 淀粉指示液，继续滴至无色。另取 100mL 水，准确加入 20.00mL0.1mol/L 碘 (1/2 I_2) 溶液，加 5mL 冰醋酸，按同一方法做空白试验。

计算：

$$X = \frac{(V_1 - V_2) \times c \times 32.03}{10} \tag{9-17}$$

式中，X 为二氧化硫标准溶液浓度，mg/mL；c 为 $Na_2S_2O_3$ 标准滴定溶液的浓度，mol/L；V_1 为测定用二氧化硫标准溶液消耗 $Na_2S_2O_3$ 标准滴定溶液体积，mL；V_2 为试剂空白消耗 $Na_2S_2O_3$ 标准滴定溶液体积，mL；32.03 为 $1/2SO_2$ 的摩尔质量，g/mol。

二氧化硫标准使用液：临用前将二氧化硫标准储备溶液以四氯汞钠吸收液稀释成 1mL 含 2μg 二氧化硫。

3. 仪器

分光光度计。

4. 操作方法

(1) 样品处理　对于水溶性固体样品如白糖等，可称取 10.0g 均匀样品（样品量可视含量高低而定），以少量水溶解，置 100mL 容量瓶中，加入 4mL 0.5mol/L 氢氧化钠溶液，5min 后加入 4mL 0.5mol/L 硫酸溶液，然后加入 20mL 四氯汞钠吸收液，以水稀释至刻度。

对于其他固体样品如饼干、粉丝等，可称取 5.0～10.0g 研磨均匀的样品，以少量水湿润并移入 100mL 容量瓶中，然后加入 20mL 四氯汞钠吸收液，浸泡 4h 以上，若上层溶液不澄清，可加入亚铁氰化钾及乙酸锌溶液各 2.5mL，最后用水稀释至刻度，过滤后备用。

(2) 测定　吸取 0.50～5.00mL 上述样品处理液于 25mL 具塞比色管中。

另取 0、0.20mL、0.40mL、0.60mL、0.80mL、1.00mL、1.50mL、2.00mL 二氧化硫标准使用液（相当于 0、0.40μg、0.80μg、1.20μg、1.60μg、2.00μg、3.00μg、4.00μg 二氧化硫），分别置于 25mL 具塞比色管中。

于样品及标准管中各加入四氯汞钠吸收液至 10mL，然后各加入 1mL 12g/L 氨基磺酸铵溶液、1mL 甲醛溶液 (0.5∶99.5) 及 1mL 盐酸副玫瑰苯胺溶液，摇匀，放置 20min。用 1cm 比色杯以零管调节零点，于波长 550nm 处测吸光度，绘制标准曲线。

5. 结果计算

$$X = \frac{m_1}{m \times \frac{V}{100} \times 1000} \tag{9-18}$$

式中，X 为样品中二氧化硫的含量，g/kg；m_1 为测定用样液中二氧化硫的含量，μg；m 为样品质量，g；V 为测定用样品体积，mL。

第四节　营养强化剂

食品营养强化剂是指为增强营养成分而加入食品中的天然的或者人工合成的属于天然营养素范围的食品添加剂。食品加工中添加食品营养强化剂的目的是通过弥补天然食品中营养素的不足和补偿在加工中营养的损失，及提高食品的品质和营养价值，以保证人们在各个生长发育阶段及各种劳动条件下获得全面的合理的营养，满足人体生理、生活和劳动的正常需要，以维持和提高身体健康水平。

营养强化剂不仅能提高食品的营养质量，而且还可提高食品的感官质量和改善其保藏性能。比如维生素 E、卵磷脂、维生素 C 等，它们既是营养强化剂，又是良好的抗氧化剂。营养强化剂主要可分为维生素、氨基酸和无机盐 3 大类。常用的维生素类有维生素 A、维生素 B_1、维生素 B_2、维生素 C、维生素 D、维生素 PP 及其衍生物。常用的氨基酸有 8 种人体必需的氨基酸及其衍生物。无机盐以钙、铁、锌盐为主，还有其他一些微量元素。

一、维生素 A 的测定

（一）原理

维生素 A 在三氯甲烷中与三氯化锑作用生成蓝色物质，其颜色深浅与溶液中维生素含量成正比。该蓝色物质虽不稳定，但在一定时间内可用分光光度计于 620nm 波长处测定。

（二）仪器与主要试剂

分光光度计和回流冷凝装置。

三氯甲烷：不含分解物，否则会破坏维生素 A。①检查方法：三氯甲烷放置后易受空气中氧气的作用生成氯化氢和光气。取少量三氯甲烷置试管中加水少许振摇，使氯化氢溶到水层，加入几滴硝酸银溶液，如有白色沉淀即说明三氯甲烷中有分解产物。②处理方法：如有分解产物，于分液漏斗中加水数次，加无水硫酸钠或氯化钙使之脱水，然后蒸馏。

三氯化锑-三氯甲烷溶液（250g/L）：用三氯甲烷配制三氯化锑溶液，储于棕色瓶中（注意勿使其吸收水分）。

维生素 A 或视黄醇乙酸酯标准溶液：视黄醇（纯度 85%）或视黄醇乙酸酯（纯度 90%）经皂化处理后使用。用脱醛乙醇溶解维生素 A 标准品，使其质量浓度大约为 1mL 相当于 1mg 视黄醇。临用前用紫外分光光度法标定其准确质量浓度。

（三）测定

维生素 A 极易被光破坏，实验操作应在微弱光线下进行，或用棕色玻璃仪器。

1. 试样处理

（1）皂化法 适用于维生素 A 质量分数不高的试样，可减少脂溶性物质的干扰，但全部试验过程费时，且易导致维生素 A 损失。

准确称取 0.5～5g 试样于三角瓶中，加入 10mL 氢氧化钾（1+1）及 20～40mL 乙醇，于电热板上回流 30min 至皂化完全为止。将皂化瓶内混合物移至分液漏斗中，以 30mL 水洗皂化瓶，洗液并入分液漏斗。如有渣子，可用脱脂棉漏斗滤入分液漏斗内。用 50mL 乙醚分 2 次洗皂化瓶，洗液并入分液漏斗中。振摇并注意放气，静置分层后，水层放入第二个分液漏斗内。皂化瓶再用约 30mL 乙醚分 2 次冲洗，洗液倾入第二个分液漏斗中。振摇后，静置分层，水层放入三角瓶中，醚层与第一个分液漏斗合并。重复至水液中无维生素 A 为止。

用约 30mL 水加入第一个分液漏斗中，轻轻振摇，静置片刻后放去水层。加 15～20mL 0.5mol/L 氢氧化钾溶液于分液漏斗中，轻轻振摇后，弃去下层碱液，除去醚溶性酸皂。继续用水洗涤，每次用水约 30mL，直至洗涤液与酚酞指示剂呈无色为止（大约 3 次）。醚层液静置 10～20min，小心放出析出的水。

将醚层液经过无水硫酸钠滤入三角瓶中，再用约 25mL 乙醚冲洗分液漏斗和硫酸钠 2 次，洗液并入三角瓶内。置水浴上蒸馏，回收乙醚。待瓶中约剩 5mL 乙醚时取下，用减压抽气法至干，立即加入一定量的二氯甲烷使溶液中维生素 A 质量浓度在适宜浓度范围内。

（2）研磨法 适用于每克试样维生素 A 质量大于 5～10μg 试样的测定。步骤简单、省时，结果准确。

精确称取 2～5g 试样，放入盛有 3～5 倍试样质量的无水硫酸钠研钵中，研磨至试样中水分完全被吸收，并均质化。小心将均质化试样移入带盖的三角瓶内，准确加入 50～

100mL 乙醚。压紧盖子，用力振摇 2min 使试样中维生素 A 溶于乙醚中。使其自行澄清（大约需 1～2h）或离心澄清（乙醚易挥发，气温高时应在冷水浴中操作。装乙醚的试剂瓶先放入冷水浴中）。取澄清的乙醚提取液 2～5mL，放入比色管中，在 70～80℃ 水浴上抽气蒸干。立即加入 1mL 三氯甲烷溶解残渣。

2. 分析

准确取一定量的维生素 A 标准液于 4～5 个容量瓶中，以三氯甲烷配制标准系列。再取相同数量比色管顺次取 1mL 三氯甲烷和标准系列使用液 1mL，各管加入乙酸酐 1 滴，制成标准比色系列，于 620nm 波长处以三氯甲烷调节吸光度零点，将其标准比色系列按顺序移入光路前，迅速加 9mL 三氯化锑-三氯甲烷溶液。于 6s 内测定吸光度，以吸光度为纵坐标，维生素 A 质量浓度为横坐标绘制标准曲线图。

于一比色管中加入 10mL 三氯甲烷，加入 1 滴乙酸酐为空白液。另一比色管中加入 1mL 三氯甲烷，其余比色管中分别加入 1mL 试样溶液及 1 滴乙酸酐。其余分析步骤同标准曲线的绘制。结果按式(9-19)计算：

$$w = \frac{V\rho \times 100}{m \times 1000} \tag{9-19}$$

式中，w 为试样中维生素 A 的含量（如用国际单位，$1IU = 0.3\mu g$ 维生素 A），mg/100g；ρ 为由标准曲线上查得试样维生素 A 的质量浓度，$\mu g/mL$；m 为试样质量，g；V 为提取后加三氯甲烷定量的体积，mL；100 为以每百克试样计。

计算结果保留 3 位有效数字。

在重复性条件下获得的两次独立测定结果的绝对差值不得超过算术平均值的 10%。

二、维生素 B₁ 的测定

（一）原理

硫胺素在碱性铁氰化钾溶液中被氧化成噻嘧色素，在紫外线照射下发出荧光。没有其他物质干扰时，此荧光相对强度与噻嘧色素量成正比，即与溶液中硫胺素量成正比。如试样中含杂质过多，应用经过离子交换剂使硫胺素与杂质分离后的溶液测定。

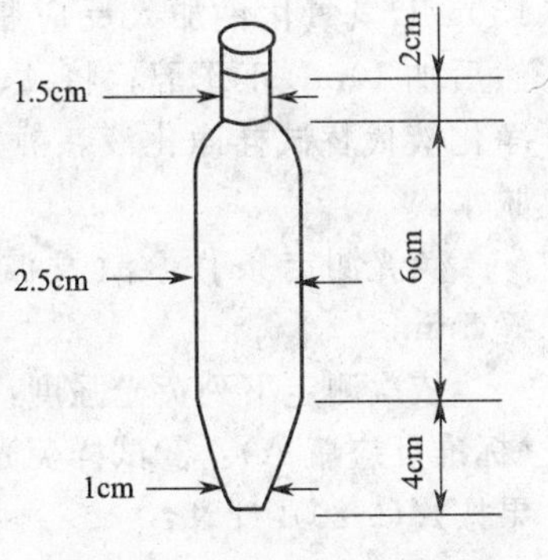

（二）仪器与主要试剂

荧光分光光度计；电热恒温培养箱；Maizel-Gerson 反应瓶如图 9-1 所示；淀粉酶和蛋白酶；0.1mol/L，0.3mol/L 盐酸；2mol/L 乙酸钠溶液；氯化钾溶液（250g/L）；酸性氯化钾溶液（250g/L）（8.5mL 浓盐酸用 25% 氯化钾溶液稀释至 1000mL）；1% 铁氰化钾溶液（10g/L）（1g 铁氰化钾溶于水中稀释至 100mL，放于棕色瓶内保存）；碱性铁氰化钾溶液（取 4mL 10g/L 铁氰化钾溶液，用 150g/L 氢氧化钠溶液稀释至 60mL。用时现配，避光使用）。

活性人造浮石：称 200g 40～60 目人造浮石，以 10 倍于其容积的热乙酸溶液搅洗两次，每次 10min；再用 5 倍于其容积的 250g/L 热氯化钾溶液搅洗 15min；然后再用稀乙酸溶液搅洗 10min；最后用热蒸馏水洗至没有氯离子，于蒸馏水中保存。

硫胺素标准储备溶液（0.1g/mL）：准确称取 100mg 经氯化钙干燥 24h 的硫胺素，溶于 0.01mol/L 盐酸中，并稀释至 1000mL。于冰箱中避光保存。用时用 0.01mol/L 盐酸逐级稀释为 0.1μg/mL 的硫胺素标准使用液。

溴甲酚绿溶液（0.4g/L）：称取 0.1g 溴甲酚绿，置于小研钵中，加入 1.4mL 0.1mol/L 氢氧化钠溶液研磨片刻，再加入少许水继续研磨至完全溶解，用水稀释至 250mL。

图 9-1 Maizel-Gerson 反应瓶

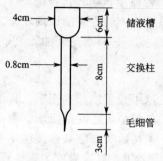

盐基交换管如图 9-2 所示。

（三）测定

试样采集后用匀浆机打成匀浆于低温冰箱中冷冻保存，用时将其解冻后混匀使用。干燥试样要将其尽量粉碎后备用。

准确称取一定量试样（估计其硫胺素质量约为 $10\sim30\mu g$，一般称取 $2\sim10g$ 试样），置于 100mL 三角瓶中，加入 50mL 0.1mol/L 或 0.3mol/L 盐酸使其溶解，放入高压锅中加热水解，121℃ 30min，凉后取出。用 2mol/L 乙酸钠调 pH 4.5（以 0.4g/L 溴甲酚绿为外指示剂）。按每克试样加 20mg 淀粉酶和 40mg 蛋白酶的比例加入淀粉酶和蛋白酶，于 $45\sim50$℃ 温

图 9-2 盐基交换管

箱过夜保温（约 16h），凉至室温，定容至 100mL 后混匀过滤，即为提取液。

用少许脱脂棉铺于盐基交换管的交换柱底部，加水将棉纤维中气泡排出，再加约 1g 活性人造浮石使之达到交换柱的 1/3 高度。保持盐基交换管中液面始终高于活性人造浮石。用移液管加入提取液 $20\sim60$mL（使通过活性人造浮石的硫胺素总质量约为 $2\sim5\mu g$）。加约 10mL 热蒸馏水冲洗交换柱，弃去洗液。如此重复 3 次。加入 20mL 250g/L 酸性氯化钾（温度为 90℃左右），收集此液于 25mL 刻度试管内，凉至室温，用 250g/L 酸性氯化钾定容至 25mL，即为试样净化液。

重复上述操作，将 20mL 硫胺素标准使用液加入盐基交换管以代替试样提取液，即得到标准净化液。将 5mL 试样净化液分别加入 A、B 两个反应瓶。在避光条件下将 3mL 150g/L 氢氧化钠加入反应瓶 A，将 3mL 碱性铁氰化钾溶液加入反应瓶 B，振摇约 15s，然后加 10mL 正丁醇；将 A、B 两个反应瓶同时用力振摇 1.5min。重复上述操作，用标准净化液代替试样净化液。静置分层后吸去下层碱性溶液，加入 $2\sim3g$ 无水硫酸钠使溶液脱水。

荧光测定条件：激发波长 365nm，发射波长 435nm，激发波狭缝 5nm，发射波狭缝 5nm。

依次测定下列荧光强度：①试样空白荧光强度（试样反应瓶 A）；②标准空白荧光强度（标准反应瓶 A）；③试样荧光强度（试样反应瓶 B）；④标准荧光强度（标准反应瓶 B）。结果按式(9-20) 计算：

$$w=(I_x-I_0)\times\frac{\rho V}{(I_a-I_b)m}\times\frac{V_1}{V_2}\times\frac{100}{1000} \tag{9-20}$$

式中，w 为试样中硫胺素的含量，mg/100g；I_x 为试样荧光相对强度；I_0 为试样空白荧光相对强度；I_a 为标准荧光相对强度；I_b 为标准空白荧光相对强度；ρ 为硫胺素标准使用液质量浓度，$\mu g/mL$；V 为用于净化的硫胺素标准使用液体积，mL；V_1 为试样水解后定容的体积，mL；V_2 为试样用于净化的提取液体积，mL；m 为试样质量，g；$\frac{100}{1000}$ 为试样含量由微克每克（$\mu g/g$）换算成毫克每百克（mg/100g）的系数。

计算结果保留两位有效数字。

在重复性条件下获得的两次独立测定结果的绝对差值不得超过算术平均值的 10%。

三、维生素 E 的测定

（一）原理

试样中的维生素 E 经皂化提取处理后，将其从不可皂化部分提取至有机溶剂中。用液相色谱 C_{18} 反相柱分离维生素 E，经紫外检测器检测，并用内标法定量测定。

130

（二）仪器与主要试剂

高效液相色谱仪带紫外分光检测器；紫外分光光度计；旋转蒸发器；高速离心机。

不含有过氧化物的无水乙醚，检查方法：用 5mL 乙醚加 1mL 10% 碘化钾溶液，振摇 1min，如有过氧化物则放出游离碘，水层呈黄色或加 4 滴 0.5% 淀粉溶液，水层呈蓝色。该乙醚需处理后使用。去除过氧化物的方法：重蒸乙醚时，瓶中放入纯铁丝或铁末少许。弃去 10% 初馏液和 10% 残馏液。

无水乙醇：不得含有醛类物质。检查方法：取 2mL 银氨溶液于试管中，加入少量乙醇，摇匀，再加入氢氧化钠溶液加热，放置冷却后，若有银镜反应则表示乙醇中有醛。脱醛方法：取 2g 硝酸银溶于少量水中，取 4g 氢氧化钠溶于温乙醇中，将两者倾入 1L 乙醇中，振摇后，放置暗处 2 天（不时摇动，促进反应），经过滤，置蒸馏瓶中蒸馏，弃去初蒸出的 50mL。当乙醇中含醛较多时，硝酸银用量适当增加。

甲醇：重蒸后使用。重蒸水：水中加少量高锰酸钾，临用前蒸馏。抗坏血酸溶液（100g/L）：临用前配制。

银氨溶液：加氨水至硝酸银溶液（50g/L）中，直至生成的沉淀重新溶解为止，再加氢氧化钠溶液数滴，如发生沉淀，再加氨水直至溶解。

维生素 E 标准液：α-生育酚（纯度 95%），γ-生育酚（95%），δ-生育酚（纯度 95%）。用脱醛乙醇分别溶解以上 3 种维生素 E 标准品，使其质量浓度大约为 1mL 相当于 1mg。临用前用紫外分光光度计分别标定此 3 种维生素 E 溶液的准确质量浓度。

内标溶液：称取苯并［e］芘（纯度 98%），用脱醛乙醇配制成 1mL 相当于 10μg 苯并［e］芘的内标溶液。

（三）测定

准确称取 1～10g 试样（含维生素 E 各异构体约为 40μg）于皂化瓶中，加 30mL 无水乙醇搅拌到颗粒物分散均匀为止。加 5mL 10% 抗坏血酸、苯并［e］芘标准液 2.00mL，混匀。加 10mL 氢氧化钾（1+1），混匀。于沸水浴回流 30min 使皂化完全。皂化后立即放入冰水中冷却。将皂化后的试样移入分液漏斗中，用 50mL 水分 2～3 次洗皂化瓶，洗液并入分液漏斗中。用约 100mL 乙醚分 2 次洗皂化瓶及其残渣，乙醚液并入分液漏斗中。如有残渣，可将此液通过有少许脱脂棉的漏斗滤入分液漏斗。轻轻振摇分液漏斗 2min，静置分层，弃去水层。

用约 50mL 水洗分液漏斗中的乙醚层，用 pH 试纸检验直至水层不显碱性（最初水洗轻摇，逐次振摇强度可增加）。将乙醚提取液经过无水硫酸钠（约 5g）滤入与旋转蒸发器配套的 250～300mL 球形蒸发瓶内，用约 100mL 乙醚冲洗分液漏斗及无水硫酸钠 3 次，并入蒸发瓶内，将其接至旋转蒸发器上，于 55℃ 水浴中减压蒸馏回收乙醚，待瓶中约剩下 2mL 乙醚时，取下蒸发瓶，立即用氮气吹掉乙醚。加入 2.00mL 乙醇，充分混合，溶解提取物。

将乙醇液移入一小塑料离心管中离心 5min（5000 r/min），上清液供色谱分析。如果试样中维生素含量过少，可用氮气将乙醇液吹干后，再用乙醇重新定容，并记下体积比。

取维生素 E 标准溶液若干微升，稀释至 3.00mL 乙醇中，并分别按给定波长测定各吸光度。用百分吸光系数计算出该维生素的质量浓度。测定条件如表 9-1 所示。

表 9-1　维生素 E 吸光度测定条件

标　准	加入标准溶液的体积 $V/\mu L$	百分吸光系数 $E_{1cm}^{1\%}$	波长 λ/nm
α-生育酚	100.0	71.0	294
γ-生育酚	100.0	92.8	298
δ-生育酚	100.0	91.2	298

结果按式（9-21）计算：

$$\rho_1 = \frac{A \times 3.00 \times 1000}{E_{1cm}^{1\%} \times 100 \times V} \tag{9-21}$$

式中，ρ_1 为维生素 E 的质量浓度，g/mL；A 为维生素的平均吸光度；$E_{1cm}^{1\%}$ 为维生素 E 1%百分吸光系数；V 为加入标准液的量，μL；3.00 为标准液稀释倍数。

（四）说明

① 本方法采用内标法定量。把一定量的维生素 α-生育酚、β-生育酚、δ-生育酚及内标苯并 [e] 芘液混合均匀，选择合适灵敏度，使上述物质的各峰高约为满量程的 70%，为高浓度点。高浓度的 1/2 为低浓度点（其内标苯并 [e] 芘的浓度值不变），用此种浓度的混合标准溶液进行色谱分析。以维生素 E 峰面积与内标物峰面积之比为纵坐标，维生素质量浓度为横坐标绘制维生素 E 标准曲线。或计算直线回归方程。如有微处理机装置，则按仪器说明用二点内标法进行定量。

② 本方法不能将 β-维生素 E 和 γ-维生素 E 分开，故 γ-维生素 E 峰中包含有 β-维生素 E 峰。

（五）高效液相色谱分析

1. 色谱条件（参考条件）

预柱：ultrashere ODS 10μm，4mm×4.5cm。分析柱：ultrashere ODS 5μm，4.6mm×25mm。流动相：甲醇＋水（98＋2）混匀，临用前脱气。紫外检测器波长 300nm，量程 0.02～1.00。进样量 20μL。流速 1.7mL/min。

2. 试样分析

取试样浓缩液 20μL，待绘制出色谱图及色谱参数后，用标准物色谱峰的保留时间定性。

定量：根据色谱图求出某种维生素 E 峰面积与内标物峰面积的比值，以此值在标准曲线上查到其质量浓度，或用回归方程求出其质量分数。结果按式（9-22）计算。

$$w = \frac{V\rho \times 100}{m \times 1000} \tag{9-22}$$

式中，w 为维生素 E 的含量，mg/100g；ρ 为由标准曲线上查到某种维生素质量浓度，μg/mL；V 为试样浓缩定容体积，mL；m 为试样质量，g。

计算结果保留 3 位有效数字。

在重复性条件下获得的两次独立测定结果的绝对差值不得超过算术平均值的 10%。

四、α-赖氨酸盐酸盐的测定

1. 试剂

甲酸、冰乙酸、6%乙酸汞-乙酸溶液（称取 6g 乙酸汞，加 100mL 乙酸溶解，混匀）、0.2% α-萘酚苯基甲醇指示液（称取 0.2g α-萘酚苯基甲醇，加 100mL 冰乙酸溶解，混匀）、0.1mol/L 高氯酸标准溶液。

2. 操作步骤

称取于 105℃烘干至恒量的试样 100mg（精确至 0.1mg），加 3mL 甲酸、50mL 冰乙酸、5mL 乙酸汞-乙酸溶液，再加 10 滴指示液，以标定好的高氯酸标准溶液滴定至绿色为终点，记录消耗高氯酸溶液的体积（V），同时做空白试验（V_0）。

3. 计算

$$X = \frac{c(V - V_0) \times 0.18265}{2m} \times 100 \tag{9-23}$$

式中，X 为样品中赖氨酸盐酸盐的含量，%；c 为高氯酸标准溶液的浓度，mol/L；V 为样品消耗高氯酸溶液的体积，mL；V_0 为空白试验消耗高氯酸溶液的体积，mL；m 为样品

质量，mg；0.18265 为赖氨酸盐酸盐的毫摩尔质量，mg/mmol。

4. 结果的允许差

同一样品两次测定之值不得超过 0.3%，保留一位小数，报告其结果。

参 考 文 献

[1] 卢利军，牟峻. 粮油及其制品质量与检验. 北京：化学工业出版社，2008.

[2] 巢国强. 食品质量检验（粮油及制品类）. 北京：中国计量出版社，2005.

[3] 张根生. 食品中有害化学物质的危害与检测. 北京：中国计量出版社，2006.

[4] 王竹天. 食品卫生检验方法：理化部分. 北京：中国标准出版社，2008.

[5] 靳敏，夏玉宇. 商品检验技术手册：食品检验技术. 北京：化学工业出版社，2003.

[6] 高向阳，宋莲军，史琦云. 食品分析与检验. 北京：中国计量出版社，2006.

[7] 白剑英. 食品添加剂亚硫酸盐的研究进展. 环境与职业医学，2007，24（4）：431-434.

[8] 吴玉萍，高广智，袁静. 高效液相色谱法测定食品中的着色剂. 中国公共卫生，2003，19（5）：602.

[9] 刘红河，陈卫，康莉，仲岳桐，陈春晓. 气相色谱法同时测定食品中 3 种抗氧化剂. 现代预防医学，2006，33（12）：2307-2309.

[10] 王静，白璐，谷艳，项婧，赵春杰. HPLC 内标法同时测定食品中 7 种防腐剂的含量. 沈阳药科大学学报，2007，24（11）：695-699.

[11] 韩雅珊，戴蕴青. 高效液相色谱法同时测定食品中的 B 族维生素. 营养学报，1993，15（4）：448-453.

[12] Ma M, Luo X, Chen B, Su S, Yao S. Simultaneous determination of water-soluble and fat-soluble synthetic colorants in foodstuff by high-performance liquid chromatography-diode array detection-electrospray mass spectrometry. Journal of Chromatography A, 2006, 1103 (1): 170-176.

第十章　真菌毒素检测技术

由真菌产生的有毒代谢产物统称为真菌毒素。到目前为止，已发现的真菌毒素有 100 多种，其中已从粮食、食品及饲料中分离出来的，并通过生物学试验证明确实有毒，且已弄清了化学结构的毒素有 20 余种。粮食、食品和饲料污染真菌的来源多种多样，在农作物的生长，农产品的收获、储存、运输、加工过程的各个环节中，都有可能污染真菌。依据真菌的生物学特性，我国谷物真菌毒素感染主要发生在北纬 31°以南（长江以南）地区。有数字表明，每年大约有 25% 的农作物受到不同程度的真菌毒素的污染，这已经对农作物、畜牧业甚至于国民经济产生深刻的影响。据保守估计，真菌毒素对饲料和畜牧业的影响，仅在加拿大和美国每年造成的损失就有 50 亿美元。在发展中国家，食物中的真菌毒素甚至影响到人口数量，并缩短人的平均寿命。由于现在不可能完全避免食物受到真菌毒素的污染，因此，粮油食品中真菌毒素的检测已受到了世界各国的普遍关注。下面就天然存在粮油食品中几种最常见的真菌毒素，如黄曲霉毒素、呕吐毒素、赭曲霉毒素、玉米赤霉烯酮的检测方法加以介绍。

第一节　黄曲霉毒素

一、概述

黄曲霉毒素是曲霉菌（主要是黄曲霉菌和寄生曲霉菌）的代谢产物，广泛存在于各种粮食、食品和饲料中，对人类和动物表现出很强的毒性。黄曲霉毒素不是单一的化合物，但结构十分相似，是二氢呋喃氧杂萘邻酮的衍生物。用色谱分析方法从已分离的黄曲霉毒素及其衍生物中发现有 20 种荧光物质，其中 10 余种的结构已经确定，主要毒素是黄曲霉毒素 B_1、黄曲霉毒素 G_1、黄曲霉毒素 B_2 和黄曲霉毒素 G_2，黄曲霉毒素 B_2 和黄曲霉毒素 G_2 是黄曲霉毒素 B_1 和黄曲霉毒素 G_1 双羟基衍生物。

黄曲霉毒素性质非常稳定，在近 300℃的温度下也难分解，只在强酸、强碱和强氧化剂的条件下才被分解。低浓度的纯品易被紫外线破坏。能溶于多种溶剂，如乙腈、苯、三氯甲烷、甲醇、乙醇等，但不溶于己烷、石油醚和乙醚。在水中溶解度也很低。在紫外线照射下有很强的荧光。

黄曲霉毒素是目前已知的强致癌物之一，属于肝脏毒素，其中黄曲霉毒素 B_1 是毒性和危害最大的一种，在稻谷、小麦、黑麦、燕麦、玉米、花生、棉籽、大米、花生油等粮油食品中都发现有黄曲霉毒素 B_1。其中污染最严重的是花生、玉米、棉籽、高粱，稻谷次之，麦类则轻微得多。这种不平衡的分布是与各种作物生物学特性和化学组成以及成熟期所处的气候条件有很大的关系。一般来说，富含脂肪的粮食较易产生黄曲霉毒素，但大豆例外。此外，收获季节高温、高湿，易造成黄曲霉毒素的污染。

我国粮食和食用植物油卫生标准规定玉米、玉米胚油、花生油黄曲霉毒素限量指标 $\leqslant 20\mu g/kg$；大米和其他食用油黄曲霉毒素限量指标 $\leqslant 10\mu g/kg$；其他粮食、豆类和发酵食品黄曲霉毒素限量指标 $\leqslant 5\mu g/kg$。

二、检测方法

食品中黄曲霉毒素测定常采用薄层色谱法、微柱法、酶联免疫法（ELISA）、高效液相色谱法等。

（一）薄层色谱法测定食品中的黄曲霉毒素 B_1

1. 原理

样品中黄曲霉毒素 B_1 经提取、浓缩、薄层分离后，在波长 365nm 紫外线下产生蓝紫色荧光，根据其在薄层上显示荧光的最低检出量来测定含量。

2. 试剂

三氯甲烷、正己烷或石油醚（沸程 30～60℃或 60～90℃）、甲醇、苯、乙腈、无水乙醚或乙醚经无水硫酸钠脱水、丙酮。以上试剂在试验时先进行一次试剂空白试验，如不干扰测定即可使用，否则需逐一进行重蒸。

硅胶 G（薄层色谱用）、三氟乙酸、无水硫酸钠、氯化钠、苯-乙腈混合液（量取 98mL 苯，加 2mL 乙腈，混匀）、甲醇水溶液（55：45）。黄曲霉毒素 B_1 标准溶液。

（1）仪器校正　测定重铬酸钾溶液的摩尔吸光系数，以求出使用仪器的校正因素。准确称取 25mg 经干燥的重铬酸钾（基准级），用硫酸（0.5＋1000）溶解后并准确稀释至 200mL，相当于 $c(K_2Cr_2O_7)=0.0004mol/L$。再吸取 25mL 此稀释液于 50mL 容量瓶中，加硫酸（0.5＋1000）稀释至刻度，相当于 0.0002mol/L 溶液。再吸取 25mL 此稀释液于 50mL 容量瓶中，加硫酸（0.5＋1000）稀释至刻度，相当于 0.0001mol/L 溶液。用 1cm 石英杯，在最大吸收峰的波长（接近 350nm 处）用硫酸（0.5＋1000）作空白，测得以上 3 种不同浓度溶液的吸光度，并按式(10-1)计算出以上 3 种浓度的摩尔吸光系数的平均值。

$$\varepsilon_1 = \frac{A}{c} \tag{10-1}$$

式中，ε_1 为重铬酸钾溶液的摩尔吸光系数；A 为测得重铬酸钾溶液的吸光度；c 为重铬酸钾溶液的物质的量浓度。

再以此平均值与重铬酸钾的摩尔吸光系数值 3160 比较，即求出使用仪器的校正因素，按式(10-2)进行计算。

$$f = \frac{3160}{\varepsilon} \tag{10-2}$$

式中，f 为使用仪器的校正因素；ε 为测得的重铬酸钾摩尔吸光系数平均值。若 f 大于 0.95 或小于 1.05，则使用仪器的校正因素可忽略不计。

（2）黄曲霉毒素 B_1 标准溶液的制备　准确称取 1～1.2mg 黄曲霉毒素 B_1 标准品，先加入 2mL 乙腈溶解后，再用苯稀释至 100mL，避光，置于 4℃ 冰箱保存，该标准溶液约为 $10\mu g/mL$。用紫外分光光度计测此标准溶液的最大吸收峰的波长及该波长的吸光度值。

结果计算：黄曲霉毒素 B_1 标准溶液的浓度按式(10-3)进行计算。

$$X = \frac{A \times M \times 1000 \times f}{\varepsilon_2} \tag{10-3}$$

式中，X 为黄曲霉毒素 B_1 标准溶液的浓度，$\mu g/mL$；A 为测得的吸光度值；f 为使用仪器的校正因素；M 为黄曲霉毒素 B_1 的相对分子质量 312；ε_2 为黄曲霉毒素 B_1 在苯-乙腈混合液中的摩尔吸光系数，19800。

根据计算，用苯-乙腈混合液调到标准溶液浓度恰为 $10.0\mu g/mL$，并用分光光度计核对其浓度。

（3）纯度的测定　取 $5\mu L$ $10\mu g/mL$ 黄曲霉毒素 B_1 标准溶液，滴加于涂层厚度 0.25mm 的硅胶 G 薄层板上，用甲醇-三氯甲烷（4＋96）与丙酮-三氯甲烷（8＋92）展开剂展开，在紫外线灯下观察荧光的产生，必须符合以下条件：在展开后，只有单一的荧光点，无其他杂质荧光点；原点上没有任何残留的荧光物质。

黄曲霉毒素 B_1 标准使用液：准确吸取 1mL 标准溶液（$10\mu g/mL$）于 10mL 容量瓶中，

加苯-乙腈混合液至刻度，混匀，此溶液 1mL 相当于 1.0μg 黄曲霉毒素 B₁。吸取 1.0mL 此稀释液，置于 5mL 容量瓶中，加苯-乙腈混合液稀释至刻度，此溶液 1mL 相当于 0.2μg 黄曲霉毒素 B₁。再吸取黄曲霉毒素 B₁ 标准溶液（0.2μg/mL）1.0mL 置于 5mL 容量瓶中，加苯-乙腈混合液稀释至刻度，此溶液 1mL 相当于 0.04μg 黄曲霉毒素 B₁。

次氯酸钠溶液（消毒用）：取 100g 漂白粉，加入 500mL 水，搅拌均匀。另将 80g 工业用碳酸钠溶于 500mL 温水中，再将两液混合、搅拌，澄清后过滤。此滤液含次氯酸浓度约为 25g/L。若用漂粉精制备，则碳酸钠的量可以加倍。所得溶液的浓度约为 50g/L。污染的玻璃仪器用 10g/L 次氯酸钠溶液浸泡半天或用 50g/L 次氯酸钠溶液浸泡片刻后，即可达到去毒效果。

3. 仪器

小型粉碎机、样筛、电动振荡器、全玻璃浓缩器、玻璃板（5cm×20cm）、薄层板涂布器、展开槽（内长 25cm、宽 6cm、高 4cm）、紫外线灯（100～125W，带有波长 365nm 滤光片）、微量注射器或血色素吸管。

4. 分析步骤

（1）取样　样品中污染黄曲霉毒素高的霉粒一粒可以左右测定结果，而且有毒霉粒的比例小，同时分布不均匀。为避免取样带来的误差，必须大量取样，并将该大量样品粉碎，混合均匀，才有可能得到确能代表一批样品的相对可靠的结果，因此采样必须注意以下几点。

① 根据规定采取有代表性样品。

② 对局部发霉变质的样品检验时，应单独取样。

③ 每份分析测定用的样品应从大样经粗碎与连续多次用四分法缩减至 0.5～1kg，然后全部粉碎。粮食样品全部通过 20 目筛，混匀。花生样品全部通过 10 目筛，混匀，或将好、坏分别测定，再计算其含量。花生油和花生酱等样品不需制备，但取样时应搅拌均匀。必要时，每批样品可采取 3 份大样作样品制备及分析测定用，以观察所采样品是否具有一定的代表性。

（2）提取

① 玉米、大米、麦类、面粉、薯干、豆类、花生、花生酱等

a. 甲法　称取 20.00g 粉碎过筛样品（面粉、花生酱不需粉碎），置于 250mL 具塞锥形瓶中，加 30mL 正己烷或石油醚和 100mL 甲醇水溶液，在瓶塞上涂上一层水，盖严防漏。振荡 30min，静置片刻，以叠成折叠式的快速定性滤纸过滤于分液漏斗中，待下层甲醇水溶液分清后，放出甲醇水溶液于另一具塞锥形瓶内。取 20.00mL 甲醇水溶液（相当于 4g 样品）置于另一 125mL 分液漏斗中，加 20mL 三氯甲烷，振摇 2min，静置分层，如出现乳化现象可滴加甲醇促使分层。放出三氯甲烷层，经盛有约 10g 预先用三氯甲烷湿润的无水硫酸钠的定量慢速滤纸过滤于 50mL 蒸发皿中，再加 5mL 三氯甲烷于分液漏斗中，重复振摇提取，三氯甲烷层一并滤于蒸发皿中，最后用少量三氯甲烷洗过滤器，洗液并于蒸发皿中。将蒸发皿放在通风橱，于 65℃ 水浴上通风挥干，然后放在冰盒上冷却 2～3min 后，准确加入 1mL 苯-乙腈混合液（或将三氯甲烷用浓缩蒸馏器减压吹气蒸干后，准确加入 1mL 苯-乙腈混合液）。用带橡皮头滴管的管尖将残渣充分混合，若有苯的结晶析出，将蒸发皿从冰盒上取出，继续溶解、混合，晶体即消失，再用此滴管吸取上清液转移于 2mL 具塞试管中。

b. 乙法（限于玉米、大米、小麦及其制品）　称取 20.00g 粉碎过筛样品于 250mL 具塞锥形瓶中，用滴管滴加约 6mL 水，使样品湿润，准确加入 60mL 三氯甲烷，振荡 30min，加 12g 无水硫酸钠，振摇后，静置 30min，用叠成折叠式的快速定性滤纸过滤于 100mL 具塞锥形瓶中。取 12mL 滤液（相当于 4g 样品）于蒸发皿中，在 65℃ 水浴上通风挥干，准确加入 1mL 苯-乙腈混合液，用带橡皮头滴管的管尖将残渣充分混合，若有苯的结晶析出，将蒸发皿从冰盒上取出，继续溶解、混合，晶体即消失，再用此滴管吸取上清液转移于 2mL

具塞试管中。

② 花生油、香油、菜油等　称取 4.00g 样品置于小烧杯中，用 20mL 正己烷或石油醚将样品移于 125mL 分液漏斗中。用 20mL 甲醇水溶液分次洗烧杯，洗液一并移入分液漏斗中，振摇 2min，静置分层后，将下层甲醇水溶液移入第 2 个分液漏斗中，再用 5mL 甲醇水溶液重复振摇提取一次，提取液一并移入第 2 个分液漏斗中，在第 2 个分液漏斗中加入 20mL 三氯甲烷，以下按甲法中自"振摇 2min，静置分层……"起依法操作。

（3）测定

① 单向展开法　薄层板的制备：称取约 3g 硅胶 G，加相当于硅胶量 2～3 倍的水，用力研磨 1～2min 成糊状后立即倒于涂布器内，推成 5cm×20cm，厚度约 0.25mm 的薄层板三块。在空气中干燥约 15min 后，在 100℃活化 2h，取出，放于干燥器中保存。一般可保存 2～3d，若放置时间较长，可再活化后使用。

点样：将薄层板边缘附着的吸附剂刮净，在距薄层板下端 3cm 的基线上用微量注射器或血色素吸管滴加样液。一块板可滴加 4 个点，点距边缘和点间距约为 1cm，点直径约 3mm。在同一板上滴加点的大小应一致，滴加时可用吹风机用冷风边吹边加。滴加样式如下。

第一点：10μL 黄曲霉毒素 B$_1$ 标准使用液（0.04μg/mL）。第二点：20μL 样液。第三点：20μL 样液＋10μL 0.04μg/mL 黄曲霉毒素 B$_1$ 标准使用液。第四点：20μL 样液＋10μL 0.2μg/mL 黄曲霉毒素 B$_1$ 标准使用液。

展开与观察：在展开槽内加 10mL 无水乙醚，预展 12cm，取出挥干。再于另一展开槽内加 10mL 丙酮-三氯甲烷（8＋92），展开 10～12cm，取出。在紫外线下观察结果，方法如下。

由于样液点上加滴黄曲霉毒素 B$_1$ 标准使用液，可使黄曲霉毒素 B$_1$ 标准点与样液中的黄曲霉毒素 B$_1$ 荧光点重叠。如样液为阴性，薄层板上的第三点中黄曲霉毒素 B$_1$ 为 0.0004μg，可用作检查在样液内黄曲霉毒素 B$_1$ 最低检出量是否正常出现；如为阳性，则起定性作用。薄层板上的第四点中黄曲霉毒素 B$_1$ 为 0.002μg，主要起定位作用。

若第二点在与黄曲霉毒素 B$_1$ 标准点的相应位置上无蓝紫色荧光点，表示样品中黄曲霉毒素 B$_1$ 含量在 5μg/kg 以下；如在相应位置上有蓝紫色荧光点，则需进行确证试验。

确证试验：为了证实薄层板上样液荧光系由黄曲霉毒素 B$_1$ 产生的，加滴三氟乙酸，产生黄曲霉毒素 B$_1$ 的衍生物，展开后此衍生物的比移值约在 0.1 左右。于薄层板左边依次滴加两个点。

第一点：10μL 0.04μg/mL 黄曲霉毒素 B$_1$ 标准使用液。第二点：20μL 样液。

于以上两点各加一小滴三氟乙酸盖于其上，反应 5min 后，用吹风机吹热风 2min 后，使热风吹到薄层板上的温度不高于 40℃。再于薄层板上滴加以下两个点。

第三点：10μL 0.04μg/mL 黄曲霉毒素 B$_1$ 标准使用液。第四点：20μL 样液。

在展开槽内加 10mL 无水乙醚，预展 12cm，取出挥干。再于另一展开槽内加 10mL 丙酮-三氯甲烷（8＋92），展开 10～12cm，取出。在紫外线灯下观察样液是否产生与黄曲霉毒素 B$_1$ 标准点相同的衍生物。未加三氟乙酸的三、四两点，可依次作为样液与标准的衍生物空白对照。

稀释定量：样液中的黄曲霉毒素 B$_1$ 荧光点的荧光强度如与黄曲霉毒素 B$_1$ 标准点的最低检出量（0.0004μg）的荧光强度一致，则样品中黄曲霉毒素 B$_1$ 含量即为 5μg/kg。如样液中荧光强度比最低检出量强，则根据其强度估计减少滴加体积（μL）或将样液稀释后再滴加不同的体积（μL），直至样液点的荧光强度与最低检出量的荧光强度一致为止。滴加式样如下。

第一点：10μL 黄曲霉毒素 B$_1$ 标准使用液（0.04μg/mL）。第二点：根据情况滴加 10μL 样液。第三点：根据情况滴加 15μL 样液。第四点：根据情况滴加 20μL 样液。

结果计算：试样中黄曲霉毒素 B$_1$ 的含量按式(10-4)进行计算

$$X = 0.0004 \times \frac{V_1 \times D}{V_2} \times \frac{1000}{m} \qquad (10\text{-}4)$$

式中，X 为样品中黄曲霉毒素 B_1 的含量，$\mu g/kg$；V_1 为加入苯-乙腈混合液的体积，mL；V_2 为出现最低荧光时滴加样液的体积，mL；D 为样液的总稀释倍数；m 为加入苯-乙腈混合液溶解时相当样品的质量，g；0.0004 为黄曲霉毒素 B_1 的最低检出量，μg。

② 双向展开法　如用单向展开法展开后，薄层色谱由于杂质干扰掩盖了黄曲霉毒素 B_1 的荧光强度，需采用双向展开法。薄层板先用无水乙醚作横向展开，将干扰的杂质展至样液点的一边而黄曲霉毒素 B_1 不动，然后再用丙酮-三氯甲烷（8＋92）作纵向展开，样品在黄曲霉毒素 B_1 相应处的杂质底色大量减少，因而提高了方法灵敏度。如用双向展开中滴加两点法展开仍有杂质干扰时，则可改用滴加一点法。

a. 滴加两点法

ⅰ. 点样　取薄层板 3 块，在距下端 3cm 基线上滴加黄曲霉毒素 B_1 标准使用液与样液。即在 3 块板的距左边缘 0.8～1cm 处各滴加 $10\mu L$ 黄曲霉毒素 B_1 标准使用液（0.04$\mu g/mL$），在距左边缘 2.8～3cm 处各滴加 $20\mu L$ 样液，然后在第二块板的样液点上加滴 $10\mu L$ 黄曲霉毒素 B_1 标准使用液（0.04$\mu g/mL$），在第三块板的样液点上加滴 $10\mu L$ 0.2$\mu g/mL$ 黄曲霉毒素 B_1 标准使用液。

ⅱ. 展开　横向展开：在展开槽内的长边置一玻璃支架，加 10mL 无水乙醇，将上述点好的薄层板靠标准点的长边置于展开槽内展开，展至板端后，取出挥干，或根据情况需要时可再重复展开 1～2 次。

纵向展开：挥干的薄层板以丙酮-三氯甲烷（8＋92）展开至 10～12cm 为止。丙酮与三氯甲烷的比例根据不同条件自行调节。

ⅲ. 观察及评定结果　在紫外线灯下观察第一、二板，若第二板的第二点在黄曲霉毒素 B_1 标准点的相应处出现最低检出量，而第一板在与第二板的相同位置上未出现荧光点，则样品中黄曲霉毒素 B_1 含量在 5$\mu g/kg$ 以下。

若第一板在与第二板的相同位置上出现荧光点，则将第一板与第三板比较，看第三板上第二点与第一板上第二点的相同位置上的荧光点是否与黄曲霉毒素 B_1 标准点重叠，如果重叠，再进行确证试验。在具体测定中，第一、二、三板可以同时做，也可按照顺序做。如按顺序做，当在第一板出现阴性时，第三板可以省略，如第一板为阳性，则第二板可以省略，直接作第三板。

ⅳ. 确证试验　另取薄层板两块，于第四、第五两板距左边缘 0.8～1cm 处各滴加 $10\mu L$ 黄曲霉毒素 B_1 标准使用液（0.04$\mu g/mL$）及 1 小滴三氟乙酸；在距左边缘 2.8～3cm 处，于第四板滴加 $20\mu L$ 样液及 1 小滴三氟乙酸；于第五板滴加 $20\mu L$ 样液、$10\mu L$ 黄曲霉毒素 B_1 标准使用液（0.04$\mu g/mL$）及 1 小滴三氟乙酸，反应 5min 后，用吹风机吹热风 2min，使热风吹到薄层板上的温度不高于 40℃。再用双向展开法展开后，观察样液是否产生与黄曲霉毒素 B_1 标准点重叠的衍生物。观察时，可将第一板作为样液的衍生物空白板。如样液黄曲霉毒素 B_1 含量高时，则将样液稀释后，按单向展开法做确证试验。

ⅴ. 稀释定量　如样液黄曲霉毒素 B_1 含量高时，按单向展开法的稀释定量方法进行稀释操作。如黄曲霉毒素 B_1 含量低，稀释倍数小，在定量的纵向展开板上仍有杂质干扰，影响结果的判断，可将样液再做双向展开法测定，以确定含量。

ⅵ. 计算　见单向展开法。

b. 滴加一点法

ⅰ. 点样。取薄层板 3 块，在距下端 3cm 基线上滴加黄曲霉毒素 B_1 标准使用液与样液。

即在 3 块板距左边缘 0.8～1cm 处各滴加 20μL 样液，在第二板的点上加滴 10μL 黄曲霉毒素 B₁ 标准使用液（0.04μg/mL），在第三板的点上加滴 10μL 黄曲霉毒素 B₁ 标准溶液（0.2μg/mL）。

ⅱ. 展开　同滴加两点法中的横向展开与纵向展开。

ⅲ. 观察及评定结果　在紫外线灯下观察第一、二板，如第二板出现最低检出量的黄曲霉毒素 B₁ 标准点，而第一板与其相同位置上未出现荧光点，样品中黄曲霉毒素 B₁ 含量在 5μg/kg 以下。如第一板在与第二板黄曲霉毒素 B₁ 相同位置上出现荧光点，则将第一板与第三板比较，看第三板上与第一板相同位置的荧光点是否与黄曲霉毒素 B₁ 标准点重叠，如果重叠再进行以下确证试验。

ⅳ. 确证试验　另取两板，于距左边缘 0.8～1cm 处，第四板滴加 20μL 样液、1 滴三氟乙酸；第五板滴加 20μL 样液、10μL 0.04μg/mL 黄曲霉毒素 B₁ 标准使用液及 1 滴三氟乙酸。产生衍生物及展开方法同滴加两点法。再将以上二板在紫外线灯下观察，以确定样液点是否产生与黄曲霉毒素 B₁ 标准点重叠的衍生物，观察时可将第一板作为样液的衍生物空白板。经过以上确证试验定为阳性后，再进行稀释定量，如含黄曲霉毒素 B₁ 低，不需稀释或稀释倍数小，杂质荧光仍有严重干扰，可根据样液中黄曲霉毒素 B₁ 荧光的强弱，直接用双向展开法定量。

ⅴ. 计算　见单向展开法。

（二）酶联免疫法（ELISA 法）测定食品中的黄曲霉毒素 B₁

1. 原理

样品中的黄曲霉毒素 B₁ 经提取、脱脂、浓缩后与定量特异性抗体反应，多余的游离抗体则与酶标板内的包被抗原结合，加入酶标记物和底物后显色，与标准比较来测定含量。

2. 试剂

① 抗黄曲霉毒素 B₁ 单克隆抗体、人工抗原（AFB₁-牛血清白蛋白结合物）、三氯甲烷、甲醇、石油醚、牛血清白蛋白（BSA）、邻苯二胺（OPD）、辣根过氧化物酶（HRP）标记羊抗鼠 IgG、碳酸钠、碳酸氢钠、磷酸二氢钾、磷酸氢二钠、氯化钠、氯化钾、过氧化氢（H_2O_2）、硫酸。

② 黄曲霉毒素 B₁ 标准溶液：用甲醇将黄曲霉毒素 B₁ 配制成 1mg/mL 溶液，再用甲醇-PBS 溶液（20+80）稀释至约 10μg/mL，紫外分光光度计测此溶液最大吸收峰的光密度值，代入式(10-5) 计算：

$$X = \frac{A \times M \times 1000 \times f}{\varepsilon} \tag{10-5}$$

式中，X 为该溶液中黄曲霉毒素 B₁ 的浓度，μg/mL；A 为测得的光密度值；M 为黄曲霉毒素 B₁ 的相对分子质量 312；ε 为摩尔吸光系数，21800；f 为使用仪器的校正因素。

根据计算将该溶液配制成 10μg/mL 标准溶液，检测时，用甲醇-PBS 溶液将该标准溶液稀释至所需浓度。

③ ELISA 缓冲液。

a. 包被缓冲液（pH9.6 碳酸盐缓冲液）的制备：1.59g Na_2CO_3 与 2.93g $NaHCO_3$ 用蒸馏水溶解，定容至 1000mL。

b. 磷酸盐缓冲液（pH7.4 PBS）的制备：0.2g KH_2PO_4、2.9g $Na_2HPO_4 \cdot 12H_2O$、8.0g NaCl 加 0.2g KCl，用蒸馏水溶解，定容至 1000mL。

c. 洗液（PBS-T）的制备：PBS 加 0.05%（体积分数）Tween-20。

d. 抗体稀释液的制备：BSA 1.0g 加 PBS-T 至 1000mL。

e. 底物缓冲液的制备。A 液（0.1mol/L 柠檬酸水溶液）：柠檬酸（$C_6H_8O_7 \cdot H_2O$）21.01g，加蒸馏水至 1000mL。B 液（0.2mol/L 磷酸氢二钠水溶液）：$Na_2HPO_4 \cdot 12H_2O$ 71.6g，加蒸馏水至 1000mL。用前按 A 液＋B 液＋蒸馏水为 24.3＋25.7＋50 的比例（体积比）配制。

f. 封闭液的制备：同抗体稀释液。

3. 仪器

小型粉碎机、电动振荡器、酶标仪（内置 490nm 滤光片）、恒温水浴锅、恒温培养箱、酶标微孔板、微量加样器及配套吸头。

4. 分析步骤

（1）取样　取样方法与薄层色谱法测定食品中的黄曲霉毒素 B_1 的方法相同。

（2）提取

① 大米和小米（脂肪含量小于 3.0%）的提取　试样粉碎后过 20 目筛，称取 20.0g，加入 250mL 具塞锥形瓶中。准确加入 60mL 三氯甲烷，盖塞后滴水封严，150r/min 振荡 30min。静置后，用快速定性滤纸过滤于 50mL 烧杯中。立即取 12mL 滤液（相当于 4.0g 样品）于 75mL 蒸发皿中，65℃ 水浴通风挥干。用 2.0mL 20% 甲醇-PBS 分 3 次（0.8mL、0.7mL、0.5mL）溶解并彻底冲洗蒸发皿中凝结物，移至小试管，加盖振荡后静置待测。此液 1mL 相当于 2.0g 样品。

② 玉米的提取（脂肪含量 3.0%～5.0%）　样品粉碎后过 20 目筛，称取 20.0g，加入 250mL 具塞锥形瓶中，准确加入 50.0mL 甲醇-水（80＋20）溶液和 15.0mL 石油醚，盖塞后滴水封严。150r/min 振荡 30min。用快速定性滤纸过滤于 125mL 分液漏斗中。待分层后，放出下层甲醇-水溶液于 50mL 烧杯中，从中取 10.0mL（相当于 4.0g 样品）于 75mL 蒸发皿中。65℃ 水浴通风挥干。用 2.0mL 20% 甲醇-PBS 分 3 次（0.8mL、0.7mL、0.5mL）溶解并彻底冲洗蒸发皿中凝结物，移至小试管，加盖振荡后静置待测。此液 1mL 相当于 2.0g 样品。

③ 花生的提取（脂肪含量 15.0%～45.0%）　样品去壳去皮粉碎后称取 20.0g，加入 250mL 具塞三角瓶中，准确加入 100.0mL 甲醇水溶液（55＋45）和 30mL 石油醚。盖塞后滴水封严。150r/min 振荡 30min。静置 15min 后用快速定性滤纸过滤于 125mL 分液漏斗中。待分层后，放出下层甲醇水溶液于 100mL 烧杯中，从中取 20.0mL（相当于 4.0g 样品）置于另一 125mL 分液漏斗中，加入 20.0mL 三氯甲烷，振摇 2min，静置分层（如有乳化现象可滴加甲醇促使分层）。放出三氯甲烷于 75mL 蒸发皿中。再加 5.0mL 三氯甲烷于分液漏斗中重复振摇提取后，放出三氯甲烷一并于蒸发皿中，65℃ 水浴通风挥干。用 2.0mL 20% 甲醇-PBS 分 3 次（0.8mL、0.7mL、0.5mL）溶解并彻底冲洗蒸发皿中凝结物，移至小试管，加盖振荡后静置待测。此液 1mL 相当于 2.0g 样品。

④ 植物油的提取　用小烧杯称取 4.0g 样品，用 20.0mL 石油醚，将样品移于 125mL 分液漏斗中，用 20.0mL 甲醇水溶液（55＋45）分次洗烧杯，溶液一并移于分液漏斗中（精炼油 4.0g 样为 4.525mL，直接用移液器加入分液漏斗，再加溶剂后振摇），振摇 2min。静置分层后放出下层甲醇水溶液于 75mL 蒸发皿中，再用 5.0mL 甲醇水溶液重复振摇提取一次，提取液一并加入蒸发皿中，65℃ 水浴通风挥干。用 2.0mL 20% 甲醇-PBS 分 3 次（0.8mL、0.7mL、0.5mL）溶解并彻底冲洗蒸发皿中凝结物，移至小试管，加盖振荡后静置待测。此液 1mL 相当于 2.0g 样品。

（3）间接竞争性酶联免疫吸附测定

① 包被微孔板　用 AFB_1-BSA 人工抗原包被酶标板，150μL/孔，4℃ 过夜。

② 抗体抗原反应　将黄曲霉毒素 B_1 纯化单克隆抗体稀释一定倍数后与等量不同浓度的

黄曲霉毒素 B_1 标准溶液用 2mL 试管混合振荡后，4℃静置。此液用于制作黄曲霉毒素 B_1 标准抑制曲线。将黄曲霉毒素 B_1 纯化单克隆抗体稀释一定倍数后与等量样品提取液用 2mL 试管混合振荡后，4℃静置。此液用于测定样品中黄曲霉毒素 B_1 含量。

③ 封闭　已包被的酶标板用洗液洗 3 次，每次 3min 后，加封闭液封闭，250μL/孔，置 37℃下 1h。

④ 测定　酶标板洗 3×3min 后，加抗体抗原反应液（在酶标板的适当孔位加抗体稀释液或 Sp2/0 培养上清液作为阴性对照）130μL/孔，37℃，2h。酶标板洗 3×3min，加酶标二抗（1：200，体积比）100μL/孔，1h。酶标板用洗液洗 5×3min。加底物溶液（10mg OPD），加 25mL 底物缓冲液，加 37μL 30% H_2O_2，100μL/孔，37℃，15min，然后加 2mol/L H_2SO_4，40μL/孔，以终止显色反应，酶标仪 490nm 测出 OD 值。

5. 结果计算

黄曲霉毒素 B_1 的浓度按式（10-6）进行计算。

$$黄曲霉毒素\ B_1\ 浓度(ng/g) = C \times \frac{V_1}{V_2} \times D \times \frac{1}{m} \tag{10-6}$$

式中，C 为黄曲霉毒素 B_1 含量，ng，对应标准曲线按数值插入法求得；V_1 为样品提取液的体积，mL；V_2 为滴加样液的体积，mL；D 为稀释倍数；m 为样品质量，g。

由于按标准曲线直接求得的黄曲霉毒素 B_1 浓度（C_1）的单位为 ng/mL，而测孔中加入的样品提取的体积为 0.065mL，所以式（10-6）中

$$C = 0.065mL \times C_1$$

将 $V_1 = 2mL$，$V_2 = 0.065mL$，$D = 2$，$m = 4g$ 代入式（10-6），则

黄曲霉毒素 B_1 浓度(ng/g) = 0.065×C_1×(2/0.065)×2×1/4 = C_1（ng/g）

所以，在对样品提取完全按本方法进行时，从标准曲线直接求得的数值 C_1，即为所测样品中黄曲霉毒素 B_1 的浓度（ng/g）。

（三）免疫亲和色谱净化高效液相色谱法

该方法适用于玉米、花生及其制品（花生酱、花生仁）、大米、小麦、植物油脂、酱油、食醋等食品中黄曲霉毒素的测定。

样品中黄曲霉毒素的检出限：免疫亲和色谱净化高效液相色谱法测定黄曲霉毒素 B_1 以及黄曲霉毒素 B_1、黄曲霉毒素 B_2、黄曲霉毒素 G_1、黄曲霉毒素 G_2 总量检出限为 1μg/kg。

1. 原理

试样经过甲醇-水提取，提取液经过滤、稀释后，滤液经过含有黄曲霉毒素特异抗体的免疫亲和色谱净化，此抗体对黄曲霉毒素 B_1、黄曲霉毒素 B_2、黄曲霉毒素 G_1、黄曲霉毒素 G_2 具有专一性，黄曲霉毒素交联在色谱分离介质中抗体上。用水或 Tween-20/PBS 将免疫亲和柱上的杂质除去，以甲醇通过免疫亲和色谱柱洗脱，洗脱液通过带荧光检测器的高效液相色谱仪柱后碘溶液衍生测定黄曲霉毒素的含量。

2. 试剂和溶液

甲醇（色谱纯）、甲醇-水（7+3）（取 70mL 甲醇加 30mL 水）、甲醇-水（8+2）（取 80mL 甲醇加 20mL 水）、甲醇-水（45+55）（取 45mL 甲醇加 55mL 水）、苯（色谱纯）、乙腈（色谱纯）、苯-乙腈（98+2）（取 2mL 乙腈加 98mL 苯）、氯化钠、磷酸氢二钠、磷酸二氢钾、氯化钾。

PBS 缓冲液：称取 8.0g 氯化钠，1.2g 磷酸氢二钠，0.2g 磷酸二氢钾，0.2g 氯化钾，用 990mL 纯水溶解，然后用浓盐酸调节 pH 值至 7.0，最后用纯水稀释至 1000mL。

Tween-20/PBS 溶液（0.1%）：取 1mL Tween-20，加入 PBS 缓冲液并定容至 1000mL。

pH7.0 磷酸盐缓冲液：取 25.0mL 0.2mol/L 的磷酸二氢钾溶液与 29.1mL 0.1mol/L 的

氢氧化钠溶液混匀后，稀释到100mL。

黄曲霉毒素标准品（黄曲霉毒素 B_1、黄曲霉毒素 B_2、黄曲霉毒素 G_1、黄曲霉毒素 G_2）：纯度大于99%。

黄曲霉毒素标准储备溶液：用苯-乙腈（98+2）溶液分别配制0.100mg/mL的黄曲霉毒素 B_1、黄曲霉毒素 B_2、黄曲霉毒素 G_1、黄曲霉毒素 G_2 标准储备溶液。保存于4℃备用。

黄曲霉毒素混合标准工作液：准确移取适量的黄曲霉毒素 B_1、黄曲霉毒素 B_2、黄曲霉毒素 G_1、黄曲霉毒素 G_2 标准储备溶液，用苯-乙腈（98+2）溶液稀释成混合标准工作液。

柱后衍生溶液（0.05%碘溶液）：称取0.1g碘，溶解于20mL甲醇后，加纯水定容至200mL，以0.45μm的尼龙滤膜过滤，4℃避光保存。

3. 仪器和设备

高速均质器（18000～22000r/min）、黄曲霉毒素免疫亲和柱、玻璃纤维滤纸（直径11cm，孔径1.5μm）、玻璃注射器（10mL、20mL）、玻璃试管（直径12mm，长75mm，无荧光特性）、高效液相色谱仪（具有360nm激发波长和大于420nm发射波长的荧光检测器）、空气压力泵、微量注射器（100μL）、色谱柱（C_{18}柱，柱长150mm，内径4.6mm，填料直径5μm）。

4. 分析步骤

（1）提取　大米、玉米、小麦、花生及其制品：准确称取经过磨细（粒度小于2mm）的试样25.0g于250mL具塞锥形瓶中，加入5.0g氯化钠及甲醇-水（7+3）至125.0mL（V_1），以均质器高速搅拌提取2min。定量滤纸过滤，准确移取15.0mL（V_2）滤液并加入30.0mL（V_3）水稀释，用玻璃纤维滤纸过滤1～2次，至滤液澄清，备用。

植物油脂：准确称取试样25.0g于250mL具塞锥形瓶中，加入5.0g氯化钠及加入甲醇-水（7+3）至125.0mL（V_1），以均质器高速搅拌提取2min。定量滤纸过滤，准确移取15.0mL（V_2）滤液并加入30.0mL（V_3）水稀释，用玻璃纤维滤纸过滤1～2次，至滤液澄清备用。

（2）净化　将免疫亲和柱连接于20.0mL玻璃注射器下。准确移取15.0mL（V_4）样品提取液注入玻璃注射器中，将空气压力泵与玻璃注射器连接，调节压力使溶液以约6mL/min流速缓慢通过免疫亲和柱，直至2～3mL空气通过柱体。以10mL水淋洗柱子两次，弃去全部流出液，并使2～3mL空气通过柱体。准确加入1.0mL（V）色谱级甲醇洗脱，流速为1～2mL/min，收集全部洗脱液于玻璃试管中，供检测用。

（3）测定　高效液相色谱条件：流动相为甲醇-水（45+55），流速0.8mL/min；柱后衍生化系统；衍生溶液为0.05%碘溶液，衍生溶液流速0.2mL/min；反应管温度70℃；反应时间1min。

用进样器吸取100μL黄曲霉毒素混合标准工作液注入高效液相色谱仪，在上述色谱条件下测定标准溶液的响应值（峰高或峰面积），得到黄曲霉毒素 B_1、黄曲霉毒素 B_2、黄曲霉毒素 G_1、黄曲霉毒素 G_2 标准溶液高效液相色谱图（见图10-1）。

取样品洗脱液1.0mL加入重蒸馏水定容至2.0mL，用进样器吸取100μL注入高效液相色谱仪，在上述色谱条件下测定试样的响应值（峰高或峰面积）。经过与黄曲霉毒素标准溶液谱图比较响应值得到试样中黄曲霉毒素 B_1、黄曲霉毒素 B_2、黄曲霉毒素 G_1、黄曲霉毒素 G_2 的浓度 c。

（4）空白试验　用水代替试样，按相同步骤做空白试验。

（5）结果计算　样品中黄曲霉毒素 B_1、黄曲霉毒素 B_2、黄曲霉毒素 G_1、黄曲霉毒素 G_2 的含量（X_1）以μg/kg表示，按式（10-7）计算：

$$X_1 = (c_1 - c_0) \times \frac{V}{W} \tag{10-7}$$

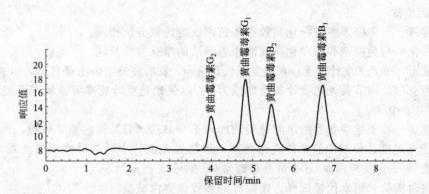

图 10-1　黄曲霉毒素 B$_1$、黄曲霉毒素 B$_2$、黄曲霉毒素 G$_1$、黄曲霉毒素 G$_2$ 标准溶液高效液相色谱图

其中：

$$W = \frac{m}{V_1} \times \frac{V_2}{V_2 + V_3} \times V_4$$

式中，X_1 为样品中黄曲霉毒素 B$_1$、黄曲霉毒素 B$_2$、黄曲霉毒素 G$_1$ 或黄曲霉毒素 G$_2$ 的含量，$\mu g/kg$；c_1 为试样中黄曲霉毒素 B$_1$、黄曲霉毒素 B$_2$、黄曲霉毒素 G$_1$ 或黄曲霉毒素 G$_2$ 的含量，$\mu g/L$；c_0 为空白试验黄曲霉毒素 B$_1$、黄曲霉毒素 B$_2$、黄曲霉毒素 G$_1$ 或黄曲霉毒素 G$_2$ 的含量，$\mu g/L$；V 为最终甲醇洗脱液体积，mL；W 为最终净化洗脱液所含的试样质量，g；m 为试样称取的质量，g；V_1 为样品和提取液总体积，mL；V_2 为稀释用样品滤液体积，mL；V_3 为稀释液体积，mL；V_4 为通过亲和柱的样品提取液体积，mL。

黄曲霉毒素总量为黄曲霉毒素 B$_1$、黄曲霉毒素 B$_2$、黄曲霉毒素 G$_1$、黄曲霉毒素 G$_2$ 的浓度和，即黄曲霉毒素 B$_1$＋黄曲霉毒素 B$_2$＋黄曲霉毒素 G$_1$＋黄曲霉毒素 G$_2$。

计算结果保留两位有效数字。

（四）免疫亲和色谱净化荧光光度计法

1. 原理

试样经过甲醇-水提取，提取液经过滤、稀释后，滤液经过含有黄曲霉毒素特异抗体的免疫亲和色谱净化，此抗体对黄曲霉毒素 B$_1$、黄曲霉毒素 B$_2$、黄曲霉毒素 G$_1$、黄曲霉毒素 G$_2$ 具有专一性，黄曲霉毒素交联在色谱分离介质中的抗体上。用水将免疫亲和柱上杂质除去，以甲醇通过免疫亲和色谱柱洗脱，加入溴溶液衍生，以提高测定灵敏度。洗脱液通过荧光光度计测定黄曲霉毒素 B$_1$＋黄曲霉毒素 B$_2$＋黄曲霉毒素 G$_1$＋黄曲霉毒素 G$_2$ 总量。

2. 试剂和溶液

甲醇（色谱纯）、甲醇-水（7＋3，取 70mL 甲醇加 30mL 水）、甲醇-水（8＋2，取 80mL 甲醇加 20mL 水）、氯化钠、磷酸氢二钠、磷酸二氢钾、氯化钾、二水硫酸奎宁。

溴溶液储备溶液（0.01%）：称取适量溴，溶于水，配成 0.01% 的储备溶液，4℃避光保存。溴溶液工作液（0.002%）：取 10mL 0.01% 的溴溶液储备溶液加入 40mL 水混匀，于棕色瓶中保存备用，需每次使用前配制。

硫酸溶液（0.05mol/L）：取 2.8mL 浓硫酸，缓慢加入适量水中，冷却后定容至 1000mL。

荧光光度计校准溶液：称取 3.40g 硫酸奎宁用 0.05mol/L 硫酸溶液稀释至 100mL，此溶液荧光光度计读数相当于 20$\mu g/L$ 黄曲霉毒素标准溶液。

3. 仪器

荧光光度计、高速均质器（18000～22000r/min）、黄曲霉毒素免疫亲和柱、玻璃纤维滤纸（直径 11cm、孔径 1.5μm）、玻璃注射器（10mL、20mL）、玻璃试管（直径 12mm，长 75mm，无荧光特性）、空气压力泵。

4. 分析步骤

（1）提取　与免疫亲和柱净化高效液相色谱法的提取方法相同。

（2）净化　与免疫亲和柱净化高效液相色谱法的净化方法相同。

（3）测定　荧光光度计校准：在激发波长360nm、发射波长450nm条件下，以0.05mol/L硫酸溶液为空白，调节荧光光度计的读数值为0；以荧光光度计校准溶液调节荧光光度计的读数值为20.0μg/L。

样液测定：取上述净化后的甲醇洗脱液加入1.0mL 0.002％溴溶液工作液，混匀，静置1min，按荧光光度计校准中的条件进行操作，于荧光光度计中读取样液中黄曲霉毒素 B_1 ＋黄曲霉毒素 B_2 ＋黄曲霉毒素 G_1 ＋黄曲霉毒素 G_2 的浓度 c（μg/L）。

（4）空白实验　用水代替试样，按同样的步骤做空白试验。

5. 结果计算

样品中黄曲霉毒素 B_1 ＋黄曲霉毒素 B_2 ＋黄曲霉毒素 G_1 ＋黄曲霉毒素 G_2 的含量（X_2）以 μg/kg 表示，按式(10-8)计算：

$$X_2 = (c_2 - c_0) \times \frac{V}{W} \tag{10-8}$$

其中：

$$W = \frac{m}{V_1} \times \frac{V_2}{V_2 + V_3} \times V_4$$

式中，X_2 为样品中黄曲霉毒素 B_1 ＋黄曲霉毒素 B_2 ＋黄曲霉毒素 G_1 ＋黄曲霉毒素 G_2 的含量，μg/kg；c_2 为试样中黄曲霉毒素 B_1 ＋黄曲霉毒素 B_2 ＋黄曲霉毒素 G_1 ＋黄曲霉毒素 G_2 的含量，μg/L；c_0 为空白试验黄曲霉毒素 B_1 ＋黄曲霉毒素 B_2 ＋黄曲霉毒素 G_1 ＋黄曲霉毒素 G_2 的含量，μg/L；V 为最终甲醇洗脱液体积，mL；W 为最终净化洗脱液所含的试样质量，g；m 为试样称取的质量数值，g；V_1 为样品和提取液总体积，mL；V_2 为稀释用样品滤液体积，mL；V_3 为稀释液体积，mL；V_4 为通过亲和柱的样品提取液体积，mL。

计算结果保留两位有效数字。

（五）多功能柱净化高效液相色谱法

1. 原理

试样中的黄曲霉毒素 B_1、黄曲霉毒素 B_2、黄曲霉毒素 G_1、黄曲霉毒素 G_2 用乙腈-水（84＋16）提取，提取液经过滤、稀释后，用多功能柱净化。净化液吹干后加入流动相定容，以液相色谱法荧光检测器测定各种黄曲霉毒素的含量，外标法定量。

2. 试剂和材料

甲醇（液相色谱纯）、乙腈（色谱纯）、硝酸（65％）、溴化钾、多功能净化柱（My-coseP226）。

黄曲霉毒素 B_1、黄曲霉毒素 B_2、黄曲霉毒素 G_1、黄曲霉毒素 G_2 标准品。黄曲霉毒素 B_1、黄曲霉毒素 G_1 2.0μg/L，黄曲霉毒素 B_2、黄曲霉毒素 G_2 0.5μg/L 溶于乙腈中。

标准储备溶液：准确移取1.0mL上述黄曲霉毒素标准品溶液，以乙腈稀释至10.0mL作为标准储备溶液。标准工作液：准确移取1.0mL上述黄曲霉毒素标准储备溶液，以乙腈稀释至10.0mL作为标准工作液。

3. 仪器

称量天平、高速均质器、高效液相色谱仪（配荧光检测器）、柱后衍生化装置、真菌毒素蒸发器、均质器、色谱柱（C_{18}柱，柱长150mm，内径4.6mm，填料直径5μm）。

4. 测定步骤

（1）提取　称取试样约25g（精确至0.1g）于500mL具塞锥形瓶中，加入100mL乙腈-水（84＋16，体积）提取液，以均质器高速搅拌提取 3min，过滤。

（2）多功能柱净化　吸取约 55mL 滤液加入多功能柱的试管中，将 MFC 柱套管套入试管内。缓慢将套管推至试管底部，使提取液通过 MFC 柱进入套管。从套管内准确移取 1.0mL 净化液至 5mL 棕色小瓶中。于 50℃下吹干。加入流动相定容至 0.5mL，过 0.45μm 滤膜供 HPLC 分析用。

（3）测定

① 色谱条件　色谱柱：15cm×4.6mm（内径），5μm，LiChroCART C$_{18}$ 柱。流动相：甲醇-乙腈-水（215＋215＋570，体积），每升中加入 120mg 溴化钾及 200μL 硝酸，流速 1.0mL/min。检测条件：激发波长 365nm，发射波长 440nm。进样量：100μL（样液）。柱后衍生化装置：100μA。

② 色谱测定　以程序进样方式，移取适量的标准储备溶液，以流动相稀释成 5 个不同浓度的标准工作液。以化学工作站建立标准工作中黄曲霉毒素 B$_1$、黄曲霉毒素 B$_2$、黄曲霉毒素 G$_1$、黄曲霉毒素 G$_2$ 的响应值与相当于样品中黄曲霉毒素含量的线性方程，并对样液的色谱数据进行处理。在上述色谱条件下，黄曲霉毒素 B$_1$、黄曲霉毒素 B$_2$、黄曲霉毒素 G$_1$、黄曲霉毒素 G$_2$ 衍生物的保留时间约为 3.5min、4.2min、4.7min、5.7min。

5. 结果计算和表述

用化学工作站或按式（10-9）计算试样中黄曲霉毒素 B$_1$、黄曲霉毒素 B$_2$、黄曲霉毒素 G$_1$、黄曲霉毒素 G$_2$ 的含量：

$$X_x = h_x c \times \frac{V}{m h_s} \tag{10-9}$$

式中，X$_x$ 为试样中黄曲霉毒素 B$_1$、黄曲霉毒素 B$_2$、黄曲霉毒素 G$_1$ 或黄曲霉毒素 G$_2$ 的含量，ng/g；h$_x$ 为样液中黄曲霉毒素 B$_1$、黄曲霉毒素 B$_2$、黄曲霉毒素 G$_1$ 或黄曲霉毒素 G$_2$ 的峰高，mm；h$_s$ 为混合标准工作液中黄曲霉毒素 B$_1$、黄曲霉毒素 B$_2$、黄曲霉毒素 G$_1$ 或黄曲霉毒素 G$_2$ 的峰高，mm；c 为混合标准工作液中黄曲霉毒素 B$_1$、黄曲霉毒素 B$_2$、黄曲霉毒素 G$_1$ 或黄曲霉毒素 G$_2$ 的浓度，ng/mL；V 为样液最终定容体积，mL；m 为最终样液所代表的试样量，g。

第二节　玉米赤霉烯酮

一、概述

玉米赤霉烯酮又称 F$_2$ 毒素，是由镰刀菌、三线镰刀菌、尖孢镰刀菌、黄色镰刀菌、串珠镰刀菌、木贼镰刀菌、燕麦镰刀菌、雪腐镰刀菌等菌种产生的有毒代谢产物，是一种雌激素真菌毒素。主要存在于玉米和小麦中，虫害、冷湿气候、收获时机械损伤和储存不当都可以诱发产生玉米赤霉烯酮。玉米赤霉烯酮类毒素包括玉米赤霉烯酮、玉米赤霉烯醇、4-酰基玉米赤霉烯酮等。玉米赤霉烯酮的化学名为 6-(10-羟基-6-氧基-1-碳烯基)-β 雷锁酸-内酯，分子式 C$_{18}$H$_{22}$O$_5$，相对分子质量为 318。玉米赤霉烯酮是白色结晶化合物，溶于碱性水溶液、乙醚、苯、乙醇、二氯甲烷、三氯甲烷、乙腈、乙酸乙酯，微溶于石油醚，不溶于水、二硫化碳和四氯化碳，在紫外线照射下呈蓝绿色。玉米赤霉烯酮具有较强的生殖毒性和致癌作用，可引起动物发生雌激素中毒症。

二、检测方法

（一）薄层色谱测定法

1. 原理

试样中的玉米赤霉烯酮经提取、净化、浓缩和硅胶 G 薄层分离后，玉米赤霉烯酮在 254nm 紫外线下产生蓝色荧光，根据其在薄层上显示荧光与标准比较定量。

2. 试剂

无水乙醇、乙酸乙酯、三氯甲烷、1mol/L氢氧化钠、磷酸、丙酮、硅胶G、无水硫酸钠。

玉米赤霉烯酮标准溶液：精密称取3mg玉米赤霉烯酮标准品，加无水乙醇溶解并转入100mL容量瓶中，加无水乙醇至刻度，此标准溶液含玉米赤霉烯酮0.03g/L。吸取此标准溶液1mL，用无水乙醇稀释至10mL，此标准溶液1mL含玉米赤霉烯酮3μg。将此标准溶液置于4℃冰箱备用。

3. 仪器

小型粉碎机、电动振荡器、紫外线灯、玻璃板（5cm×20cm）、薄层板涂布器、微量注射器。

4. 分析步骤

（1）提取及纯化　称取20g粉碎的试样，置于250mL具塞瓶中，加6mL水和100mL乙酸乙酯，振荡1h，用折叠式快速滤纸过滤，量取25mL滤液于75mL蒸发皿中，置水浴上将溶液浓缩至干，再用25mL三氯甲烷分3次溶解残渣，并转移至100mL分液漏斗中，在原蒸发皿中加入10mL 1mol/L氢氧化钠溶液，然后用滴管沿分液漏斗管壁离三氯甲烷层1~2cm处加入1mol/L氢氧化钠溶液，并轻轻转5次，防止乳化，静置分层后，将三氯甲烷层转移至第2个100mL分液漏斗中，再慢慢加入10mL 1mol/L氢氧化钠溶液，轻轻旋转5次，弃去三氯甲烷层，将第2个分液漏斗中的氢氧化钠溶液合并入第一个分液漏斗中，用少许蒸馏水淋洗第2个分液漏斗，洗液倒入第1个分液漏斗中，加入5mL三氯甲烷，轻轻振摇，弃去三氯甲烷层，再用5mL三氯甲烷重复振摇提取一次，弃去三氯甲烷层。在氢氧化钠溶液中加入6mL 1.33mol/L磷酸溶液后，再用0.67mol/L磷酸调节pH至9.5，于分液漏斗中加入15mL三氯甲烷，振摇20~30次，将三氯甲烷层经盛有约5g无水硫酸钠的定量慢速滤纸，滤于75mL蒸发皿中，最后用少量三氯甲烷淋洗滤器，洗液合并于蒸发皿中，将蒸发皿置水浴上通风蒸干。待冷却后在冰浴上准确加入丙酮1mL，充分混合，用滴管将溶液转移至具塞小瓶中，供薄层点样用。

（2）薄层色谱

① 薄层板的制备　称取3g硅胶G，加7~8mL蒸馏水，研磨至糊状后，立即倒入涂布器内，推成5cm×20cm薄层板三块，室温干燥后在105℃活化1h，取出放干燥器中备用。

② 展开剂　三氯甲烷-甲醇（95∶5）15mL或甲苯-乙酸-甲酸（6∶3∶1）15mL任选一种。

③ 点样　在距薄层板下端2.5cm的基线上用10μg微量注射器滴加试样液三点：滴1点为标准液10μL，滴2点为试样提取液30μL，滴3点为试样提取液30μL加标准液10μL，滴加时可用吹风机冷风边吹边加，点1滴吹干后再继续滴加。

④ 展开　在展开槽中倒入展开剂，将薄层板浸入溶剂中，展至10cm，取出挥干。

⑤ 观察与评定　薄层板置短波紫外线（254nm）下观察，样液点处于标准点相近位置上未出现蓝绿色荧光点，则试样中玉米赤霉烯酮的含量在方法灵敏度50g/kg以下；若出现荧光点的强度与标准点的最低检出量的荧光强度相等，而且此荧光点与加入内标的荧光点重叠，则试样中玉米赤霉烯酮的含量为50μg/kg；若出现荧光点的强度比标准点的最低检出量强，则根据其荧光强度估计减少滴加的体积（μL），或将样液稀释后再滴加不同的体积（μL），直至样液的荧光强度与最低检出量的荧光强度一致为止。

5. 结果计算

结果按式(10-10)进行计算。

$$X = 0.03 \times \frac{V_1}{V_2} \times D \times \frac{100}{m} \tag{10-10}$$

式中，X为玉米赤霉烯酮含量，μg/kg；0.03为玉米赤霉烯酮的最低检出限，μg；V_1为加入丙酮的体积，mL；V_2为出现最低荧光点滴加样液的体积，mL；D为样液的总稀释倍数；m为加入丙酮溶解残渣时相当试样的质量，g。

（二）酶联免疫测定法（ELISA）

本方法适用于谷物、饲料中玉米赤霉烯酮含量的快速测定。谷物、饲料中玉米赤霉烯酮的最低检出限为 1250ng/kg。

1. 原理

本方法的实验原理是抗原-抗体反应。玉米赤霉烯酮偶联物包被在酶标板的小孔中，将含有玉米赤霉烯酮的样品或者是标准溶液和酶标记的玉米赤霉烯酮（酶联）加入到小孔中，此时固相包被的玉米赤霉烯酮和样品、标准品中游离的玉米赤霉烯酮竞争性地与抗体进行键合反应。未反应的物质用洗涤溶液洗去。在小孔中再加入酶底物（尿过氧化物酶）和发色剂（四甲基联苯胺）并且保温。键合的酶联物使无色的发色剂变为蓝色。加入停止溶液终止颜色反应，使蓝色变成黄色。用酶标仪在 450nm（另一可选择的参考波长≥600nm）处测定吸光度。样品中玉米赤霉烯酮的浓度与吸光度成反比关系。

2. 试剂

酶标板（每个小孔中均包被有玉米赤霉烯酮偶联物）、玉米赤霉烯酮标准储备溶液（浓度依次为 0、50pg/mL、150pg/mL、450pg/mL、1350pg/mL、4050pg/mL）、过氧化物酶标记玉米赤霉烯酮（浓缩液）、底物溶液（7mL，含有尿过氧化物酶）、发色剂（7mL，含有四甲基联苯胺）、终止液（14mL，含有 1.0mol/L 硫酸）、样品稀释缓冲液（50mL）、标记稀释缓冲液（7mL）、二氯甲烷、甲醇、正己烷。

用于 α-淀粉酶消化的其他试剂：α-淀粉酶溶液（Sigma No.3176，10000U，提炼自猪的胰腺）。α-淀粉酶的 PBS 溶液：0.5g/mL，轻轻摇晃溶解，在冰箱中最多可储存 3d。PBS 缓冲液：pH 7.2（0.55g $NaH_2PO_4 \cdot H_2O$＋2.85g $Na_2HPO_4 \cdot H_2O$＋9g NaCl，用蒸馏水溶解并稀释至 1000mL）。

3. 仪器

酶标仪（450nm）、离心机、旋转蒸发器，或者其他用于溶剂蒸发的设备、摇床、刻度滴管、巴氏滴管；50μL、100μL、400μL 微量移液器。

4. 试样的制备

称取 2g 磨细的试样于具有螺旋盖的玻璃离心管中，加入 10mL 甲醇-水溶液（70＋30）并在摇床上振摇 10min（为了使试样更具有代表性，如果试样量充足且实验室设备能够满足需要，建议将样品量放大，即 10g 试样中加入 50mL 甲醇-水溶液）。将全部试样提取液经折叠滤纸过滤，移取 2mL 于具有螺旋盖的玻璃离心管中，加入 2mL 蒸馏水稀释并混匀，加入 3mL 二氯甲烷并剧烈振摇 5min。在 15℃、3500g 离心力下离心 10min。将上部水层弃去，收集全部二氯甲烷并在旋涡混合器上混匀。将二氯甲烷在 50～60℃ 下蒸发至干，如有可能可同时使用温和的氮气流吹干。将残余物用 1mL 无水甲醇重新溶解并充分混匀，加入 1mL 蒸馏水稀释并混匀，加入 1.5mL 正己烷并振摇 5min。在 15℃、3500g 离心力下离心 10min。将上部正己烷层弃去，收集下部甲醇层，移取 10μL 甲醇提取液，加入 40μL 样品稀释缓冲液，在酶标板上的每个小孔内加入 50μL。

提取前 α-淀粉酶消化（便于高淀粉含量样品的提取），称取 2g 磨细的试样于具有螺旋盖的玻璃离心管中，加入 3mL 蒸馏水、0.2mL α-淀粉酶溶液并在室温下小心振摇 20min，加入 7mL 无水甲醇并振摇 10min，然后按上面方法中"将全部试样提取液经折叠滤纸过滤……"起进行操作。

5. 样品分析

（1）玉米赤霉烯酮酶标记物　是以浓缩液的形式提供的。由于酶标记物的稀溶液稳定性差，因此应在试验临使用前根据实际用量现配。在进行移液操作前，先将酶标记物小心摇匀。在稀释时，应将酶标记物浓缩液按 1:11 比例配制成酶标记物稀释溶液（即 200μL，浓缩液＋2.0mL 缓冲液，足够 4 小条酶标板使用）。

（2）抗体包被酶标板小条　将锡纸包横向剪开，将所需的小孔与支架一同取出。不使用的小孔应与干燥剂一起妥善放置在锡纸包内，并置于 2～8℃储存。

（3）标准溶液　提供的玉米赤霉烯酮标准溶液浓度如下：0、50pg/mL、150pg/mL、450pg/mL、1350pg/mL、4050pg/mL。

（4）试验步骤

① 将足够数量的酶标板小孔插入夹持装置内，并对所有标准品和试样都做平行试验。记录标准品和试样的位置。

② 将每一种标准溶液和制备好的试样溶液都在每对平行试验的小孔内加入 50μL。

③ 在每个酶标板小孔中都加入 50μL 酶标记物稀释溶液。充分混匀并在室温下保温 2h。

④ 将小孔内的液体倒出，并将酶标板夹持装置翻转在吸湿纸上用力拍打以确保小孔内的液体完全被清除（每一条酶标板均需重复 3 次）。在每个小孔内加入 250μL 蒸馏水并将其再次倒出。再重复两次。

⑤ 在每个小孔中加入 50μL 底物和 50μL 发色剂。充分混匀并在室温下于暗处保温 30min。

⑥ 在每个小孔中加入 100μL 终止液。充分混匀并在 450nm 下以空气为空白测量吸光度（也可选用 600nm 以上波长，滤光片）。在加入终止液后 60min 内读数。

注：不同厂商生产试剂盒的试验条件可能有所不同。

6. 结果

系列标准溶液和试样溶液的吸光度平均值除以空白标准溶液（零标准）的吸光度值并乘以 100%。因此，空白标准即为 100% 吸收率，其他吸光度数值均折算为百分比：

$$吸收率 = \frac{标准溶液（或试样溶液）吸光度}{空白标准吸光度} \times 100\% \tag{10-11}$$

计算得到的系列标准溶液的数值在半对数坐标纸上对玉米赤霉烯酮浓度（ng/kg）作图。在 75～675ng/kg 范围内校正曲线应基本上呈线性。根据试样溶液的吸光率在校正曲线上读数得到玉米赤霉烯酮浓度（ng/kg）。

（三）免疫亲和柱色谱净化荧光光度法

1. 原理

试样经过乙腈-水提取，提取液经过滤、稀释后，滤液经过含有玉米赤霉烯酮特异抗体的免疫亲和柱色谱净化，此抗体对玉米赤霉烯酮具有专一性，玉米赤霉烯酮交联在色谱分离介质中的抗体上。用 PBS/Tween-20 缓冲液和水将免疫亲和柱上杂质除去，以甲醇通过免疫亲和柱洗脱，加入氯化铝溶液衍生，以提高测定灵敏度，洗脱液通过荧光光度计测定玉米赤霉烯酮。

2. 试剂和溶液

乙腈-水（9＋1，取 90mL 乙腈加 10mL 水）、氯化钠、磷酸氢二钠、磷酸二氢钾、氯化钾、氯化铝、硫酸、硫酸奎宁、Tween-20、盐酸、PBS/Tween-20 缓冲液（称取 8.0g 氯化钠、1.2g 磷酸氢二钠、0.2g 磷酸二氢钾、0.2g 氯化钾溶于 900mL 水中，用浓盐酸调节 pH7.0，加入 1mL Tween-20，用水稀释至 1L）、氯化铝衍生溶液（称取 2.5g 氯化铝溶解于 50mL 甲醇中）、0.05mol/L 硫酸溶液（取 2.8mL 浓硫酸，缓慢加入适量水中，冷却后定容至 1000mL）、荧光光度计校准溶液（称取 3.40g 硫酸奎宁，用 0.05mol/L 硫酸溶液稀释至 100mL，此溶液的荧光光度计读数相当于 0.45）。

3. 仪器和材料

荧光光度计；高速均质器（18000～22000r/min）、玉米赤霉烯酮免疫亲和柱、玻璃纤维滤纸（直径 9cm，孔径 1.0μm）、玻璃注射器（10mL）、玻璃试管（直径 12mm，长 75mm，无荧光特性）、槽纹折叠滤纸、空气压力泵。

4．分析步骤

（1）提取　准确称取试样 40.0g（精确到 0.1g）于均质器配置的搅拌钵中，加入 4.0g 氯化钠及 100mL 乙腈-水（9＋1），以均质器高速搅拌提取 1min。以槽纹折叠滤纸过滤，准确移取 10.0mL 滤液并加入 40.0mL PBS/Tween-20 缓冲液稀释，用玻璃纤维滤纸过滤至滤液澄清，滤液备用。

（2）净化　将免疫亲和柱连接于 10mL 玻璃注射器下。准确移取 10.0mL 样品提取液于玻璃注射器中，将空气压力泵与玻璃注射器相连接，调节压力使溶液以约 6mL/min 流速缓慢通过免疫亲和柱，直至 2～3mL 空气通过免疫亲和柱。以 10mL PBS/Tween-20 缓冲液和 10mL 水先后淋洗免疫亲和柱，弃去全部流出液，并使 2～3mL 空气通过免疫亲和柱。准确加入 1.0mL 甲醇洗脱，流速为 1～2mL/min。收集全部洗脱液于玻璃试管中，供检测用。

（3）测定　荧光光度计条件：激发波长 360nm，发射波长 450nm。

荧光光度计校准：以 0.05mol/L 硫酸溶液为空白调零；以荧光光度计校准溶液进行校准。

样液测定：将净化后的样品溶液加入 1.0mL 氯化铝衍生溶液，立即置于荧光光度计中读取样液中玉米赤霉烯酮的浓度。

（4）空白试验　除不加试样外，按样品处理操作步骤做空白试验。

5．结果计算

样品中玉米赤霉烯酮的含量以 mg/kg 表示。按式（10-12）计算：

$$X_1 = (c_1 - c_0) \times \frac{V}{W} \tag{10-12}$$

其中：

$$W = \frac{m}{V_1} \times \frac{V_2}{V_2 + V_3} \times V_4$$

式中，X_1 为样品中玉米赤霉烯酮的含量，mg/kg；c_1 为试样中玉米赤霉烯酮的含量，mg/mL；c_0 为空白试验中玉米赤霉烯酮的含量，mg/mL；V 为最终甲醇洗脱液体积，mL；W 为最终净化洗脱液所含的试样质量，g；m 为试样称取的质量，g；V_1 为样品和提取液总体积，mL；V_2 为稀释用样品滤液体积，mL；V_3 为稀释液体积，mL；V_4 为通过免疫亲和柱的样品提取液体积，mL。

计算结果表示到整数。

6．测定低限

免疫亲和柱色谱净化荧光光度法的测定低限为 0.01mg/kg。

（四）免疫亲和柱液相色谱法

本方法适用于谷物（玉米、小麦等）中玉米赤霉烯酮的测定。

1．原理

试样中的玉米赤霉烯酮用乙腈-水提取后，提取液经免疫亲和柱净化、浓缩后，用配有荧光检测器的液相色谱仪进行测定，外标法定量。

2．试剂和材料

甲醇（HPLC 级）、乙腈（HPLC 级）、乙腈-水（9＋1）（取 90mL 乙腈加 10mL 水）、氯化钠、玉米赤霉烯酮免疫亲和柱、玻璃纤维滤纸、玉米赤霉烯酮标准品（纯度≥98％）、玉米赤霉烯酮标准溶液（准确称取适量的玉米赤霉烯酮标准品，用乙腈配成浓度为 0.1mg/L 的标准储备液，−20℃冰箱中避光保存。使用前用流动相稀释成适当浓度的标准工作液）。

3．仪器和设备

液相色谱仪配有荧光检测器、粉碎机、高速均质器、氮吹仪、空气压力泵、玻璃注射器（20mL）、天平（0.0001g）。

4. 分析步骤

（1）提取　称取 40g 粉碎试样（精确到 0.01g）置于 250mL 具塞锥形瓶中，加入 4g 氯化钠和 100mL 乙腈-水（9+1），以均质器高速搅拌提取 2min，通过折叠快速定性滤纸过滤，移取 10.0mL 滤液并加入 40.0mL 水稀释混匀，经玻璃纤维滤纸过滤 1~2 次至滤液澄清后进行免疫亲和柱净化操作。

（2）净化　将免疫亲和柱连接于 20mL 玻璃注射器下，准确移取 10.0mL（相当于 0.8g 样品）的试样提取滤液，注入玻璃注射器，将空气压力泵与玻璃注射器连接，调节压力使溶液以 1~2 滴/s 的流速缓慢通过免疫亲和柱，直至有部分空气通过柱体，以 5mL 水淋洗柱子 1 次，弃去全部流出液，并使部分空气通过柱体。准确加入 1.5mL 甲醇洗脱，流速为 1mL/min，收集洗脱液于玻璃试管中，于 55℃ 以下氮气吹干后，用 1.0mL 流动相溶解残渣，供液相色谱测定。

（3）测定

① 液相色谱条件　色谱柱：C_{18} 柱，150mm×4.6mm（内径），粒度 4μm，或相当。流动相：乙腈-水-甲醇（46+46+8）。流速：1.0mL/min。检测波长：激发波长 274nm，发射波长 440nm。进样量：100μL。柱温：室温。

② 色谱测定　分别取样液和标准溶液各 100μL 注入高效液相色谱仪进行测定，以保留时间定性，峰面积定量。在上述色谱条件下，玉米赤霉烯酮的保留时间为 3.4min。玉米赤霉烯酮标准溶液色谱图如图 10-2 所示。

（4）空白试验　除不加试样外，均按上述步骤进行。

5. 结果计算

按外标法计算试样中玉米赤霉烯酮的含量，计算结果时需将空白值扣除，见式（10-13）：

$$X = 1000 \times (A - A_0) \times c \times \frac{V}{1000 \times A_s \times m} \quad (10\text{-}13)$$

式中，X 为试样中玉米赤霉烯酮的含量，μg/kg；A 为样液中玉米赤霉烯酮的峰面积；A_0 为空白液中玉米赤霉烯酮的峰面积；c 为标准工作溶液中玉米赤霉烯酮的浓度，μg/mL；V 为样液最终定容体积，mL；A_s 为标准工作液中玉米赤霉烯酮的峰面积；m 为最终样液所代表的试样量，g。

6. 精密度

在重复性条件下获得的两次独立测定结果的绝对差值不得超过算术平均值的 15%。

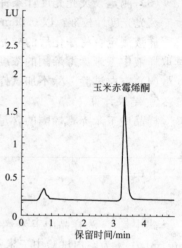

图 10-2　玉米赤霉烯酮
标准品的液相色谱

第三节　脱氧雪腐镰刀菌烯醇

一、概述

脱氧雪腐镰刀菌烯醇（又称呕吐毒素）是一种在小麦、大麦和玉米中最常见的真菌毒素，呕吐毒素能导致皮肤刺激、缺乏食欲、呕吐，在后期，则会引起出血、消化道的坏疽、中枢神经系统问题、免疫系统的破坏、骨髓造血功能的减退以及脾和生殖功能减退等。

二、检测方法

通常采用薄层色谱法和酶联免疫法测定。

（一）薄层色谱法

1. 原理

样品中的脱氧雪腐镰刀菌烯醇（DON）经提取、净化、浓缩和硅胶 G 薄层展开后，加热薄层板。由于在制备薄层板时加入了三氯化铝，使 DON 在 365nm 紫外线灯下显蓝色荧光，与标准比较。

2. 试剂

三氯甲烷、无水乙醇、甲醇、石油醚、乙酸乙酯、乙腈、丙酮、异丙醇、乙醚、氯化铝、中性氧化铝（色谱分离用，经 300℃活化 4h，置于干燥器中备用）、活性炭（20g 活性炭，用 3mol/L 盐酸溶液浸泡过夜，抽滤后用热蒸馏水洗至无氯离子，120℃烘干备用）、硅胶 G。

DON 标准溶液：精密称取 5.0mg DON，加乙酸乙酯-甲醇（19+1，体积比）溶解，转入 10mL 容量瓶中，用乙酸乙酯-甲醇（19+1，体积比）稀释至刻度，此标准溶液含 DON 0.5mg/mL。吸取此标准溶液 0.5mL，用乙酸乙酯-甲醇（19+1，体积比）稀释至 10mL，浓度为 25μg/mL。

3. 仪器与设备

小型粉碎机，电动振荡器，色谱柱（内径 2cm、长 10cm），玻璃板（5cm×20cm），薄层涂布器，展开槽，紫外线灯（365nm），微量注射器。

4. 分析步骤

（1）提取　称取 20.0g 样品置于 200mL 具塞锥形瓶中，加 8mL 水和 100mL 三氯甲烷-无水乙醇（8+2），密塞，振荡 1h，过滤，取 25mL 滤液于 75mL 玻璃蒸发皿中，置 90℃水浴上通风挥干。

（2）净化　用 50mL 石油醚分次溶解蒸发皿中的残渣，洗入 100mL 分液漏斗中，再用 20mL 甲醇-水（4+1）分次洗涤蒸发皿，转入同一分液漏斗中，振摇 1.5min，静置约 15min，将下层甲醇-水提取液过柱净化。

（3）柱净化　在色谱柱下端与小管连接处塞约 0.1g 脱脂棉，装入 0.5g 中性氧化铝，0.4g 活性炭。将色谱柱下端接在抽滤瓶上，抽滤瓶中放一平底管接收过柱液，将抽滤瓶接上水泵或真空泵，控制流速为 2~3mL/min，甲醇-水提取液过柱后，加入 10mL 甲醇-水（4+1）淋洗柱，抽滤至干。将过柱后的洗脱液倒入 75mL 玻璃蒸发皿中，用少量甲醇-水洗涤平底管。将蒸发皿置沸水浴上浓缩至干。趁热加入 3mL 乙酸乙酯，加热至沸，将残渣中 DON 溶出，冷至室温后转入浓缩瓶中，加约 0.5mL 甲醇-丙酮（1+2），溶解残渣，挥干溶剂后，加入 3mL 乙酸乙酯，加热至充分沸腾，放冷至室温后，再用 0.5mL 甲醇-丙酮和 3mL 乙酸乙酯同样处理一次，乙酸乙酯提取液并入浓缩瓶中。将浓缩瓶置约 95℃水浴吹氮气浓缩至干，冷至室温后加入 0.2mL 三氯甲烷-乙腈（4+1）溶解残渣，作薄层色谱分离用。

（4）测定　在薄层板通过样品溶液、样品+DON 标准品、DON 标准品、空白溶液分别点样，溶剂展开，于紫外线下与空白对照，观察样液是否产生与 DON 标准点相同的衍生物的荧光出现，得出定性和半定量的检测结果。

5. 结果计算

试样中 DON 的残留含量按式(10-14)计算：

$$X = A \times \frac{V_1}{V_2} \times D \times \frac{1000}{m} \tag{10-14}$$

式中，X 为样品中 DON 的含量，mg/kg；A 为薄层板上测得样液点上 DON 的量，mg；V_1 为加入三氯甲烷-乙腈混合液溶解残渣的体积，mL；D 为样液的总稀释倍数；V_2 为滴加样液的体积，mL；m 为三氯甲烷-乙腈混合液溶解残渣相当样品的质量，g。

（二）酶联免疫测定法（ELISA）

1. 原理

将已知抗原吸附在固相载体表面，洗除未吸附抗原，加入一定量抗体与待检样品（含有抗原）提取液的混合液竞争温育后，在固相载体表面形成抗原-抗体复合物。洗除多余抗体成分，加入酶标记的抗免疫球蛋白的第二抗体结合物，与吸附在固体表面的抗原-抗体复合物结合，加入酶底物。在酶的催化作用下，底物发生降解反应，产生有色产物，通过酶标检测仪测出酶底物的降解量，根据标准曲线计算被测样品中的抗原量。

2. 试剂

抗呕吐毒素的特异性单克隆抗体、呕吐毒素与载体蛋白-牛血清白蛋白（BSA）的结合物抗原（DON-BSA）、牛血清白蛋白（BSA）、四甲基联苯胺、兔抗鼠免疫球蛋白与辣根过氧化物酶的结合物、Tween-20、30%过氧化氢、甲醇、三氯甲烷、石油醚、无水乙醇、乙酸乙酯、中性氧化铝、活性炭、pH9.6 的碳酸盐缓冲液、含 0.05% Tween-20 的 pH7.4 的碳酸盐缓冲洗涤液（简称 PBS-T）、pH5.0 的磷酸-柠檬酸底物缓冲液。

呕吐毒素标准溶液：用甲醇配成 1mg/mL 呕吐毒素储备溶液，精密吸取储备溶液，用 20%甲醇的 PBS 稀释成制备标准曲线的所需浓度。

3. 仪器与设备

酶标检测仪，酶标微孔板（40 孔或 96 孔），电动振荡器，电热恒温水浴锅，浓缩瓶，250mL 分液漏斗。

4. 分析步骤

（1）提取　称取 20.0g 样品，置 200mL 具塞三角烧瓶中，加 8mL 水和 100mL 三氯甲烷-无水乙醇（4+1，体积比），振荡 1h 后过滤，取 25mL 滤液于蒸发皿中，置 90℃水浴上挥干。用 50mL 石油醚分次溶解蒸发皿中残渣，洗入 250mL 分液漏斗中，用 20mL 甲醇-水分次洗涤，转入同一分液漏斗中，振荡 1.5min，收集下层甲醇-水提取液过色谱柱（色谱柱下端塞约 0.1g 脱脂棉，装入 0.5g 中性氧化铝、0.4g 活性炭）净化。将过柱后的洗脱液倒入蒸发皿中，水浴浓缩至干，趁热加 3mL 乙酸乙酯，加热至挥干，再重复一次，最后加 3mL 乙酸乙酯，冷至室温后转入浓缩瓶中。用适量乙酸乙酯洗涤蒸发皿，并入浓缩瓶中。95℃水浴加热挥干，冷却后用 0.2mL 含 20%甲醇的 PBS 定容，供 ELISA 检测用。

（2）测定　酶标板用 PBS-T 洗 3 次，每次 3min 后，加入不同浓度的 DON 标准溶液（制作标准曲线）或样品提取液（检测样品中的毒素含量）与抗体溶液的混合液（1+1），每孔 100μL，酶标板洗 3 次，每次 3min 后，加入酶标二抗，每孔 100μL，37℃1.5h。上述洗涤后，加入酶底物溶液，加 10mL 底物缓冲液，加 10μL 30%过氧化氢，混匀，37℃孵育 30min。用 2mol/L 硫酸溶液终止反应，每孔 50μL，于 450nm 处测定吸光度值。

5. 结果计算

试样中 DON 的残留含量按式（10-15）计算：

$$X = c \times \frac{V_1}{V_2} \times D \times \frac{1000}{m}$$

$$(10-15)$$

式中，X 为样品中 DON 的含量，mg/kg；c 为酶标微孔板上测得的呕吐毒素的含量（根据标准曲线求得），ng；V_1 为样品提取液的体积，mL；D 为样液的总稀释倍数；V_2 为加入样液的体积，mL；m 为样品质量，g。

第四节　赭曲霉毒素

一、概述

赭曲霉毒素又称棕曲霉毒素，是曲霉属和青霉属的一些菌种产生的一组结构类似，主要危及人和动物肾脏的有毒代谢产物，分为赭曲霉毒素 A、赭曲霉毒素 B、赭曲霉毒素 C、赭曲霉毒素 D 四种化合物，其中赭曲霉毒素 A（OA）分布最广、产毒量最高、毒作用最大、农作物污染最严重、与人类关系最密切，是一种强力的肝脏和肾脏毒素。OA 是异香豆素联结 L-苯丙氨酸在分子结构上类似的一组无色结晶化合物，溶于极性溶剂和稀的碳酸氢钠水溶液中，微溶于水。在紫外线下 OA 呈绿色荧光。该化合物相当稳定，在乙醇中置冰箱避光可保存一年。世界各国均有从粮食中检出 OA 的报道，但其污染分布很不均匀，污染的谷物主要为麦类及玉米，产毒适宜温度为 20～30℃。

二、检测方法

通常采用薄层色谱法和高效液相色谱法测定。

(一) 薄层色谱法原理

1. 原理

用三氯甲烷-0.1mol/L 磷酸或石油醚-甲醇/水提取样品中的 OA，样品提取液经液-液分配后，根据其在 365nm 紫外线灯下产生黄绿色荧光，在薄层板上与标准比较测定含量。

2. 试剂

石油醚（沸程为 60～90℃或 30～60℃）、甲醇、三氯甲烷、甲苯、乙酸乙酯、甲酸、冰乙酸、乙醚、苯-乙腈（98＋2）、0.1mol/L 磷酸溶液（称取 11.5g 85％的磷酸加水稀释至 1000mL）、2mol/L 盐酸溶液（量取 20mL 盐酸，加水稀释至 120mL）、4％氯化钠溶液、0.1mol/L 碳酸氢钠溶液（称取 8.4g 碳酸氢钠，加适量水溶解，并用水稀释至 1000mL）、硅胶 G。

OA 标准储备溶液：用苯-冰乙酸（99＋1）配成 40μg/mL OA 储备溶液，并用紫外分光光度计测定其浓度。置冰箱中避光保存。

OA 标准使用液：精密吸取储备溶液，用苯稀释成 OA 标准工作液（0.5μg/mL），置冰箱中避光保存。

3. 仪器与设备

小型粉碎机，电动振荡器，玻璃板（5cm×20cm），薄层涂布器，展开槽（内径 25cm、宽 6cm、高 4cm），紫外线灯（365nm），微量注射器（10μL、50μL），具 0.2mL 尾管的 10mL 浓缩瓶。所有玻璃仪器均需用稀盐酸浸泡，用自来水、蒸馏水冲洗。

4. 分析步骤

(1) 提取　称取 20g 样品，精确至 0.001g，置于 200mL 具塞锥形瓶中，加入 100mL 三氯甲烷和 10mL 0.1mol/L 磷酸溶液，振荡 30min 后通过快速定性滤纸过滤。取 20mL 滤液置于 250mL 分液漏斗中，加 50mL 0.1mol/L 碳酸氢钠溶液振摇 2min，静置分层后，将三氯甲烷层放入另一个 100mL 分液漏斗中（少量乳化层，或即使三氯甲烷层全部乳化都可放入分液漏斗中）。加入 50mL 0.1mol/L 碳酸氢钠溶液重复提取三氯甲烷层，静置分层后，弃去三氯甲烷层（如果三氯甲烷层仍乳化，弃去，不影响结果）。碳酸氢钠水层并入第一个分液漏斗中，加约 5.5mL 2mol/L 盐酸溶液调节 pH2～3（用 pH 试纸测试），加入 25mL 三氯甲烷振摇 2min，静置分层后，放三氯甲烷层于另一盛有 100mL 水的 250mL 分液漏斗中，酸水层再用 10mL 三氯甲烷振摇提取、静置。将三氯甲烷层并入同一分液漏斗中。振摇、静置分层，用脱脂棉擦干分液漏斗下端，放三氯甲烷层于一 75mL 蒸发皿中，将蒸发皿置蒸汽浴上挥干。用约 8mL 三氯甲烷分次将蒸发皿中的残渣溶解，转入具尾管的 10mL 浓缩瓶中，置 80℃水浴锅上用蒸汽加热吹氮气浓缩至干，加入 0.2mL 苯-乙腈溶解残渣，摇匀，供薄层色谱点样用。

(2) 测定　取两块薄层板，在距薄层板下端 2.5cm 的基线上用微量注射器滴加两个点：在距板左边缘 1.7cm 处滴加 OA 标准溶液 8μL（浓度 0.5μg/mL），在距板左边缘 2.5cm 处滴加样液 25μL，然后在第二块板的样液点上加滴 OA 标准溶液 8μL（浓度 0.5μg/mL）。点样时，需边滴加边用电吹风吹干，交替使用冷热风。

(3) 展开　在展开槽内倒入 10mL 乙醚或乙醚-甲醇-水（94＋5＋1），先将薄层板纵展至离原点 2～3cm，取出通风挥发溶剂 1～2min 后，再将该薄层板靠标准点的长边置于同一展开槽内的溶剂中横展，如横展剂不够，可添加适量，展至板端过 1min，取出通风挥发溶剂 2～3min。在另一展开槽内倒入 10mL 甲苯-乙酸乙酯-甲酸-水（6＋3＋1.2＋0.06）或甲苯-乙酸乙酯-甲酸（6＋3＋1.4），将经横展后的薄层板纵展至前沿距原点 13～15cm，取出通风挥干至板面无酸味（约 5～10min）。

（4）观察与评定　将薄层色谱板置 365nm 波长紫外线灯下观察，两板比较，若第二块板的样液点在 OA 标准点的相应处出现最低检出量；而第一板相同位置上未出现荧光点，则样品中的 OA 含量在本测定方法的最低检测量 10μg/kg 以下；如果第一板样液点在与第二板样液点相同位置上出现荧光点，则看第二板样液的荧光点是否与滴加的标准荧光点重叠，再进行以下的定量与确证试验。

（5）稀释定量　比较样液中 OA 与标准 OA 点的荧光强度，估计稀释倍数。经稀释后测定含量时，可在样液点的左边基线上滴加两个标准点，比较样液与两个标准 OA 荧光点的荧光强度，半定量。

（6）确证试验　用碳酸氢钠-乙醇溶液（在 100mL 水中溶解 6.0g 碳酸氢钠，加 20mL 乙醇）喷洒色谱板，在室温下干燥，于长波紫外线灯下观察，这时 OA 荧光点应由黄绿色变为蓝色，而且荧光强度有所增加，再估计样品中 OA。

5. 结果计算

试样中 OA 的残留含量按式（10-16）计算：

$$X = m_1 \times \frac{V_1}{V_2} \times D \times \frac{1000}{m} \tag{10-16}$$

式中，X 为样品中赭曲霉毒素 A 的含量，μg/kg；m_1 为薄层板上测得样液点上 OA 的量，μg；V_1 为苯-乙腈混合液的体积，mL；D 为样液的总稀释倍数；V_2 为出现最低荧光点时滴加样液的体积，mL；m 为苯-乙腈溶解时样品的质量，g。

6. 精密度

在重复性条件下获得的两次独立测定结果的绝对差值不得超过算术平均值的 20%。

（二）高效液相色谱法

1. 原理

样品中的 OA 经提取、净化、浓缩后，以乙腈-1.5%乙酸为流动相，采用高效液相色谱仪荧光检测器进行测定，外标法定量。

2. 试剂和材料

乙腈、三氯甲烷、石油醚、盐酸、硫酸、乙酸、碳酸氢钠水溶液（50g/L）、氯化钾水溶液（40g/L）、氯化钾硫酸溶液［600mL 氯化钾水溶液（40g/L）加入 400mL 浓硫酸］、乙腈-氯化钾硫酸溶液（90＋10）、6mol/L 盐酸。OA 标准品（纯度＞95%）。

OA 标准溶液：称取 OA 标准品配成 5.1mg/mL 乙腈溶液，用乙腈将上述溶液准确稀释成最终浓度为 1.0μg/mL 的标准工作液。

3. 仪器

高效液相色谱仪并配备荧光检测器，粉碎器，振荡器，旋转蒸发器，溶剂过滤器（附有机滤膜），滤膜（0.45μm），微量注射器。

4. 测定步骤

（1）提取　称取 10.0g（精确至 0.1g）试样，置于 250mL 具塞锥形瓶中，加 100mL 乙腈-氯化钾硫酸溶液，湿润瓶塞，盖紧，振荡 30min 后，过滤于 100mL 容量瓶中，用乙腈-氯化钾硫酸溶液洗涤滤渣数次，滤液最终定容至 100mL。取定容后的滤液 50.0mL 于分液漏斗内，用石油醚萃取两次［每次用量 20mL。弃去石油醚层，在乙腈-水层中加 20mL 水，用三氯甲烷 3 次萃取毒素（用量依次为 25mL、15mL、15mL）］，弃去水层。将三氯甲烷溶液用 5％碳酸氢钠溶液萃取 3 次（每次用量 20mL），收集水层合并液。并用 6mol/L 盐酸调节水溶液 pH≈1.5 后，再用三氯甲烷 3 次反萃取毒素（用量依次为 25mL、15mL、15mL）。合并 3 次三氯甲烷层，并于－18℃冷冻，滤去冰水。然后全量移入旋转蒸发器内于 30℃下蒸干，残渣用乙腈-1.5％乙酸溶解，并定容至 1.0mL。经 0.45μm 滤膜滤至样品瓶内，供液相色谱仪测定。

（2）测定　色谱条件：色谱柱（200mm×2.1mm，5μm），流动相（乙腈-1.5％乙酸），流速 0.2mL/min，激发波长 333nm，发射波长 460nm。

分别将标准工作液依次以 2μL、4μL、6μL、8μL、10μL 自动进样（相当于 OA0.2ng、0.4ng、0.6ng、0.8ng、1.0ng），得到峰面积与进样量的标准工作曲线（在 0.2～1.0ng 线性范围内）。分别将标准工作液和样液等体积穿插进样测定，以外标法定量。

5. 结果计算

试样中 OA 的残留含量按式(10-17) 计算：

$$X = A \times c \times V \times \frac{1}{m \times A_s} \tag{10-17}$$

式中，X 为试样中赭曲霉毒素 A 的含量，$\mu g/kg$；A 为样液中赭曲霉毒素 A 的峰面积；c 为混合标准工作液中 OA 的浓度，ng/mL；V 为样液最终定容体积，mL；A_s 为混合标准工作液中 OA 的峰面积；m 为最终样液所代表的试样质量，g。

参 考 文 献

[1] 中华人民共和国国家标准 GB/T 5009.23—2006. 食品中黄曲霉毒素 B_1、B_2、G_1、G_2 的测定.

[2] 中华人民共和国国家标准 GB/T 18979—2003. 食品中黄曲霉毒素的测定.

[3] 中华人民共和国国家标准 GB/T 5009.209—2008. 谷物中玉米赤霉烯酮的测定.

[4] 中华人民共和国国家标准 GB/T 5009.96—2003. 谷物和大豆中赭曲霉毒素 A 的测定.

[5] 中华人民共和国出入境检验检疫行业标准 SN/T 1958—2007. 进出口食品中伏马毒素 B_1 残留量检测方法　酶联免疫吸附法.

[6] 卢利军，牟峻. 粮油及其制品质量与检验. 北京：化学工业出版社，2008.

[7] Weck R, van Putte R. A simple & rapid ELISA for detecting aflatoxin contamination in corn. The American Biology Teacher，2006，68（8）：492-495.

[8] Garcia D, Ramos A J, Sanchis V, Marín S. Predicting mycotoxins in foods：A review. Food Microbiology，2009，26（8）：757-769.

[9] Sun X, Zhao X, Tang J, Gu X, Zhou J, Chu F S. Development of an immunochromatographic assay for detection of aflatoxin B_1 in foods. Food Control，2006，17（4）：256-262.

[10] Bullerman L B, Bianchini A. Stability of mycotoxins during food processing. International Journal of Food Microbiology，2007，119（1-2）：140-146.

[11] Tanaka K, Sago Y, Zheng Y, Nakagawa H, Kushiro M. Mycotoxins in rice. International Journal of Food Microbiology，2007，119（1-2）：59-66.

[12] Liu R, Yu Z, He Q, Xu Y. An immunoassay for ochratoxin A without the mycotoxin. Food Control，2007，18（7）：872-877.

第十一章　粮油转基因成分检测技术

第一节　概　述

一、转基因生物

转基因是一种生物体内的基因转移到另一种生物或同种生物不同品种中的过程，是通过有性生殖过程来实现的。转基因是一种自然事件，每天都在发生，只不过在自然界中，基因转移没有目标性，好的和坏的基因都可以一块转移到不同的生物个体。同时，通过自然杂交进行的转基因是严格控制在同一物种内的（特别是在动物中），或是亲缘关系很近的植物种类之间。为了提高农作物的产量，改善农作物的品质和增强农作物的抗病虫、抗逆的能力，采用现代生物技术的方法，将所需要的基因进行定位，分离克隆，然后再将这个目的基因，通过载体转移到目标生物品种中。传统的育种技术是通过物种内或近缘种间的杂交将优良性状组合到一起，从而创造产量更高或品质更佳的新品种，这一技术对近百年农业生产的飞速发展做出了巨大贡献。现代转基因技术还可以将亲缘关系较远的生物基因，甚至是人工合成的基因转移到需要的品种中去，扩大了可利用的种质资源。转基因生物（genetically modified organism，GMO），是指采用基因工程技术，将外源基因（自其他生物分离或人工合成）转移到原来不具有这种基因的生物体内，并使之有效表达和遗传，由此获得的基因改良生物称为转基因生物。1983 年世界上第一例转基因植物构建成功，1985 年第一尾转基因鱼问世，1986 年转基因生物批准田间试验，1994 年 Calgene 公司研制的延熟番茄成为首例被批准商业化的转基因植物。目前，已投入实际应用的 GMO 大多为农作物。

从理论上说，转基因技术和常规杂交育种都是通过优良基因的重组获得新品种的，但常规育种的安全性并未受到人们的质疑。其主要原因是因为常规育种是自然界可以发生的，而且常规育种的基因来源于同一物种或者是近缘种，并且，在长期的育种实践中并未发现灾难性的结果。而转基因产品则不同，这种人工制造的产品含有其他生物甚至人工合成基因，而且这种形式的基因重组在自然界是不可能发生的，所以人们无法预测将基因转入一个新的遗传背景中会产生什么样的作用，故而对其后果存在疑虑。

二、转基因植物

运用重组 DNA 技术将外源基因整合于受体植物基因组中，改变其遗传组成后产生的植物及其后代，即为转基因植物。目前常用的植物转基因操作的方法有农杆菌介导转化法、基因枪法、花粉管通道法。转基因植物一般至少含有一种非近源物种的遗传基因，如其他植物种、病毒、细菌、动物，甚至人类的基因。转基因植物目前主要应用于农业和医药领域。农业领域主要是向农作物转入各种目的基因，主要是抗各种生物和非生物逆境、高产和优质、改变植物生长发育特性等的基因；而在医药领域主要是利用转基因植物作为"植物生物反应器"生产口服疫苗和医用蛋白等，目前植物转基因技术存在基因转化率低、转化体系不完善、转化的外源基因表达的调控能力和遗传稳定性低等问题。

世界首例转基因作物——转基因烟草诞生于 1983 年，这是人类第一次获得的转基因作物。1994 年，第一个转基因作物产品延熟保鲜的转基因番茄"Flavr Savr"获得美国农业部和美国食品与药物管理局的批准进入市场。此后，随着植物基因工程技术的发展，转基因作物的研究和开发取得了一系列举世瞩目的进展，根据农业生物技术应用国际服务组织（International Service for the Acquisition of Agri-Biotech Applications，ISAAA）于 2007 年 1 月 29 日发布的年度报告显示，在 2006 年全球转基因作物的种植面积首次突破了 1 亿公顷大关，达到了 1.02 亿公顷，种植国家达到 22 个，美国、阿根廷、巴西、加拿大、印度和中国为全球主要的转基因作物种植国，种植转基因作物的发展中国家已超过发达国家；其中美国转基因作物的种植面积是 5460 万公顷（占全球生物技术作物种植面积的 53%）。而转基因作物所涉及的主要品种有大豆、玉米、油菜、水稻和棉花等，小面积种植的有番茄、马铃薯、甜椒、西葫芦、木瓜等。其中转基因大豆为主要的转基因作物，种植面积约 5860 万公顷（占全球生物技术作物种植面积的 57%），其次是玉米，约 2500 万公顷（占全球生物技术作物种植面积的 25%），棉花约 1340 万公顷（占全球生物技术作物种植面积的 13%），以及油菜约 480 万公顷（占全球生物技术作物种植面积的 5%）。在这些转基因作物中耐除草剂一直是最重要的特性，其次是抗虫性和其他混合基因。

据 ISAAA 主席、创始人 Clive James 的估计，在今后十年的商业化过程中，生物技术作物的种植范围将继续加速增长，预计到 2025 年将有 40 多个国家的 2000 多万农户种植约 2 亿公顷的生物技术作物。

三、转基因生物的安全性

转基因生物是利用转基因生物技术将分离克隆的单个或一组基因转移到某一种生物所获得的生物品种。基因转移可以发生在亲缘关系较远的动植物种群之间。这种亲缘关系较远的动植物种群之间的基因转移使得转基因产品有可能造成人类健康安全问题（如毒性、过敏和耐药性）、生态平衡问题和伦理问题。许多研究表明转基因生物对生物多样性、生态环境和人体健康的安全已构成风险和威胁，这方面的教训是很多的，比如著名的英国 Pusztai 事件、康奈尔大学斑蝶事件、加拿大超级杂草事件、墨西哥玉米事件和中国 Bt 抗虫棉破坏环境事件等，这些事件无一不为人们在转基因生物的研究和应用敲响了警钟。

1. 转基因生物对生物多样性的影响

（1）转基因生物对非目标生物的影响　释放到环境中的抗虫和抗病类转基因植物，除对害虫和病菌致毒外，对环境中的许多有益生物也将产生直接或间接的不利影响，甚至会导致一些有益生物死亡。

（2）增加目标害虫的抗性和进化速度　研究表明，棉铃虫已对转基因抗虫棉产生抗性。转基因抗虫棉对第一、第二代棉铃虫有很好的毒杀作用，但第三代、第四代棉铃虫已对转基因棉产生抗性。如果这种具有转基因抗性的害虫变成对转基因表达蛋白具有抗性的超级害虫，就需要喷洒更多的农药，将会对农田和自然生态环境造成更大的危害。

（3）杂草化　释放到环境中的转基因植物通过传粉进行基因转移，可能将一些抗虫、抗病、抗除草剂或对环境胁迫具有耐性的基因转移给野生亲缘种或杂草。而杂草一旦获得转基因生物的抗逆性状，将会变成超级杂草，从而严重威胁其他作物的正常生长和生存。

（4）干扰生物多样性　通过人工对动物、植物和微生物甚至人的基因进行相互转移，转基因生物已经突破了传统的界、门的概念，具有普通物种不具备的优势特征，若释放到环境，会改变物种间的竞争关系，破坏原有自然生态平衡，导致物种灭绝和生物多样性的丧失。转基因生物通过基因漂移，会破坏野生近缘种的遗传多样性。例如转基因棉田里，棉铃虫天敌寄生蜂的种群数量大大减少。昆虫群落、害虫和天敌亚群落的多样性和均匀分布都低于常规棉田。某些昆虫比例占优势的情况比较明显，昆虫群落的稳定性不如常规棉田，发生某种虫害的可能性就比较大。转 Bt 抗虫棉对棉铃虫以外的害虫防治效果很差，某些害虫的发生比常规棉田要严重，甚至上升为主要害虫，危及棉花生长。棉铃虫对转 Bt 抗虫棉会产生抗体，在连续种植 8～10 年后，这种转基因棉可能丧失抗虫的作用。

2. 转基因生物对生态环境的影响

一些生物学家认为，自然界物种为了保持自身的稳定性、纯洁性，对遗传物质的改变是严格控制的，基因漂移仅限于同种之间或者近源物种之间。而转基因生物是通过人工方法对动物、植物和微生物甚至人的基因进行相互转移，它突破了传统的界、门的概念，跨越了物种间固有的屏障，具有普通物种所不具备的优势特征。这样的物种若释放到环境中，会改变物种间的竞争关系，破坏原有自然生态平衡，使生态系统中原有完整的食物链遭到破坏，导致物种灭绝和生物多样性的丧失，如 1999 年美国的斑蝶事件。转基因的抗虫玉米的花粉撒在了马利筋杂草上面，而北美斑蝶要吃这种杂草，结果吃了这种叶子，毒死了幼虫。斑蝶是北美一种珍稀濒危动物，所以当时在全世界引起了很大的反响。

3. 转基因生物对人类健康的影响

食用安全是食品所应具备的前提条件，人们对食用转基因产品是否安全最为关心。转基因活生物体及其产品进入市场，可能对人体健康产生某些不良影响。由于人们对基因活动方式的了解还不够透彻，仍没有十足的把握控制基因调整后的结果，担心基因的突然改变会导致某些有毒物质的产生；食物可能会由于基因转移而诱发某些人的过敏反应；转基因产品还可能降低动物乃至人的免疫能力，从而对其健康乃至生存产生影响。因此，食品安全性也是转基因生物安全性评价的一个重要方面。就 1993 年经济合作与发展组织（Organization for Economic Cooperation and Development，OECD）提出的食品安全评价的实质等同性原则而言，如果转基因产品与传统产品具有实质等同性，则可以认为是安全的。如转病毒外壳蛋白基因的抗病毒植物及其产品与田间感染病毒的植物生产的产品都带有病毒的外壳蛋白，这类产品应该认为是安全的。若转基因植物生产的产品与传统产品不存在实质等同性，则应进行严格的安全性评价。在进行实质等同性评价时，一般需要考虑以下两个主要方面。

① 有毒物质。必须确保转入外源基因或基因产物对人畜无毒。如转 *Bt* 杀虫基因玉米除含有 *Bt* 杀虫蛋白外，与传统玉米在营养物质含量等方面具有实质等同性。要评价它作为饲料或食品的安全性，则应集中研究 *Bt* 蛋白对人畜的安全性。目前已有大量的实验数据证明 *Bt* 蛋白只对少数目标昆虫有毒，对人畜绝对安全。

② 过敏源。在自然条件下存在着许多过敏源。在基因工程中如果将控制过敏源形成的基因转入新的植物中，则会对过敏人群造成不利的影响。所以，转入过敏源基因的植物不能批准商品化。如美国有人将巴西坚果中的 2S 清蛋白基因转入大豆，虽然使大豆的含硫氨基酸增加，但也未获批准进入商品化生产。另外还要考虑营养物质和抗营养因子的含量等。

第二节　转基因水稻检验

水稻作为世界上最重要的粮食作物之一，自 1988 年首次获得可育的转基因水稻以来，基因工程技术在水稻品种改良上得到了广泛的应用，已选育了一系列转基因水稻品系（组合）。转基因水稻，是根据某种特殊需要在水稻中引入特殊基因。现在申请商业化生产的是几种抗虫的转基因水稻，其中一种 *Bt* 转基因水稻，是在水稻中引入一种特殊基因后，产生一种蛋白，这种蛋白会让食用了这种水稻的常见害虫浑身溃烂并死亡。正是这样特殊的抗虫功能，可以使水稻田的农药使用量大大减少。我国已经为两个转基因水稻品种颁发了安全证书，可能因此成为全球首个种植转基因水稻的国家。以下介绍抗虫转 *Bt* 基因水稻定性 PCR 方法，适用于转基因水稻及其产品中的 *CaMV 35S* 启动子、*NOS* 终止子、*Bt* 基因的定性 PCR 检测。

一、检测原理

根据转 *Bt* 基因抗虫水稻中 *CaMV 35S* 启动子、*NOS* 终止子、*Cry1Ac* 基因或 *Cry1Ab* 基因或 *Cry1Ab/Cry1Ac* 融合基因，以及水稻的内标准基因 *SPS* 基因、*GOS* 基因，设计特异性引物/探针进行 PCR 扩增检测，以确定水稻及其产品中是否含有转 *Bt* 基因抗虫水稻成分。

二、试剂

琼脂糖、10mg/mL 溴化乙锭（EB）溶液、异丙醇、DNA 分子量标准、70%乙醇、植物 DNA 提取试剂盒、石蜡油、PCR 产物回收试剂盒、2-巯基乙醇、异戊醇、三氯甲烷＋异戊醇（24＋1）、76%乙醇溶液（取 760mL 无水乙醇，加水定容至 1L）、10mol/L 氢氧化钠溶液（在 160mL 水中加入 80g NaOH，溶解后加水定容至 200mL，塑料瓶中保存）。

500mmol/L EDTA 溶液（pH 8.0）：称取二水乙二胺四乙酸二钠（EDTA-Na$_2$·2H$_2$O）18.6g，加入 70mL 水中，加入少量 10mol/L NaOH 溶液，加热至完全溶解后，冷却至室温，用 10mol/L NaOH 溶液调 pH 至 8.0，加水定容至 100mL。在 103.4kPa（121℃）条件下灭菌 20min。

1mol/L Tris-HCl 溶液（pH 8.0）：称取 121.1g 三羟甲基氨基甲烷（Tris）溶解于 800mL 水中，用浓盐酸调 pH 至 8.0，加水定容至 1000mL。在 103.4kPa（121℃）条件下灭菌 20min。

TE 缓冲液（pH 8.0）：分别加入 1mol/L Tris-HCl（pH 8.0）10mL 和 500mmol/L EDTA（pH 8.0）溶液 2mL，加水定容至 1000mL。在 103.4kPa（121℃）条件下灭菌 20min。

50×TAE 缓冲液：称取 242.2g Tris，用 500mL 水加热搅拌溶解，加入 500mmol/L EDTA 溶液（pH 8.0）100mL，用冰乙酸调 pH 至 8.0，然后加水定容至 1000mL。使用时用水稀释成 1×TAE。

加样缓冲液：称取溴酚蓝 0.25g，加入 10mL 水，在室温下过夜溶解；再称取二甲基苯腈蓝 0.25g，用 10mL 水溶解；称取蔗糖 50g，用 30mL 水溶解，混合 3 种溶液，加水定容至 100mL，在 4℃下保存备用。

1mol/L Tris-HCl（pH 7.5）：称取 121.1g Tris 碱溶解于 800mL 水中，用浓盐酸调 pH 至 7.5，用水定容至 1000mL。在 103.4kPa（121℃）条件下灭菌 20min。

苯酚＋氯仿＋异戊醇溶液：将苯酚、氯仿和异戊醇按照 25∶24∶1 的体积比混合。

氯仿＋异戊醇溶液：将氯仿和异戊醇按照 24∶1 的体积比混合。

10mg/mL RNase A：将胰 RNA 酶（RNase A）溶于 10mmol/L Tris-HCl（pH7.5）、15mmol/L NaCl 中，配成 10mg/mL 的浓度，于 100℃加热 15min，缓慢冷却至室温，分装成小份保存于−20℃。

3mol/L 乙酸钠（pH 5.6）：称取 408.3g 三水乙酸钠溶解于 800mL 水中，用冰乙酸调 pH 至 5.6，用水定容至 1000mL。在 103.4kPa（121℃）条件下灭菌 20min。

抽提液（1000mL）：在 600mL 水中加入 69.3g 葡萄糖、20g 聚乙烯吡咯烷酮（PVP）（K30）、1g DIECA（diethyldithiocarbamic acid），充分溶解，然后加入 1mol/L Tris-HCl（pH7.5）100mL，0.5mol/L EDTA（pH8.0）10mL，加水定容至 1000mL，4℃保存，使用时加入 0.2%（体积分数）的 β-巯基乙醇。

裂解液（1000mL）：在 600mL 水中加入 81.7g 氯化钠、20g 溴代十六烷基三甲胺（CTAB）、20g 聚乙烯吡咯烷酮（PVP）（K30）、1g DIECA（diethyldithiocarbamic acid），充分溶解，然后加入 1mol/L Tris-HCl（pH7.5）100mL，0.5mol/L EDTA（pH 8.0）4mL，加水定容至 1000mL，室温保存，使用时加入 0.2%（体积分数）的 β-巯基乙醇。

CTAB 提取缓冲液 I：配制 1L CTAB 提取缓冲液 I，应在 800mL 去离子水中加入 46.75g 氯化钠，摇动容器使溶质完全溶解，然后加入 50mL 1mol/L Tris-HCl（pH 8.0）[在 800mL 去离子水中溶解 121.1g 三羟甲基氨基甲烷（Tris），冷却至室温后用浓盐酸调节溶液的 pH 值至 8.0（约需 42mL 浓盐酸），加水定容至 1L，分装后高压灭菌]，20mL 0.5mol/L EDTA（pH 8.0）[在 800mL 水中加入 186.1g 二水乙二胺四乙酸二钠，在磁力搅拌器上剧烈搅拌，用氢氧化钠调节溶液的 pH 值至 8.0（约需 20g 氢氧化钠颗粒），然后定容至 1L，分装后高压灭菌]，用水定容至 1L，分装后高压灭菌。

CTAB 提取缓冲液 Ⅱ：配制 1L CTAB 提取缓冲液 Ⅱ，应在 800mL 去离子水中加入 46.75g 氯化钠、20g 溴代十六烷基三甲胺（CTAB），摇动容器使溶质完全溶解，然后加入 50mL 1mol/L Tris-HCl（pH 8.0）、20mL 0.5mol/L EDTA（pH 8.0），用水定容至 1L，分装后高压灭菌。

dNTP：浓度为 10mmol/L 的 dATP、dTTP、dGTP、dCTP 四种脱氧核糖核苷酸的等体积混合溶液。

适用于普通 PCR 反应 *Taq* DNA 聚合酶（5U/μL）及其反应缓冲液；适用于实时荧光 PCR 反应 *Taq* DNA 聚合酶（5U/μL）及其反应缓冲液。

三、仪器

通常分子生物学实验室仪器设备、PCR 扩增仪、实时荧光 PCR 扩增仪、电泳槽、电泳仪等电泳装置、紫外透射仪、凝胶成像系统或照相系统。

四、操作步骤

1. DNA 提取和纯化

（1）试样预处理　将待检测的试样研磨成颗粒状，颗粒的大小在 2mm 以下。

（2）DNA 模板制备

① 第一法　将 100mg 经预处理的试样，在液氮中充分研磨成粉末后加 400μL 冰上预冷的 CTAB 提取缓冲液 Ⅰ 中（不需研磨的试样直接加入）。加入 500μL 65℃ 预热的 CTAB 提取缓冲液 Ⅱ，1μL β-巯基乙醇，混匀，65℃ 保温 30～90min，期间不时轻缓颠倒混匀。待冷却至室温后加入 5μL RNase A 储液，室温下放置 30min。加入 450μL 三氯甲烷＋异戊醇，轻缓颠倒混匀溶液。12000r/min 离心 2min 至分相。将上清液转移至干净的离心管中，依次加 600μL 异丙醇及 60μL 乙酸钠溶液，轻缓颠倒混匀。12000r/min 离心 10min。弃上清液，加入 800μL 76% 乙醇，12000r/min 离心 5min，弃上清液后，再加入 100μL 70% 乙醇洗涤沉淀。12000r/min 离心 5min，弃上清液。除去残留的乙醇，待沉淀干燥后，DNA 沉淀溶解于 100μL TE 缓冲液中，－20℃ 保存备用。

② 第二法　称取 200mg 经预处理的试样，在液氮中充分研磨后装入液氮预冷的 1.5mL 或 2mL 离心管中（不需研磨的试样直接加入）。加入 1mL 预冷至 4℃ 的抽提液，剧烈摇动混匀后，在冰上静置 5min，4℃ 条件下 10000g 离心 15min，弃上清液。加入 600μL 预热到 65℃ 的裂解液，充分重悬沉淀，在 65℃ 恒温保持 40min，期间颠倒混匀 5 次。室温条件下，10000g 离心 10min，取上清液转至另一新离心管。加入 5μL RNase A，37℃ 恒温保持 30min。分别用等体积苯酚＋氯仿＋异戊醇溶液和氯仿＋异戊醇溶液各抽提一次。室温条件下，10000g 离心 10min，取上清液转至另一新离心管中。加入 2/3 体积异丙醇，1/10 体积 3mol/L 乙酸钠溶液（pH 5.6），－20℃ 放置 2～3h。在 4℃ 条件下，10000g 离心 15min，弃上清液，用 70% 乙醇洗涤沉淀一次，倒出乙醇，晾干沉淀。加入 50μL TE（pH8.0）溶解沉淀，所得溶液即为样品 DNA 溶液。

另外，也可采用经认证适用于水稻及其产品 DNA 提取的试剂盒方法，使用时按照操作说明书进行即可。

（3）DNA 溶液纯度测定和保存　将 DNA 溶液适当稀释，测定并记录其在 260nm 和 280nm 的紫外光吸收率，OD_{260} 值应该在 0.05～1 的区间内，OD_{260nm}/OD_{280nm} 值应介于 1.4～2.0，根据 OD_{260} 值计算 DNA 浓度。

依据测得的浓度将 DNA 溶液稀释到 25ng/mL，－20℃ 保存备用。

2. PCR 反应

第一法：普通 PCR 方法。

（1）引物　引物序列见表 11-1，用 TE 缓冲液（pH8.0）或重蒸水分别将表 11-1 引物稀释到 $10\mu mol/L$。

（2）PCR 检测

① PCR 反应　试样 PCR 反应：在 PCR 反应管中按表 11-2 依次加入反应试剂，轻轻混匀，再加约 $50\mu L$ 石蜡油（有热盖设备的 PCR 仪可不加）。每个试样 3 次重复。离心 10s 后，将 PCR 反应管插入 PCR 仪中。反应程序为：95℃变性 5min；进行 35 次循环扩增反应（94℃变性 1min，56℃退火 30s，72℃延伸 30s。根据不同型号的 PCR 仪，可将 PCR 反应的退火和延伸时间适当延长）；72℃延伸 7min。反应结束后取出 PCR 反应管，对 PCR 反应产物进行电泳检测或在 4℃下保存待用。

表 11-1　PCR 引物序列

检测基因	引物	引物序列($5'\rightarrow3'$)	PCR 产物大小/bp
SPS	Primer1	SPS-F1：TTGCGCCTGAACGGATAT	277
	Primer2	SPS-R1：GGAGAAGCACTGGACGAGG	
CaMV 35S	Primer1	35S-F1：GCTCCTACAAATGCCATCATTGC	195
	Primer2	35S-R1：GATAGTGGGATTGTGCGTCATCCC	
NOS	Primer1	NOS-F1：GAATCCTGTTGCCGGTCTTG	180
	Primer2	NOS-R1：TTATCCTAGTTTGCGCGCTA	
Bt	Primer1	Bt-F1：GAAGGTTTGAGCAATCTCTAC	301
	Primer2	Bt-R1：CGATCAGCCTAGTAAGGTCGT	

表 11-2　PCR 反应体系

试　剂	终浓度	单样品体积	试　剂	终浓度	单样品体积
ddH$_2$O		28.75L	10mol/L Primer 2	0.5mol/L	2.5L
10×PCR 缓冲液	1×	5L	5U/L Taq 酶	0.025U/L	0.25L
25mmol/L MgCl$_2$	2.5mmol/L	5L	25ng/L DNA 模板	1ng/L	2.0L
dNTPs	0.2mmol/L	4L	总体积		50L
10mol/L Primer 1	0.5mol/L	2.5L			

注：PCR 缓冲液中有 Mg^{2+} 的，不应再加 MgCl$_2$。

对照 PCR 反应：在试样 PCR 反应的同时，应设置阴性对照、阳性对照和空白对照。阴性对照是指用非转基因水稻材料中提取的 DNA 作为 PCR 反应体系的模板；设置两个阳性对照，分别用转 Bt 基因抗虫水稻材料中提取的 DNA，以及转 Bt 基因水稻含量为 0.1% 的水稻 DNA 作为 PCR 反应体系的模板；设置两个空白对照，分别用无菌重蒸水和 DNA 制备空白对照作为 PCR 反应体系的模板。上述各对照 PCR 反应体系中，除模板外其余组分及 PCR 反应条件与试样 PCR 反应中的相同。

② PCR 产物电泳检测　将适量的琼脂糖加入 1×TAE 缓冲液中，加热溶解，配制成浓度为 2.0%（质量浓度）的琼脂糖溶液，然后按每 100mL 琼脂糖溶液中加入 $5\mu L$ EB 溶液的比例加入 EB 溶液，混匀，稍微冷却后，将其倒入电泳板上，插上梳板，室温下凝固成凝胶后，放入 1×TAE 缓冲液中，轻轻垂直向上拔去梳板。吸取 $7\mu L$ 的 PCR 产物与适量的加样缓冲液混合后加入点样孔中，在其中一个点样孔中加入 DNA 分子量标准，接通电源在 2V/cm 条件下电泳。

③ 凝胶成像分析　电泳结束后，取出琼脂糖凝胶，轻轻地置于凝胶成像仪上或紫外透射仪上成像。根据 DNA 分子量标准估计扩增条带的大小，将电泳结果形成电子文件存档或用照相系统拍摄。根据琼脂糖凝胶电泳结果，对 PCR 扩增结果进行分析。如需进一步确认 PCR 扩增片段是否为目的 DNA 片段，需对 PCR 扩增的 DNA 片段进行 PCR 产物回收和 PCR 产物测序验证。

④ PCR 产物回收　按 PCR 产物回收试剂盒说明书回收 PCR 扩增的 DNA 片段。

⑤ PCR 产物测序验证　回收的 PCR 产物进行序列测定，并对测序结果进行比对和分析，确定 PCR 扩增的 DNA 片段是否为目的 DNA 片段。

(3) 结果分析　如果阳性对照的 PCR 反应中，水稻内标准 SPS 基因、CaMV 35S 启动子和/或 NOS 终止子和 Bt 基因得到了扩增，且扩增片段大小与预期片段大小一致，而在阴性对照中仅扩增出 SPS 基因片段，空白对照中没有任何扩增片段，表明 PCR 反应体系正常工作。否则，表明 PCR 反应体系不正常，需要查找原因重新检测。

在 PCR 反应体系正常工作的前提下，检测结果通常有以下几种情况。

① 在试样 PCR 反应中，内标准 SPS 基因片段没有得到扩增，或扩增出的 DNA 片段与预期大小不一致，表明样品未检出 SPS 基因。

② 在试样 PCR 反应中，内标准 SPS 基因和 Bt 基因均得到了扩增，且扩增出的 DNA 片段大小与预期片段大小一致，无论 CaMV 35S 启动子和/或 NOS 终止子是否得到扩增，表明样品检出 Bt 基因。

③ 在试样 PCR 反应中，内标准 SPS 基因、CaMV 35S 启动子和/或 NOS 终止子得到了扩增，且扩增片段大小与预期片段大小一致，但 Bt 基因没有得到扩增，或扩增出的 DNA 片段与预期大小不一致，表明样品检出 CaMV 35S 启动子和/或 NOS 终止子，未检出 Bt 基因。

④ 在试样的 PCR 反应中，内标准 SPS 基因片段得到扩增，且扩增片段大小与预期片段大小一致，Bt 基因、CaMV 35S 启动子和 NOS 终止子没有得到扩增，表明样品未检出 Bt 基因。

第二法：实时荧光 PCR 方法。

(1) 引物/探针　引物/探针序列见表 11-3，用 TE 缓冲液（pH 8.0）或重蒸水分别将表 11-3 引物/探针稀释到 $10\mu mol/L$。

表 11-3　荧光 PCR 引物/探针序列

检测基因	引物/探针	引物/探针序列(5′→3′)	PCR 产物大小/bp
SPS	Primer1	SPS-F2：TTGCGCCTGAACGGATAT	
	Primer2	SPS-R2：CGGTTGATCTTTTCGGGATG	81
	Probe	SPS-P：FAM-TCCGAGCCGTCCGTGCGTC-TAMRA	
GOS	Primer1	GOS-F：TTAGCCTCCCGCTGCAGA	
	Primer2	GOS-R：AGAGTCCACAAGTGCTCCCG	68
	Probe	GOS-P：FAM-CGGCAGTGTGGTTGGTTTCTTCGG-TAMRA	
CaMV 35S	Primer1	35S-F：-CGACAGTGGTCCCAAAGA-	
	Primer2	35S-R：-AAGACGTGGTTGGAACGTCTTC-	74
	Probe	35S-P：FAM--TGGACCCCCACCCACGAGGAGCATC-TAMRA	
NOS	Primer1	NOS-F2：ATCGTTCAAACATTTGGCA	
	Primer2	NOS-R2：ATTGCGGGACTCTAATCATA	165
	Probe	NOS-P：FAM-CATCGCAAGACCGGCAACAGG-TAMRA	
Bt	Primer1	Bt-F2：GGGAAATGCGTATTCAATTCAAC	
	Primer2	Bt-R2：TTCTGGACTGCGAACAATGG	73
	Probe	Bt-P2：FAM-ACATGAACAGCGCCTTGACCACAGC-TAMRA	
	Primer1	Bt-F3：GACCCTCACAGTTTTGGACATTG	
	Primer2	Bt-R3：ATTTCTCTGGTAAGTTGGGACACT	93
	Probe	Bt-P3：FAM-TCCGAACTATGACTCCAGAACCTACCCTATCC-TAMRA	

注：SPS 基因和 GOS 基因任选其一；2 组 Bt 基因扩增检测的引物/探针任选其一。

（2）PCR 检测

① 对照设置　阴性对照以非转基因水稻 DNA 为模板；设置两个阳性对照，分别用转 *Bt* 基因抗虫水稻材料中提取的 DNA，以及转 *Bt* 基因水稻含量为 0.1％的水稻 DNA 作为 PCR 反应体系的模板；空白对照以重蒸馏水代替 DNA 模板。

② PCR 反应体系　按表 11-4 配制 PCR 扩增反应体系，也可采用等效的实时荧光 PCR 反应试剂盒配制反应体系，每个试样和对照设 3 次重复。

表 11-4　实时荧光 PCR 反应体系

试　　剂	终浓度	单样品体积	试　　剂	终浓度	单样品体积
ddH$_2$O		26.6μL	10μmol/L Primer 1	0.4μmol/L	2.0μL
10×PCR 缓冲液	1×	5μL	10μmol/L Primer 2	0.4μmol/L	2.0μL
25mmol/L MgCl$_2$	2.5mmol/L	5μL	5U/μL *Taq* 酶	0.04U/μL	0.4μL
dNTPs	0.2mmol/L	4μL	25ng/μL DNA 模板	2ng/μL	4.0μL
10μmol/L Probe	0.2μmol/L	1μL	总体积		50μL

注：PCR 缓冲液中有 Mg^{2+}的，不应再加 MgCl$_2$。

③ PCR 反应　PCR 反应按以下程序运行。

第一阶段 95℃/10min；第二阶段 95℃/15s、60℃/60s，循环数 40；在第二阶段的退火延伸时段收集荧光值，PCR 反应结束后，根据收集的荧光曲线和 *Ct* 值判定结果。

（3）结果分析　阈值设定：实时荧光 PCR 反应结束后，设置荧光信号阈值，阈值设定原则根据仪器噪声情况进行调整，以阈值线刚好超过正常阴性样品扩增曲线的最高点为准。

质量控制：在内源参照基因 *SPS* 和 *GOS* 基因扩增时，空白荧光曲线平直，阴性对照和阳性对照出现典型的扩增曲线，或空白对照荧光值低于阴性对照和阳性对照荧光值的 15％；在外源基因（序列）*CaMV 35S*、*NOS* 和 *Bt* 扩增时，空白对照和阴性对照的荧光曲线平直，阳性对照出现典型的扩增曲线，或空白对照和阴性对照的荧光值低于阳性对照荧光值的 15％，表明反应体系工作正常。否则，表明 PCR 反应体系不正常，需要查找原因重新检测。

结果判定：在 PCR 反应体系正常工作的前提下，待测样品基因（序列）检测 *Ct* 值大于或等于 40，则判定样品未检出该基因（序列）；待测样品基因（序列）出现典型的扩增曲线，且检测 *Ct* 值小于或等于阳性对照的 *Ct* 值，则判定样品检出该基因（序列）；待测样品基因（序列）出现典型的扩增曲线，检测 *Ct* 值大于阳性对照的 *Ct* 值但小于 40，应进行重复实验，如重复实验的外源基因（序列）出现典型的扩增曲线，且检测 *Ct* 值小于 40，则判定样品检出该基因（序列）。

五、结果表述

① 在试样的 PCR 反应中，未检出 *SPS* 基因和/或 *GOS* 基因，结果表述为"样品中未检出水稻成分"。

② 在试样 PCR 反应中，检出 *Bt* 基因，对于水稻及以水稻为唯一原料的产品，结果表述为"样品中检出转 *Bt* 基因水稻成分"；对于混合原料产品，结果表述为"样品中检出 *Bt* 基因"，需要进一步对加工原料进行检测确认。

③ 在试样 PCR 反应中，未检出 *Bt* 基因，但检出 *CaMV 35S* 启动子和/或 *NOS* 终止子，表明该样品含有转基因成分，结果表述为"样品中检出 *CaMV 35S* 启动子和/或 *NOS* 终止子，未检出转 *Bt* 基因水稻成分"。

④ 在试样 PCR 反应中，检出水稻内标准基因，但未检出 *Bt* 基因、*CaMV 35S* 启动子和 *NOS* 终止子，结果表述为"样品中未检出转 *Bt* 基因水稻成分"。

第三节 转基因小麦检验

小麦是人类栽培的最重要的粮食作物之一，主要用于食用。由于小麦的遗传基因背景复杂，转基因小麦品种的研究比其他作物花费了更长的时间。目前，国外已经有商品化的转基因小麦问世，国内也有转基因小麦品系正在申请商品化生产。下面介绍的方法适用于高分子量谷蛋白亚基转基因小麦品系 B73-6-1、B72-8-11b、B102-1-2 及其制品中转基因成分普通 PCR 的筛选检测和实时荧光 PCR 的确证检测。不适用于以小麦胚油为原料的深加工产品中转基因成分普通 PCR 和实时荧光 PCR 定性检测。

一、检测原理

样品经过提取 DNA 后，针对转基因小麦基因组中含有的内源基因、外源基因所设计的引物和探针序列，分别利用定性 PCR 和实时荧光 PCR 技术，特异性扩增对这些基因的 DNA 片段，并根据 PCR 和实时荧光 PCR 实验结果，判断该样品的核酸中是否含有转基因成分。

二、试剂与材料

三氯甲烷、异戊醇、异丙醇、氯化镁、70%乙醇、2mg/L RNA 酶溶液（RNase A）、脱氧核苷三磷酸 dNTP（dATP、dCTP、dGTP、dTTP 或 dUTP）、10mg/mL 溴化乙锭溶液、DNA 相对分子质量标记物（100～2000bp）、琼脂糖、尿嘧啶糖基化酶（UNG 酶，Uracil N-glycosylase）。

CTAB 裂解液：3% CTAB（质量分数）、1.4mmol/L NaCl、0.2%（体积分数）巯基乙醇、20mmol/L EDTA-Na$_2$·2H$_2$O、100mmol/L Tris，pH 8.0。

引物和探针：根据表 11-5 和表 11-6 的序列合成引物和探针，加超纯水配制成 100μmol/L 储存，用于 PCR 测试的引物浓度为 10μmol/L。

表 11-5 定性 PCR 检测小麦内、外源基因所需的引物序列

被检测基因	基因来源	引物名称	引 物 序 列	扩增片段长度/bp
NOS	外源	正向引物	5'-GAA TCC TGT TGC CGG TCT TG-3'	180
		反向引物	5'-TTA TCC TAG TTT GCG CGC TA-3'	
BAR	外源	正向引物	5'-GTG TGC ACC ATC GTC AAC C-3'	445
		反向引物	5'-GAA GTC CAG CTG CCA GAA AC-3'	
		正向引物	5'-ACA AGC ACG TCC AAC TTC C-3'	175
		反向引物	5'-ACT CGG CCG TCC AGT CGT A-3'	
uidA	外源	正向引物	5'-AGTGTACGTATCACCGTTTGTGTGAAC-3'	1056
		反向引物	5'ATCGCCGCTTTGGACATACCATCCGTA-3'	
ubiquitin①	外源	正向引物	5'AAC ACT GGC AAG TTA GCA AT-3'	314
		反向引物	5'-CCG TAA TAA ATA GAC ACC C-3'	
GAG56D	小麦属内源	正向引物	5'-CCC AAC AAC AAC CAC CGT TCA-3'	328
		反向引物	5'-TGG CCC TGG ACG AGA GTA CCT-3'	
Wx012	小麦种内源	正向引物	5'-GTC GCG GGA ACA GAG GTG T-3'	102
		反向引物	5'-GGT GTT CCT CCA TTG GGA AA-3'	

① ubiquitin 只可用于不含玉米成分的多组分样品和单一组分小麦样品的筛选基因。

表 11-6 实时荧光 PCR 检测小麦内、外源基因的引物和探针序列

被检测基因	基因来源	引物名称	序 列	扩增片段长度/bp
GAG56D	小麦属内源	正向引物	5'-CAA CAA TTT TCT CAG CCC CAA CA-3'	121
		反向引物	5'-TTC TTG CAT GGG TTC ACC TGT T-3'	
		探针序列	5'-TTC CCG CAG CCC CAA CAA CCG C-3'	

被检测基因	基因来源	引物名称	序　　列	扩增片段长度/bp
Wx012	小麦属内源	正向引物	5'-GTC GCG GGA ACA GAG GTG T-3'	102
		反向引物	5'-GGT GTT CCT CCA TTG CGA AA-3'	
		探针序列	5'-CAA GGC GGC CGA AAT AAG TTG CC-3'	
BAR	外源	正向引物	5'-ACA AGC ACG GTC AAC TTC C-3'	175
		反向引物	5'-ACT CGG CCG TCC AGT CGT A-3'	
		探针序列	5'-CCG AGC CGC AGG AAC CGC AGG AG-3'	
ubiquitin①	外源	正向引物	5'-GTC CAG AGG CAG CGA CAG A-3'	126
		反向引物	5'-CGA GTA GAT AAT GCC AGC CTG TTA-3'	
		探针序列	5'-TGC CGT GCC GTC TGC TTC GCT TG-3'	
NOS	外源	正向引物	5'-ATC GTT CAA ACA TTT GGC A-3'	165
		反向引物	5'-ATT GCG GGA CTC TAA TCA TA-3'	
		探针序列	5'-CAT CGC AAG ACC GGC AAC AGG-3'	

① ubiquitin 只可用于不含玉米成分的多组分样品和单一组分小麦样品的筛选基因。

　　TE 缓冲液（pH 8.0）：量取 10mL 1 mol/L Tris-HCl 溶液（pH 8.0）和 2mL 500mmol/L EDTA 溶液，加水定容至1000mL，分装后高压灭菌备用。

　　10×PCR 缓冲液：100mmol/L 氯化钾，160mmol/L 硫酸铵，20mmol/L 硫酸镁，200mmol/L Tris-HCl（pH8.0），1% Triton X-100，1mg/mL BSA。

　　50×TAE 缓冲液：称取 484g Tris，量取 114.2mL 冰乙酸、200mL 500mmol/L EDTA 溶液（pH 8.0），溶于蒸馏水中，定容至2L，分装后高压灭菌备用。

　　10×上样缓冲液：含 0.25% 溴酚蓝，0.25% 二甲苯青 FF，30% 甘油水溶液。

　　2% 琼脂糖凝胶：称取 2.0g 琼脂糖，于 100mL 1×TAE 缓冲液中，用微波炉加热溶解琼脂糖，冷却至 55～60℃，加入 10mg/mL 溴化乙锭溶液约 5µL 至终浓度为 0.5µg/mL 左右，轻轻摇匀，缓慢倒在制胶模具上。

三、仪器

　　定性基因扩增（PCR）仪、核酸电泳仪（水平）、电泳槽、凝胶成像分析系统、紫外可见分光光度计、天平（感量 1mg、0.1mg）、高压灭菌锅、超低温冰箱、冷冻离心机、水浴锅、微波炉、微量加样器（2.5µL、10µL、20µL、100µL、200µL、1000µL）、Eppendorf 离心管（1.5mL、2.0mL）、PCR 反应管（200µL、500µL）、实时荧光定量 PCR 仪、超净工作台、超纯水器、旋涡振荡器、磁力搅拌器。

四、检测步骤

　　1. 小麦基因组 DNA 提取

　　第一法：CTAB 法。

　　称取 0.2g 粉碎后的小麦试样于 2.0mL 离心管中，加入 1mL CTAB 裂解液，混匀，在 65℃ 水浴温育 30min，不时振荡，12000r/min 离心 5min。小心取离心上清液至新的 2.0mL 离心管中，加入等体积三氯甲烷-异戊醇，混匀后放置 5min，重复离心 5min。取离心上清液至另一新的 2.0mL 离心管中，再加入等体积三氯甲烷-异戊醇，混匀后放置 5min，12000r/min 再重复离心 5min。小心吸取离心上清液至 1.5mL 离心管中，加入 0.65 倍体积 4℃ 预冷的异丙醇，混匀，4℃ 下 12000r/min 离心 10min，小心弃掉上清液。加 500µL 4℃ 预冷的 70% 乙醇洗涤一次，4℃ 下 12000r/min 离心 5min，弃上清液，重复洗涤一次，室温或真空干燥沉淀。加入 50µL TE 缓冲液，4℃ 过夜或 37℃ 保温 1h 溶解沉淀，4℃ 保存备用。每个实验样品应制备两个测试样品和提取空白对照，同时提取 DNA。

　　第二法：试剂盒法。

小麦总 DNA 的提取也可使用相应的市售 DNA 提取试剂盒。

2. DNA 纯度和浓度的定量

样品中提取的 DNA 做适当稀释，放入紫外分光光度计的比色杯中，于 260nm 处测定其吸收峰，$OD_{260}=50\mu g/mL$ 双链 DNA 或 $38\mu g/mL$ 单链 DNA。紫外分光光度检测核酸浓度的最佳范围为 $2\sim50\mu g/mL$，OD 值应该在 $0.05\sim1$ 范围内。PCR 级 DNA 溶液 OD_{260}/OD_{280} 值为 $1.7\sim2.0$，符合 PCR 级纯度要求。

3. 质控设置

阴性对照：以非转基因小麦 DNA 为模板。阳性对照：采用含有目的基因序列的转基因小麦 DNA 为 PCR 反应的模板，或采用含有目的基因序列的质粒。空白对照：PCR 试剂空白对照（以水代替 PCR 模板），提取空白对照。

4. PCR 定性检测

（1）PCR 扩增反应体系和参数　PCR 扩增反应体系和参数见表 11-7 和表 11-8，反应体系中各试剂的量可根据具体情况或不同的反应总体积进行适当的调整。每个测试应设置两个平行反应。

表 11-7　小麦内源基因、外源基因定性 PCR 的反应体系

试　剂	储备溶液浓度	加样体积/μL	试　剂	储备溶液浓度	加样体积/μL
10×PCR 缓冲液		2.5	Taq 酶	5U/μL	0.2
氯化镁	2.5mmol/L	2.5	DNA 试样	0.3～6ng/μL	2
dNTP	0.2mmol/L	2	ddH$_2$O	—	补足总体积为 25μL
引物（上游、下游）	10pmol/L	1			

注：反应体系中各试剂的量可根据反应体系的总体积进行适当调整。

表 11-8　小麦内源基因、外源基因定性 PCR 的反应参数

被检测基因	预变性	扩增	循环数	后延伸
BAR(175bp)	94℃，5min	94℃，20s；60℃，40s；72℃，40s	40	72℃，3min
BAR(445bp)	94℃，5min	94℃，30s；58℃，40s；72℃，1.5min	35	72℃，10min
NOS	94℃，3min	94℃，20s；58℃，40s；72℃，1min	40	72℃，3min
uidA	94℃，5min	94℃，30s；58℃，30s；72℃，1min	40	72℃，10min
ubiquitin	94℃，5min	94℃，30s；54℃，30s；72℃，1min	35	72℃，10min
Wx012	95℃，10min	95℃，30s；63℃，30s；72℃，30s	40	72℃，7min
GAG56D	94℃，5min	94℃，30s；61℃，1min；72℃，1.5min	35	72℃，10min

注：PCR 反应循环参数可根据基因扩增仪器型号的不同进行适当调整。

（2）PCR 产物琼脂糖凝胶电泳检测　将适量 10×TAE 稀释成 1×TAE 溶液，配制溴化乙锭含量为 $0.5\mu g/mL$ 的 $1\%\sim2\%$ 琼脂糖凝胶。取 $10\mu L$ PCR 产物，加 $2\mu L$ 上样缓冲液，混匀，在琼脂糖凝胶孔内点样，用 DNA Marker 判断 PCR 产物片段的大小。根据电泳槽长度调节电泳电压，一般控制在 $3\sim5V/cm$，电泳时间根据溴酚蓝的移动位置来确定，电泳检测结果用凝胶成像分析系统记录。

（3）PCR 结果判定

① 小麦 DNA 提取液是否适合 PCR 扩增判断　用小麦内源 Wx012（或 GAG56D）基因对小麦 DNA 提取液进行 PCR 测试，阴性对照、阳性对照和试样 DNA 均应扩增出 Wx012 102 bp DNA 片段或 GAG56D 328 bp DNA 的 PCR 产物。如果未见 PCR 扩增，则说明在 DNA 提取过程中未提取到可进行 PCR 测试的 DNA，或 DNA 提取液中有抑制 PCR 反应的物质存在，应重新提取 DNA，直到扩增出该 PCR 产物为止。

② 小麦中转基因成分检测　对小麦样品 DNA 提取液进行外源基因的 PCR 检测，如果阴性对照和空白对照未出现扩增条带，阳性对照和试样 DNA 均出现预期大小的扩增条带（扩增片段长度见表 11-5），则可初步判断有可疑的外源基因，应进一步做实时荧光 PCR 等

确证实验，然后依据确证实验结果进行最终报告。如果测试样品中未出现 PCR 扩增产物，则可直接判定试样中未检出该外源基因。

（4）确证实验　样品检测为阳性结果时需要用实时荧光 PCR 来确证。

5．实时荧光 PCR 定性检测

（1）实时荧光 PCR 反应体系及反应参数　实时荧光 PCR 反应体系和反应参数见表 11-9，反应体系中各试剂的用量可根据具体情况或不同的反应总体积进行适当的调整。每个反应体系应设置两个平行测试。

表 11-9　实时荧光 PCR 定性检测小麦内、外源基因的反应体系和反应参数

试　剂	终浓度	加样体积/μL
10×PCR 缓冲液	1×	2.5
氯化镁（25mmol/L）	2.5mmol/L	2.5
dNTP（含 dUTP）（2.5mmol/L）	0.2mmol/L	2
UNG 酶（5U/μL）	0.075U	0.375
上游引物（10pmol/μL）	0.2pmol/μL	1
下游引物（10pmol/μL）	0.2pmol/μL	1
探针（5pmol/L）	0.2pmol/μL	1
Taq 酶（5U/μL）	2.5U	0.25
DNA 模板	50ng/μL	1
加水至	—	25
反应参数	二步法（适合于 ABI 仪器）	预变性 95℃/3min，1 个循环；95℃，15s；60℃/min。40 个循环
	三步法（只适合 LightCycler 仪器）	预变性 95℃/10min，1 个循环；95℃/5s；50℃/5s；60℃/20s。40 个循环

注：1. 实时荧光 PCR 建议使用市售实时 PCR 专用试剂，反应体系和反应参数可直接参考试剂盒说明书。

2. 不同型号仪器的使用可直接参考仪器使用操作说明。

3. 当外源基因和内源基因标记相同的荧光报道基因时，应在不同反应管中分别加入外源基因和内源基因的引物、探针，分别进行检测。

4. DNA 模板的加入量可适当调节。合适的 DNA 模板量应该是：内源基因检测的 Ct 值在 $15\sim36$，外源基因检测的 Ct 值在 $27\sim36$，否则应进一步增加、减少或纯化 DNA。

5. 表中给出的 PCR 反应体系和反应参数可根据仪器要求的不同进行适当调整。

（2）实时荧光 PCR 结果判定

① 实时荧光 PCR 质控标准　空白对照：无特异性扩增荧光增幅现象（无 Ct 值）。阴性对照：无特异性扩增荧光增幅现象（无 Ct 值）。阳性对照：外源基因检测 Ct 值小于或等于 36。上述指标有一项不符合者，应重新做实时荧光 PCR 扩增。

② 实时荧光 PCR 结果判定　测试样品内源基因检测 Ct 值小于或等于 36，外源基因检测 Ct 值大于或等于 40，判断该样品不含所检的外源基因。测试样品内源基因检测 Ct 值小于或等于 36，外源基因检测 Ct 值小于或等于 36，判断该样品含有所检的外源基因。测试样外源基因检测 Ct 值在 $36\sim40$，应调整模板浓度，重做实时荧光 PCR。再次扩增后的外源基因 Ct 值仍小于 40，且阴性对照、阳性对照和空白对照结果正常，则可判定为该样品检出转基因成分。再次扩增后的外源基因 Ct 值大于或等于 40，且阴性对照、阳性对照和空白对照结果正常，则可判定为该样品未检出转基因成分。

第四节　转基因玉米检验

玉米是世界三大粮食作物之一，也是最重要的饲料作物，在世界粮食生产中占有重要地位，转基因玉米的研究也因此受到普遍重视。十多年来，已经利用转基因的途径将大量的基因导入玉米，培育出了一批抗虫、抗病、抗除草剂、抗盐、抗旱、优质等多种优良玉米品种

或新种质。被批准商品化的转基因玉米主要是两种：转苏云金杆菌 *Bt* 毒蛋白基因的抗虫玉米和几种转抗除草剂基因的玉米，已在全世界许多国家推广种植。转基因玉米是目前为止实施商品化最成功的粮食作物之一，约占全球生物技术作物地种植面积的 25％以上。

一、检测原理

样品经过提取 DNA 后，针对转基因植物所插入的外源基因的基因序列设计引物，通过 PCR 技术，特异性扩增外源基因的 DNA 片段，根据 PCR 扩增结果，判断该样品中是否含有转基因成分。

二、试剂与材料

琼脂糖（电泳纯）、溴化乙锭（EB）或其他染色剂、三氯甲烷、异戊醇、异丙醇、70％乙醇、dNTP（dATP、dTTP、dCTP、dGTP、dUTP）、*Taq* DNA 聚合酶、分子量标记物（50～300 bp）、RNA 酶（10μg/mL）。

CTAB 裂解液：3％（质量分数）CTAB，1.4mol/L 氯化钠，0.2％（体积分数）巯基乙醇，20mmol/L EDTA，100mmol/L Tris-HCl，pH 8.0。

TE 缓冲液：10mmol/L Tris-HCl，pH 8.0；1mmol/L EDTA，pH 8.0。

10×PCR 缓冲液：100mmol/L 氯化钾，160mmol/L 硫酸铵，20mmol/L 硫酸镁，200mmol/L Tris-HCl（pH 8.8），1％ Triton X-100，1mg/mL BSA。

5×TBE 缓冲液：54g Tris，275g 硼酸，20mL 0.5mol/L EDTA（pH 8.0），加蒸馏水至 1000mL。

10×上样缓冲液：0.25％溴酚蓝，40％蔗糖。

引物：检测转基因玉米内源基因和外源基因的引物及其信息见表 11-10。

表 11-10　检测转基因玉米内、外源基因所需的引物及其信息

被检测基因 （上游/下游）	基因来源	引物序列	扩增片段长度/bp	退火温度/℃	提示	备注
IVR	内源	5′-CCGCTGTATCACAAGGGCTGGTACC-3′ 5′-GGAGCCCGTGTAGAGCATGACGATC-3′	226	58	内源参照	任选其一
Zein	内源	5′-TGAACCCATGCATGCAGT-3′ 5′-GGCAAGACCATTGGTGA-3′	173	58		
CaMV 35S	外源	5′-GCTCCTACAAATGCCATCA-3′ 5′-GATAGTGGGATTGTGCGTCA-3′	195	55	筛选检测	任选其一
CaMV 35S	外源	5′-TCATCCCTTACGTCAGTGGAG-3′ 5′-CCATCATTGCGATAAAGGAAA-3′	165	55		
NOS	外源	5′-GAATCCTGTTGCCGGTCTTG-3′ 5′-TTATCCTAGTTTGCGCGCTA-3′	180	65	筛选检测	任选其一
NOS	外源	5′-ATCGTTCAAACATTTGGCA-3′ 5′-ATTGCGGGACTCTAATCATA-3′	165	55		
NPTⅡ	外源	5′-AGGATCTCGTCGTGACCCCAT-3′ 5′-GCACGAGGAAGCGGTCA-3′	183	56	筛选检测	
PAT	外源	5′-GTCGACATGTCTCCGGAGAG-3′ 5′-GCAACCAACCAAGGGTATC-3′	191	56	筛选检测	
BAR	外源	5′-ACAAGCACGGTCAACTTCC-3′ 5′-ACTCGGCCGTCCAGTCGTA-3′	175	56	筛选检测	
IVS2/PAT	外源	5′-CTGGGGAGGCCAAGGTATCTAAT-3′ 5′-GCTGCTGTAGCTGGCCTAATCT-3′	189	55	筛选检测 BT11	
Maize genome /CaMV 35S	外源	5′-TCGAAGGACGAAGGACTCTAACG-3′ 5′-TCCATCTTTGGGACCACTGTCG-3′	170	55	筛选检测 MON810	

被检测基因 （上游/下游）	基因 来源	引物序列	扩增片段 长度/bp	退火温 度/℃	提示	备注
HSP70/ Cry1Ab	外源	5′-AGTTTCCTTTTTGTTGCTCTCCT-3′ 5′-GATGTTTGGGTTGTTGTCCAT-3′	194	55	筛选检测 MON810	
CDPK/ Cry1Ab	外源	5′-CTCTCGCCGTTCATGTTCGT-3′ 5′-GGTCAGGCTCAGGCTGATGT-3′	211	55	筛选检测 176	
PAT/ CaMV 35S	外源	5′-ATGGTGGATGGCATGTAGTTG-3′ 5′-TGAGCGAAACCCTATAAGAACCC-3′	209	55	筛选检测 T14/T25	
CaMV 35S /PAT	外源	5′-CCTTCGCAAGACCCTTCCTCTATA-3′ 5′-AGATCATCAATCCACTCTTGTGGTG-3′	231	55	筛选检测 T14/T25	
CaMV 35S /Cry9C	外源	5′-CCTTCGCAAGACCCTTCCTCTATA-3′ 5′-GTAGCTGTCGGTGTAGTCCTCGT-3′	170	55	筛选检测 CBH-351	
Cry9C/ CaMV 35S	外源	5′-TACTACATCGACCGCATCGA-3′ 5′-CCTAATTCCCTTATCTGGGA-3′	171	55	筛选检测 CBH-351	
Pactin 1/ mEPSPS	外源	5′-TCTCGATCTTTGGCCTTGGTA-3′ 5′-TGCAGCCCAGCTTATCGTCTA-3′	430	55	筛选检测 GA21	
OTP/ mEPSPS	外源	5′-ACGGTGGAAGAGTTCAATGTATG-3′ 5′-TCTCCTTGATGGGCTGCA-3′	270	55	筛选检测 GA21	

三、仪器

固体粉碎机及研钵、高速冷冻离心机、台式小型离心机、Mini 个人离心机、水浴培养箱、恒温培养箱、恒温孵育箱、天平（感量 0.001g）、高压灭菌锅、高温干燥箱、纯水器、双蒸水器、冷藏与冷冻冰箱、制冰机、旋涡振荡器、微波炉、基因扩增仪、电泳仪、PCR 超净工作台、核酸蛋白分析仪、微量移液器（0.1～2μL、0.5～10μL、2～20μL、10～100μL、20～200μL、200～1000μL）、凝胶成像系统、实时荧光 PCR 仪、PCR 反应管（200μL、500μL 两种规格）。

四、检测步骤

1. 模板 DNA 提取

称取 2g 粉样于 10mL 离心管中，加入 5mL CTAB 裂解液（含适量 RNA 酶），混匀，60℃水浴振荡保温 1h；2000r/min 离心 5min；取上清液，加等体积三氯甲烷-异戊醇（24：1）混匀，静置 5min，8000r/min 离心 5min；小心取离心上清液，再加等体积三氯甲烷-异戊醇（24：1）混匀，静置 5min，8000r/min 离心 5min；取离心上清液加 0.65 倍体积的异丙醇，混匀，12000r/min 4℃离心 5min；弃上清液，加 500μL 70%冰乙醇洗涤一次，12000r/min 4℃离心 5min；弃上清液，将沉淀晾干，加入 50μL TE，溶解沉淀（4℃过夜，或 37℃保温 1h）；此即为总 DNA 提取液。也可用相应的市售 DNA 提取试剂盒提取 DNA。

2. PCR 定性检测

（1）PCR 反应体系　检测转基因玉米中内源基因和外源基因的 PCR 反应体系见表 11-11。每个反应体系应设置两个平行反应。以转基因玉米或已知相应阳性质粒作为阳性对照，非转基因玉米作为阴性对照，以水代替模板 DNA 作为空白对照。

表 11-11　检测转基因玉米内外源基因的 PCR 反应体系

试　　剂	储备溶液浓度	25μL 反应体系加样体积/μL	50μL 反应体系加样体积/μL
10×PCR 缓冲液	—	2.5	5.0
25mmol/L	25mmol/L	2.5	5.0
dNTPs(含 dUTP)	2.5mmol/L	2.5	5.0

试　　剂	储备溶液浓度	25μL 反应体系加样体积/μL	50μL 反应体系加样体积/μL
上游引物	20pmol/μL	0.5	1.0
下游引物	20pmol/μL	0.5	1.0
Taq 酶	5U/μL	0.2	0.4
UNG 酶	1U/μL	0.2	0.4
模板 DNA	0.3～6μg/μL	1.0	2.0
重蒸水	—	补至 25	补至 50

注：反应体系中各试剂的量可根据具体情况或不同的反应总体积进行适当调整。

（2）PCR 反应循环参数　94℃预变性 2min，94℃变性 40s，55～58℃退火 60s（具体退火温度详见表 11-10），72℃延伸 60s，35 个循环。72℃延伸 5min。4℃保存。也可根据不同的基因扩增仪对 PCR 反应循环参数做适当调整。

（3）PCR 扩增产物电泳检测　用电泳缓冲液（1×TBE 或 TAE）制备 2%琼脂糖凝胶（其中在 55～60℃加入 EB 或其他染色剂至终浓度为 0.5μg/μL，也可在电泳后进行染色）。将 10～15μL PCR 扩增产物分别和 2μL 上样缓冲液混合，进行点样。用 100bp 梯带 DNA 标记物（Ladder DNA Marker）或相应合适的 DNA 标记物（DNA Marker）作分子量标记。3～5V/cm 恒压，电泳 20～40min。凝胶成像仪观察并分析记录。

（4）结果判断

① 内源基因的检测　用针对玉米内源的 *IVR* 基因（或 *Zein* 基因）设计的引物对玉米 DNA 提取液进行 PCR 测试，阴性对照、阳性对照和待测样品均应被扩增出 226bp（或 173bp）的 PCR 产物。如未见有该 PCR 产物扩增，则说明 DNA 提取质量有问题，或 DNA 提取液中有抑制 PCR 反应的因子存在，应重新提取 DNA，直到扩增出该 PCR 产物。

② 外源基因的检测　对玉米样品 DNA 提取液进行外源基因的 PCR 测试，如果阴性对照和空白对照未出现扩增条带，阳性对照和待测样品均出现预期大小的扩增条带（扩增片段长度见表 11-10），则可初步判定待测样品中含有可疑的该外源基因，应进一步进行确证试验，依据确证试验的结果做最终报告；如果待测样品中未出现 PCR 扩增产物，则可断定待测样品中不含有该外源基因。

③ 筛选检测和鉴定检测的选择　对玉米样品中转基因成分的检测，可先筛选检测 *CaMV 35S*、*NOS*、*NPT*、*PAT*、*BAR* 基因，筛选检测结果阴性则直接报告结果。

若筛选检测结果阳性，则需进一步鉴定检测 *IVS2/PAT*、Maize genome/*CaMV 35S*、*HSP70/CrylAb*、*CDPK/CrylAb*、*CaMV 35S/PAT*、*PAT/CaMV 35S*、*CaMV 35S/Cry9C*、*Cry9C/CaMV 35S*、*Pactinl/mEPSPS*、*OTP/mEPSPS* 基因，以确定是何种转基因玉米品系。

（5）确证试验　样品检测为阳性结果时需要用实时荧光 PCR 来确证。

3.实时荧光 PCR 定性检测

（1）引物和探针　玉米及其加工产品中转基因成分实时荧光 PCR 检测所用引物和探针序列见表 11-12。

表 11-12　实时荧光 PCR 实验所用引物和探针序列

检测基因	引物序列	探针序列
Zein	5′-TGAACCCCATGCATGCAGT-3′ 5′-GGCAAGACCATTGGTGA-3′	5′-TGGCGTGTCCGTCCCTGATGC-3′
CaMV 35S	5′-CGACAGTGGTCCCAAAGA-3′ 5′-AAGACGTGGTTGGAACGTCTTC-3′	5′-TGGACCCCCACCCACGAGGAGCATC-3′

检测基因	引物序列	探针序列
NOS	5′-ATCGTTCAAACATTTGGCA-3′ 5′-ATTGTTCAAACATTTGGCA-3′	5′-CATCGCAAGACCGGCAACAGG-3′
BAR	5′-GCACGAGGAAGCGGTCA-3′ 5′-ACTCGGCCGTCCAGTCGTA-3′	5′-CCGAGCCGCAGGAACCGCAGGAG-3′
PAT	5′-GTCGACATGTCTCCGGAGAG-3′ 5′-GCAACCAACCAAGGGTATC-3′	5′-TGGCCGCGGTTTGTGATATCGTTAA-3′
GOX	5′-GTCTTCGTGTTGCTGGAACCGTT-3′ 5′-GAACTGGCAGGAGCGAGAGCT-3′	5′-TGCTCACGTTCTCTACACTCGCGCTCG-3′
CrylAb	5′-CGCGACTGGATCAGGTACA-3′ 5′-TGGGGAACAGGCTCACGAT-3′	5′-CCGCCGCGAGCTGACCCTGACCGTG-3′

（2）实时荧光 PCR 反应体系　实时荧光 PCR 反应体系见表 11-13，反应体系中各试剂的用量，可根据具体情况或不同的反应总体积进行适当的调整。每个反应体系应设置两个平行测试。

表 11-13　实时荧光 PCR 检测转基因玉米的反应体系

试　　剂	终浓度	试　　剂	终浓度
10×PCR 反应缓冲液	1×	UNG 酶	0.075U
氯化镁（$MgCl_2$）	2.5mmol/L	探针	0.2μmol/L
dNTP（含 dUTP）	0.2mmol/L	Taq 酶	2.5U
上游引物	0.2μmol/μL	DNA 模板（20～30ng/μL）	5μL
下游引物	0.2μmol/μL	补水至	50μL

（3）实时荧光 PCR 反应参数　实时荧光定量 PCR 的反应参数为：37℃，5min；预变性，95℃，3min；95℃，15s；60℃，1min，40 个循环。不同仪器可根据仪器要求将反应参数作适当调整。

（4）实时荧光 PCR 结果分析

① 阈值设定　实时荧光 PCR 反应结束后，应设置荧光信号阈值，一般选择 3～15 个循环的阴性对照的 10 倍标准差作为阈值。阈值设定原则根据仪器噪声情况进行调整，以阈值线刚好超过正常阴性样品扩增曲线的最高点，且 Ct 值＝40 为准。

② 实时荧光 PCR 定性检验的质量控制　空白对照：外源基因检测 Ct 值大于或等于 40，内参照基因检测 Ct 值大于或等于 40。阴性对照：外源基因检测 Ct 值大于或等于 40，内参照基因检测 Ct 值在 20～30。阳性对照：外源基因检测 Ct 值小于或等于 34。上述指标有一项不符合者，应重新做实时荧光 PCR 扩增。

③ 实时荧光 PCR 结果判定　测试样品外源基因检测 Ct 值大于或等于 40，内参照基因检测 Ct 值 20～30 者，阴性对照、阳性对照和空白对照结果正常者，则可判定该样品未检出转基因成分。测试样品外源基因检测 Ct 值小于或等于 36，内参照基因检测 Ct 值 20～30 者，阴性对照、阳性对照和空白对照结果正常者，则可判定该样品检出转基因成分。测试样外源基因检测 Ct 值在 36～40，应重做实时荧光 PCR。再次扩增后的外源基因 Ct 值仍小于 40，且阴性对照、阳性对照和空白对照结果正常，则可判定为该样品检出转基因成分。再次扩增后的外源基因 Ct 值大于或等于 40，且阴性对照、阳性对照和空白对照结果正常，则可判定为该样品未检出转基因成分。

第五节　转基因大豆检验

自 1994 年转基因大豆在美国获准商业化生产以来，全球转基因大豆的种植面积迅猛增加，由 1996 年的 50 万公顷上升到 2007 年的 5860 万公顷，占转基因作物总种植面积的 57%

以上，其中尤以抗草甘膦的转 *EPSPS* 基因大豆的种植面积最大。抗草甘膦转基因大豆的种植使田间杂草防除简单易行，可以大幅度降低生产成本，提高经济效益，种植转基因大豆已成为世界大豆生产发展的主流趋势。下面介绍的方法适用转基因抗草甘膦大豆及其产品、转基因抗草丁膦大豆及其产品、转基因高油酸大豆及其产品，包括大豆种子、大豆、豆粕、大豆粉、大豆油及其他大豆制品中转基因成分的定性 PCR 检测。

一、检测原理

针对转基因抗草甘膦大豆（GTS 40-3-2）含有的 *CaMV 35S* 启动子、*NOS* 终止子、矮牵牛花的 *CTP4*、*CP4*-基因以及大豆内标准基因 *lectin*，设计特异性引物进行 PCR 扩增，以检测试样中是否含有转基因抗草甘膦大豆的成分。转基因抗草丁膦大豆和转基因高油酸大豆含有共同的元件 *CaMV 35S* 启动子基因以及内标准基因 *lectin*，用上述引物进行 PCR 扩增以检测试样中是否含有转基因抗草丁膦大豆和转基因高油酸大豆的成分。

二、试剂与材料

溴代十六烷基三甲胺、三羟甲基氨基甲烷、二水乙二胺四乙酸二钠、2-巯基乙醇、异丙醇、异戊醇、三氯甲烷＋异戊醇（24＋1）、76％乙醇溶液（取 760mL 无水乙醇，加水定容至 1L）、70％乙醇（取 700mL 无水乙醇，加水定容至 1L）、石蜡油、DNA 分子量标准（DNA molecular weight marker）。

各 10mmol/L 的四种脱氧核糖核苷酸（dATP，dCTP，dGTP，dTTP）混合溶液。

10mol/L 氢氧化钠溶液：称取氢氧化钠 80g，先用 160mL 水溶解后，再加水定容到 200mL。

500mmol/L 乙二胺四乙酸二钠溶液：称取乙二胺四乙酸二钠 18.6g，加入 70mL 水中，再加入 10mol/L NaOH 溶液，加热溶解后，冷却至室温，再用 10mol/L NaOH 溶液调 pH 至 8.0，用水定容到 100mL，在 103.4kPa 灭菌 20min。

50×TAE 缓冲液：称取 Tris 242.2g，先用 300mL 水加热搅拌溶解后，加 100mL 500mmol/L 乙二胺四乙酸二钠的水溶液（pH 8.0），用冰乙酸调 pH 至 8.0，然后用水定容到 1000mL。

Taq DNA 聚合酶（5U/µL）及 10×PCR 反应缓冲液（含 25mmol/L Mg^{2+}）。

溴化乙锭溶液：10mg/mL。溴化乙锭（EB）有致癌作用，使用时要戴一次性手套。

1mol/L Tris-HCl（pH 8.0）溶液：称取 121.1g Tris 碱溶解于 800mL 水中，用浓盐酸调 pH 至 8.0，用水定容至 1000mL，在 103.4kPa 灭菌 20min。

TE 缓冲液（pH 8.0）：1mol/L Tris-HCl（pH 8.0）10mL 和 500mmol/L EDTA（pH 8.0）溶液 2mL，用水定容至 1000mL，分装后高压灭菌。

加样缓冲液：称取溴酚蓝 250mg，加水 10mL，在室温下过夜溶解；再称取二甲苯腈蓝 250mg，用 10mL 水溶解；称取蔗糖 50g，用 30mL 水溶解，合并 3 种溶液，用水定容至 100mL，4℃保存。

限制性内切酶 *Xmn* I 及反应缓冲液。

CTAB 提取缓冲液 I：配制 1L CTAB 提取缓冲液 I，应在 800mL 去离子水中加入 46.75g 氯化钠，摇动容器使溶质完全溶解，然后加入 50mL 1mol/L Tris-HCl（pH 8.0）[在 800mL 去离子水中溶解 121.1g 三羟甲基氨基甲烷（Tris），冷却至室温后用浓盐酸调节溶液的 pH 值至 8.0（约需 42mL 浓盐酸），加水定容至 1L，分装后高压灭菌]，20mL 0.5mol/L EDTA（pH 8.0）[在 800mL 水中加入 186.1g 二水乙二胺四乙酸二钠（EDTA-$Na_2 \cdot 2H_2O$），在磁力搅拌器上剧烈搅拌，用氢氧化钠（NaOH）调节溶液的 pH 值至 8.0（约需 20g 氢氧化钠颗粒）然后定容至 1L，分装后高压灭菌]，用水定容至 1L，分装后高压灭菌。

引物：检测转基因大豆内源基因和外源基因的引物及其信息见表 11-14，用 TE 缓冲液（pH 8.0）或重蒸水分别将表 11-14 引物稀释到 $10\mu mol/L$。

表 11-14　检测转基因大豆内、外源基因所需的引物及其信息

被检测基因	基因来源	引物序列	扩增片段长度/bp
lectin	内源	5′-GCCCTCTACTCCACCCCCATCC-3′ 5′-GCCCATCTGCAAGCCTTTTGTG-3′	118
		5′-TGCCGAAGCAACCAAACATGATCCT-3′ 5′-TGATGGATCTGATAGAATTGACGTT-3′	438
CaMV 35S	外源	5′-GATAGTGGGATTGTGCGTCA-3′ 5′-GTCCCTACAAATGCCATCA-3′	195
35S-CTP4	外源	5′-TGATGTGATATCTCCACTGACG-3′ 5′-TGTATCCCTTGAGCAAATGTTGT-3′	172
NOS	外源	5′-GAATCCTGTTGCCGGTCTTG-3′ 5′-TTATCCTAGTTTGCGCGCTA-3′	180
CP4-EPSPS	外源	5′-CCTTCATGTTCGGCGGTCTCG-3′ 5′-GCGTCATGATCGGCTCGATG-3′	498
		5′-CTTCTGTGCTGTAGCCACTGATGC-3′ 5′-CCACTATCCTTCGCAAGACCCTTCC-3′	320
		5′-CCTTCGCAAGACCCTTCCGTGAGA-3′ 5′-ATCCTGGCGCCCATGGCCTGCATG-3′	513

CTAB 提取缓冲液 II：配制 1L CTAB 提取缓冲液 II，应在 800mL 去离子水中加入 46.75g 氯化钠、20g 溴代十六烷基三甲胺（CTAB），摇动容器使溶质完全溶解，然后加入 50mL 1mol/L Tris-HCl（pH 8.0）、20mL 0.5mol/L EDTA（pH 8.0），用水定容至 1L，分装后高压灭菌。

乙酸钠溶液：配制 1L 乙酸钠溶液，应在 800mL 水中溶解 408.1g 三水乙酸钠，用冰乙酸调节 pH 值至 5.2，用水定容至 1L，分装后高压灭菌。

RNase A：将 10mg 胰 RNA 酶溶解于 $987\mu L$ 水中，然后加入 1mol/L Tris-HCl（pH 8.0）$10\mu L$ [在 800mL 去离子水中溶解 121.1g 三羟甲基氨基甲烷（Tris），加入 60mL 浓盐酸，冷却至室温后调节 pH 值至 7.5，加水定容至 1L，分装后高压灭菌]，5mol/L 氯化钠 $3\mu L$（在 800mL 水中溶解 292.2g 氯化钠，加水定容至 1L，分装后高压灭菌），于 100℃ 水浴中保温 15min，缓慢冷却至室温，分装成小份保存于 −20℃。

PCR 产物回收试剂盒，按使用说明操作。

三、仪器

通常实验室仪器设备、高速冷冻离心机（12000r/min）、高速台式离心机（12000r/min）、紫外分光光度计、磁力搅拌器、高压灭菌锅、PCR 扩增仪、电泳仪、紫外透射仪、凝胶成像系统或照相系统、重蒸馏水仪。

四、样品中 DNA 的提取——CTAB 法

将 100mg 充分粉碎的大豆样品，在液氮中充分研磨成粉末后加 $400\mu L$ 冰上预冷的 CTAB 提取缓冲液 I 中。加入 $500\mu L$ 65℃ 预热的 CTAB 提取缓冲液 II，$1\mu L$ 2-巯基乙醇，混匀，65℃ 保温 30～90min，期间不时轻缓颠倒混匀。待冷却至室温后加入 $5\mu L$ RNase A 储备溶液，室温下放置 30min。加入 $450\mu L$ 三氯甲烷＋异戊醇，轻缓颠倒混匀溶液。12000r/min 离心 2min 至分相。将上清液转移至干净的离心管中，依次加 $600\mu L$ 异丙醇及 $60\mu L$ 乙酸钠溶液，轻缓颠倒混匀。12000r/min 离心 10min。弃上清液，加入 $800\mu L$ 76％乙

醇，12000r/min 离心 5min，弃上清液后再加入 $100\mu L$ 70% 乙醇洗涤沉淀。12000r/min 离心 5min，弃上清液。除去残留的乙醇，待沉淀干燥后，DNA 沉淀溶解于 $100\mu L$ TE 缓冲液中，$-20℃$ 保存备用。

样品中 DNA 的提取也可采用商品化基因组提取试剂盒提取。

五、DNA 溶液纯度的测定和保存

将 DNA 适当稀释，测定并记录其在 260nm 和 280nm 的紫外光吸收率，以一个 OD_{260} 值相当于 $50\mu g/mL$ DNA 浓度来计算纯化的 DNA 浓度。要求 DNA 溶液 OD_{260}/OD_{280} 值在 $1.7\sim2.0$。

依据测得的浓度将 DNA 溶液稀释到 $25\sim50ng/mL$，$-20℃$ 保存。

注：由于基因组 DNA 不宜反复冻融，因此建议对于需要经常使用的 DNA 需要分装，多管存放，需要使用时取出，融化后应该立即使用，使用结束后，剩余的 DNA 应在 $4℃$ 冰箱短期保存，存放时间不宜超过 14d。

六、常规 PCR 扩增反应

1. 常规 PCR 扩增反应的质控设置

阴性对照以非转基因大豆 DNA 为模板；阳性对照采用相应的转基因大豆的 DNA 作为 PCR 反应的模板，或采用含有待测基因序列的质粒；空白对照设两个，一是提取 DNA 时设置一个提取空白（以水代替样品），二是 PCR 反应的空白对照（以水代替 DNA 模板）。

2. 试样的 PCR 反应

在 $200\mu L$ 或 $500\mu L$ 的 PCR 反应管中依次加入 $10\times$PCR 缓冲液 $5\mu L$、$1\mu L$，各 $10mmol/L$ 的四种脱氧核糖核苷酸（dATP，dCTP，dGTP，dTTP）的混合溶液，引物溶液（含上下游引物）各 $1\mu L$，试样 DNA 模板用量 $25\sim50ng$，Taq DNA 聚合酶 $1\mu L$，根据 DNA 模板的用量加入无菌重蒸馏水，使 PCR 反应体系达到 $50\mu L$。再加约 $50\mu L$ 石蜡油（有热盖设备的 PCR 仪可以不加石蜡油）。每个试样设 3 次重复。

以 4000r/min 离心 10s 后，将 PCR 反应管插入 PCR 仪中。$95℃$ 恒温 5min；进行 35 次扩增反应循环（$95℃$ 恒温 30s，$58℃$ 恒温 30s，$72℃$ 恒温 30s）；然后 $72℃$ 恒温 7min，取出 PCR 反应管，对反应产物进行电泳检测或在 $4℃$ 下保存。

3. 对照的 PCR 反应

在试样 PCR 反应的同时，应设置 GMO 阴性对照、GMO 阳性对照和空白对照。

GMO 阴性对照是指用非转基因大豆材料中提取的 DNA 作为 PCR 反应体系的 DNA 模板；GMO 阳性对照是指用转基因大豆材料中提取的 DNA 作为 PCR 反应体系的 DNA 模板；空白对照是指用无菌重蒸水作为 PCR 反应体系的 DNA 模板。上述对照 PCR 反应体系中，除模板外其余组分与试样的 PCR 反应相同。

4. PCR 产物的电泳检测

将适量的琼脂糖加入 TAE 缓冲液中，加热将其溶解，配制成琼脂糖浓度为 2% 的溶液，然后按每 100mL 琼脂糖溶液中加入 $5\mu L$ 溴化乙锭溶液的比例加入溴化乙锭溶液，混匀，稍微冷却后将其倒入电泳板上，室温下凝固成凝胶后，放入 TAE 缓冲液中。在每个泳道中加入 $7.5\mu L$ 的 PCR 产物（需和上样缓冲液混合），其中一个泳道中加入 DNA 分子量标准，接通电源进行电泳。

5. 凝胶成像分析（照相）

电泳结束后，将琼脂糖凝胶置于凝胶成像仪上或紫外透射仪上成像。根据 DNA 分子量标准判断扩增出的目的条带的大小，将电泳结果形成电子文件存档或用照相系统拍照。

6. PCR 产物的回收

将 $100\mu L$ PCR 反应液与上样缓冲液混合后，加入预制好的含 2% 琼脂糖凝胶的泳道中，在其中一个泳道中加入 DNA 分子量标准，接通电源进行电泳。其余步骤按 PCR 产物回收试剂盒说明进行。

7. PCR 产物的酶切鉴定

CaMV 35S 启动子基因扩增产物为 195bp，可以被限制性内切酶 Xmn Ⅰ 切成大小为 80bp 和 115bp 的两个片段。具体操作为：取 15μL 回收的 PCR 产物放入酶切管中，加入 1μL 的限制性内切酶 Xmn Ⅰ，再加入 2μL 酶切反应缓冲液，加水 2μL 配成 20μL 反应体系，在 37℃恒温水浴保温反应 3h。将 20μL 反应液与上样缓冲液混合后加入预制好的含 2.5%琼脂糖凝胶的一个泳道中，然后进行电泳检测和凝胶成像分析。

8. 结果分析和表述

① 如果在试样和 GMO 阳性对照的 PCR 反应中，*CaMV 35S* 启动子、*NOS* 终止子、*CP4-EPSPS*、*CaMV 35S* 启动子和叶绿体转移肽基因片段（*CaMV 35S-CTP4*）以及内标准 *lectin* 这 5 个基因都得到了扩增，且扩增片段与预期片段一致，而在 GMO 阴性对照中仅扩增出 *lectin* 基因片段，空白对照中没有任何扩增片段，表明该样品为阳性结果，检出了 *CaMV 35S* 启动子基因、*NOS* 终止子基因、*CaMV 35S* 启动子和叶绿体转移肽基因片段（*CaMV 35S-CTP4*）、抗草甘膦基因。

如果在试样和 GMO 阳性对照的 PCR 反应中，*CaMV 35S* 启动子和内标准 *lectin* 这两个基因都得到了扩增，且扩增片段与预期片段一致，而在 GMO 阴性对照中仅扩增出 *lectin* 基因片段，空白对照中没有任何扩增片段，在对试样的 *CaMV 35S* 启动子扩增片段的酶切鉴定中，扩增片段可以被切成 80bp 和 115bp 两个片段，表明该样品为阳性结果，检出 *CaMV 35S* 启动子基因。

② 如果在试样和 GMO 阴性对照的 PCR 反应中，仅有 *lectin* 基因片段得到扩增；GMO 阳性对照中 *CaMV 35S* 启动子、*NOS* 终止子、*CP4-EPSPS*、*CaMV 35S-CTP4* 以及 *lectin* 基因都得到扩增；空白对照中没有任何扩增片段。表明该样品为阴性结果，未检出 *CaMV 35S* 启动子、*NOS* 终止子、*CaMV 35S-CTP4*、抗草甘膦基因。

如果在试样和 GMO 阴性对照的 PCR 反应中，仅有 *lectin* 基因片段得到扩增；GMO 阳性对照中 *CaMV 35S* 启动子和 *lectin* 基因都得到扩增；空白对照中没有任何扩增片段。表明该样品为阴性结果，未检出 *CaMV 35S* 启动子基因。

③ 如果在试样、GMO 阳性对照和 GMO 阴性对照 PCR 反应中，*lectin* 基因片段均未得到扩增，说明在 DNA 模板制备或 PCR 反应体系中的某个环节存在问题，需查找原因重新检测。

如果在 GMO 阴性对照 PCR 反应中，除 *lectin* 基因得到扩增外，还有其他外源基因得到扩增；或者空白对照中扩增出了产物片段，则说明检测过程中发生了污染，需查找原因重新检测。

七、实时荧光 PCR 定性检测

1. 引物和探针

大豆及其加工产品中转基因成分实时荧光 PCR 检测所用引物和探针序列见表 11-15。

表 11-15 大豆及其加工产品中转基因成分实时荧光 PCR 检测所用引物和探针序列

检测基因	引物序列	探针序列
lectin	5'-CCTCCTCGGGAAAGTTACAA-3' 5'-GGGCATAGAAGGTGAAGTT-3'	5'-CCCTCGTCTCTTGGTCGCGCCCTCT-3'
CaMV 35S	5'-CGACAGTGGTCCCAAAGA-3' 5'-AAGACGTGGTTGGAACGTCTTC-3'	5'-TGGACCCCCACCCACGAGGAGCATC-3'
NOS	5'-ATCGTTCAAACATTTGGCA-3' 5'-ATTGTTCAAACATTTGGCA-3'	5'-CATCGCAAGACCGGCAACAGG-3'

检测基因	引物序列	探针序列
PAT	5′-GTCGACATGTCTCCGGAGAG-3′ 5′-GCAACCAACCAAGGGTATC-3′	5′-TGGCCGCGGTTTGTGATATCGTTAA-3′
EPSPS	5′-CCGACGCCGATCACCTA-3′ 5′-GATGCCGGGCGTGTTGAG-3′	5′-CCGCGTGCCGATGGCCTCCGCA-3′

2. 实时荧光 PCR 反应体系

实时荧光 PCR 反应体系见表11-16，反应体系中各试剂的用量，可根据具体情况或不同的反应总体积进行适当的调整。每个反应体系应设置两个平行测试。

表 11-16　实时荧光 PCR 检测转基因大豆的反应体系

试　剂	终浓度	试　剂	终浓度
10×PCR 反应缓冲液	1×	UNG 酶	0.075U
氯化镁($MgCl_2$)	2.5mmol/L	探针	0.2μmol/L
dNTP(含 dUTP)	0.2mmol/L	*Taq* 酶	2.5U
上游引物	0.2μmol/μL	DNA 模板(20~30ng/μL)	5μL
下游引物	0.2μmol/μL	补水至	50μL

3. 实时荧光反应参数

实时荧光定量 PCR 的反应参数为：37℃，5min；预变性，95℃，3min；95℃，15s，60℃，1min，40 个循环。不同仪器可根据仪器要求将反应参数作适当调整。

4. 实时荧光 PCR 结果分析

（1）阈值设定　实时荧光 PCR 反应结束后，应设置荧光信号阈值，一般选择 3~15 个循环的阴性对照的 10 倍标准差作为阈值。阈值设定原则根据仪器噪声情况进行调整，以阈值线刚好超过正常阴性样品扩增曲线的最高点，且 Ct 值＝40 为准。

（2）实时荧光 PCR 定性检验的质量控制　空白对照：外源基因检测 Ct 值大于或等于40，内参照基因检测 Ct 值大于或等于40。阴性对照：外源基因检测 Ct 值大于或等于40，内参照基因检测 Ct 值在 20~30。阳性对照：外源基因检测 Ct 值小于或等于34。上述指标有一项不符合者，应重新做实时荧光 PCR 扩增。

（3）实时荧光 PCR 结果判定　测试样品外源基因检测 Ct 值大于或等于 40，内参照基因检测 Ct 值 20~30 者，阴性对照、阳性对照和空白对照结果正常者，则可判定该样品未检出转基因成分。测试样品外源基因检测 Ct 值小于或等于 36，内参照基因检测 Ct 值 20~30 者，阴性对照、阳性对照和空白对照结果正常者，则可判定该样品检出转基因成分。测试样外源基因检测 Ct 值在 36~40，应重做实时荧光 PCR。再次扩增后的外源基因 Ct 值仍小于40，且阴性对照、阳性对照和空白对照结果正常，则可判定为该样品检出转基因成分。再次扩增后的外源基因 Ct 值大于或等于 40，且阴性对照、阳性对照和空白对照结果正常，则可判定为该样品未检出转基因成分。

第六节　转基因油菜籽检验

油菜是一种重要的油料作物，是世界四大主要油料作物之一，在加拿大、印度、中国和欧洲种植面积最大。自 1985 年 Ooms 等获得第一棵转基因油菜植株以来，在国内外广泛开展了一系列的研究工作，抗病、抗虫、抗除草剂及高产量、高品质的转基因油菜相继诞生，部分品种已进入商业化或大田试验阶段。近十年来对转基因油菜的研究取得了长足的进展，其中以抗除草剂的"双低"（低芥酸、低硫苷）油菜为主。

一、检测原理

样品经过提取 DNA 后，针对转基因植物所插入的外源基因的基因序列设计引物，通过 PCR 技术，特异性扩增外源基因的 DNA 片段，根据 PCR 扩增结果，判断该样品中是否含有转基因成分。

二、试剂与材料

引物：根据表 11-17 的序列合成引物，加超纯水配制成 $100\mu mol/L$ 备用，直接用于 PCR 测试的引物浓度为 $5\mu mol/L$。

表 11-17　检测转基因油菜籽内、外源基因所需的引物及其信息

被检测基因 （上游/下游）	基因来源	引物序列	扩增长度/bp	退火温度/℃	提示	备注
PEP	内源	5′-GCTAGTGTAGACCAGTTCTTG-3′ 5′-CACTCTTGTCTCTTGTCCTC-3′	248	55	筛选检测	任选其一
		5′-CCAGTTCTTGGAGCCGCTTGA-3′ 5′-AAGGGCCAGTCCAAATGCAGA-3′	121	60		
CaMV 35S	外源	5′-GCTCCTACAAATGCCATCA-3′ 5′-GATAGTGGGATTGTGCGTCA-3′	195	55	筛选检测	任选其一
		5′-CCATCATTGCGATAAAGGAAA-3′ 5′-TCATCCCTTACGTCAGTGGAG-3′	165	55		
NOS	外源	5′-GAATCCTGTTGCCGGTCTTG-3′ 5′-TTATCCTAGTTTGCGCGCTA-3′	180	55	筛选检测	任选其一
		5′-ATCGTTCAAACATTTGGCA-3′ 5′-ATTGCGGGACTCTAATCATA-3′	166	55		
NPT Ⅱ	外源	5′-AGGATCTCGTCGTGACCCCAT-3′ 5′-GCACGAGGAAGCGGTCA-3′	183	55	筛选检测	任选其一
		5′-GGATCTCCTGTCATCT-3′ 5′-GATCATCCTGATCGAC-3′	173	55		
FMV 35S	外源	5′-AGGATCTCGTCGTGACCCCAT-3′ 5′-CTGCTCGATGTTGACAAG-3′	196	55	筛选检测 抗草甘膦 油菜	任选其一
		5′-AAGACATCCACCGAAGACTTA-3′ 5′-AGGACAGCTCTTTTCCACGTT-3′	210	60		
GOX（修饰）	外源	5′-GTCTTCGTGTTGCTGGAACCGTT-3′ 5′-GAACTGGCAGGAGCGAGAGCT-3′	121	60	抗草甘膦 油菜	任选其一
		5′-CTCTTGTTTCGTCGTTTCATC-3′ 5′-GAAACCCATCCACTTGGAGTA-3′	450	55		
CP4-EPSPS （修饰）	外源	5′-GACTTGCGTGTTCGTTCTTC-3′ 5′-AACACCGTTGAGCTTGAGAC-3′	204	55	抗草甘膦 油菜	
PAT	外源	5′-CGCGGTTTGTGATATCGTTAAC-3′ 5′-TCTTGCAACCTCTCTAGATCATCAA -3′	108	60	抗草丁膦 油菜	任选其一
		5′-GTCGACATGTCTCCGGAGAG-3′ 5′-GCAACCAACCAAGGGTATC-3′	191	60		
BAR	外源	5′-ACCCATCGTCAACCACTACATCG-3′ 5′-GCTGCCAGAAACCCACGTCAT-3′	430	55	抗草丁膦 及雄性不 育油菜	任选其一
		5′-ACAAGCACGGTCAACTTCC-3′ 5′-ACTCGGCCGTCCAGTCGTA-3′	175	60		
BARNASE	外源	5′-CTGGGTGGCATCAAAAGGGAACC-3′ 5′-TCCGGTCTGAATTTCTGAAGCCTG-3′	161	60	抗草丁膦 及雄性不 育油菜	
BARSTAR	外源	5′-TCAAAGTATCAGCGACCTCCACC-3′ 5′-AAGTATGATGGTGATGTCGCAGCC -3′	236	60	筛选检测 MON810	

Tris 饱和酚、三氯甲烷、液氮、异丙醇、70％乙醇、重蒸水、RNase A、2mg/mL 溴化乙锭、DNA 分子量标准（100～2000bp）、琼脂糖、10×氯化镁（25mmol/L）、Taq 酶（5U/μL）、10×dNTP（含 2.5mmol/L dATP，dUTP，dCTP，dGTP）。

1mol/L Tris-HCl 缓冲液（pH 8.0）：称取 121.1g Tris，溶于 800mL 水中，搅拌，加入浓盐酸 42mL，冷却至室温，用稀盐酸准确调整 pH 至 8.0，分装后高压灭菌备用。

0.5mol/L EDTA（pH 8.0）：在 800mL 水中加入 186.1g EDTA-$Na_2 \cdot 2H_2O$，磁力搅拌器剧烈搅拌，用氢氧化钠调节溶液 pH 值至 8.0（约需 20g 氢氧化钠颗粒），然后定容至 1L，分装后高压灭菌备用。

DNA 抽提缓冲液：量取 100mL 1mol/L Tris-HCl 和 50mL EDTA，称取 5.0g SDS 和 16.848g 氯化钠，定容至 1L，分装后高压灭菌备用。

TE 缓冲液（pH 8.0）：量取 10mL 1mol/L Tris-HCl（pH 8.0）和 2mL 0.5mol/L EDTA（pH 8.0），加水定容至 1000mL，分装后高压灭菌备用。

10×PCR 缓冲液：含 500mmol/L 氯化钾，100mmol/L Tris-HCl（pH 8.3），15mmol/L 氯化镁（$MgCl_2$），0.1％明胶。

50×TAE 缓冲液：称取 484g Tris，量取 114.2mL 冰乙酸，200mL 0.5mol/L EDTA（pH 8.0），溶于蒸馏水中，定容至 2L。分装后高压灭菌备用。

10×上样缓冲液：含 0.25％溴酚蓝，0.25％二甲苯青 FF，30％甘油水溶液。

三、仪器

基因扩增仪、电泳仪、电泳槽、凝胶分析成像系统、DNA 冷冻干燥离心机、冷冻离心机、DNA 分析系统、水浴锅、微波炉、微量加样器（0.1～2.5μL、0.5～10μL、2～20μL、10～100μL、20～200μL、200～1000μL）、天平（感量 0.001g）、高压灭菌锅、PCR 反应管（200μL、500μL 两种规格）、Eppendorf 离心管（1.5mL）。

四、检测步骤

1. 油菜籽总 DNA 的提取

称取约 10g 油菜籽样品，在研钵中加入液氮碾磨至样品粉末颗粒约 0.5mm 左右大小，然后称取约 40mg 磨碎的样品转入 1.5mL 的 Eppendorf 管中，设计提取双实验。加入 100μL DNA 抽提缓冲液，混匀，注意不要使样品结块，再加入 900μL DNA 抽提缓冲液，振荡 30s 后，反复颠倒混合 5min。10000g 离心 5min，取上清液 700μL，加入 5μL RNase A（2mg/mL），37℃保温 30min。加入等体积的 Tris 饱和酚，上下反复颠倒混匀共 10min。10000g 离心 5min，取上清液 600μL，加入等体积的三氯甲烷，上下反复颠倒混匀共 5min。10000g 离心 5min，取上清液 500μL，加入等体积的异丙醇，轻轻混合 3min。10000g 离心 10min，此时管底有白色沉淀，去上清液，加入 70％乙醇 1mL 清洗 1～3 次。倒去 70％乙醇，短暂离心，用吸管尽可能除去乙醇洗液。低温冷冻干燥约 2min，加 50μL TE 缓冲液（pH 8.0），溶解 DNA 沉淀。油菜籽总 DNA 的提取也可用相应的市售 DNA 提取试剂盒提取。

2. PCR 检测

（1）PCR 反应体系　检测转基因油菜籽中内外源基因采用的 PCR 反应体系见表 11-18。反应体系中各试剂的量可根据具体情况或不同的反应总体积进行适当调整。每个反应体系应设置两个平行反应。

以转基因油菜籽作为阳性对照、非转基因油菜籽作为阴性对照，以加入重蒸水作为空白对照。

（2）PCR 反应循环参数　检测转基因油菜籽内外源基因的 PCR 反应循环参数为：95℃ 5min；94℃ 20s，引物的退火温度 40s，72℃ 40s，40 个循环；72℃，3min。引物的退火温度见表 11-17。PCR 反应循环参数可根据基因扩增仪型号的不同进行适当调整。

表 11-18　检测转基因油菜籽内外源基因的 PCR 反应体系

试　剂	储备溶液浓度	25μL 反应体系 加样体积/μL	50μL 反应体系 加样体积/μL
10×PCR 缓冲液	—	2.5	5.0
25mmol/L	25mmol/L	2.5	5.0
dNTPs(含 dUTP)	25mmol/L	2.5	5.0
上游引物	20pmol/μL	0.5	1.0
下游引物	20pmol/μL	0.5	1.0
Taq 酶	5U/μL	0.2	0.4
UNG 酶	1U/μL	0.2	0.4
模板 DNA	0.3~6μg/μL	1.0	2.0
重蒸水	—	补至 25	补至 50

（3）PCR 产物的琼脂糖凝胶电泳检测　将适量 50×TAE 稀释成 1×TAE 溶液，配制溴化乙锭含量为 0.5μg/mL 的 2% 琼脂糖凝胶。

取 15μL PCR 产物，加 1.5μL 10×上样缓冲液点样进行电泳，并加 DNA 分子标准点样以判断 PCR 产物的片段大小。电压大小根据电泳槽长度来确定，一般控制在 3~5V/cm，电泳时间根据溴酚蓝的移动位置来确定，电泳检测结果用凝胶分析成像系统记录。

（4）结果判断

① 油菜籽 DNA 提取液是否适合 PCR 扩增的判断　用针对油菜籽内源参照基因 PEP 基因设计的引物（两对引物可选其一）对油菜籽 DNA 提取液进行 PCR 测试，阴性对照、阳性对照和待测样品都应被扩增出 248bp 或 121bp 的 PCR 产物。如未见有 PCR 扩增，则说明在 DNA 提取过程中未提取到可进行 PCR 测试的 DNA，或 DNA 提取液中有抑制 PCR 反应的物质存在，应重新提取 DNA，直到扩增出 248bp 或 121bp 的 PCR 产物。

② 油菜籽中转基因成分的检测　在油菜籽样品中转基因成分的检测中，首先筛选检测 CaMV 35S、FMV 35S、NOS、NPT Ⅱ基因，如果这些基因的检测结果均为阴性则直接报告检测结果；如果这些基因的检测结果有一个或两个呈阳性，则应进一步检测外源目的基因 GOX（修饰）、CP4-EPSPS（修饰）、BAR、PAT、BARNASE、BARSTAR 中的一个或几个基因予以确认为哪一性状的转基因油菜籽。对于 PCR 检测结果为阳性的样品，应进一步进行确证试验，然后报告检测结果。

（5）确证试验　样品检测为阳性结果时需要用实时荧光 PCR 来确证。

3. 实时荧光 PCR 定性检测

（1）引物和探针　油菜籽及其加工产品中转基因成分实时荧光 PCR 检测所用引物和探针序列见表 11-19。

表 11-19　油菜籽及其加工产品中转基因成分实时荧光 PCR 检测所用引物和探针序列

检测基因	引物序列	探针序列
PE3-PEPcase	5'-CCAGTTCTTGGAGCCGCTTGA-3' 5'-AAGGGCCAGTCCAAATGCAGA-3'	5'-CAGGTCGCTATGCGACTGCGGAGACA-3'
CaMV 35S	5'-CGACAGTGGTCCCAAAGA-3' 5'-AAGACGTGGTTGGAACGTCTTC-3'	5'-TGGACCCCCACCCACGAGGAGCATC-3'
NOS	5'-ATCGTTCAAACATTTGGCA-3' 5'-ATTGTTCAAACATTTGGCA-3'	5'-CATCGCAAGACCGGCAACAGG-3'
FMV 25S	5'-AAGACATCCACCGAAGACTTA-3' 5'-AGGACAGCTCTTTTCCACGTT-3'	5'-TGGTCCCACAAGCCAGCTGCTCGA-3'

检测基因	引物序列	探针序列
NPT Ⅱ	5′-AGGATCTCGTCGTGACCCAT-3′ 5′-ACTCGGCCGTCCAGTCGTA-3′	5′-CACCCAGCCGGCCACAGTCGAT-3′
BAR	5′-GCACGAGGAAGCGGTCA-3′ 5′-ACTCGGCCGTCCAGTCGTA-3′	5′-CCGAGCCGCAGGAACCGCAGGAG-3′
PAT	5′-GTCGACATGTCTCCGGAGAG-3′ 5′-GCAACCAACCAAGGGTATC-3′	5′-TGGCCGCGGTTTGTGATATCGTTAA-3′
GOX	5′-GTCTTCGTGTTGCTGGAACCGTT-3′ 5′-GAACTGGCAGGAGCGAGAGCT-3′	5′-TGCTCACGTTCTCTACACTCGCGCTCG-3′

（2）实时荧光 PCR 反应体系　实时荧光 PCR 反应体系见表 11-20，反应体系中各试剂的用量，可根据具体情况或不同的反应总体积进行适当的调整。每个反应体系应设置两个平行测试。

表 11-20　实时荧光 PCR 检测转基因油菜籽的反应体系

试　剂	终浓度	试　剂	终浓度
10×PCR 反应缓冲液	1×	UNG 酶	0.075U
氯化镁（$MgCl_2$）	2.5mmol/L	探针	0.2μmol/L
dNTP（含 dUTP）	0.2mmol/L	Taq 酶	2.5U
上游引物	0.2μmol/μL	DNA 模板（20~30ng/μL）	5μL
下游引物	0.2μmol/μL	补水至	50μL

（3）实时荧光反应参数　实时荧光定量 PCR 的反应参数为：37℃，5min；预变性，95℃，3min；95℃，15s，60℃，1min，40 个循环。不同仪器可根据仪器要求将反应参数作适当调整。

（4）实时荧光 PCR 结果分析

① 阈值设定　实时荧光 PCR 反应结束后，应设置荧光信号阈值，一般选择 3~15 个循环的阴性对照的 10 倍标准差作为阈值。阈值设定原则根据仪器噪声情况进行调整，以阈值线刚好超过正常阴性样品扩增曲线的最高点，且以 Ct 值＝40 为准。

② 实时荧光 PCR 定性检验的质量控制　空白对照：外源基因检测 Ct 值大于或等于 40，内参照基因检测 Ct 值大于或等于 40。阴性对照：外源基因检测 Ct 值大于或等于 40，内参照基因检测 Ct 值在 20~30。阳性对照：外源基因检测 Ct 值小于或等于 34。上述指标有一项不符合者，应重新做实时荧光 PCR 扩增。

③ 实时荧光 PCR 结果判定　测试样品外源基因检测 Ct 值大于或等于 40，内参照基因检测 Ct 值 20~30 者，阴性对照、阳性对照和空白对照结果正常者，则可判定该样品未检出转基因成分。测试样品外源基因检测 Ct 值小于或等于 36，内参照基因检测 Ct 值 20~30 者，阴性对照、阳性对照和空白对照结果正常者，则可判定该样品检出转基因成分。测试样外源基因检测 Ct 值在 36~40，应重做实时荧光 PCR。再次扩增后的外源基因 Ct 值仍小于 40，且阴性对照、阳性对照和空白对照结果正常，则可判定为该样品检出转基因成分。再次扩增后的外源基因 Ct 值大于或等于 40，且阴性对照、阳性对照和空白对照结果正常，则可判定为该样品未检出转基因成分。

参 考 文 献

[1]　吴广枫，许建军，石英. 农产品质量安全及其检测技术. 北京：化学工业出版社，2007.
[2]　陈桂平. 转基因生物及其检测方法. 生物教学，2009，34（2）：76-77.

[3] 陈思礼，袁媛. 转基因生物与环境安全. 中国热带医学，2008，8（4）：662-665.

[4] 王加连. 转基因生物与生物安全. 生态学杂志，2006，25（3）：314-317.

[5] 中华人民共和国出入境检验检疫行业标准 SN/T 1195—2003. 大豆中转基因成分的定性 PCR 检测方法.

[6] 中华人民共和国出入境检验检疫行业标准 SN/T 1196—2003. 玉米中转基因成分的定性 PCR 检测方法.

[7] 中华人民共和国出入境检验检疫行业标准 SN/T 1197—2003. 油菜籽中转基因成分的定性 PCR 检测方法.

[8] 中华人民共和国出入境检验检疫行业标准 SN/T 1143—2007. 小麦中转基因成分 PCR 和实时荧光 PCR 定性检测方法.

[9] 中华人民共和国农业行业标准 NY/T 674—2003. 转基因植物及其产品检测 DNA 提取和纯化.

[10] 中华人民共和国农业行业标准 NY/T 675—2003. 转基因植物及其产品检测 大豆定性 PCR 方法.

[11] 中华人民共和国国家标准. 农业部 953 号公告-6-2007. 转基因植物及其产品成分检测 抗虫转 *Bt* 基因水稻定性 PCR 方法.

[12] 中华人民共和国国家标准. 农业部 1193 号公告-3-2009. 转基因植物及其产品成分检测抗虫水稻 TT51-1 及其衍生品种定性 PCR.

[13] 中华人民共和国出入境检验检疫行业标准. SN/T 1204—2003. 植物及其加工产品中转基因成分实时荧光 PCR 定性检测方法.

[14] 常碧影，张萍. 饲料质量与安全检测技术. 北京：化学工业出版社，2008.

[15] 蔡辉益，常碧影，常文环. 饲料安全及其检测技术. 北京：化学工业出版社，2005.

[16] 陈颖，徐宝梁，苏宁，葛毅强，王曙光. 实时荧光定量 PCR 技术在转基因玉米检测中的应用研究. 作物学报，2004，30（6）：602-607.

[17] 王艳辉，张晓东. 转基因作物安全性的解决方法研究进展. 生物技术通报，2009，8：50-56.

[18] Ahmed F E. Detection of genetically modified organisms in foods. Trends in Biotechnology, 2002, 20 (5)：215-223.

[19] König A, Cockburn A, Crevel R W R, Debruyne E, Grafstroem R, Hammerling U, Kimber I, Knudsen I, Kuiper H A, Peijnenburg A A C M, Penninks A H, Poulsen M, Schauzu M, Wal J M. Assessment of the safety of foods derived from genetically modified (GM) crops. Food and Chemical Toxicology, 2004, 42 (7)：1047-1088.

[20] Terzi V, Pastori G, Shewry P R, Fonzo N D, Stanca M A, Faccioli P. Real-time PCR-assisted selection of wheat plants transformed with HMW glutenin subunit genes. Journal of Cereal Science, 2005, 41 (1)：133-136.

[21] Zhu H, Zhao X, Jia J, Sun J, Zhao K. A specific qualitative and real-time PCR detection of MON863 maize based on the $5'$-transgene integration sequence. Journal of Cereal Science, 2008, 48 (3)：592-597.

[22] Supronienė M, S, Nielsen L K, Lazzaro I, Spliid N H, Justesen A F. Real-time PCR for quantification of eleven individual Fusarium species in cereals. Journal of Microbiological Methods, 2009, 76 (3)：234-240.

第十二章 粮油食品中其他毒害物质检测技术

第一节 苯并[a]芘

一、概述

苯并[a]芘是由五个苯环构成的多环芳烃,在常温下是固体,不溶于水,易溶于环己烷、己烷、苯、甲苯、丙酮等有机溶剂;稍溶于甲醇、乙醇及甘油。苯并[a]芘在有机溶剂中,用360nm紫外线照射时,产生典型的蓝紫色荧光。在碱性条件下较稳定,但能与硝酸、过氯酸、氯磺酸起化学反应,利用这一性质可以用来消除苯并[a]芘。

苯并[a]芘在自然界存在广泛,但主要存在于煤、石油、焦油和沥青等中,也可由一些碳氢化合物的燃烧中产生,造成大气、水体、土壤污染。食品中苯并[a]芘的来源主要有:食品在烘、烤、熏等加工过程中产生,或者与燃料燃烧所产生多环芳烃污染所致;重油、煤炭、石油、天然气等有机物燃烧不完全时产生的苯并[a]芘污染了大气、水源、土壤,继而造成农作物被苯并[a]芘的二次污染。另外,有些细菌、原生动物、淡水藻类和有些高等植物,可以在生物体内合成苯并[a]芘。粮食储藏过程中烘干降水所用的烟道煤气、油脂加工时的机构润滑油或浸出溶剂等均是苯并[a]芘的污染源。在我国食品卫生标准中,植物油的苯并[a]芘的限量为10μg/kg,粮食中苯并[a]芘的限量为5μg/kg。

二、检测方法

（一）荧光光度法

1. 原理

试样先用有机溶剂提取,或经皂化后提取,再将提取液经液-液分配,或色谱柱净化,然后在乙酰化滤纸上分离苯并[a]芘,因苯并[a]芘在紫外线照射下呈蓝紫色荧光斑点,将分离后有苯并[a]芘的滤纸部分剪下,用溶剂浸出后,再用荧光分光光度计测荧光强度与标准比较后定量。

2. 试剂

苯（重蒸馏）、环己烷（或石油醚,沸程为30～60℃）（重蒸馏或经氧化铝柱处理无荧光）、二甲基甲酰胺或二甲基亚砜、无水乙醇（重蒸馏）、95%乙醇、无水硫酸钠、氢氧化钠、丙酮（重蒸馏）、展开剂[95%乙醇-二氯甲烷（2+1）]。

硅镁型吸附剂:将60～100目筛孔的硅镁型吸附剂经水洗4次（每次用水量为吸附剂质量的4倍）于垂融漏斗上抽滤干后,再以等量的甲醇洗[甲醇与吸附剂质量（g）相等],抽滤干后,吸附剂铺于干净瓷盘上,在130℃干燥5h后,装瓶储存于干燥器内。临用前加5%水减活,混匀并平衡4h以上,最好放置过夜。

色谱分离用氧化铝（中性）:120℃活化4h。

乙酰化滤纸:将中速色谱分离用滤纸裁成30cm×4cm的条状,逐条放入盛有乙酰化混合液（180mL苯,130mL乙酸酐,0.1mL硫酸）的500mL烧杯中,使滤纸充分地接触溶液,保持溶液温度在21℃以上,时时搅拌,反应6h,再放置过夜。取出滤纸条,在通风橱内吹干,再放入无水乙醇中浸泡4h,取出后放在垫有滤纸的干净白瓷盘上,在室温下风干压平备用,一次可处理15～18条。

苯并[a]芘标准储备溶液:精密称取10.0mg苯并[a]芘,用苯溶解后移入100mL棕色容量瓶中稀释至刻度，此溶液 1mL 相当于苯并[a]芘 100µg，放置于冰箱中保存。

苯并[a]芘标准使用液：吸取 1.00mL 苯并[a]芘标准储备溶液置于 10mL 容量瓶中，用苯稀释至刻度，如此反复用苯稀释，最后配成1mL 相当于 1.0µg 及 0.1µg 苯并[a]芘两种标准使用液，放置于冰箱中保存。

3. 仪器

脂肪抽提器、色谱柱（内径 10mm，长 350mm，上端有内径 25mm，长 80～100mm 内径漏斗，下端具有活塞）、展开缸（筒）、K-D 全玻璃浓缩器、紫外光灯（带有波长为 365nm 或 254nm 的滤光片）、回流皂化装置（锥形瓶磨口处连接冷凝管）、组织捣碎机、荧光分光光度计。

4. 分析步骤

（1）样品提取　对于粮食和水分少的食品，可称取 40.0～60.0g 粉碎过筛的样品，装入滤纸筒内，用 70mL 环己烷润湿样品，接收瓶内装 6～8g 氢氧化钾，加 100mL 95% 乙醇及 60～80mL 环己烷，然后将脂肪抽提器接好，于 90℃ 水浴上回流提取 6～8h，将皂化液趁热倒入 500mL 分液漏斗中，并将滤纸筒中的环己烷也从支管中倒入分液漏斗，用 50mL 95% 乙醇分两次洗接收瓶，将洗液合并于分液漏斗中，加入 100mL 水，振摇提取 3min，静置分层（约需 20min），下层液放入第二分液漏斗，再用 70mL 环己烷振摇提取一次，待分层后弃去下层液，将环己烷合并于第一分液漏斗中，并用 6～8mL 环己烷淋洗第二分液漏斗，洗液合并。

用水洗涤合并后的环己烷提取 3 次，每次 100mL，3 次水洗液合并于原来的第二分液漏斗中，用环己烷提取两次，每次 30mL，振摇 0.5min，分层后弃去水层，收集环己烷液并入第一分液漏斗中，并于 50～60℃ 水浴上减压浓缩至 40mL，加适量的无水硫酸钠脱水。

对于植物油，可称取 20.0～25.0g 的混匀油样，用 100mL 环己烷分次洗入 250mL 分液漏斗中，以环己烷饱和过的二甲基甲酰胺提取 3 次，每次 40mL，振摇 1min，合并二甲基甲酰胺提取液，用 40mL 经二甲基甲酰胺饱和过的环己烷提取一次，弃去环己烷液层。二甲基甲酰胺提取液合并于预先装有 240mL 硫酸钠溶液（20g/L）的 500mL 分液漏斗中，混匀，静置数分钟后，用环己烷提取两次，每次 100mL，振摇 3min，最后一次分层后，弃去下层液，环己烷提取液合并于第一个 500mL 分液漏斗。也可用二甲基亚砜代替二甲基甲酰胺。

用 40～50℃ 温水洗涤环己烷提取液两次，每次 100mL，振摇 5min 分层后弃去水层液，收集环己烷层，于 50～60℃ 水浴上减压浓缩至 40mL，加适量无水硫酸钠脱水。

在提取粮食和水分少的食品的操作中，可用石油醚代替环己烷，但需将石油醚提取液蒸发至近干，残渣用 25mL 环己烷溶解。

（2）净化

① 于色谱柱下端填入少许玻璃棉，先装入 5～6cm 的氧化铝，轻轻敲管壁使氧化铝层填实、无空隙，顶面平齐，再同样装入 5～6cm 硅镁型吸附剂，上面再装入 5～6cm 无水硫酸钠，用 30mL 环己烷淋洗装好的色谱柱，待环己烷液面流至无水硫酸钠层时关闭活塞。

② 将试样环己烷提取液倒入色谱柱中，打开活塞，调节流速为 1mL/min，必要时可用适当方法加压，待环己烷液面流至无水硫酸钠层时，用 30mL 苯洗脱，此时应在紫外光灯下观察，至蓝紫色荧光物质完全从氧化铝层洗下为止，如 30mL 苯不足时，可适当增加苯量。收集苯液于 50～60℃ 水浴上减压浓缩至 0.1～0.5mL（可根据样品中苯并[a]芘含量而定，应注意不可蒸干）。

（3）分离

① 在乙酰化滤纸条上的一端 5cm 处，用铅笔画一横线为起始线，吸取一定量净化后的浓缩液，点于滤纸条上，用电吹风从纸条背面吹冷风，使溶剂挥散，同时点 20mL 苯并[a]

芘的标准使用液（1μg/mL），点样时斑点的直径不超过 3mm，将滤纸条放入盛有展开剂的展开缸（筒）内，滤纸下端浸入展开剂约 1cm，待溶剂前沿至约 20cm 时取出阴干。

② 在 365nm 或 254nm 紫外灯下观察展开后的滤纸条用铅笔画出标准苯并[a]芘及与其同一位置的样品的蓝紫色斑点，剪下此斑点分别放入小比色管中，各加 4mL 苯，盖好塞子，置于 50～60℃水浴中不时振摇，浸泡 15min。

(4) 测定

① 将样品及标准斑点的苯浸出液，移入荧光分光光度计的石英杯中，以 365nm 为激发光波长，365～460nm 波长进行荧光扫描，所得荧光光谱与标准苯并[a]芘的荧光光谱比较后定性。

② 在样品分析的同时做试剂空白试验，包括处理试样的全部试剂同样操作，分别读取试样、标准及试剂空白于波长 406nm、(406+5)nm、(406-5)nm 处的荧光强度，按基线法由式(12-1) 计算所得的数值，为定量计算的荧光强度。

$$F=F_{406}-\frac{F_{401}+F_{411}}{2} \tag{12-1}$$

(5) 结果计算　试样中苯并[a]芘的含量按式(12-2) 进行计算。

$$X=\frac{\dfrac{S}{F}\times(F_1-F_2)\times1000}{m\times\dfrac{V_2}{V_1}} \tag{12-2}$$

式中，X 为样品中苯并[a]芘的含量，μg/kg；S 为苯并[a]芘标准斑点的含量，μg；F 为标准的斑点浸出液荧光强度；F_1 为样品斑点浸出液荧光强度；F_2 为试剂空白浸出液荧光强度；V_1 为样品浓缩液体积，mL；V_2 为点样体积，mL；m 为样品质量，g。

(6) 精密度　在重复性条件下获得的两次独立测定结果的绝对差值不得超过算术平均值的 20%。

(二) 目测比色法

1. 原理

试样经提取、净化后于乙酰化滤纸上色谱分离苯并[a]芘，分离出的苯并[a]芘斑点在波长 365nm 的紫外灯下观察，与标准斑点进行目测比色概略定量。

2. 试剂

同荧光光度计法。

3. 仪器

同荧光光度计法。

4. 分析步骤

(1) 试样提取　按荧光光度计法的方法操作。

(2) 净化　按荧光光度计法的方法操作。

(3) 测定　吸取 5μL、10μL、15μL、20μL 或 50μL 试样浓缩液（可根据试样中苯并[a]芘含量而定）及 10mL、20mL 苯并[a]芘标准使用液（0.1μg/mL），点于同一条乙酰化滤纸上，按荧光光度计法展开，取出阴干。

于暗室紫外灯下目测比较，找出相当于标准斑点强度的试样浓缩液体积，如试样含量太高，可稀释后再重点，尽量使试样浓度在两个标准斑点之间。

(4) 结果计算　试样中苯并[a]芘的含量按式(12-3) 进行计算。

$$X=\frac{m_2\times1000}{m_1\times\dfrac{V_2}{V_1}} \tag{12-3}$$

式中，X 为试样中苯并[a]芘的含量，$\mu g/kg$；m_2 为试样斑点相当苯并[a]芘的质量，μg；V_1 为试样浓缩液体积，mL；V_2 为点样体积，mL；m_1 为试样质量，g。

（三）反相高效液相色谱法

该方法可测定动植物油脂中苯并[a]芘的含量，最低检出限为 $0.1\mu g/kg$。

1. 原理

样品经溶剂溶解，通过氧化铝柱吸附，用洗脱试剂洗脱苯并[a]芘，用反相高效液相色谱分离，荧光检测器检测，根据色谱峰的保留时间定性，外标法定量。

2. 试剂和材料

石油醚（沸程为 30～60℃）或环己烷（每升加 4g 氢氧化钠颗粒，重蒸）、乙腈（色谱纯）、四氢呋喃（色谱纯）、乙腈-四氢呋喃混合溶液（90mL 乙腈和 10mL 四氢呋喃的混合液）、甲苯（色谱纯）、无水硫酸钠。

色谱分离用中性氧化铝（100～200 目）Brockmann 活度Ⅳ级，由活度为Ⅰ级的中性氧化铝减活制备而成，将 90g 经 450℃ 灼烧 12h 的氧化铝放入密闭容器中降至室温，加入 10mL 水。剧烈摇动容器 15min，静置平衡 24h，室温下密闭避光保存。由于不同品牌氧化铝存在差异，建议对质控样品进行测试，使氧化铝满足苯并[a]芘的回收率要求。建议应做相应的样品回收实验验证氧化铝活性。

苯并[a]芘标准品：CaS 编号为 50-32-8，纯度不低于 99.0%。苯并[a]芘是一种已知的致癌物质，测定时应特别注意安全防护。测定应在通风橱中进行并戴手套，尽量减少暴露。

苯并[a]芘标准储备溶液：准确称取 12.5mg 苯并[a]芘于 25mL 容量瓶中，用甲苯溶解、定容。此溶液约含苯并[a]芘 0.5mg/mL，4℃ 避光保存，至少 6 个月内稳定。

标准工作液：用苯并[a]芘标准储备溶液，分别配制苯并[a]芘含量大约为 $0.2\mu g/mL$ 和 $0.01\mu g/mL$ 的两种标准溶液。

3. 仪器和设备

玻璃色谱柱（配有烧结玻璃垫和聚四氟乙烯旋塞）、恒温水浴、旋转蒸发仪、高效液相色谱仪（如果使用自动进样器，样品定量环应在序列进样间用乙腈冲洗）、玻璃样品瓶（约 1mL，配有可密封的盖子）。

4. 操作步骤

（1）样品的净化　用玻璃烧杯称取约 0.4g 试样，精确到 0.001g，用 2mL 石油醚溶解稀释。

向色谱柱中加入一半高度的石油醚。快速称取 22g 氧化铝于小烧杯中，立即转移到色谱柱中，轻轻敲打色谱柱，使氧化铝均匀沉淀。再装入一层约 30mm 高的无水硫酸钠。打开色谱柱底部的旋塞，石油醚流出至无水硫酸钠的顶部，关闭旋塞。

在色谱柱出口端放置一个 20mL 的量筒。向色谱柱中移入样品溶液，用 2mL 石油醚清洗色谱柱内壁。向色谱柱加入 80mL 石油醚洗脱，流速为 1mL/min，洗脱液放满 20mL 量筒后，弃去。换用圆底烧瓶收集其余洗脱液。

将收集的洗脱液在 65℃ 的水浴中旋转蒸发至 0.5～1.0mL，转移至一个预先称量的玻璃样品瓶中。玻璃样品瓶置于 35℃ 的水浴中继续蒸发，并用氮气吹至近干（氮气流量大约为 25mL/min）。用石油醚清洗圆底烧瓶两次，每次 1mL，将清洗液转移至玻璃样品瓶中，继续在 35℃ 及氮气条件下蒸发至干。称量玻璃样品瓶的质量（精确到 0.1mg），计算瓶内残渣质量。旋紧样品瓶盖，4℃ 储存备用。

（2）测定　推荐的色谱条件如下。

保护柱：Lichrosorb RP-C18，4.6mm×75mm，粒度 5μm。色谱柱：多环芳烃分析柱，

4.6mm×250mm。进样量：10μL。流动相：乙腈＋水（880：120，体积比）。流速：1.0mL/min。荧光检测器：发射波长406nm（狭缝10nm），激发波长384nm（狭缝10nm）。

标准曲线的绘制：将标准工作液稀释5种不同浓度的溶液，每个溶液进样量为10mL时苯并[a]芘的质量为0.004ng、0.008ng、0.04ng、0.2ng、0.4ng。根据峰的积分面积绘制5点校正曲线。

（3）样品分析　向装有待测试样的玻璃样品瓶中注入100μL的乙腈-四氢呋喃混合液，小心溶解残渣，避免样品瓶盖与溶剂接触。使用标准曲线对苯并[a]芘在0.1～50μg/kg的范围内定量。苯并[a]芘含量超过10μg/kg的样品可以使用乙腈-四氢呋喃混合溶液稀释或减少进样体积。

将10μL试样注入液相色谱仪进行测定。保证注入色谱柱中试样液溶解的残渣不能超过1.5mg，若超过1.5mg，需用四氢呋喃稀释或重新进行净化。

（4）测试结果的表示　苯并[a]芘含量按式(12-4)计算。

$$X = c \times \frac{V \times 1000}{m \times 1000} \tag{12-4}$$

式中，X 为样品中苯并[a]芘含量，μg/kg；c 为从标准工作曲线得到的待测液中苯并[a]芘的浓度，ng/μL；V 为待测液体积，μL；m 为样品质量，g。

计算结果在0～10μg/kg时保留一位小数，计算结果大于10μg/kg时保留到最接近的整数。

第二节　二噁英

一、概述

二噁英（dioxin）是一种无色无味的脂溶性物质，它并不是一种单一性物质，而是结构和性质相似的众多同类或异构体有机化合物的简称，主要是指氯代二苯并对二噁英（PCDDs）和氯代二苯并呋喃（PCDFs类物质的总称，属于氯代含氧三环芳烃类化合物）。二噁英熔点较高，分解温度大于700℃，极难溶于水，可溶于大部分有机溶剂，所以二噁英类容易在生物体内积累。自然界的微生物降解、水解和光解作用对二噁英类的分子结构影响较小，难以自然降解。二噁英具有极强的致癌性、免疫毒性和生殖毒性等多种毒性作用。已经证实这类物质化学性质极为稳定，难以生物降解，并能在食物链中富集。因其化学物质独立、毒性极强以及在环境介质中的持久性，引起了人们对其污染环境、危害人体健康等问题的极大关注，而成为食品安全中化学污染重要的危害因素。二噁英基本上不会天然生成，除了科学工作者以科研为目的而进行少量合成之外，环境中的二噁英来源大致有以下几种：城市垃圾和工业固体废物焚烧时生成的二噁英；含氯化学品及农药生产过程可能伴随产生 PCDDs 和 PCDFs；在纸浆和造纸工业的氯气漂白过程中也可以产生二噁英。二噁英进入人体的途径主要是通过食品，占90%～95%，此外，还可通过呼吸和皮肤进入人体。

二、检测方法

高分辨气相色谱与高分辨质谱联用技术（HRGC-HRMS）是目前唯一适用于检测二噁英的化学方法。用 DNA 重组技术建立的生物学方法在二噁英总 TEQs 水平测定方面可达到特异性、选择性和灵敏度的要求，且所测结果与 HRGC-HRMS 方法相当，可作为大量样品筛选手段。下面对此两种方法作一简要介绍。

（一）气相色谱与质谱联用的化学分析方法

PCDDs/PCDFs 的化学分析有两种不同的方案，一为分析所有 PCDDs/PCDFs，目的在于了解各化合物的分布形式，鉴定其可能的来源；另一为仅测定 2,3,7,8-取代的 17 种 PCDDs/PCDFs。环境及生物材料中 PCDDs/PCDFs 的分析主要包括五个方面，即样品采集、提取、净化、分离及定量测定。我国 2007 年制定发布了应用高分辨气相色谱-高分辨质谱联用技术测定食品中二噁英及其类似物毒性当量的国家标准方法（GB/T 5009.205—2007）。

1. 样品采集

与有机氯农药残留检测方法相似，但 PCDDs/PCDFs 应更注意安全操作和避免试验过程中的污染。PCDDs/PCDFs 具有光解作用，尤其在溶液中低氯代化合物光解作用更为迅速，故样品应避光、低温保存。样品的取样量依样品类型、污染水平、潜在干扰物质与方法的检测限而定。一般样品为 1～50g，对于含脂低、污染轻的样品必要时可增加到 100～1000g。

2. 提取

提取前加入 ^{13}C 或 ^{37}Cl 标记的内标，用以测定提取净化效率与校正分析丢失。PCDDs/PCDFs 的提取方法与有机氯农药残留检测方法相似，包括溶解、振摇、混匀、超声或索氏提取。提取步骤和溶剂选择取决于样品类型和净化方法。如脂肪和油可采用二氯甲烷-己烷（1∶1）直接提取；其他食品可使用不同比例的提取溶剂，采用包括索氏提取在内的各种提取方法。作为新技术使用 CO_2 为流体的超临界流体提取方法，也用于生物样品中 PCDDs/PCDFs 的提取。

3. 净化

净化目的是除去共提取物中的干扰组分，净化程度取决于被测组分的数目、基质干扰及 GC-MS 状态。目前大多采用色谱法进行净化，包括吸附色谱、分配色谱与排阻色谱。一系列色谱柱，如硅胶加化学改性吸附剂（用硫酸、KOH 处理的硅藻土及硅胶）、Florisil、氧化铝、活性炭等，常被串联使用，多层色谱联用柱也日益普及。

根据样品类型选择适当的净化方法，存在大量共提取物时需要进行预处理。包括酸或碱洗，如用硫酸处理消除油脂等干扰组分；硅胶柱可吸附脂质及油脂成分，用硫酸、氢氧化钠和硝酸银浸泡处理的多层硅胶柱进行洗脱；凝胶渗透色谱也被用来去除脂肪和其他相对分子质量较高的化合物。

微型氧化铝柱（用一次性玻璃滴管装柱）可除去提取液中弱极性的氯代苯、多氯联苯与联三苯和多氯代二苯醚，这些物质被二氯甲烷-正己烷（1∶50）首先洗脱出来，留置柱上的 PCDDs/PCDFs 再用二氯甲烷-正己烷（1∶1）洗脱。这种处理还可除去多氯代-2-苯氧基酚（二噁英的一种前体），以避免其在 GC 柱上因加热闭环形成 PCDDs 的干扰。

20 世纪 80 年代中期以来广泛使用双柱法，提取液首先经活性炭吸附，用二氯甲烷洗脱，将平面化合物（包括 PCDDs/PCDFs）与非平面化合物分离。用甲苯对活性炭柱反相洗脱平面化合物，再用氧化铝柱将 PCDDs/PCDFs 与其他平面化合物分离（如非邻位取代的 PCBs、多氯代萘）。此法对复杂生物样品的分析十分适用，已有自动化仪器商业供应。近年来也有采用 HPLC 分离 PCDDs/PCDFs 的报道，主要用于 2,3,7,8-TCDD 的定量分析，也用于处理难以净化样品分析其他 PCDDs/PCDFs。

提取、净化方法的优劣，应以验证其有效性来确定。通过测定加标样品及基质空白，可获得检测浓度下的回收率。PCDDs/PCDFs 分析时至少需要三套标准：一套为 17 种 ^{12}C-PCDDs/PCDFs；一套为 15 种 ^{13}C-PCDDs/PCDFs 的定量内标和 2 个 ^{13}C 标记的用于确定色谱保留时间的内标，另一套为考察净化效率 ^{37}Cl-2,3,7,8-TCDD 标准。

4. 分离

净化手段尽管复杂，最终的提取液仍存在氯代化合物的干扰。这就需要良好的分离技术。化学键合固定相的 HRGC 是有效分离 PCDDs/PCDFs 的唯一选择。常用 WCOT 毛细管柱，长度为 15～60m，内径 0.22～0.35mm，内膜厚度为 0.15～0.25μm。非极性或弱极性固定相（烷基/芳基硅烷，如 OV1、SE30、SE52、SE54、PS255、DB-1、DB-5、OV17-01 等）可有效地将 PCDDs/PCDFs 分离为氯原子取代数相同的化合物的组分（如所有 TCDDs 和 TCDFs 及所有 PCDDs 和 PCDFs 等分离），而极性固定相（氰基硅烷，如 silar-10c、SP2330、SP2340、CP-sil-88 等）可将一组中的异构体进行分离。迄今为止，尚未见仅用一根色谱柱即可分离所有同系物异构体的报道。使用非极性色谱柱（如 DB-5）分析仅有 2,3,7,8-取代的 PCDDs/PCDFs，同时使用非极性色谱柱和极性色谱柱（如 SP-2331 和 CP-sil-88）可分离其他位置上氯取代的 PCDDs/PCDFs。食品中所要测定的是 17 种 2,3,7,8-取代的 PCDDs/PCDFs，仅采用非极性的色谱柱基本可以满足要求。

色谱柱的柱长、内径及涂膜厚度决定了操作条件（温度和载气流速）及被分析物的保留时间。通过对要定量的 17 种 2,3,7,8-取代的 PCDDs/PCDFs 同系物异构体（^{13}C 标记与未标记）标准品比较获得保留时间。为能准确鉴定被分析组分，校准标准的使用极为必要。应单独测试每个 HRGC 系统中同系物异构体的色谱出峰次序，因此在仪器分析前需要测试柱效的 PCDDs/PCDFs 标准进行证实；也可使用含已知同系物异构体成分的样品提取液。

5. 定量

要尽量减少化学噪声和改善检出限，以保证 PCDDs/PCDFs 这一类复杂化合物的痕量分析。采用选择离子监测（SIM）的质谱法，以 ^{13}C 稳定同位素为内标，校正标准测定各个同系物异构体的响应因子和线性范围。定量检测主要采用 SIM 技术监测氯同位素两个分子离子（M^+，M^{2+}）或其他丰度较高的离子，同时监测相应的 ^{13}C 稳定性同位素内标氯同位素的两个分子离子，通过不同窗口对氯不同取代程度的异构体分别定量分析。这可减少共提取物和其他污染物的干扰，提高检测选择性和灵敏度。所使用仪器包括四极杆低分辨质谱仪（LRMS）、双聚焦磁式扇形高分辨质谱仪（HRMS）和质谱-质谱串联（MS-MS）。HRMS 通过监测精确质量提供了最高的选择性，因此 HRMS 是 PCDDs/PCDFs 测定的首选仪器。电子轰击源为 PCDDs/PCDFs 分析的常用电离方式(EI)。阴离子化学电离（NCI）对高氯取代化合物有更高的灵敏度，但不适合低氯取代的化合物，如 2,3,7,8-TCDD 的分析。

MS 方法的灵敏度不是由标准溶液的信噪比提供，而是由样品基质条件下的信噪比决定。LRMS 在理论上可以达到检测要求的灵敏度，但由于复杂基质和共存的 PCBs 及其他氯代化合物的干扰，食品中每克 PCDDs/PCDFs 低于皮克（pg/g）水平的分析的灵敏度和其他技术指标都难以达到分析要求。为了得到分析食物中 TCDDs 的准确结果，分辨率在 10000 以上的 HRMS 成为唯一选择。因为 TCDD 的 M^+ m/z 为 319.8963，而干扰物二氯二苯基二氯乙烯的 M^{4+} m/z 为 319.9321，需要分辨率为 9000 的 HRMS。双聚焦磁式扇形 HRMS 不仅提高了仪器的分辨率，而且提高了信噪比，这意味着化学噪声的降低，灵敏度的提高，同时检测多个离子质量的能力较强，进行 SIM 时 m/z 可长时间不发生漂移，进一步改进信噪比，提供极高的灵敏度，最小检出限可达 10fg，更适合于 PCDDs/PCDFs 分析要求，为多数二噁英分析实验室采用。基于 HRMS 的技术优势，采用同位素稀释法，利用 HRGC-HRMS 检测 PCDDs/PCDFs 的关键点为：用 ^{13}C 同位素内标与样品预处理同时进行，监测样品制备的回收率、同位素稀释的准确度和 GC-MS 方法的确认。采用标准考察异构体的 GC 分离和 MS 的定性、定量的分析质量控制，严格控制硅胶、硅镁吸附剂、氧化铝、活性炭等的洗提回收。HRMS 的分辨率要求在 10000 以上，保证 SIM 的灵敏度和稳定性，采用 HRGC 分离。质量控制措施包括：系统空白、回收试验、线性范围、各化合物的保留值窗口、氯取代的同位素峰簇比值、异构体的 GC 分离、质谱分辨率、信噪比、盲样核对以及用三个离子定性等。对所有被检测的离子，确定 PCDDs/PCDFs 的存在必须要求其信噪比大于 3∶1，且分子的面积比和标准的离子碎片的偏差应在 10% 以内，由内标物得到的数据与标准物的偏差应在 10% 以内，标准物与内标的离子谱图应一致。

串联质谱是另外一种可供选择的方案。在离子源中形成的离子被第一个质量分析器分离，然后选择某些离子进行碰撞裂解，再由第二个质量分析器检测裂解离子。如果第一个质量分析器为扇形 HRMS，设定分离 PCDDs/PCDFs 的 M^+ 碎片；第二个质量分析器为四极杆 LRMS，分离 M^+-COCl 特征碎片，这样仪器的选择性进一步提高，可不通过 GC 分离直接进样，快速测定 TCDD。但这一方法只能测定同系物，不能分离异构体。因此 HRGC-MS-MS 就成为测定 17 种 2,3,7,8-取代 PCDDs/PCDFs 的要求，而这一仪器与 HRGC-HRMS 的购买和维护费用相当，灵敏度是其 1/6，HRGC-HRMS 就成为第一选择。

最近美国食品与药物管理局（FDA）研究了利用较便宜的四极杆离子储存时间串联质谱（QISTMS）分析方法。采用这一方法可以检测食品中 TEQs 低于 1pg/g 水平的 2,3,7,8-取代的 PCDDs/PCDFs（TCDD 为 0.2pg/g），分析了包括奶、羊脂、蛋、牛肉、鱼和油脂在内的 200 份样品。测定受污染样品鸡蛋和鲇鱼的结果与 HRMS 具可比性。FDA 正对这一分析方法进一步改进，以期可达 HRMS 检测限，来替代 HRMS 进行食品中 PCDDs/PCDFs 含量的日常监督。

6. 结果报告

测定 17 种 2,3,7,8-取代的 PCDDs/PCDFs 含量后，每个同系物异构体的浓度乘以相应的 TEF，然后将结果相加，报告的结果就是毒性当量（TEQs）。结果报告时应根据相应的脂肪含量折算成以脂肪计的 TEQs。

（二）以芳烃（Ah）受体为基础的生物分析方法

尽管高分辨率气相色谱与高分辨率质谱联用技术（HRGC-HRMS）是目前食品中二噁英检测唯一适合的检测方法，但由于所使用仪器价格昂贵、试样需多步分离、净化步骤十分繁琐，这一工作在大多数实验室不能开展。这显然不能适合食品卫生监督和监测工作的日常需要，国际上有些实验室试图建立一种以利用生物传感器为原理的快速检测方法。因为 Ah 受体是 PCDDs/PCDFs 发挥毒性作用机制的基础物质，它的被活化程度与 PCDDs/PCDFs 毒性相一致，而 PCDDs/PCDFs 活化 Ah 受体能力与其 TEQs 有关，目前所建立的生物学筛选方法均据此进行。PCDDs/PCDFs 进入细胞浆与 Ah 受体结合活化后，被 Ah 受体核转位因子（ARNT）转移到细胞核，活化的核内基因是特异性 DNA 片段-二噁英响应因子（DRE），启动发挥毒性作用的基因增加其转录，如细胞色素 P4501A 亚型，激活芳香烃羟化酶（AHH）和 7-乙氧基-3-异吩唑酮-O-脱乙基酶（EROD）。以前已经有实验室用细胞培养通过 EROD 活性的测定来反映 PCDDs/PCDFs 激活 Ah 受体的能力，得到 PCDDs/PCDFs 的 TEQs。为了增加生物学方法的灵敏度，从 P4501A1 基因片段分离 DRE，并将萤火虫荧光素酶作为报道基因结合到控制转录的 DRE 上，制备成质粒载体。将这一质粒载体转染 H4IIE 大鼠肝癌细胞系（含 Ah 受体传导途径的各个部件），以此构成的 CALUX 系统荧光素酶诱导活性与 PCDDs/PCDFs 有关，CALUX 相对活性与 PCDDs/PCDFs 的 TEF 相一致，所测定的结果就是 TEQs。这一方法与 HRGC-HRMS 化学方法进行对比，结果相当一致。然而，采用细胞培养方法仍需要一定条件，同时其培养时间多达 24h，整个测定多达几天，不能进行快速检验，不适用于食品安全监督检验要求。有必要对 Ah 受体活化程度进行更直接测定。在此基础上进一步改进，以 Ah 受体、ARNT 和 DRE 为生物传感器的主要部件，测定转化的 Ah 受体。由于 Ah 受体与 ARNT 为 1:1 结合的同源二聚体，这一同源二聚体可以结合在生物素-亲和素系统的 DRE 上，采用酶标双抗方法测定 ARNT，避免了抗体不能区别 Ah 受体的难点。由于该方法不再需要细胞内的诱导活化过程，体外活化时间由 24h 减少到 2h，加上 ELISA 检测，整个分析在 1 个工作日完成。以 Ah 受体为生物传感器建立的免疫生物学方法一次可完成多个样品的检测，提取方法相对简单，所得结果就是 TEQs，方法完成后可以满足卫生监督的大量筛选需要。

由于化学方法是对单个同系物进行测定，结果判定要以每个同系物的 TEF 乘以含量得到 TEQs，所以 CAC 指出，利用 DNA 重组技术建立的 PCDDs/PCDFs 免疫分析和生物分析方法，可以灵敏、特异地检测出 TEQs，适合于大量样品的筛选。但这种方法只能得到一个 PCDDs/PCDFs 总量（同样以 TEQs 表示），而不能了解样品中 PCDDs/PCDFs 的具体组成。因此一般认为这类方法可以用作筛选和用于特定条件下的监督管理（如在最近的 PCDDs/PCDFs 事件中用于检测进口食品）。在筛选出阳性样品后，有选择地用质谱方法检测。目前尚没有这一类试剂盒商品正式上市。世界卫生组织正在关注这类方法的开发进展，因为对于广大发展中国家来说，这类方法十分适用。

第三节　棉酚

一、概述

棉酚又称棉籽醇，是棉籽仁中所特有的一种有色物质，一般占棉籽重的0.15%～1.8%。棉酚大量聚集在棉籽子叶内的棉酚腺中，棉酚腺是坚韧的半固体状物质，在机械处理过程中很难被破坏，但当榨油时，生棉籽胚经受湿润增温处理便很容易被破坏，从而棉酚游离出来而转入棉籽油中。

纯棉酚是一种有毒的黄色晶体。棉酚的熔点为 181～181.5℃，易溶于中等极性的有机溶剂，如甲醇、乙醇、异丙醇、丙酮、乙醚、氯仿、四氯化碳等，不溶于己烷和水。棉酚在 70%丙酮中，在波长 378nm 处有最大吸收，在 60%乙醇中，在 80%甲醇中，在氯仿中，分别在波长 234nm、254nm、365nm 处有最大吸收。棉酚分子中，7 位置的羟基受邻近羰基的作用，氢原子易离解，所以呈酸性，溶于稀碱溶液中，像一个二元酸，反应生成中性盐。这个中性盐具有酚盐的性质，溶于水而不溶于油脂和有机溶剂，碱炼棉籽油除去游离棉酚即基于这一反应。

棉酚分子中的酚基易反应生成醚和酯类，还能与有机酸反应，生成不稳定性化合物。分子中醛基不仅会发生费林反应，而且能与芳香胺反应，例如与苯胺作用，生成不溶于非极性溶剂如石油醚的棉酚二苯胺黄色衍生物，这就是苯胺法测定棉酚的基础。

棉酚对人有一定的毒性，如长期食用粗制生棉籽油，则易发生"灼热病"。急性中毒一般发生在进食后 0.5h～3d。首先出现胃灼热、恶心、呕吐、便秘或腹泻等胃肠症状；继之出现头晕、头痛、下肢麻痹、乏力等神经系统症状。危急时神经系统症状更趋明显，发生昏迷、抽搐，以及呕血、便血，最后因呼吸、循环系统衰竭而死。慢性中毒症状是皮肤有烧灼感，无汗或少汗，烧心，体倦乏力，头昏目眩，目肿指胀，口渴喜冷饮等，并影响生殖机能。

我国食用植物油卫生标准规定棉籽油中游离棉酚含量不得超过 0.02%。

二、游离棉酚的检测方法

1. 原理

植物油中的游离棉酚经无水乙醇提取，经 C_{18} 柱将棉酚与试样中杂质分开，在 235nm 处测定。

水溶性试样中的游离棉酚经无水乙醇提取，浓缩至干，再加入乙醇溶解，用 C_{18} 柱将棉酚与试样中杂质分开，在 235nm 处测定。根据色谱峰的保留时间定性，外标法峰高定量。

2. 试剂

磷酸、无水乙醇、无水乙醚、甲醇（经 $0.5\mu m$ 滤膜过滤）、棉酚标准储备溶液（精密称取 0.1000g 棉酚纯品用无水乙醚溶解，并定容至 100mL。此溶液 1mL 相当于含棉酚 50mg）、棉酚应用液（取 1mg/mL 棉酚储备溶液 5.0mL 于 100mL 容量瓶中，用无水乙醇定容至刻度，此溶液 1mL 相当于含棉酚 50μg）、磷酸溶液（取 300mL 水，加 6.0mL 磷酸，混匀，经 0.5μm 滤膜过滤）。

3. 仪器

液相色谱仪（带紫外检测器）、K-D 浓缩器、离心机（3000r/min）、10mL 微量注射器、MicroPark-C$_{18}$（250mm，ϕ46mm）不锈钢色谱柱。

4. 分析步骤

（1）色谱条件　柱温 40℃；流动相，甲醇＋磷酸溶液（85＋15）；测定波长 235nm；流量 1.0mL/min；流速 0.25mm/min；衰减 1；灵敏度 0.02AUFS；进样 10μL。

（2）试样制备　对于植物油，取油样 1.000g，加入 5mL 无水乙醇，剧烈振摇 2min，静置分层（或冰箱过夜），取上清液过滤，离心，上清液即为试料，10μL 进液相色谱。

对于水溶性试样，吸取试样 10.0mL 于离心试管中，加入 10mL 无水乙醚，振摇 2min，静置 5min，取上层乙醚层 5mL，用氯气吹干，用 1.0mL 无水乙醇定容，过滤膜，即为试样，取 10μL 进液相色谱仪。

（3）测定　标准曲线制备：准确吸取 1.00mL、2.00mL、5.00mL、8.00mL 的 50mg/mL 的棉酚标准溶液于 10.0mL 容量瓶中，用无水乙醇稀释至刻度，此溶液相应于 5μg/mL、10μg/mL、25μg/mL、40μg/mL 的标准系列，进样 10μL，作标准系列，根据响应值绘制标准曲线。

色谱分析：取 10μL 试样溶液注入液相色谱仪，记录色谱峰的保留时间和峰高，根据保留时间确定游离棉酚，根据峰高从标准曲线上查出游离棉酚含量。

（4）结果计算　见式(12-5)

$$X = 5 \times \frac{A}{m} \tag{12-5}$$

式中，X 为试样中棉酚的含量，mg/kg；m 为试样的质量，g；A 为测定试样中棉酚的含量，μg/mL；5 为折合所用无水乙醇的体积，mL。

（5）精密度　在重复性条件下获得的两次独立测定结果的绝对差值不得超过算术平均值的 20%。

参 考 文 献

[1]　中华人民共和国国家标准 GB/T 5009.27—2003. 食品中苯并[a]芘的测定.

[2]　中华人民共和国国家标准 GB/T 5538—2005/ISO 3960：2001. 动植物油脂　过氧化值测定.

[3]　中华人民共和国国家标准 GB/T 5009.205—2007. 食品中二噁英及其类似物毒性当量的测定.

[4]　中华人民共和国国家标准 GB/T 5009.148—2003. 植物性食品中游离棉酚的测定.

[5]　中华人民共和国进出口商品检验行业标准 SN/T 0801.23—2002. 进出口动植物油及油脂溶剂残留量检测方法.

[6]　中华人民共和国国家标准 GB/T 22509—2008. 动植物油脂　苯并[a]芘的测定　反相高效液相色谱法.

[7]　车振明. 食品安全与检测. 北京：中国轻工业出版社，2007.

[8]　陈天金，李耘，胡贻椿. 澳大利亚二噁英膳食暴露评估及其对我国的启示. 环境与健康杂志，2008，25 (12)：1124-1127.

[9]　闫世平，李光宪，郑家概，杨运云. HPLC/FLD 法测定环境样品和食品中的苯并[a]芘. 分析测试学报，2008，27 (6)：627-629.

[10]　Schecter A, Birnbaum L, Ryan J J, Constable J D. Dioxins：An overview. Environmental Research, 2006, 101 (3)：419-428.

[11] Kazerouni N, Sinha R, Hsu Che-Han, Greenberg, A, Rothman N. Analysis of 200 food items for benzo [a] pyrene and estimation of its intake in an epidemiologic study. Food and Chemical Toxicology, 2001, 39 (5): 423-436.

[12] Wabner D. The peroxide value-a new tool for the quality control of essential oils. International Journal of Aromatherapy, 2002, 12 (3): 142-144.

[13] Wang X, Howell C P, Chen F, Yin J, Jiang Y. Chapter 6 Gossypol-A Polyphenolic Compound from Cotton Plant. Advances in Food and Nutrition Research, 2009, 58: 215-263.

[14] Vazquez Troche S, García Falcón M S, González Amigo S, Lage Yusty M A, Simal Lozano J. Enrichment of benzo [a] pyrene in vegetable oils and determination by HPLC-FL. Talanta, 2000, 51 (6): 1069-1076.

[15] Hayward D G, Holcomb J, Glidden R, Wilson P, Harris M, S pencer V. Quadrupole ion storage tandem mass spectrometry and high-resolution mass spectrometry: complementary application in the measurement of 2,3,7,8-chlorine substituted dibenzo-p-dioxins and dibenzofurans in US foods. Chemosphere, 2001, 43 (4-7): 407-415.